El amante japonés

Isabel Allende

伊莎贝尔·阿连德 作品集

玛娅记事本

El cuaderno de Maya

〔智利〕伊莎贝尔·阿连德 —————— 著
Isabel Allende

谭薇 —————— 译

人民文学出版社
PEOPLE'S LITERATURE PUBLISHING HOUSE

著作权合同登记号　图字　01-2021-0353

Isabel Allende
EL CUADERNO DE MAYA
© ISABEL ALLENDE，2011
Simplified Chinese translation copyright © 2021 People's Literature Publishing House
All rights reserved

图书在版编目（CIP）数据

玛娅记事本／（智）伊莎贝尔·阿连德著；谭薇译．—北京：人民文学出版社，2021
（伊莎贝尔·阿连德作品集）
ISBN 978-7-02-016666-4

Ⅰ．①玛… Ⅱ．①伊…②谭… Ⅲ．①长篇小说—智利—现代 Ⅳ．①I784.45

中国版本图书馆 CIP 数据核字（2020）第 196346 号

责任编辑　张欣宜
装帧设计　刘　远
责任印制　王重艺

出版发行　人民文学出版社
社　　址　北京市朝内大街 166 号
邮政编码　100705

印　　刷　三河市博文印刷有限公司
经　　销　全国新华书店等

字　　数　262 千字
开　　本　880 毫米×1230 毫米　1/32
印　　张　11　插页 3
印　　数　1—6000
版　　次　2021 年 9 月北京第 1 版
印　　次　2021 年 9 月第 1 次印刷

书　　号　978-7-02-016666-4
定　　价　52.00 元

如有印装质量问题，请与本社图书销售中心调换。电话：010-65233595

献给我家族的孩子们：
阿莱杭特罗、安德雷亚、妮可、萨布丽娜、
亚里士多德莱斯和阿琪莱娅

告诉我,我还应该做什么?
难道一切不是过快地最终逝去?
告诉我,你打算用你疯狂而宝贵的一生
　　　来做些什么?

玛丽·奥利弗[①]

《夏日》

---

① 玛丽·奥利弗(1935—2019),美国诗人。

目　录

夏天　一月、二月、三月 …………………………………… 001
秋天　四月、五月 …………………………………………… 100
冬天　六月、七月、八月 …………………………………… 200
春天　九月、十月、十一月和一个戏剧性的十二月 ………… 284
尾声 …………………………………………………………… 344

夏　天
一月、二月、三月

　　一周之前,我的祖母在旧金山的机场拥抱了我,她没有流泪,只是对我反复强调,如果我还多少在乎自己这条命的话,就不要跟任何认识的人联系,直到我们能够确认我的敌人们已经停止寻找我为止。跟饱受政府和外星人迫害的伯克利独立民主共和国①的所有人一样,我的妮妮祖母非常偏执,可在我这件事上,她并没有夸张,采取任何防范措施都不足为过。她给我一本一百页的记事本,让我写日记。我从八岁开始写日记,一直写到十五岁,那年因为生活巨变,我才放弃了这个习惯。祖母说:"时间会多到让你无聊的,玛娅。利用这段时间来把你之前犯下的大错记录下来,掂量掂量它们的分量。"我有很多记事本,它们都被用胶带封着,以前我的祖父把这些本子锁在书桌里,现在我的妮妮祖母把它们收在床底下的一个鞋盒里。这本是第九本。妮妮祖母认为等她以后对我进行精神分析的时候,这些本子能帮得上忙,因为在这里面藏着能够打开我心结的钥匙;可如果她读过我的这些日记的话,就会知道,其中的情节复杂到简直能把弗洛伊德本人给弄糊涂。妮妮祖母原则上不信任任何按小时计费的行

---

① 伯克利独立民主共和国为加州伯克利大学的戏称,该大学因在政治和社会领域的各种激进行动而得此名。

业,因为他们总是拖拖拉拉,不愿意快速得出结果。可心理医生是个例外,因为曾经有位心理医生使她摆脱了抑郁,并且在她痴迷于跟死人交流时,将她从那个魔法陷阱中拯救出来。

我没打算用这个记事本,但为了不让祖母生气,我还是把它放到书包里。现在看来,这里的时间过得很慢,写作是消磨时光的一种方式。逃亡的第一个星期对我来说非常的漫长。我身处于一个在地图上几乎看不见的小岛上,过着完全是中世纪的生活。记录我的生活是一件非常复杂的事情,因为我分不清到底哪些是我的回忆,哪些是我自己幻想出来的。彻头彻尾的真相可能会让人憎恶,所以我在不知不觉之间改变了事实,或是进行夸张,不过我已经打算改掉这个恶习,准备在将来尽可能少撒谎。在这个就连亚马孙河上的土著部落亚诺玛米人都用上了电脑的年代,我还在用笔书写。我写得很慢,写的字就像是西里尔字母①,连我自己都难以破译出来,不过我猜,伴随着接下来一页一页的写作,我的字会慢慢端正起来的。写作就像骑自行车:就算很多年不练习,这个技能也不会被忘记。书写必须要有一个顺序,我试图按照时间顺序来写。我原本以为这样会比较容易,可我失去了头绪,因为我想起的都是一些细枝末节,或是很多页之后才会发生的某件重要的事情,可不能把这事穿插在这里。我的记忆以环形或螺旋形方式前进,甚至是像杂技高空吊杆演员一样跳跃向前的。

我是玛娅·维达尔,十九岁,女,单身,没有男朋友,这一点并不是因为我太挑剔,而是因为没机会。我出生于加州伯克利,持美国护照,目前暂时躲在地球南部的一个岛上。我有玛娅这么一个名字,原

---

① 西里尔字母,源于希腊字母,被斯拉夫民族广泛采用。

因是妮妮祖母对印度非常感兴趣,而我的父母虽然曾经有九个月的时间来思考,却想不出其他名字。在印地语中,玛娅的意思是"巫术,幻想,梦想"。这些都跟我的性格风马牛不相及。或许阿提拉①这个名字更适合我,因为我所到之处寸草不生。在我还没出生的很久之前,我的故事就已经在智利随着我的妮妮祖母展开,因为如果她没有移民,她就不会爱上我的波波祖父,也不会定居在加利福尼亚,我的父亲就不会认识我的母亲,我就不会是我,而是一个完全不同的智利女孩。我是个怎样的姑娘?我身高一米八,踢足球的时候体重五十八公斤,不注意锻炼的时候会胖一些。我有一双结实的腿,一双笨拙的手,一对会随不同时刻的光线变成蓝色或是灰色的眼睛。我觉得我有一头金发,不过我不确定,因为我已经有很多年没见过自己的自然发色了。我没有继承祖母那充满异域风情的外表,她有橄榄色的肌肤和一对黑眼圈,这让她看起来像个坏人。我也不像我的父亲,他就像斗牛士一样英俊和虚荣;我跟祖父——我最棒的波波祖父——更是毫无相似之处,因为不幸的是,他并不是我的亲祖父,而是妮妮祖母的第二任丈夫。

我长得像我的母亲,至少在身材和肤色上是这样。我懂事之前一直认为她是拉普兰②公主,事实上她是丹麦航空公司的乘务员,我的父亲是飞行员,他在空中爱上了她。我的父亲当时还没到结婚的年纪,可他认定我母亲就是他这辈子命中注定的人,从而锲而不舍地追求她,直到她疲惫投降。又或许是因为她怀孕了。事实是,他们结了婚,可一周不到,他们又后悔了,不过他们还是坚持到我出生。我出生几天后,趁我父亲驾驶飞机时,我的母亲收拾好行李,把我用毯

---

① 阿提拉(406—453),匈奴王,有极高的军事才能,传说他的铁骑所到之处,地面寸草不生。
② 拉普兰,位于挪威北部、瑞典北部、芬兰北部和俄罗斯西北部的地区。

子裹好,然后叫了一辆出租车去她的公婆家。妮妮祖母正在旧金山市抗议海湾战争的爆发,不过波波祖父在家,母亲把手上的包袱塞给他,没做过多解释,便急急忙忙地跑向正等着她的出租车。我那时很轻,波波祖父用一只手就能托起我。不久之后,母亲把离婚的材料邮寄过来,顺便寄过来的还有她放弃女儿抚养权的文件。母亲名叫玛尔塔·奥拓,直到八岁那年的夏天,祖父母带我去丹麦,我才认识她。

现在我在智利,祖母妮狄娅·维达尔的故乡,在这里,海洋啃噬着陆地,南美大陆散落成大小岛屿。确切说来,我身处的位置是南纬41到43度之间,湖大区的奇洛埃群岛,岛面积约为九千平方公里,岛上居民有二十万左右,我在这里是个子最高的。当地土著居民说马普切语①,在这门语言中,奇洛埃的意思是卡维鸥生活的地方。卡维鸥是一种黑头并且叫声刺耳的海鸥。可这个岛更应该叫木头和土豆生长的地方。人多的城市都位于格兰德岛,除了这个岛之外,还有很多小岛,其中很多都荒无人烟。有些岛相互之间靠得很近,落潮的时候可以看到它们是相连的。不过我运气不好,不住在这些岛上,如果海面平静,并且乘坐快艇的话,从我住的地方到最近的一个村镇需要四十五分钟。

我从加利福尼亚北部来到奇洛埃,这趟旅途是由我祖母那辆高贵的黄色大众车开始的,这辆车从1999年至今已经遭遇了十七次车祸,可依然跑得像法拉利一样快。我出发时正值隆冬,那天风雨交加,旧金山的海湾失去了缤纷的色彩,四周的风景看起来就像是用钢笔画出来的,只有黑白灰三色。祖母以她一贯的方式开车:汽车发出濒死的喘息,她像抓救生圈一样紧紧地抓着方向盘,眼睛不怎么看

---

① 马普切语,通行于智利中南部和阿根廷中西部的马普切人之间的一门语言。

路,只是看着我,同时喋喋不休地对我进行最后的教育。她还没有具体告诉我到底要把我送到哪里去;在计划着如何让我消失的过程中,她只跟我提起过智利这个国家。在车上她向我透露了细节,并给我一本平装导游手册。

"奇洛埃?那是哪儿?"我问她。

"这儿有你需要的所有信息。"她指着书答道。

"好像很远……"

"你走得越远越好。我在奇洛埃有个朋友,他叫马努艾尔·阿里亚斯。在这个世界上,除了迈克·欧克利之外,我只敢拜托他帮你躲个一两年了。"

"一两年!你疯了,妮妮祖母!"

"姑娘,你听着,有时候人掌控不了自己的生活,事情突如其来地就发生了。现在这会儿就是。"她说道。我们在错综复杂的高速公路上胡乱穿行,为了辨清方位,她鼻子都要贴到挡风玻璃上了。

我们匆匆忙忙赶到机场,平静地分手;我记忆中有关她的最后一幕是她驾驶的大众汽车轰鸣着在雨中远去。

我蜷缩在飞机窗户和一个浑身散发着烤花生味的胖女人中间,坐了几个小时的飞机飞到达拉斯,接着又搭乘另一架飞机飞了十个小时,来到了圣地亚哥。在这段旅途中,我神志清醒,饥肠辘辘,思考并且阅读那本关于奇洛埃的书,书中介绍了奇洛埃的美妙风景、木头建成的教堂和那里的乡村生活。我被吓坏了。飞行员宣布飞机降落的时候正是2009年1月2日的黎明,当时泛着橙色的天空笼罩在紫红、巍峨、永恒且辽阔的安第斯山上,接着马上出现了一片苍翠的山谷、一排排树木和播种完的牧场。远处是圣地亚哥市,我的祖母和父亲出生在那里,那儿还隐藏着我家族中一段神秘的历史。

我对我祖母的过去知之甚少，她也很少提及，仿佛她的人生是在认识了我的波波祖父之后才开始似的。在1974年的智利，萨尔瓦多·阿连德的社会主义政府被政变推翻，随即成立了独裁政府。几个月后，祖母的第一任丈夫费利佩·维达尔去世了。失去了丈夫的祖母决定逃离独裁统治，于是她和我的父亲安德烈斯移民到了加拿大。我的父亲对于这段历史也没有太多要补充的，因为他已经记不清自己的童年时光，不过他至今依然崇敬自己的父亲，虽说父亲留给他的仅有三张照片而已。在飞往加拿大的飞机上，安德烈斯问："我们不会再回去了，对吧？"这并不是一个问题，而是一番控诉。九岁的他在那几个月里猛地成熟起来，他意识到自己的母亲在用半真半假的解释来保护他，他需要答案。当他得知父亲心脏病突发，以及他甚至没来得及看到父亲的遗体并跟他告别，父亲就已经被匆匆埋葬的消息时，他镇定地接受了。没过多久他就登上了飞往加拿大的飞机。他的母亲向他保证："我们当然还会回来，安德烈斯。"可他并不相信。

在多伦多，难民委员会的志愿者们收留了他们，给他们提供了合身的衣物，并把他们安置在一套带家具的公寓里，里面还有铺好的床铺和装得满满的冰箱。最初三天里，粮食储备充足，母子两人把自己关在公寓里，孤独得发抖。第四天，一位社会服务人员登门拜访，她用流利的西班牙语向他们解释了作为加拿大国民的好处和权利。接下来他们上了英语速成班，孩子进了学校；不久，妮狄娅为了不拿政府施舍给无业人员的津贴，找到了一份司机的工作。这份工作完全不适合妮狄娅，至今她都是个极为糟糕的司机，那个时候只能更差。

加拿大短暂的秋天过去，严冬随之到来，已经改名安迪的安德烈斯很喜欢这个季节，因为他发现了滑冰和滑雪的乐趣，可妮狄娅却觉得难以忍受，因为她冻得浑身冰冷，更无法从失去丈夫和祖国的悲哀中解脱出来。春天姗姗来迟,冰雪世界在一夜之间就开出了花,仿佛海市蜃楼一般,可这也没法让祖母振作起来。她觉得失去了自己的根,她准备好自己的行李,打算独裁一结束就找机会回到智利,却没想到独裁统治会持续十六年之久。

妮狄娅·维达尔在多伦多度日如年,两年后,她认识了我的波波祖父——保罗·迪特森二世,他是加州伯克利大学的老师,为了做一系列讲座来到了多伦多。讲座的内容是关于一颗捉摸不定的行星,他只能试图通过诗意的计算以及丰富的想象来证实它的存在。从事这一行的几乎都是白人,我的波波祖父是极少数非裔美籍天文学家,他非常优秀,有多本著作。年轻的时候,他在肯尼亚的特坎那湖地区生活过一年,研究当地远古时期的巨大建筑,并以考古发现为依据,发展出一套理论,称那里的玄武岩柱子都是天文观测台,在公元前三百年时,人们就用它们来编写波拉纳月历,至今埃塞俄比亚和肯尼亚的牧民们依然在使用该月历。在非洲,他学会了客观地观察天空,并开始猜想存在着一颗看不见的行星,还徒劳地试图用功能最强大的望远镜在天空中找寻它。

多伦多大学安排他住在专门用来接待访问学者的套房里,并通过旅行社给他租了一辆车,护送他的任务就这样落到了妮狄娅·维达尔身上。在得知司机是智利人之后,他告诉她,他曾经去过智利的拉西拉天文台,在南半球能看到一些北半球看不见的星座,如小麦哲伦云星系和大麦哲伦云星系。有一些地区的夜晚纯净,空气干燥,是观测天空的理想地点。也就是在这些地方,有人发现星系的排列方式跟蜘蛛网相似。

他在1974年离开智利的日子也正是她和儿子出发来加拿大的那天,这简直就像小说情节一样巧。我猜,或许尚未相识的他们曾经一起在机场等待着各自的航班，不过他们否认了这一可能，因为如果真是这样，那么他肯定会留意到那个美丽的女人，她也肯定会看到他，要知道在当时的智利，黑人，特别是像我波波祖父这样身材高大、穿着体面的黑人是非常引人注目的。

妮狄娅载着她后排的乘客在多伦多转悠了一上午，便发现这个男人罕见地同时拥有清晰的思维和梦想家的幻想，可在她所了解的常识方面，他却一无所知。妮妮祖母一直没法跟我解释清楚，为什么她握着方向盘在大马路上开车的时候会得出这么一个结论，但事实是她猜对了。就跟他在天空中找寻的那颗行星一样，我祖父这位天文学家经常在生活中迷失方向；他能够在一眨眼之间就计算出以每小时两万八千二百八十六千米的速度前进的宇宙飞船需要多长时间才能到达月球，可在面对电动咖啡机的时候会手足无措。她已经很多年没有感受过坠入爱河时那种心动的滋味，这个男人跟她在三十三年的人生中所认识的任何男人都不一样，他让她好奇，吸引着她。

波波祖父被司机开车时的大胆劲儿给吓坏了，可同时也对这个总是躲藏在一身过于宽大的制服和帽子之下的女人产生了好奇。他不会轻易屈服于感情上的冲动，如果他脑子里有过勾引她的念头，他会因为怕麻烦而马上放弃这个想法。而我的妮妮祖母则无所畏惧，她决定在他的讲座结束之前跟他谈谈。她喜欢他显眼的桃花心木色的肌肤——她希望看遍他的全身——并且预感他们两人有很多共同之处：他喜欢天文学，她则爱好占星术，两者对她来说几乎是一样的。她认为他们两人千里迢迢地来到这里，就是为了在地球的这个地点和命运的这个时刻相遇，因为星宿上就是这么写的。那时我的妮妮祖母已经靠占星术来安排自己的生活，可她并没有把一切都交给命运。在主动出击之前，她已经调查出他还是单身，经济状况不错，身体健康并且只比她大十一岁，不过如果他们二人是同一人种的话，她看起来简直就像是他的女儿。多年后我的波波祖父曾经笑着说,要不是祖母主动的话,他唯一的恋人可能依然是星星。

第二天祖父坐到了车的前排,以便更好地观察他的司机。祖母开着车在城里绕了好些路,给他时间观察。就在这天夜里,在给儿子做好饭菜并让他上床睡觉之后,妮狄娅脱下了身上的制服,冲了个澡,涂了口红,以送还他忘在车上的文件夹为借口,突然降临在她猎物的面前,其实她完全可以在次日早上还给他。在感情方面她从未做过这样大胆的决定。她冒着冰冷的暴风雪,上楼梯来到房间门口,在画十字鼓励自己之后,她敲响了他的门。晚上十一点半,她终于进入了保罗·迪特森二世的生活。

我的妮妮祖母曾经在多伦多过着囚徒一般的生活。在夜里她渴望能有一只男性的手置于她的腰间,可在这个她将永远是异客的国度,她忙着生存和照顾孩子,没有时间来做这些罗曼蒂克的梦。她好不容易鼓起勇气来到天文学家的门口,可当他穿着睡衣、睡眼惺忪地打开门的那一瞬间,她的勇气荡然无存。他们相互打量了半分钟的时间,不知道该说些什么,因为他没想到她会来,而她又没有具体的计划。他邀请她进屋,并吃惊地发现,脱下那身制服和帽子后,她完全变了样。他喜欢她深色的头发,她比例并不协调的五官,以及他之前偷偷观察过的她歪着嘴微笑的样子。她则惊讶地发现两人的体型差距之大,而在汽车里这一点还不那么显眼:她踮起脚来才到他的胸部。随即她注意到这个小小的套房里乱得像灾后现场,于是她得出结论,这个男人真的很需要她。

保罗·迪特森二世大半辈子都在研究天体的神秘踪迹,可他对女人的身体和爱情的冲动一无所知。他从未爱过人,近期跟他有过关系的女人是他系里的一位同事,一个很有魅力,并且以她的年纪来说身材保养得当的犹太女人。他们一个月上床两次,每次见面吃饭她都坚持付一半的钱。我的妮妮祖母只爱过两个男人,她的丈夫和某个男子,不过她在十年前就已经跟后者彻底了断。她的丈夫是一个糟糕的伴侣,他一心投入工作和政治运动,经常出差,忽略了妻子的需求。她的另一段爱情故事更是中途夭折。妮狄娅·维达尔和保罗·迪特森二世已经为这段即将把他们永远维系在一起的爱情做好了准备。

这段关于我祖父母的爱情故事可能已经被加入了小说情节,我听过很多遍,甚至都能像背诗一样逐字逐句地背诵下来。当然,我并不知道那天夜里,门关上之后发生了哪些细节,不过以我对他们两人的了解,我可以想象出来。在给这个智利女人开门之后,我的波波祖父是不是认为自己处于一个关键的转折点上,选择的道路将决定他的未来?不,他的脑子里绝不会闪过这么俗气的念头。我的妮妮祖母呢?我可以看到她梦游一般在扔在地板上的衣服和装满烟头的一个个烟灰缸之间穿行而过,由于沙发和椅子上都堆满了文稿和书本,她走过客厅,来到卧室并且坐在床上。他跪在她身旁拥抱着她,他们就这样待了一会儿,试图适应突如其来的亲密感。或许她因为暖气而感到燥热起来,他帮她脱下大衣和靴子;他们有些迟疑地抚摸着彼此,相互认识,探索对方的灵魂,验证自己是不是搞错了。"你身上有烟草和甜品的味道,而且光滑黑亮得就像一头海豹。"我的妮妮祖母或许会发表这样的评论。我曾经多次听到她这么说。

故事的最后一个部分不需要我去想象,因为是他们亲口告诉我的。在第一次拥抱之后,妮妮祖母就认定她跟这个天文学家上辈子就认识,所以这只是他们的重逢,他们的星象和他们在塔罗牌上的奥秘都是相辅相成的。"幸好你是一个男人,保罗。你想想,如果这次轮回中你投胎成了我的母亲怎么办……"她坐在他的腿上叹息道。他的回答是:"我不是你的母亲,所以我们结婚吧,你觉得怎么样?"

两周之后,她拽着不愿意再次移民的儿子来到了加利福尼亚,她拿的是有效期三个月的未婚妻签证,三个月之后如果不结婚,她就得离开这个国家。他们结婚了。

我到智利的第一天,天气炎热干燥,我拿着一张地图在圣地亚哥四处溜达,想找辆开到南边去的公交车。圣地亚哥是个很现代的城市,没有一丝异国情调,也不漂亮。跟我和祖父母在危地马拉或是墨西哥看到的不一样,在圣地亚哥没有穿着特色服装的印第安人,也没有色调鲜亮的殖民区。我坐缆车来到一座小山顶上,这里是游客必经之地,在这里能看到这个首都城市的全貌,它看起来大得漫无边际,此外还能看到像尘雾一般笼罩在城市之上的污染的空气。傍晚,我搭乘一辆开往南方的杏色公交车,前往奇洛埃。

伴随着汽车的摇晃、马达的轰鸣和其他乘客的呼噜声,我试着入睡,可没成功。睡觉对我来说一直都是一件难事儿,现在更是如此,因为之前糟糕的生活留下了一些残留物,在我的血脉中驰骋。天亮的时候,我们下车去一个客栈里上厕所,喝咖啡,客栈周围一片田园景色,有郁郁葱葱的小山和奶牛。接着车又开了好几个小时,停在了一个简陋的码头前。我们下车舒展身体,并向一些穿着护士白袍子的女人买了奶酪海鲜馅饼。为了穿越查考海峡①,车开上了一座渡轮:船在明亮的海面上静静地航行了半个小时。车上的乘客跟我一样,都已经在座椅上一动不动地坐了好几个小时,全身僵硬,所以我们下了车,从渡轮探头出去。迎着凛冽的海风,我们欣赏了成群结

---

① 查考海峡,位于湖大区,把奇洛埃岛从智利大陆分隔。

队、像手帕一样拂过天际的燕子,还有跳着舞伴随渡船航行的白肚皮海豚。

我在格兰德岛的安库德市下车,这是岛上第二大城市。我得在这搭乘另一辆车去往马努艾尔·阿里亚斯正等着我的小镇。可我发现皮夹子不见了。我的妮妮祖母提醒过我,让我提防智利的扒手和他们魔术师般的技巧;他们会友善地把你的灵魂都偷走。幸运的是,我书包另一个口袋里的波波祖父的照片和我的护照并没有被偷走。在这个陌生的国度,我孤身一人,身无分文,不过去年那些不幸的经历教会了我不要被小困难打倒。

在广场上有几个手工艺品店,其中一家卖奇洛埃的纺织品,店里三个女人坐成一圈,正在聊天织衣服,我猜测如果她们像我的妮妮祖母一样的话,肯定会帮我的;智利女人会向任何一个身处困境的人伸出援手,尤其是外地人。我用磕磕巴巴的西班牙语跟她们解释了我的麻烦,她们马上放下手上的针,给我拿来一张椅子和一瓶橙子汽水,同时你一言我一语地就我的问题发表自己的观点。她们用一个手机打了好几通电话,找到了一个哥们,他跟我去的地方方向相近,能载我一程。过两个小时他就会过来接我,还能绕点路把我送到我的目的地。

我利用等待的这段时间来参观了小镇,还有一个关于奇洛埃教堂的博物馆。耶稣会传教士在三百年前设计好这些教堂,而精于木工活、善于造船的奇洛埃人用一块块木板把教堂建成。建筑结构没有用到一颗钉子,全是靠精巧的榫接而成,一条底朝天的小船盖在顶上,作为教堂拱顶。离开博物馆的时候我遇到了一条狗。它中等体型,瘸了条腿,身上的毛立着,泛着灰色,长着一条可怜的小尾巴,不过它有一副纯种狗才有的高贵神态。我把书包里的馅饼拿给它,它文雅地用它泛黄的大牙接过,放在地上,然后看着我,告诉我它缺的不是食物,而是陪伴。我的继母苏珊是驯犬师,她告诉过我只有在动物主动靠近后才能触碰它们,因为那说明它感到安全,但在这条狗身上我没有遵循这一规则,我们从一开始就相处得很好。我们一起游览小镇。我在约定的时间回到了那间纺织品店。狗留在商店外,颇有教养地只用一只脚踩在门槛上。

那位哥们比约定的时间晚到了一个小时,他开着一辆货车,里面装得满满当当的。随行的还有他的妻子和一个婴儿。我向几位恩人表达感谢,她们先前还借我手机,让我跟马努艾尔·阿里亚斯联系上。我跟那条狗告别,可它显然有不同的计划:它坐在我的脚边,用尾巴扫着地面,露出鬣狗一样的微笑;它赏脸在人群中找到了我,现在我是它选定的幸运儿。我改变了战略。"走!滚开!该死的狗①。"我用英文冲它喊。它一动不动,哥们则遗憾地看着这一幕。"您别担心,小姐,我们可以带上您的法克。"他最后说。就这样,这只灰不溜秋、或许曾经名为王子的狗有了新名字。我们好不容易才钻进拥挤不堪的货车,一个小时后我们来到了目的地。我跟我祖母的老朋友约定在海边的教堂见面。

这个小镇在1567年由西班牙人建成,是岛上最古老的镇子之一,有两千居民,可我不知道这些居民都在哪里,因为看上去母鸡和绵羊比人还要多。我走到一个粉刷成蓝色和白色的教堂前,坐在台阶上,在法克的陪伴下等了马努艾尔好一会儿,四个严肃的孩子一直在远处静静地盯着我。关于马努艾尔,我只知道他是祖母的朋友,他们从七十年代以来就没有再见过面,不过他们还是时不时联系一下,

---

① 这里女主人公用了英文 fucking,因此下文中不懂英文的智利人以为 fucking 是狗的名字。

一开始是以通信这种史前的原始方式,后来则是通过电子邮件。

马努艾尔·阿里亚斯终于出现了,他通过妮妮祖母在电话中跟他描述过的形象认出我来。她是怎么描述我的?我身材高大,头发染成了四基色,鼻子上穿了鼻环。他朝我伸出手来,很快地看了我一眼,审视着我指甲上被咬得坑坑洼洼的蓝色指甲油,破了洞的牛仔裤,还有被喷了层玫瑰色油漆的马丁靴。这双靴子还是我做乞丐的时候在救世军①商店买来的。

"我是马努艾尔·阿里亚斯。"他用英文自我介绍。

"你好。我是美国联邦调查局、国际刑警和拉斯维加斯一个黑社会组织的追踪对象。"为了避免误会,我开门见山地告诉他。

"恭喜你。"他说。

"我没有杀人,而且坦率地说,我不认为他们会自找麻烦,跑到地球屁股这儿来找我。"

"谢谢。"

"对不起,我没想侮辱你的国家。事实上这里挺漂亮的,有很多绿色植物和很多水,但实在太远了!"

"离哪里远?"

"离加利福尼亚,离文明,离世界的其他地方都远。妮妮祖母没说过这儿这么冷。"

"现在是夏天。"他告诉我。

"一月份的夏天!从没见过!"

"这里是南半球。"他干巴巴地回答我。

糟糕,我想,这家伙没有幽默感。我们需要等一辆卡车给他送冰箱过来,车应该在三小时之前就到了。他邀请我一边喝茶一边等。

---

① 救世军,基督教的一个社会活动组织,以救济贫困为主旨。

我们走进一间屋里,屋子前一根棍子上挑着一块白抹布,就像是投降的白旗,这个标志的意思是店里售卖新鲜面包。屋里有四张风格粗犷的桌子,上面铺着油布作为桌布,旁边有些款式各异的椅子,一个柜台和一个炉子,炉子上有一个满是油渍的黑水壶,里面的水已经烧滚了。一个笑起来颇有感染力的胖女人吻了吻马努艾尔的脸颊,跟他打招呼,然后她不知所措地看了看我,才决定也来亲吻我的面颊。

"美国人?"她问马努艾尔。

"看不出来?"他说。

"她的头怎么了?"她指着我染过的头发问。

"我生来就这样。"我不悦地答道。

"小美国佬,你会说西班牙语!"她高兴地叫起来,"请坐,我马上给你们端茶过来。"

她拉着我的一只胳膊,坚持让我坐到一张椅子上。马努艾尔跟我解释说,在智利,任何一个说英文、有金色头发的人都会被称作美国佬,而指小词形式的小美国佬则用来表示亲热的态度。

店主人给我们送来茶袋、堆成小山一样新出炉的面包,还有黄油和蜂蜜,接着她坐在我们旁边,督促我们老老实实地吃下去。没过多久我们就听到了卡车的轰鸣声,车磕磕绊绊地在没有铺好、满是小洞的路面上前进,车厢上的冰箱摇摇晃晃。店主人探身出门,吹了一声口哨,很快,一群年轻人就围过来帮忙把冰箱抬下来。他们把冰箱一直抬到海边,并且用木板搭成的简易舷梯把它运到马努艾尔的快艇上。

快艇约有八米长,是玻璃纤维的质地,船身涂成白、蓝、红三色,这是智利国旗的颜色,跟得克萨斯的州旗几乎一模一样。船头插着智利国旗。在船身上写着这艘船的名字:卡维亚号。小伙子们尽可能地把冰箱绑正,并帮我登船。那条狗迈着可怜的步伐跟在我身后;它一个爪子蜷缩着,走得歪歪斜斜的。

"这条狗怎么办?"马努艾尔问我。

"这不是我的狗,它是从安库德跟过来的。有人告诉我说智利的狗都很聪明,这条狗的品种不错。"

"它应该是德牧和猎狐犬的混血。它有大狗的身体和小狗的爪子。"马努艾尔说。

"我给它洗个澡,然后你就会发现它是条漂亮的狗。"

"它叫什么名字?"他问。

"把该死的狗翻译成智利话。"

"什么?"

"法克。"

"我希望你的法克能跟我的猫好好相处。晚上你得把它拴起来,不然它会把羊给咬死。"他提出建议。

"没必要,它跟我睡。"

法克走到快艇最里面躺下,它的鼻子埋在两只前爪中间,就那么一动不动地盯着我。它并不是一只很亲人的狗,可我们能用植物和动物的语言来沟通:依靠心灵感应的世界语。

一片黑沉沉的乌云压在海平面,冰冷的海风吹拂着,可海面很平静。马努艾尔借给我一件羊毛斗篷,他停止了跟我的对话,因为他要专心操控舵杆、各种设备、罗盘、GPS、海洋波无线电,天知道还有些什么,我则利用这段时间用眼角余光打量他。妮妮祖母好像曾经说过他是个社会学家,可在他的小艇上,他看起来更像个水手:中等身材,瘦削,强壮,肌肉结实,被咸咸的海风吹得黝黑,有深刻的表情纹,粗硬的头发剪得短短的,眼睛和头发一样是灰色的。我不善于估算老人的年龄;远看起来他并不显老,因为他走路利索,也不像老人一样弯腰驼背,可近看就能发现他比我的妮妮祖母要大,大概有七十几岁。我就像一颗炸弹一样降临在他的生活中。我得小心点,可别让他后悔收留我。

船航行了近一个小时,途经几个看起来荒无人烟、实则不然的岛屿。马努艾尔·阿里亚斯指着一块高地让我看,那里远远望去就像深色的一片,船走近了才会发现是一座小山,山被黑色的沙滩和礁石所环绕,沙滩上晾着四艘底朝天的船。马努艾尔·阿里亚斯把卡维亚号停靠在码头边,将几根粗绳子扔给跑过来的几个孩子,他们熟练地把快艇拴在桩子上。"欢迎来到我的地盘。"马努艾尔指着一个小村子对我说。村里都是木头房子,且面朝海滩建在桩子上。我打了个冷战,因为从这一刻起,这里将是我的整个世界。

一群人来到海滩看我们。马努艾尔已经跟他们说过,一个美国姑娘会来协助他研究;如果他们指望看到一个值得尊敬的人,那么肯定要失望了,因为我身上穿的是我妮妮祖母去年圣诞节送给我的T恤,上面印着奥巴马的头像,T恤短得甚至遮不住我的肚脐眼。

很多人自告奋勇帮忙把冰箱从车上运下来,过程中冰箱不能倾斜,人们哈哈大笑着相互鼓劲。天色渐晚,大家加快了动作。我们排着队走进村里,冰箱在最前面,接着是我和马努艾尔,最后面是十几个吵吵嚷嚷的小伙子,末了还跟着一群品种不一的狗,它们愤怒地朝法克叫着,却不敢靠近,因为法克傲慢的态度清楚表明先靠近的狗将承受可怕的后果。似乎法克很难被吓倒,而且它不容许其他狗闻它的屁股。我们经过一个公墓,里面的每个墓前都摆放着塑料花和玩具般的小房子,有些房子里还配了家具,供死者使用。陵园里很多乳房肿胀的山羊正在吃草。

在村里,有木桥将水上住宅相连。在姑且被称作主干道的那条街上,我看到了骡子、自行车和一辆吉普车,车上印着两把交叉的步枪,这是智利警察的徽章。此外还有三四辆很旧的车,如果这些车身上没有那么多的凹痕,在加州简直都能被当成收藏品了。马努艾尔跟我解释说,由于地势不平整,冬天又不可避免地有很多泥巴,只能用牛来拉重物,轻的则用骡子,人出行靠骑马或步行。一些油漆剥落的招牌标识出几家朴实无华的店铺、几个百货店、一个药房、几个酒吧和两家餐馆。实际上餐馆里就只有几张金属桌子而已,每家饭店的桌子前都有一个鱼摊。除了这些,还有一个网吧,里面卖电池、汽水、杂志还有专门给游客提供的各类坛坛罐罐,每周都有生态游旅行社带着游客过来,品尝奇洛埃的最好的古兰多①。鉴于目前我还没品尝过这道菜,只能以后再进行介绍。

　　有一些人用提防的目光沉默地打量着我。一个塌鼻子、像衣柜一样壮实的男人过来跟我打招呼。在伸出手来跟我握手之前,他把手在裤子上擦干净,并微笑着露出镶着金边的牙齿。他是奥雷里奥·尼昂古佩尔,他的祖先是一个著名的海盗。他在岛上是一个不可或缺的人物,因为买他的酒能够赊账,而且他还能给人拔牙,并拥有一台平板电视,在有电的时候邻居们能够以此取乐。他的店有个非常合适的名字:死人酒馆。得名原因在于酒馆位于公墓附近,死者的家属们为了减轻葬礼上的痛苦,都会过来喝上一杯。

　　为了多娶几个妻子,尼昂古佩尔成了摩门教教徒,可他很晚才知道这些教徒们已经遵循更符合美国宪法的先知新启示,放弃了一夫多妻制。在马努艾尔·阿里亚斯告诉我这些的时候,旁边的尼昂古佩尔和其他听众们都笑弯了腰。马努艾尔还给我介绍了一些其他人,我记不清他们的名字了,不过我觉得他们太老了,不像是那些孩

---

① 古兰多,奇洛埃群岛的特色美食,为火烫石头上煮成的海鲜。

子们的父母。现在我才知道他们是孩子们的祖父母，孩子的父辈都离开岛屿去别处打工了。

这时一个颇有领导风范的女人从街上走过来，她大概五十来岁，身形丰腴，非常漂亮。她头发的颜色呈米色，是金发变白之后的颜色，它们在颈后被绾成一个松散的发髻。她是布兰卡·施内克，学校的校长，大家出于尊敬，都称呼她布兰卡阿姨。她以当地打招呼的方式吻了吻马努艾尔的脸颊，并代表岛上居民向我正式表示欢迎。她的话缓解了紧张的氛围，让远远观望我的好奇者走近了些。布兰卡阿姨邀请我第二天去参观学校，并允许我随意使用图书馆、两台电脑和电子游戏机，不过仅限于三月之前，因为到时候孩子们就要重新开始上课，使用时间会有限制。她还说周六学校会放映圣地亚哥同期播放的电影，不过是免费的。她接连向我提出一个个问题，我只能用我初学者的西语水平向她简单介绍从加州过来的这两天行程，以及钱包被偷的事件，孩子们听到这里都哈哈大笑起来，不过布兰卡阿姨用严厉的眼神制止了他们。"明天我会给你们准备一份帕尔马式蛤蜊，让小美国佬熟悉一下奇洛埃口味。明天九点见。"她对马努艾尔说。后来我得知，在这个岛上，赴约的正确方式是迟到一小时。这里用餐很晚。

我们在村里稍微走了走，接着便爬上了两头骡子拉的车，冰箱已经放在车上了。随着轮子的滚动，我们进入一条林间小径，牧草几乎把路面完全盖住。法克跟在车的后面。

马努艾尔·阿里亚斯住的地方距离村子有一海里——也就是一点五公里，不过由于礁石阻隔，快艇没法直达。他骄傲地告诉我，他的房子是这一地区的建筑典范。在我看来，他家跟村里其他的房子没什么两样：也是木头建成，盖在桩子上。不过根据他的解释，区别在于他房子的柱子和梁上都有用刀刻出的花纹,屋上瓦片顶部呈圆形,具有装饰作用,颇受青睐。房屋建造用的是瓜伊特卡斯岛①的柏木,这种木材之前在岛上很常见,不过现在已经很稀少了。奇洛埃的柏木能活三千多年,是世界上仅次于非洲的猴面包树和加利福尼亚的红杉树的长寿树木。

屋里有一个两层楼高的客厅,客厅里的日常生活都是围绕着一个烧柴的炉子展开的,炉子是黑色的,很大,具有温暖房屋和做饭两种功能。有两个卧室,一个中等大小,是马努艾尔用的,另一个面积小些,是我的房间,此外还有一个洗手间,里面能够洗漱和冲澡。每个房间都没有门。只有厕所门口挂着一块条纹羊毛毯,用来遮挡隐私。客厅的一块区域充当厨房,在那里摆了一张大桌子、一个柜子和一个用来储存土豆的有盖子的大箱子——在奇洛埃每顿饭都要用到土豆。天花板上垂挂着一把草、绑在一起的辣椒和大蒜、干香肠还有几个很重的铁锅,在柴火炉上用铁锅是最恰当不过的了。一把手扶梯通往阁楼,马努艾尔的书和资料大多都存放在那。墙上没有画、照片或其他装饰,没有任何个性化的东西,只挂着几幅岛上的地图以及一个非常精美的船钟,青铜螺母将钟嵌在桃花心木的木框里,看起来就像是从泰坦尼克号里打捞出来的。马努艾尔正在外面用一个大木桶制作原始的按摩浴缸。工具、柴火、煤、储存快艇用油的桶还有发电机都收在院子的棚屋里。

我的房间跟这个家里的其他部分一样简单:一张小床,床上盖着跟厕所门帘相似的床单,一张椅子,一个带三个抽屉的斗柜,还有几个用来挂衣服的钉子。我带来的东西不多,一个书包都装不满,所以这个房间足够用了。我喜欢这种简朴的男性风格,唯一让我不适应

---

① 瓜伊特卡斯岛,位于智利南部太平洋海域的群岛。

的是马努艾尔·阿里亚斯偏执地要求一切要摆放得井然有序,这方面我比他要松懈得多。

男人们把冰箱放在相应的位置,通上天然气,接着就坐下喝了几瓶葡萄酒,并分享了马努艾尔上周放在铁桶里用苹果树上砍下来的柴火熏制而成的三文鱼。他们看着窗外的海,沉默地用餐,只有在碰杯的时候说些吉利话。"身体健康!""祝您身体安康。""您也一样。""愿您长命百岁。""祝您长寿。"马努艾尔时不时担心地看我一眼,后来我把他叫到一边,告诉他别担心,我不会扑向这些酒瓶的。肯定是我的祖母跟他说起过这件事,所以他打算把酒藏起来;可这也太荒谬了,问题不在于酒,而是出在我自己身上。

与此同时,法克和屋里的猫也正在谨慎地较劲,分割地盘。那只斑纹猫叫蠢蛋,因为这可怜的猫智力有问题,胡萝卜色的那只叫文学家,因为它最喜欢的地方就是电脑上方,马努艾尔坚持认为它会阅读。

男人们吃完了三文鱼,喝完葡萄酒,起身告辞。我注意到马努艾尔并没打算给他们钱,他也没有给其他在路上帮忙运冰箱的人提供酬劳,不过我没开口问,不然就太冒失了。

我打量着马努艾尔的办公室,看到里面有两张书桌、一个文件柜、几个书柜、一台现代化的电脑——上面配了两个显示器、传真和打印机。这里有网络,可他提醒我不能跟外界联系,仿佛我会不记得这一点似的。他还摆出一副防御的姿态补充说,他所有跟工作相关的东西都存在这个电脑里,所以他希望别人不要碰它。

"你是干吗的?"我问他。

"我是人类学家。"

"食人类学家?"

"我研究人,不吃人。"他解释说。

"我开玩笑的。食人族已经野性全无了,就连世界上最后一个野人也已经用上了手机和电视。"

"我的专业不是研究野人。我正在写一本关于奇洛埃神话的书。"

"有酬劳吗?"

"几乎没有。"他说。

"看得出来你很穷。"

"没错,不过我不需要花什么钱。"

"我不想成为你的负担。"我说。

"我跟你祖母说好了,玛娅,你得干活来抵消你的日常开支。在我写这本书的时候你可以帮我。三月份的时候你将要去学校给布兰卡帮忙。"

"我提醒你,我很无知。我什么都不知道。"

"你会干什么?"

"做饼干,做面包,游泳,踢足球,写日本武士诗。你真该看看我的词汇量有多大!我是个真正的活字典,不过是英文字典。我可不认为这一点对你有用。"

"再说吧。做饼干倒是比较有前途。"我觉得他似乎在憋着笑。

"你写过其他书吗?"我打着哈欠问他。长途跋涉的劳累以及加州与奇洛埃之间五个小时的时差就像一袋石头一样压在我的眼睑上。

"我没写过什么能让我出名的东西。"他指着桌上的几本书说——《澳大利亚土著居民梦想中的世界》《奥里诺科部落的起源传说》《智利南部马普切人的宇宙起源说》。

"我妮妮祖母说奇洛埃是有魔力的。"我说。

"整个世界都是有魔力的。"他回答。

马努艾尔·阿里亚斯向我保证,他的家拥有一个古老的灵魂。我的妮妮祖母也相信房屋是有记忆和感情的,她能感觉到空气中的震动:她知道如果一个地方的空气里弥漫着负能量,那这个地方肯定发生过不幸,否则将会是正能量。她在伯克利的大房子就拥有好的灵魂。不过等我们收回那套房子的时候,得要重新装修一番,因为房子已经很旧了。我希望能一直住在那里,直到我死去。我就是在那里长大的。房子位于一座小山的山顶,正对着旧金山湾,如果不是被两株枝繁叶茂的松树挡住的话,景观应该会很好。我的波波祖父不让别人把那两棵树砍掉,他说当人们在伐木的时候,树会很痛苦,方圆一公里的植被也都会难受,因为在地底下一切都是相通的;就为了看到一摊在高速公路上也能看到的水而残杀两棵松树,这简直就是犯罪。

保罗·迪特森一世在1948年买下这套房子,也就是在这一年,伯克利购房的种族限制被废除。迪特森一家是这一带的第一家有色人种,也是唯一的一家,直到二十年后才有其他类似家庭的到来。1885年,一个卖橙子的大亨建造了这套房子,在他死后将财产捐给了大学,他的家人则陷入贫困。房屋空置了很长一段时间,接下来被一次又一次地转卖,房屋状况也在转卖过程中每况愈下,后来迪特森一家将它买下。由于房子的结构扎实,地基牢固,房屋在他们的手上又恢复了原貌。在波波祖父的父母去世后,他从他兄弟那里买下了属于他们的那份,一个人住进这套拥有六个卧室的维多利亚时代的古宅。屋顶上不知为何建了一座钟楼,他便把望远镜安放在那里。

当妮狄娅和安迪·维达尔到来之前,他只使用两个房间以及厨房和厕所,其他的房间都被锁上。我的妮妮祖母就像革命的飓风一样闯了进来,她把破破烂烂的废物都扔进了垃圾桶,忙着清洁打扫,熏蒸消毒。可她消灭脏乱差的干劲跟她丈夫乱扔乱放的习惯无法兼容,在几次争吵之后,双方达成了妥协:她在屋子里可以为所欲为,但前提是尊重他的书桌和观星台。

我的妮妮祖母在伯克利生活得无拘无束。伯克利是一个肮脏、激进、荒诞的城市,有肤色各异、各式各样的人,孕育出的天才和诺贝尔奖获得人比其他任何城市都要多,这里充斥着各种高尚且伪善的事业。我的妮妮祖母变了,她曾经是一个谨慎负责的年轻寡妇,生活低调,到伯克利后,她真正的性格才浮现出来。她不必像在多伦多时一样穿着司机制服,也无须跟在智利时一样屈服于虚伪的社交礼仪。没有人认识她,她能够重新塑造自己。当祖母看到在电报大街贩卖熏香、大麻和手工艺品的形容憔悴的嬉皮士们时,她决定把自己也打扮成这个样子。她穿着长袍大褂,脚蹬凉鞋,脖子上挂着印度的项链,不过她并非真正的嬉皮士:她要工作,要打扫房屋,还得照顾一个孙女,而且经常参与社区活动,我从没见过她在毒品的致幻作用下用梵语唱着颂歌的样子。

周围的邻居几乎都是祖父的同事,他们的房子都是深色,隐约有些英式建筑的风格,且爬满了常青藤。我的祖母不顾邻居们的哗然,将迪特森家族的大宅子粉刷得五彩斑斓,让人为之目眩。这一灵感来自旧金山的卡斯特罗街,大批的同性恋聚居在那里,并开始对当地的旧房子重新装修。祖父母家紫色和绿色的墙面、黄色的雕带和石膏花环引起了不少闲言闲语,市政府也为此进行了几次传讯,直到有一天,房子的照片被刊登在一本建筑方面的杂志上,它成了城市一个热门景点,随即又变成了不少巴基斯坦饭店、年轻人的潮流店铺和艺术家聚集地的模仿对象。

在房屋内部装饰上,我的妮妮祖母也留下了个人印记。屋里原本有迪特森一世购买的豪华家具、大型座钟和镶在金色画框里的可怕画作,后来又添上了她的艺术品位:大量带有流苏的灯饰、蓬松凌乱的地毯、土耳其式的长沙发和用钩针编织的窗帘。我的房间被粉刷成芒果色,床上还有一个印度风格的床幔,边上缀着很多发光的小亮片,从床幔中央垂下来一条有翅膀的龙,如果掉下来的话很有可能会压死我;妮妮祖母在墙上挂了很多营养不良的非洲儿童的照片,她这么做是为了让我明白,在我不愿意吃饭的时候,这些不幸的孩子们正饱受饥饿的折磨。在我波波祖父看来,那条龙和比亚法拉①地区孩子们的照片正是我失眠和食欲不振的原因。

我的肚子开始受到智利细菌的正面进攻。到达岛上的第二天,我就因为胃痛在床上缩成一团,到现在走路还有些哆嗦,我抱着热水袋在窗前一待就是好几个小时。我的祖母大概会说,这是因为我需要等待灵魂到达奇洛埃。她认为坐飞机出行不好,因为灵魂前进的速度比不上肉体,会在路上耽搁,有时甚至会迷路;可能因为这一点,飞行员们——比如说我爸爸——总是有些心不在焉:他们在等待自己仍在云层中飘荡的灵魂。

岛上没有可以租来消遣的 DVD 光盘和电子游戏,只有学校每周播放一次的那些电影。为了打发时间,我只能阅读布兰卡·施内克那些缠绵缱绻的爱情小说和一些关于奇洛埃的西语书,这些书读起来颇为费劲,不过对我的西语学习很有帮助。马努艾尔给了我一个能佩戴在额头上的用电池的手电筒,看起来就像是矿工用的灯;我们在停电的时候就用它阅读。关于奇洛埃,我没什么可说的,因为我几乎没怎么出过门,不过关于马努艾尔·阿里亚斯还有家里的猫和狗,

---

① 比亚法拉,位于非洲尼日利亚境内。

我可以写上好几页，因为现在他们就是我的家人。还有布兰卡阿姨，她经常以来看我为借口过来，可显而易见，她是为马努艾尔而来，此外还有小胡安·克拉雷斯，这个孩子每天都过来看书，和法克玩。法克在挑选朋友这方面非常挑剔，不过它能忍受这个孩子。

昨天我认识了小胡安的外婆。之前我没见到她，因为她在奇洛埃的省会，也就是卡斯特罗市的医院陪她丈夫，他十二月份的时候被截去了一条腿，恢复得不甚理想。爱杜维赫斯·克拉雷斯有赤陶色的肌肤，她总是乐呵呵的，脸上布满皱纹，身材粗壮，腿很短，这是典型的奇洛埃女人的样子。她编着一根细细的辫子缠在头上，穿着一条宽大的裙子和一双砍柴人的雨鞋，就像一个传教士。她看起来有六十来岁，事实上只有四十五岁，这儿的人老得很快，不过寿命很长。她来的时候拿着一口简直跟大炮一样沉重的铁锅，进屋后把锅放到厨房的火上，同时用很快的语速跟我说了一段话，内容大致是出于礼貌进行的自我介绍，她叫爱杜维赫斯·克拉雷斯，是先生的邻居，也是家里的帮佣。"我的老天啊！这个小美国佬多漂亮呀！愿我老天保佑您！先生和岛上所有人都一直在等您，希望您喜欢我给您准备的土豆炖鸡。"我以为她说的是什么岛上的方言，不过不是，她只是说话很快。我猜先生指的是马努艾尔·阿里亚斯，不过爱杜维赫斯一直以第三人称称呼他，仿佛他不在家似的。

在对我说话的时候，爱杜维赫斯则跟我祖母一样爱发号施令。这个善良的女人过来打扫，把脏衣服带走，洗好之后再拿过来，她用一把重得我根本拿不动的砍刀砍柴，种地，给牛挤奶，剪羊毛，还会杀猪。不过由于患有关节炎，她不能出去钓鱼或是找海鲜。她说她的丈夫并不像村里人说的那样，他人不坏，但糖尿病使得他性格怪异——自从失去了一条腿之后他就只想去死。她有五个孩子，可只有一个在她身边，她叫阿苏塞纳，十三岁，在家的还有一个外孙小胡安,十岁,不过看起来年龄更小些,"因为他生下来就很灵道。"她这么解释。灵道指的是智商比较低下或是他的精神比肉体强;小胡安应该是后者,因为他可一点儿也不傻。

爱杜维赫斯靠田里种的东西、马努艾尔付给她的工资,还有她的一个女儿,也就是小胡安的母亲寄给她的一点生活费过活,这个女儿现在在格兰德岛南面的一个三文鱼养殖场工作。奇洛埃的三文鱼养殖业仅次于挪威,居世界第二,支撑着当地的经济,可这个行业污染了海底,使得渔民们无以为生,让一个个家庭支离破碎。马努艾尔说,现在这个行业快要完蛋了,因为大量的鱼都被关进了笼子里,喂食了太多的抗生素,当鱼感染了什么病毒时,根本没办法救活。养鱼场已经有两万工人失业,大部分都是女人,不过好在爱杜维赫斯的女儿不是其中一员。

很快我们就坐上桌准备吃饭。刚刚揭开锅盖,我就闻到了菜的香味,我仿佛又回到了童年时祖父母家的厨房,我有些想家,眼睛也随之湿润起来。爱杜维赫斯做的炖鸡是我很多天以来吃的第一道固体食物。这场病来得让人羞愧,因为在一个没有门的屋子里,我根本没法掩饰呕吐和腹泻的声音。我问马努艾尔屋里的门都哪儿去了,他说他更喜欢开放的空间。我敢肯定,我是因为吃了布兰卡·施内克的帕尔马式蛤蜊和爱神木果蛋糕才生病的。马努艾尔装作没听到卫生间的那些声响,可很快他就没法装傻了,因为我已经奄奄一息。我听见他给布兰卡打电话,问她该怎么办,没过多久,他就开始煮粥,给我换床单,还给我拿来了一个热水袋。他沉默着,用眼角的余光观察着我,留心我是否需要什么。我向他表示感谢,他也只是嘟囔一声。他还把当地的护士莉莉安娜·特雷维诺叫了过来,这是个年轻女人,个子不高,很结实,笑起来颇有感染力,还有一把难以驯服的卷发。她给我几片像煤炭一样的药片,又黑又硬,难以下咽。可这些药并没有作用，于是马努艾尔从蔬菜店找来一辆小货车，带我到村里看医生。

国家医疗队的快艇环岛巡逻，每周四都会经过这里。医生看起来就像个十四岁的小伙子，近视眼，没留胡子。他只看了一眼就对我做出诊断："她得的是智利病，来智利的外国人容易得这个毛病。不严重。"他把几片药塞进一个纸袋，递给我。爱杜维赫斯给我找了一些草药来熬水喝，因为她不相信药店里开的药，她觉得药店跟那些美国公司是一伙的。我按时服用这些草药水，慢慢地好了起来。我喜欢爱杜维赫斯，她跟布兰卡阿姨一样话很多。这里其他的人都少言寡语。

小胡安·克拉雷斯对我的家庭非常好奇，我告诉他我的母亲是拉普兰的一位公主。书桌前的马努艾尔没有发表评论，可在这个孩子离开后，他告诉我，拉普兰地区的居民萨米人是没有王族的。在谈话开始之前，我们已经在饭桌前坐好，他面前摆着一道黄油香菜鳕鱼，我前面则是一份半透明的汤。我向他解释说，在我五岁左右的时候，我开始对自己的母亲感到好奇，于是我的妮妮祖母灵机一动，想出了拉普兰的公主这个故事。我还记得，我们当时在厨房，也就是祖父母家最舒服的地方，给迈克·欧克利的犯人和瘾君子们烤饼干，这活儿我们每周都要干一次。迈克·欧克利是妮妮祖母最好的朋友，他想要完成一个不可能的任务，拯救误入歧途的年轻人。迈克·欧克利是个真正的爱尔兰人，出生于都柏林，他的皮肤雪白，头发漆黑，眼睛湛蓝，所以我的波波祖父给他取了个"白雪公主"这么个外号，没错，就是迪士尼电影里吃了毒苹果的那个傻姑娘。我不是说欧克利傻，恰恰相反，他太聪明了：他是唯一一个能把我的妮妮祖母说得哑口无言的人。拉普兰公主出现在我的一本书里。我有一个很大的藏书室,因为波波祖父认为文化的学习要靠潜移默化,宜早不宜迟,可我最喜欢关于仙女的书。在波波祖父看来,童话故事都有种族歧视,为什么在博兹瓦纳或是危地马拉就没有仙女呢?不过他从不限制我的阅读,他只会为了培养我的批判精神来提出一些个人观点。妮妮祖母则从来不欣赏我的批判精神,她只会对之进行打击。

我在幼儿园曾经为家人画过一幅画,我把祖父母放在画中央,并给他们涂上了鲜艳的颜色,在画的一边,我添上了一只苍蝇——那是我爸爸的飞机,在另一边,我画了一个王冠来代表我母亲的高贵血统。为了避免大家有疑问,我还特意将我的那本书带到了学校,书上的拉普兰公主身披白釉皮披风骑在一头白熊身上。所有同学一起嘲笑我。回到家后,我把那本书塞进了烤箱,烤箱里正以350度的温度在烘烤玉米蛋糕。消防员走后,烟雾开始散去,祖母推搡着我,像一贯生气时那样骂我"该死的姑娘",波波祖父则试图保护我,不让她揪下我的脑袋。我抽抽噎噎,满脸鼻涕地告诉他们在幼儿园大家给我起了个外号,叫我"拉普兰的孤儿"。妮妮祖母猛地平静下来,她紧紧地搂住我,让我靠在她木瓜状的乳房上,坚定地告诉我,我才不是孤儿,我还有爸爸和祖父母,哪个倒霉蛋敢骂我,就得好好领教领教智利黑帮的厉害。她是这个黑帮的唯一成员,我和迈克·欧克利都很怕她,管她叫堂柯里昂①。

祖父母把我从幼儿园接了回来,有一段时间,他们就在家教我涂色,用橡皮泥捏毛毛虫,直到有一天,我爸爸一次航行结束回家,他认为除了欧克利的那些瘾君子、颓废的嬉皮士和坚定的女权主义者这些我祖母经常去看望的对象之外,我需要一些与自己年龄相符的朋友。我的新学校是两座老旧的房子,在二楼处有一座带顶的桥将两

---

① 堂柯里昂,小说和电影《教父》中的黑手党老大。

座房子连接起来，我没问，可波波祖父主动说起，这座桥对于建筑学来说是一个挑战，因为它靠自己的弧度立了起来，就像教堂的穹顶一样。这所学校采取一个意大利的实验教育体系，学生们想干吗就干吗，教室里没有黑板和课桌，我们坐在地板上，女老师们不穿胸罩和鞋子，每个人都有自己的学习节奏。或许我的父亲更想把我送到一所军校，但他尊重祖父母的决定，因为跟老师沟通并且帮助我学习的是他们。

"这个姑娘很蠢。"妮妮祖母在发现我学得有多慢之后做出判断。她有很多毫不礼貌的词汇，比如蠢、肥、侏儒、驼背、娘娘腔、男人婆、吃米饭的亚洲佬等，祖父试图把这些表达归因为她英语水平有限。在伯克利，只有她将非裔美国人直接说成黑人。在波波祖父看来，我的智商没有问题，我只是太有想象力了，这并不是什么严重的事情。时间证明了波波祖父说得有道理，因为我一学会字母表，就开始如饥似渴地读书，还在本子上写满了自以为了不起的诗歌，以及关于我身世的故事，这些故事都很悲惨。那时的我已经发觉描写幸福的文字毫无作用——没有磨难就没有故事，我在私下里享受着孤儿这个外号，因为我的雷达系统只在经典故事中探测到孤儿，他们都很不幸。

至于我的母亲玛尔塔·奥拓这位不太可能存在的拉普兰公主，我甚至还没来得及分辨清楚她身上的味道，她便已经消失在斯堪的纳维亚的浓雾中。我有十二张她的照片，还有她在我四岁生日时给我寄过来的一个礼物。那是一个水晶球，里面有一个小美人鱼坐在岩石上，一摇晃就像下起了雪。这个水晶球曾经是我最珍贵的宝贝，直到我八岁那年，它突然失去了情感上的价值，不过这是后话了。

我很生气，因为我的 iPod 不见了，这是我唯一值点钱的财产，里面存着来自文明世界的音乐。我认为是小胡安·克拉雷斯把它拿走了。我不想给这个可怜的孩子制造麻烦,可我必须得告诉马努艾尔,他却不以为然;他说小胡安用几天然后会还过来的。看起来在奇洛埃这个地方大家都这样。上周三有人把一周之前从柴堆那儿私自拿走的砍刀给送了回来。马努艾尔猜到了是谁拿的,可如果上门去要的话就是对那人的侮辱,因为借是一回事,偷就是另一回事了。奇洛埃人是有骨气的土著人和傲慢的西班牙人的后裔,他们是骄傲的。拿走砍刀的那个男人没做任何解释,不过他送来了一袋土豆作为礼物。他把土豆放在院子里,然后进屋在阳台上跟马努艾尔看着天上飞翔的海鸥,喝了些苹果奇恰酒。克拉雷斯一家的某位亲戚也做了类似的事情,他在格兰德岛上工作,圣诞节前不久回来结婚。因为马努艾尔当时在圣地亚哥,爱杜维赫斯把这个家的钥匙给那个亲戚,方便他在马努艾尔不在的情况下到他家拿音箱给婚礼助兴。马努艾尔回家后惊奇地发现他的音箱不翼而飞,可他没有去找警察报案,而是耐心等待。在这个岛上没有谁真的想偷东西,而外面的人想拿走一个体积如此庞大的东西又太费劲。没过多久爱杜维赫斯就把她亲戚拿走的东西给还了回来,还送来一篮子海鲜。如果马努艾尔的音箱能被还回来的话,我的 iPod 也一样。

  马努艾尔不爱说话,可他发现对于一个正常人来说这个屋里太安静了,所以他努力跟我聊天。我在自己的房间听到他在厨房跟布兰卡·施内克的对话。"马努艾尔,你待她温柔些。你没看到她很孤单吗?你得要跟她说话。"她提出建议。"你让我跟她说什么呢,布兰卡?她就像个火星人。"他嘟囔着,可他应该就这个问题思考过了,因为现在,他不像一开始那样,用人类学的学术讨论把我弄得晕头转向,而是会就我的过去提一些问题,就这样,我们一点点地理清思绪,认识彼此。

我的西班牙语磕磕巴巴，而他的英文虽然有些澳大利亚腔和智利调，还是很流畅的。我们达成一致，我应该练习，所以通常我们试图用西班牙语聊天，不过很快就会在句子里双语并用，最后说成西班牙语式的英语。如果我们生气了，他会用发音清楚的西语来跟我说话，好让我听懂。我则会用混混们说的英语来恐吓他。

马努艾尔对自己的事情闭口不谈。我了解的关于他的情况都是自己猜的或者是布兰卡阿姨告诉我的。他的生活中有一些很奇怪的东西。他的过去应该比我的还要混乱。因为很多个夜里，我都听到睡着的他在呻吟或挣扎："让我离开这里！让我离开这里！"房间的墙很薄，什么都听得清清楚楚。我的第一个反应就是去把他叫醒，可我不敢走进他的房间。因为没有门，我得更谨慎。他的噩梦召唤来邪恶的东西，屋里似乎充斥着妖魔鬼怪。就连床上依偎在我旁边的法克都不安地颤抖起来。

马努艾尔·阿里亚斯给我的工作非常轻松。内容是把他的采访录音用文字记录下来，还有抄他写书的草稿。他实在太爱整洁了，随便我碰一下他桌上什么东西，他都会脸色苍白。"你应该感到非常荣幸，玛娅，因为你是第一个经我允许走进我办公室的人。我希望自己不要为这个决定而后悔。"在我把去年的日历扔掉后，他竟然说了这么一番话。我把日历从垃圾桶里捡了出来，日历完好无损，只是蹭了点意大利面酱，然后我用口香糖把日历粘到他的电脑显示器上。他气得二十六小时没跟我说话。

他的这本书是关于奇洛埃的巫术，我读得如痴如醉，睡意全无。（这只是一个说法，因为任何傻事都能让我睡不着觉。）我不像我的妮妮祖母那样迷信，不过我认为世界是神秘的，任何事情都有可能发生。马努艾尔的书里有一整个章节都是关于马郁利亚，或者说是雷克达省的,这是一个巫师组织的名字,这里的人都很害怕巫师。在我们住的岛上,有传言说米兰达一家都是巫师,在经过利郭贝尔托·米兰达家门口的时候都要交叉手指或者画十字。利郭贝尔托·米兰达是爱杜维赫斯·克拉雷斯的亲戚,是一个渔民。他的姓氏就跟他的好运一样可疑:哪怕海水极其汹涌,鱼也争先恐后地往他的网里跳,而且他唯一的一头牛在三年里下了两次双胞胎崽儿。据说利郭贝尔托·米兰达在夜里穿着一件用尸体胸口的皮肤做成的背心,能飞上天空,不过没人见过。在人死后,最好用刀或是锋利的石头再把尸体的胸口割开,免得倒霉地沦为人皮背心。

巫师会飞,能做很多坏事。他们用意念就能杀人,还能变成动物,但我觉得利郭贝尔托·米兰达不会这样,他是一个很腼腆的小伙子,经常给马努艾尔送螃蟹过来。可我怎么想不重要,因为我是一个无知的美国佬。爱杜维赫斯提醒我,利郭贝尔托·米兰达来的时候,在让他进屋之前,我得交叉手指,防止他用巫术。没有直接受到巫术影响的人都倾向于不相信这些,可一旦真正的怪事发生了,都会去找一个马奇,也就是一个印第安巫医。比如说,一户人家开始剧烈咳嗽,那么马奇就会去找蛇怪,这种怪物是从老公鸡的蛋里孵出来的,它栖身于房屋下,到了夜晚就来吸食睡着的人的精气。

最精彩的故事和传闻都是住在岛上偏远地方的老人们讲述的。在那些地方,人们还保留着几百年前的信仰和习俗。马努艾尔不仅从老人那里获得信息,他还拜访记者、老师、书贩、商人,这些人对巫师和巫术嗤之以鼻,可就算是疯子也不会在晚上去墓地里探险。布兰卡·施内克说她父亲在年轻的时候知道一个神秘洞穴的入口,据说巫师们就在那个洞里聚会。那地方就在平静的吉卡维村,可是在1960年,一场地震使得陆地和海水都移了位,从那时开始,就再也没人能找到那个地方。

洞穴的守卫是阴纹怯，这是一种由巫师创造出来的令人毛骨悚然的生物，它们本是家中生下的第一个男孩，在没有受洗之前就被巫师劫了过来。把一个婴儿变成阴纹怯的方法阴森可怕，也不太真实可行：把婴儿的一条腿打断，扭过来塞到背部的皮肤下面，这样他就只能用三只腿走路，没法逃走，接着在他身上抹上一种油膏，让他长出羊毛，把他的舌头切开，变成跟蛇一样，并且用腐烂的女尸肉和印第安女人的奶喂养它。与之相比，就连僵尸也算幸运的了。我不知道怎样邪恶的人才能想出这么可怕的故事。

依照马努艾尔的理论，又名马郁利亚的雷克达省原本是一个政治体系。从十八世纪以来，维利切人，也就是这里的印第安人，先后对西班牙殖民者和智利当局进行了反叛；他们可能模仿西班牙人和耶稣会教徒的管理方式，成立了一个地下政府，将领土划分为各个小王国，任命主席，公证人，法官等。存在着十三个主要的巫师，他们服从于雷克达省的国王，以及地上国王和地下国王。因为需要保守秘密，控制臣民，他们用鬼怪故事来营造马郁利亚的恐怖氛围，就这样一个政治策略最终变成了巫术的传说。

为了拔除马郁利亚的主要势力，在1880年很多人因为被指控跟巫术有关而被捕，在安库德受审后被枪决，可没人敢肯定这一目的真的被达成了。

"你相信有巫婆的存在吗？"我问马努艾尔。

"不，不过就像西班牙人说的那样，可能存在，只是我不曾见过。"

"告诉我你到底是相信还是不相信！"

"要证明这不存在是不可能的。不过玛娅，你别担心，我在这里住了很多年，唯一认识的女巫就是布兰卡。"

布兰卡一点也不信这些。她说阴纹怯是传教士们为了让奇洛埃人给孩子洗礼而编出来的东西,可我觉得就算是耶稣会教徒想出来的,这个手段也太极端了。

"谁是迈克·欧克利?他发来了一封我看不懂的邮件。"马努艾尔说。

"'白雪公主'给你写信了!他是我们全家非常信任的一个爱尔兰朋友。应该是妮妮祖母让他来跟我们联系的,这样更安全。我能回复他吗?"

"你不能直接回复,不过我可以替你给他传个信。"

"你也太谨小慎微了。马努艾尔,你让我说什么好呢。"

"你祖母这么谨慎,应该是有她的原因的。"

"我祖母和迈克·欧克利都是罪犯俱乐部的成员。如果能够真正掺和到一件案件中,他们简直就愿意付出黄金作为代价。不过他们也只能玩玩捉贼的游戏。"

"这是个什么俱乐部?"他有些担忧地问我。

我从头给他解释。在我出生的十一年前,伯克利县的图书馆聘用我的妮妮祖母给孩子们讲故事,好让放学后的孩子们在父母下班之前不至于闲得无聊。没过多久,祖母就向图书馆提议,给成人提供侦探故事会的活动,这个建议被采纳了。于是她和迈克·欧克利创办了罪犯俱乐部,不过图书馆是以侦探小说俱乐部这个名字来对其进行宣传。在儿童故事时间,我跟其他孩子们一样,聚精会神地听着祖母说出来的每个单词。在找不到人照顾我的时候,她还会把我带到大人的故事会里。祖母像一个杂技演员一样盘腿坐在一个椅垫上,问孩子们想听什么故事,一旦有人提出一个主题,她在十秒钟之内就能编出故事来。妮妮祖母一直不喜欢童话故事里做作的幸福结局,她认为生活里没有结局,只有一个一个的坎,从一个坎到另一个坎,难免磕磕碰碰,迷失方向。在她看来,那些惩恶扬善的故事过于局限,可为了保住这份工作,她只能屈服于传统的结局,巫婆不能在毒死少女之后依然逍遥法外或是穿上白色婚纱跟王子结婚。妮妮祖母更喜欢给成人讲故事,因为变态杀手不需要幸福的结局。她做了充分准备,读过所有的警方案件通告和法医医学教程,并号称她和迈克·欧克利能在餐桌上轻而易举地进行尸体解剖。

罪犯俱乐部是一个侦探小说爱好者的组织,他们与人无害,可在业余时间喜欢在一起商讨各种恐怖可怕的杀人案。一开始他们只是在伯克利的图书馆里低调讨论,现在由于互联网的使用,影响力广布全球。俱乐部完全是由会员资助,由于会员在公共场所聚会,当地报纸上已经有人不满地指出他们在用纳税人的钱来宣扬犯罪。"我不知道他们在抱怨什么。谈论犯罪难道不比真的犯罪要好吗?"当市长约她在办公室讨论这个问题的时候,妮妮祖母这样为自己辩护。

妮妮祖母和迈克·欧克利的关系源自一家旧书店。当时他们两人都在专心挑选二手侦探小说。祖母刚跟波波祖父结婚不久,迈克·欧克利还是一个大学生,那时的他双腿还能走路,也没想过要变成一个社会活跃分子,致力于拯救街头和监狱里的年轻犯人。自从我有记忆以来,祖母就一直为欧克利的那些小伙子们烤饼干,这些人大部分都是黑人或是拉丁裔,是旧金山湾最贫困的阶层。当我的年纪大到能够捕捉一些讯号的时候,我就猜到这个爱尔兰人爱上了我的祖母,虽然他比祖母小十二岁,而且她也绝对不会允许自己背叛我的波波祖父。这是维多利亚时期小说里的那种柏拉图式的爱。

在有人给迈克·欧克利拍了一部纪录片后,他出名了。为了保护一个混帮派的小伙子,他背部中了两枪,从此就只能坐在轮椅上,可这并没有阻碍他继续他的使命。他能扶着东西走几步,还能驾驶一辆特别的车,他就这样在最荒凉的城区里拯救灵魂。只要伯克利或是周围的地区组织了街头抗议活动,他总是第一个出现。他和妮妮祖母一起参与这些疯狂的事业,友谊也逐渐加深。他们一起想出一个主意,让伯克利的餐馆把剩饭捐给城里的乞丐、疯子和瘾君子们。她找来了一辆拖车来运输这些食物,他则负责召集志愿者来进行分发。在电视新闻上甚至出现了穷人看菜单挑选寿司、咖喱、松露烤鸭和素食菜的场景。还有些人对咖啡的品质提出了抗议。不久这些队伍越变越长,因为有些中产阶层的人也混进去白吃白喝,各大餐厅的客人和等着吃剩饭的人之间起了冲突,在警察赶到之前,迈克·欧克利不得不把他的小伙子们叫过来维持秩序。最后卫生部禁止发放剩饭的活动,因为一个过敏患者在吃了泰国花生酱之后差点送了命。

迈克·欧克利和祖母经常见面,他们一边喝茶吃点心一边分析可怕的谋杀案。"你觉得下水道疏通剂能够溶解肢解后的尸体吗?"迈克·欧克利可能会提出这样的问题。"取决于尸块的大小。"妮妮祖母可能会这么回答。于是他们会把一公斤排骨泡到德瑞诺①药水里进行实验,我则负责记录结果。

"所以当他们一起策划出这个方案,让我躲到这个世界尽头来的时候,我一点也不吃惊。"我告诉马努艾尔·阿里亚斯。

"听你说来,他们比你那些所谓的敌人更可怕,玛娅。"他答道。

"你可别小看我的敌人,马努艾尔。"

"把排骨泡到下水道疏通剂里的那件事,你祖父也参与了吗?"

"不,他才不关心这些罪案呢,他只关心星星和音乐。他的家族都是古典音乐和爵士乐爱好者,他是这个家族的第三代。"

---

① 德瑞诺,下水道疏通剂品牌。

我告诉他,在我刚刚能站起来的时候,我的祖父就教我跳舞,在我五岁那年还给我买了一台钢琴,因为妮妮祖母希望我是一个神童,能去电视台比赛。他们忍受了我在琴键上嘈杂的练习,不过后来老师告诉他们,我的努力最好花费在某种不需要灵敏听力的活动上。我马上选择了英式足球,美国人在说足球的时候也用的这个词。在我妮妮祖母看来,这简直就是一项傻子的运动:十一个身强力壮的男人穿着短裤去抢一个球。这项运动在美国并不盛行,我的波波祖父对此一无所知,不过他毫不犹豫地放弃了他最爱的棒球,并来观看了几百场儿童女足球赛。凭借着跟几个圣保罗天文台同行的好交情,他帮我弄到了一张海报,上面有已经退役多年、生活在巴西的贝利的签名。考虑到我没法成为一个音乐神童,妮妮祖母坚持让我像大人一样读书写作。她让我经常在图书馆读书,让我大段大段地抄写经典作品。如果我写错了单词或是标点符号,又或是发现我在英语和文学这两门她唯一感兴趣的课程考试中得分不高,她都会敲打我的脑袋。

"妮妮祖母一直都很粗暴,马努艾尔,可我波波祖父很温柔,他是我生命中的太阳。当玛尔塔·奥拓把我送到我祖父母家的时候,从没抱过新生儿的他小心翼翼地把我护在胸口。他说他爱我爱得发疯。这是他的原话,我从没怀疑过他对我的爱。"

聊到我的祖父,我能说个不停。我告诉马努艾尔,我对书籍的品位和不可小视的词汇量来源于妮妮祖母,其他的则都要感谢祖父。妮妮祖母强迫我学习,她经常说"只有揍得狠,才能学得进",或是诸如此类的野蛮理论,可波波祖父将学习变成了游戏。其中一个游戏是随便翻开字典,指着任意一个单词,猜这个单词的含义。我们还会问一些很傻的问题:波波祖父,为什么雨水往下走?因为如果往上走的话,你的内裤会被淋湿的,玛娅。为什么玻璃是透明的?为了迷惑苍蝇。波波祖父,为什么你手背是黑的,手心是粉色的?因为颜料不够呀。我们就这么玩闹,直到祖母失去耐心,开始咆哮。

波波祖父无微不至地陪伴着我,他有幽默感,爱打趣人,善良且单纯。他的肚子就是我的摇篮,温柔地将我包容,这一切充实了我的童年。他笑起来很响,那声音就像是从地底下发出,通过他的脚传上来,让他整个人都摇晃起来。"波波祖父,你跟我发誓,你永远都不会死。"我每周至少要对他提出一次这样的要求,他的回答总是一样的:"我发誓,我永远都与你同在。"他尽量早些从学校回来,跟我待一会儿,然后再钻进他的书房去看那些关于星象学的大部头和星空图,备课,改考卷,研究,写作。经常会有学生或是同事过来找他,他们一起关在书房里,讨论一些了不起却难以实现的想法,直到天蒙蒙亮起来,这时穿着睡衣的祖母会拿着一壶咖啡打断他们。"老家伙,你的灵光都暗淡了。你不记得八点钟还有课了吗?"她把咖啡倒给大家喝,然后把客人往门边推。我祖父的主灵光是紫色,这个颜色非常适合他,因为紫色代表着感性、智慧、直觉、精神力、对未来的眼力。妮妮祖母只有在这些时候才会走进祖父的书房;而我可以随意进出,在里面我甚至还拥有自己的椅子,在桌子上也能占据一个角落,我习惯在这个角落,在轻柔的爵士乐还有烟斗里的烟草味的陪伴下做作业。

在我波波祖父看来,官方的教育体制阻碍了智力的发育;要尊重老师,可不用听他们的。他说达·芬奇、伽利略、爱因斯坦和达尔文都对他们那个时代的知识提出过质疑,这还只是西方文化里的四个天才,更别提还有其他阿拉伯哲学家和数学家,比如伊本·西那[①]和

---

① 伊本·西那(980—1037),波斯哲学家、自然科学家、医学家。

花拉子米①也都有过类似的经历。如果这些人都接受了他们的长辈传授给他们的那些愚蠢的内容,那么他们就无法发明或是发现什么。"你的孙女才不是什么伊本·西那,要是她不学习,以后就只能炸汉堡谋生。"妮妮祖母辩驳道。不过我有其他计划,我想要成为足球明星,这些人能赚成百上千万。"傻姑娘,足球明星都是男人。你认识哪个赚成百上千万的女足球明星?"祖母称,接着她会滔滔不绝地挖苦讽刺我一番。她从女性主义开始,接着谈到社会的公平,最后得出总结:如果踢足球的话,我的双腿将长满腿毛。末了,祖父会趁祖母不在的时候告诉我,引起多毛症的不是运动,而是基因和荷尔蒙。

刚出生的那几年,我都是跟祖父母一起睡,一开始我睡在他们中间,后来则穿着睡袋睡。睡袋放在床底下,我们三人都装作不知道它的存在。到了晚上,波波祖父把我带到观星台上,观察洒满星星的无垠天空。我学会了如何分辨靠近的蓝色星星和远去的红色星星,星系群和更为辽阔的超星系群——有几百万这样的超星系群。他告诉我太阳是银河系中上亿颗星星当中的一颗小星星。除了我们能够隐约看到的这个宇宙之外,肯定还有其他几百万个宇宙。"波波祖父,也就是说,我们人类就像虱子吹的一口气一样渺小。"这是我依照逻辑得出的结论。"这些跟虱子吹的一口气一样渺小的人类竟然能够感受到宇宙的神奇,你不觉得很了不起吗,玛娅?比起常识,一个宇航员更需要诗意的想象力,因为宇宙的复杂程度无法被测量或是解释,只能靠直觉来感受。"他告诉我星际气体和尘埃的存在,是它们构成了星云这一极美的艺术产物。他还提起天上错综复杂的线条,星星的诞生和死亡,黑洞,空间和时间,在宇宙大爆炸这一难以描述的爆炸中一切可能是如何诞生的,构成最初的中子和质子的基本粒

---

① 花拉子米(约780—约850),波斯数学家。

子,以及银河系、行星和生命是怎样在越来越复杂的过程中诞生的。"我们来自星星。"他经常这么跟我说。"我也觉得。"妮妮祖母表示赞同,她想的是占星术的星星。

在参观完放置着神奇的望远镜的钟楼后,他会给我一杯牛奶,里面放了桂皮和蜂蜜,这是宇航员培养直觉的秘方,接着,祖父会监督我刷牙,送我上床睡觉。这时妮妮祖母会来给我讲一个故事,每天晚上她都迅速编出一个不同的故事,我总会尽可能延长讲故事的时间,可一个人的孤寂时间还是会不可避免地到来,我一边数着绵羊,一边紧张地盯着床顶摇晃着的那只长翅膀的龙,耳朵同时捕捉着地板的吱呀声、脚步声和轻微的说话声,这些动静应该来自被施了巫术的房子里住着的那些看不见的人。战胜恐惧的努力只是徒劳,祖父母一睡着,我就溜进他们的房间,在黑暗中摸索着,把睡袋拉到房间一角,安然睡下。很多年里,我的祖父母都要在不体面的时间点去宾馆偷偷做爱。直到现在,我长大了,才能体会到他们为我做出了多大的牺牲。

我跟马努艾尔一起分析欧克利发过来的那条晦涩难懂的信息。是好消息:我家的情况正常,追踪我的人还没露面,不过这也并不意味着他们已经把我给忘了。迈克·欧克利不是直接表达这些意思的,考虑到目前的情况,这也很正常。他用的是一种密码,类似于第二次世界大战中日本人用的那种,之前他教过我。

我在岛上已经生活了一个月。我不知道能否有一天适应奇洛埃这里缓慢的生活,这懒洋洋的日子,这随时可能下雨的天气,一成不变的海水、云朵和绿色牧草的景色。什么都是一样的,一切都那么安宁。奇洛埃人没有守时的概念,他们的计划取决于天气和心情,事情来了就来了:明天也能做,干吗要今天做完呢。马努艾尔·阿里亚斯嘲笑我的清单和计划，因为这些在这个没有时间概念的文化里是没有用的，在这里一个小时和一个星期是一样的；可马努艾尔维持着他的工作进度，写书的工作按照他计划的节奏在往前推进。

奇洛埃有自己的声音。以前我的耳朵里总是插着耳机，音乐就是我的氧气，可现在我必须专心致志才能听懂奇洛埃人难懂的西班牙语。小胡安·克拉雷斯把我的iPod放回了书包口袋，他就是从那里拿走的，我们从来没有提起这件事。不过在他拿走iPod的那个星期，我发现这样东西对我来说并没有我以为的那样重要。没了它，我能听到岛上的声音：鸟鸣、风声、雨声、柴火的噼啪响、车的木轮声，有时还能听到卡勒乌切号船上传来的遥远的小提琴声。卡勒乌切号是一艘幽灵船，它行驶在迷雾之中，如果听到音乐声以及船上遇难者们载歌载舞时骨头碰撞的声响，就说明它在靠近。有一条名叫卡维亚的海豚一直跟随着这艘船，马努艾尔的快艇就是照这条海豚命名的。

有时候，我会很想抿上一口伏特加，缅怀往日岁月。我的过去很糟糕，可比如今的生活要丰富。不过这个念头转瞬即逝，并不像被强行戒酒时那样让我饥渴恐慌。我决定履行自己的承诺，不喝酒，不吸毒，不打电话不发邮件，事实上这没有我想象的那么难。在说清楚这点之后，马努艾尔不再把葡萄酒瓶子藏起来。我告诉他，他不需要因为我而改变自己的习惯，到处都有酒，只有我能对自己负责，保证不喝酒。他明白了我的意思，当我再去死人酒馆观看某个电视节目，或是去那里看别人打特鲁科牌的时候，他也不会那么担心了。特鲁科牌是西班牙扑克的阿根廷玩法，参与者每出一次牌，都要即兴编一句诗。

我喜欢岛上的一些习惯，比如打特鲁科牌，可其他的就让我有些厌烦了。如果身形很小但鸣声响亮的秋高鸟在我的左边叫，那就预示着厄运，我必须脱掉一件衣服，把衣服反过来穿，然后才能继续上路；如果我在夜晚出门，就一定要带上干净的刀和盐，因为如果我遇上了一条只有一个耳朵的黑狗，那它就是巫师，为了摆脱它，我要用刀画十字，并且撒盐。我刚到奇洛埃时差点让我送了命的那场腹泻并不是痢疾，而是巫术，要不然医生开的抗生素早就把我治好了，爱杜维赫斯向我证明了这一点，因为她通过祈祷，用爱神木、亚麻籽和蜜蜂花煮水，以及用金属清洁剂来给我揉肚子治好了我的病。

奇洛埃的传统菜是古兰多，而我们岛上的古兰多是最好的。耶稣会教士没有在这里建任何教堂，岛上也没有企鹅或是鲸鱼，只有天鹅、火烈鸟和金枪鱼这些其他岛上也有的动物。为了打破这个小岛与世隔绝的状态，马努艾尔提议给游客们供应古兰多。他先是散播消息，称品克雅的洞穴就在这个小岛上。没有人敢说这是撒谎，因为这个洞穴的确切位置存在争议，很多个岛都称其位于本岛。不过现在品克雅的洞穴和古兰多成了我们岛的招牌。

岛的西北角是一个险滩，对于船的航行来说非常危险，不过是钓鱼的绝佳之处；那里有一个被淹没的洞穴，只有退潮后才能看得到，它也是品克雅王国的理想之地。在奇洛埃岛可怕的神话中，品克雅是为数不多的与人为善的存在，她帮助身处困境的渔民和水手。品克雅是一个美丽的少女，她有长长的头发，以水藻为衣，如果她面朝大海跳舞，便意味着渔民捕鱼能够丰收；如果她面朝海滩，则意味着没有鱼，得要换一个地方撒网。可由于没有人见过她，这些讯息是没有用的。如果品克雅出现，必须要闭上眼睛朝反方向跑，因为她会引诱好色之徒，将他们带到海底。

从村子走到品克雅洞穴只要二十五分钟的时间，前提是要穿着结实的鞋子，并做好走崎岖山路上山的心理准备。小山上一些孤寂的南美杉高高耸立，俯瞰下方的风景。从山顶上，可以看到田园式的海景、天空和一些邻近的荒岛。有些岛只被极细的水流阻隔，在落潮的时候叫声能从一个岛传到另一个岛上。从山上看下去，品克雅的洞穴就像是一张没牙的嘴。扶着盖满海鸥粪便的岩石，能从山上往下走到洞穴处，不过这得冒着摔断脊椎骨的风险。如果熟悉这里的水流和礁石的话，也能坐皮艇沿着小岛绕过去。欣赏品克雅的水底宫殿需要一点想象力，因为最远就只能看到那张巫婆的嘴。以前曾经有几个德国游客想游到里面去，不过警察制止了他们，因为这里的水势不定。外来的人淹死在这里可不好。

别人告诉我，在这个纬度，一月和二月的天气炎热干燥，可我在这里度过的大概是一个奇怪的夏天，因为总在下雨。白天很长，日落时间迟。

虽然爱杜维赫斯警告我这里的水很汹涌，有从笼子里逃出来的食人三文鱼，而且还有一种名为米亚罗沃的生物。根据奇洛埃的神话传说，他一半身体为人，一半身体为海豹，身上长着浓密的金色毛发，在涨潮的时候他可能把我掳走。除了这一系列可怕的可能，马努艾尔还加上了体温过低这一风险；他说只有一个不谨慎的美国佬才会想到不穿潜水服就到这么冰的海水里去游泳。事实上，我没看到任何一个人是因为想游泳才钻到海里去的。冷水有益身体健康，以前每当伯克利的大宅子里的热水器坏了的时候，妮妮祖母就这么对我说。这样的事情每周会发生两三次。去年我过于亏待自己的身体，差点就横死街头了；在这里，我的身体在慢慢康复，而海水浴是促使身体恢复的最好办法。我只担心膀胱炎复发，不过直到现在还一切正常。

我和马努艾尔一起走遍了其他岛屿和村庄，采访一些老人。虽然我还没去过南部，不过现在我对这个群岛有了大致的概念。卡斯特罗是格兰德岛的中心，那里居住着四万多人，商业发达。用"发达"这个词可能有些夸张了,可在这里度过了六个星期之后,我感觉卡斯特罗就像纽约一样。这个城市面朝大海,海岸边有很多立在桩子上的房屋,还有很多漆成鲜艳颜色的木屋,在天空和海水都变成了灰色的冬天,这些木屋能让人心情欢快起来。马努艾尔来这里处理他的银行账户,看牙医和理发,购买需要囤积的食物,并且去书店订购和选书。

如果海上情况不好,没法回家,我们会住在一位奥地利女士开的客栈里,这位女士的丰乳肥臀总是让马努艾尔面红耳赤。在那里,我们能把猪肉和苹果馅卷饼吃个够。岛上的奥地利人并不多,可德国人却很多。这个国家的移民政策颇有种族主义倾向,黄种人、黑人或是外来的印第安人都不行,只有欧洲白人可以。十九世纪,曾经有一位总统把很多德国人从黑森林迎来,并且把南方一些属于马普切人的土地给了他们,想让他们改善那儿的人种:他指望德国人给智利人灌输准时、热爱工作和纪律的概念。我不知道这个计划最后是否达到了他预期的效果,但不论如何,德国人以他们的努力改善了南方几个省的情况,那里有很多蓝眼睛的德国后裔。布兰卡·施内克一家就源自这些德国移民。

马努艾尔为了把我介绍给卢西亚诺·莱昂神父,特别带我走了一趟。这位神父是一个可敬的老人,在1973年到1989年的军事独裁统治期间,他因保护被迫害者而多次被捕入狱。梵蒂冈教廷疲于理会这位不安分的神父,决定把他派往奇洛埃一个遥远的村落,可到了那里,这位老战士依然为不公而战斗。他满八十岁那年,岛上所有的追随者们都赶了过来,一同前来的还有满载着圣地亚哥教民的二十辆公交车。在教堂前面的空地,大家足足庆祝了两天,人们吃着烤羊肉、烤鸡肉和馅饼,喝着饮之不尽的葡萄酒。神奇的是,那天面包怎么吃也吃不完,源源不断的有人来,却总有食物剩余。喝醉的圣地亚哥人就在墓地里过夜,毫不理会那里痛苦的鬼魂。

一只雄赳赳的大公鸡在神父的屋顶打鸣,它身上的羽毛闪闪发亮。屋门口横躺着一头体型庞大的羊,羊毛没剃,一动不动就像死了一样。我们不得不从厨房门进屋。这头羊叫玛土撒拉①,这是个恰如其分的名字,因为它正是由于年纪过大而摆脱了被宰杀的命运——它已经老得没法动弹了。

"孩子,你远离你的故乡,来到这里干什么?"莱昂神父跟我打招呼。

"为了躲开警察。"我郑重地答道,他笑了。

"我花了十六年做同样的事情,坦白跟你说,我有些怀念那段日子。"

1975年,他和马努艾尔·阿里亚斯一起被流放到奇洛埃,从那时开始,他们就成了朋友。他告诉我,被流放是一件很痛苦的事情,不过比流亡要好些,因为至少还在自己的国家。

"我们被迫离开了家人,来到一个不欢迎我们的地方,我们孤立无援,身无分文,没有工作,还饱受警察的骚扰。我和马努艾尔还算幸运,因为我们被流放到奇洛埃,这里的人接纳了我们。你简直没法相信,姑娘,堂里奥内尔·施内克憎恶左派分子,比憎恶魔鬼更甚,可他却收留了我们。"

在他家马努艾尔认识了布兰卡,她是善良的堂里奥内尔·施内克的女儿。布兰卡那时二十出头,订了婚,她的美貌非常出名,吸引了一大批的仰慕者,就连布兰卡的未婚夫也没法赶走他们。

马努艾尔在奇洛埃生活了一年,他捕鱼,做木匠活,赚来的钱

---

① 玛土撒拉,《圣经·旧约》中的人物,据说他活到969岁,是世界上最长寿的人。

勉强养活自己。作为被流放的犯人,他必须每天去卡斯特罗市的警察局签到,所以他不能离开这个城市。在这段时间,他阅读了很多关于这个群岛的精彩故事和传说。虽说当时的境况不如意,他还是爱上了奇洛埃;他想要将这里走遍,研究并且讲述这里的故事。因此,在周游列国之后,他决定在这里度过晚年。流放刑满后,他去了澳大利亚,那里接受来自智利的逃亡者,他的妻子就在那等他。我很惊讶,马努艾尔竟然成过家,他从来没有提起过。他结过两次婚,没有孩子,两次婚姻都以离婚告终,他的两任前妻都不在智利。

"你是为什么被流放的,马努艾尔?"我问。

"军方认为社会学系是共产分子的巢穴,把系给关了。我是系里的老师,很多老师和学生都被捕了,有些还被杀害。"

"你也被捕了吗?"

"是的。"

"那我的妮妮祖母呢?她也被抓了吗?"

"不,她没有。"

我怎么会这么不了解智利呢?我不敢问马努艾尔,怕他觉得我无知,所以我开始在网上查找信息。我爸爸是飞行员,能拿到免费机票,所以在休息日和假期我的祖父母都会带我去旅行。波波祖父列出了一份清单,记录着除了欧洲之外我们在死前应该去玩的地方。我们去了加拉帕戈斯群岛、亚马孙河一带、卡帕多西亚地区和马丘比丘,不过我们从没去过智利,这很不符合逻辑。不知道为什么,妮妮祖母不愿意回到她的祖国,可她坚定地捍卫着她的各种智利习惯,在九月份把智利三色国旗插到阳台上的时候,她还会激动不已。我相信智利在她的脑海里已经蒙上了一层诗意的面纱,她害怕面对现实,或者说在那里有一些她不愿意回忆起来的东西。

我的祖父母是经验丰富、讲究实际的旅行者。相册本里的照片上,我们三个出现在各具异域风情的景色前,不过总穿着同样的衣服,因为他们决定尽可能缩减行李,只带必需品。我们一人一个手提箱,箱子永远都是打包好的,这样我们就能一有机会,或是一有想法,半小时之内就能出发。有一次我和波波祖父在看《国家地理》上的黑猩猩,上面介绍说它们是素食动物,性格温顺,有家庭观念。妮妮祖母那时正好拿着一个花瓶经过,她轻描淡写地说了句我们应该去看看这些黑猩猩。"好主意。"波波祖父说。他拿起电话,给我父亲打了个电话,定了机票,第二天,我们就提着一直陪伴我们旅行的行李箱前往乌干达。

波波祖父经常受邀去参加学术会议或是做报告,如果可能的话他都会带上我们。因为妮妮祖母害怕发生什么不幸,会使得我们分离。智利夹在安第斯山和深不可测的太平洋之间,有几百座火山,有些火山的熔浆还是温热的,它们随时都有可能苏醒,将这个国家沉入海底。这就能够解释为什么妮妮祖母总是做最坏的打算。在几位她最崇拜的天主教圣人的支持和占星术给出的含糊指引下,她随时准备应付紧急情况,用积极的宿命观来操持生活。

我经常不去上课,因为我要和祖父母旅行,也因为我讨厌学校;我没被开除,是因为我的成绩好,而且学校奉行意大利式的弹性教学方法。不去上课的借口多的是:我假装得了阑尾炎、偏头痛或是咽喉炎。如果这些都不管用的话,我还能假装抽搐。我的祖父很好骗,可妮妮祖母会用极端的手段来给我治疗,给我洗个冰水澡,或是喝一勺鱼肝油,不过她时不时会允许我缺课,因为她要带我参加某场抗议战争的游行,为保护实验室的动物而粘贴海报,或是教我把自己绑在树上向木材公司示威。她下定决心,用种种英勇举措来给我灌输社会良知的概念。

波波祖父曾多次去警察局拯救我们。伯克利的警察很宽容,他们习惯了街头巷尾为各种高尚事业而起的抗议游行、能一连几个月睡在公共广场上的狂热分子、为了巴勒斯坦或是裸体主义者的权利而决定占领大学的学生、乱闯红灯心不在焉的天才、号称自己上辈子为大学优等生的乞丐、寻找天堂的瘾君子和这个拥有十万居民的城市里的那些善良、不愿妥协、奋起斗争的居民们。在这里,只要操作的行为得当,一切都被允许。妮妮祖母和迈克·欧克利在捍卫公平的呼吁中,经常会忘记行为得当,不过尽管被捕,他们也从来不会被关进监狱,相反,瓦尔克扎克军士还会给他们送去两杯卡布奇诺。

我十岁那年,父亲再婚。他从来没把他的女朋友介绍给我们,并且一直称单身很自由。我们没想到他会放弃这份自由。有一天,他宣布会带一个女性朋友过来吃晚饭,那时妮妮祖母已经悄悄给他找了好几年的女朋友,她赶紧实施行动,准备给这个女人留下一个好印象,我则打算对这个女人进行攻击。家里如火如荼地忙了起来:妮妮祖母请来清洁公司,弄得家里弥漫着一股漂白粉和栀子花的味道,末了,又混入了桂皮鸡这道摩洛哥菜的味道。波波祖父刻录了一些他最喜欢的音乐作为背景音乐,可在我听来就跟牙医诊所里的没什么两样。

我们有两个星期没见到父亲了,在约好的那天晚上,他带着苏珊过来。苏珊有一头金发,脸上有雀斑,穿着打扮没什么品位,我们都很惊讶,因为我们一直都觉得他喜欢讲究的女孩,比如还没生孩子也没在欧登塞①开始操持家务时的玛尔塔·奥拓。没过几分钟,苏珊

---

① 欧登塞,丹麦城市,位于哥本哈根与日德兰半岛之间。

就以她的朴实单纯赢得了我祖父母的喜爱，不过我是个例外；我对她太粗暴了，所以妮妮祖母不得不以要把鸡端过来为借口，拉着我的一只胳膊把我带到一边，给了我几巴掌，让我改变态度。吃完饭之后，波波祖父做了一件难以想象的事情：邀请苏珊去观星台，他以前只带我去过那里。他们在那里停留了好一会儿，在那期间，祖母和父亲一起指责我蛮横无理。

几个月后，父亲和苏珊结婚了。他们在一个海滩办了婚礼，仪式不算正式，这种结婚方式其实早在十年前就已经过时了，可苏珊喜欢。波波祖父可能希望以某种更舒服的方式来庆祝，而妮妮祖母则是如鱼得水。苏珊的一个朋友从教会获得了函授证书，主持了仪式。大家都强迫我参加，不过我拒绝像我祖母提议的那样，打扮得跟个小仙女似的去送戒指。父亲穿了一身白色中山装西服，衣服跟他的性格和政治倾向都极为不符。苏珊穿了一件质地轻薄的衬衫，头上系了根点缀着许多野花的丝带。这身打扮也很过时。参加婚礼的宾客都手提着鞋子，站在雾气蒸腾的沙地里，倾听了半小时司仪神父的甜蜜建议。接着在同一个海滩的游艇俱乐部有一个庆祝会，大家跳舞喝酒直到半夜，可我却把自己关在祖父母的大众车里，只有在好心的欧克利坐着轮椅过来给我送一块蛋糕的时候才会探出头来。

祖父母希望这对新婚夫妇能过来跟我们一块住，因为有的是地方，可父亲坚持在同一个小区里租了一套还没祖母厨房大的房子，因为他负担不起更好的了。飞行员工作忙碌，赚得不多，而且总是很累：这不是一份令人羡慕的职业。在他们安顿下来之后，祖父认为我应该搬去跟他们一起住。我的哭闹没能让祖父改变意见，甚至连苏珊这个打从第一次见面就让我觉得很容易被吓到的女人都不为所动。苏珊是个性情平和的女人，她总愿意去帮助别人，不过跟妮妮祖母不同的是，她没那么咄咄逼人，不会得罪帮助的对象。

现在我明白,苏珊当时面对的是一份吃力不讨好的任务——照顾一个由老人带大的、娇生惯养且颇有些怪癖的黄毛丫头。那时的我只吃白色的食物——米饭、爆米花、烤面包和香蕉,而且晚上还失眠。她并没有照常规方式强迫我吃饭,而是对食材进行大胆搭配,给我做尚蒂伊鲜奶油配火鸡胸脯肉、椰子冰激凌配花菜等,直到我慢慢从白色食物过渡到米色——胡姆斯酱、一些谷物类、牛奶咖啡,然后再进展到一些个性化的颜色,比如绿色、橙色和彩色,只要没有甜菜头就行。她不能生孩子,为了弥补这个遗憾,她试图让我跟她亲近起来,可我在她面前倔得像头骡子。我把我的东西都放在祖父母家,到了要睡觉的时候,才背着小包,带上闹钟和要看的书到父亲家。每天晚上我都睡不着觉,只能发着抖把头埋在毯子下面。爸爸不能忍受我傲慢的态度,所以我只能装作高傲有礼的样子,这是我从英国电影里的大管家身上获取的灵感。

我唯一的家就是那个被粉刷得花哨艳丽的大宅子,我每天放学之后都去那里做作业,玩耍,期盼在旧金山工作的苏珊下班后忘记来接我,可这从来都没有发生过:我的继母有种接近病态的责任感。第一个月就这么过去了,后来她带来了一条狗,跟我们一起生活。她在旧金山警察局工作,训练狗闻炸弹。从2001年开始,恐怖主义的阴影蔓延开来,这个专业才受到重视。可在她跟我父亲结婚的那个时候,她和她那些粗鲁的同事还拿训练狗闻炸弹这件事情来打趣,因为自从人类有记忆以来,还没有人在加利福尼亚放置过炸弹。

每只警犬在这一辈子都只跟一个人合作,双方相互配合,甚至能达到心灵相通的地步。苏珊从狗窝里选择最机灵的一只,并找来最合适的人跟它搭档,这个人最好是在动物的陪伴下长大的。虽然我曾经发誓要把继母的生活弄得一团糟,但在埃尔维面前,我没法狠下心来。埃尔维是一条六岁的拉布拉多犬，它比任何人都要聪明可爱。现在我掌握的所有关于动物的知识都是来自苏珊，她还打破了驯养守则最基本的规矩，允许我跟埃尔维一起睡觉。就这样，它帮着我战胜了失眠。

继母无声的陪伴在这个家里变得自然且必须，我甚至都很难想起她来之前的生活是怎么样的。如果爸爸上班——当然他大部分时间都在上班，苏珊会允许我在祖父母的家里过夜，我在那个家的房间依然保持原样。苏珊很爱我的波波祖父，她陪他去看二十世纪五十年代的瑞典电影，都是黑白电影，还没有字幕，电影情节只能靠猜想。她还跟他去一些弥漫着烟味的小酒吧里听爵士乐。在对待毫不温顺的妮妮祖母时，苏珊用上了训练狗闻炸弹的方法：温柔坚定，奖惩交替。她温柔地让妮妮祖母知道她很爱她、愿意帮助她，坚定地阻止妮妮祖母试图跳窗到我们家里来检查洗手间是不是干净，或是偷偷地给我送些糖果；在祖母用各种礼物、忠告和智利菜弄得她疲于应对的时候，她会消失几天以示惩罚；而在一切顺利的时候她会带祖母去树林里散步。她还把这一套方法用在了她丈夫和我的身上。

虽说善良的苏珊可能不太满意祖父母教育我时采取的东游西走的方式，但她从来不干涉我和祖父母之间的事情。祖父母确实很娇惯我，我青少年时期遇到的很多心理专家都认为这是我问题的根源，可事实并非如此。妮妮祖母按照智利的方法来养育我，给予我足够的食物和关怀，立清楚规矩，偶尔来几巴掌。有一次我威胁说要去警察局告她虐待儿童，她用汤勺狠狠地揍了我一顿，把我的头打了个鸡蛋大的包。这一顿打干脆地断了我的念头。

我参加了一场古兰多宴，这是奇洛埃的特色菜，非常丰盛，也是全村的节日。由于生态游旅行社的游艇中午之前就会到，准备工作很早就开始了。女人们切西红柿、洋葱、大蒜和香菜来做调料,她们准备了黄油土豆羹和土豆丝面包,还把土豆、面粉、猪油和炸猪皮一起揉成小块——在我看来这很难吃。男人们则挖了一个大洞,把很多石头放在洞里,然后在上面点上火。当柴火烧尽的时候,石头变得滚烫,快艇也在这个时候到达。导游向游客介绍这个村子,并给他们时间去买纺织品、贝壳项链、爱神木果酱、黄金酒①、木雕、淡化老年斑的蜗牛霜、薰衣草,总之,买岛上的寥寥几样东西。没过多久,游客在海滩上冒着烟的坑边集合。厨师将一口漂白土质地的锅放在石头上,把汤倒进去,众所周知,这种汤具有催情效果。然后厨师再一层层地倒入土豆丝面包、黄油土豆羹、猪肉、羊肉、鸡肉、蚌类、鱼肉、蔬菜和其他我没来得及记下来的内容,用白色湿布把锅盖起来,布上再盖上巨大的智利根乃拉叶子,接着铺上一个大布袋。袋子沿着锅盖边垂下来,就像是给锅穿了条裙子。最后,他再撒上沙子。在一个小时多一点的烹饪时间中,食材藏在热汤里,化作汤汁和浓郁的香味。这期间,游客们则拍摄冒出的烟雾,喝着皮斯科酒②,听马努艾尔·阿里亚斯进行介绍。

有这样几种游客:老年智利游客,来度假的欧洲游客,形形色色的阿根廷游客,还有来历不明的背包客。有时候还会来一些亚洲或是美国游客,他们一本正经地翻着手上的地图、导游手册和介绍当地动植物的书。这些游客中,除了背包客更喜欢躲在灌木丛后面抽大麻,其他人都很高兴能有机会听一个出过书的作者给他们介绍岛上的神奇传说,而且他还能根据情况用英文或是西班牙语来讲解。马努艾尔并不总是那么讨人厌;在谈到他研究的领域时,他能变成一个

---

① 黄金酒,智利奇洛埃岛的特产,由烈酒、乳清、藏红花和柠檬皮调制而成。
② 皮斯科酒,一种由葡萄蒸馏酿制而成的烈性酒。

有趣的人，不过这持续不了多长时间。他给游客们讲述奇洛埃的历史、传说和习俗，并告诉他们，岛上的居民都比较谨慎，得要慢慢以尊重来赢得他们的信任，就像要一点一点、心怀尊重地适应这里荒芜的自然、严酷的隆冬和说变就变的大海一样。慢慢地，非常慢才行。奇洛埃不适合急性子的人。

来到奇洛埃的人都希望能够体验过去的生活，可在格兰德岛的城市里，他们会倍感失望。只有在我们的小岛上，他们才能找到他们想要的东西。我们并不想蓄意欺骗，可恰巧在古兰多宴这天，在海滩附近出现了牛和羊，沙滩上晾出来的渔网和小船也比往日要多。大家穿戴着最原始的帽子和斗篷，没人会想到拿出手机来。

专家精确地知道坑里的美味佳肴什么时候烹制妥当，他们用铲子把沙子拨开，小心翼翼地掀开袋子、智利根乃拉叶子和白布，这时一股雾气直冲天际，古兰多的香味四溢。大家都猛地静了下来，接着欢呼鼓掌。女人们将海鲜肉块盛出来，装在纸盘子里端上来，再重新倒上皮斯科酸鸡尾酒，这种酒是智利国酒，能醉倒一个哥萨克人①。最后我们不得不搀扶着一些游客，把他们送回快艇上去。

波波祖父可能会喜欢这种生活、这里的风景、这里丰富的海鲜和这里悠闲的时光。他从没听说过奇洛埃，不然他会把这个地方列入他死前必须去的清单。我的波波祖父……我真想他！他就像一头熊，高大、强壮、行动迟缓、温柔和蔼，他的身体暖得像个火炉，散发着烟草和香水的味道，他有低沉的嗓音和仿佛发自泥土深处的笑声，还有一双能把我举起的大手。他总是带我去看足球赛和听歌剧，他回答我无穷无尽的问题，他还给我梳头发。我们一起观看黑泽明的电

---

① 哥萨克人，生活在东欧大草原的游牧民族，以骁勇善战和精湛的骑术著称。

影,我从中受到启发,创作出冗长的诗歌,他总是为我鼓掌喝彩。我们一起在家里的观星台上用望远镜观察黑色的天空,寻找他那颗行踪不定的行星,一颗绿色的、我们从来都没有找到过的星星。"你要跟我保证,你会永远像我爱你一样爱自己,玛娅。"他总这么跟我说。我跟他保证,却不知道这句奇怪的话究竟意味着什么。他毫无条件地爱着我,我的缺陷、偏执、弱点,他通通都接受,即使我不值得他鼓掌,他依然会这么做,可妮妮祖母不一样,她认为孩子的努力不应该被鼓励,因为孩子会习惯这一点,以后没人表扬他们的时候,他们会很难过。不管我做了什么,波波祖父都能原谅我,他安慰我。我笑的时候他也会笑,他是我最好的朋友,也是我的同谋和心腹。我是他唯一的孙女,也是他没能拥有的女儿。"波波祖父,告诉我你最爱的人就是我。"为了让妮妮祖母不高兴,我故意这么说。"你是我们最爱的人,玛娅。"他以外交辞令回答我,不过我敢肯定,他更爱我;祖母没法跟我比。波波祖父自己不会挑选衣服,妮妮祖母帮他操持,可在我满十三岁的时候,他注意到我用一条围巾束胸,而且勾着腰走路来掩饰胸部,于是他带我去买了第一个文胸。因为害羞,我没跟妮妮祖母或是苏珊说起过胸部的烦恼,但我可以非常自然地在波波祖父面前试文胸。

伯克利的家就是我的世界:下午跟祖父母一起看电视连续剧,夏天的周日在阳台上吃早餐,父亲过来的时候我们还会一起吃晚饭,黑胶唱片里玛丽亚·卡拉斯①的歌声弥漫在书桌、书本和厨房的香味中。在这个小小的家庭中,我平静地度过生命的第一阶段,可在十六岁那年,用我妮妮祖母的话来说,由于大自然破坏性的力量,我的血液骚乱、思维模糊起来。

---

① 玛丽亚·卡拉斯(1923—1977),著名美籍希腊女高音歌唱家。

我把波波祖父去世的年份文在左手手腕上:2005。那年二月,我们知道他生病了;八月份,我们送走了他;九月份,我满了十六岁,我的家庭变得支离破碎。

我没法忘记波波祖父开始离开我们的那天。我留在学校排练话剧,我们的戏剧老师颇有野心,给我们安排了伟大的《等待戈多》。排练结束后我走回祖父母家。到家的时候已经是晚上了。我一边呼唤着他们一边走进屋,打开屋里的灯,屋里又黑又冷,我觉得很奇怪,因为那时本应当是家最吸引人的时刻:温暖,有音乐声,满屋都是妮妮祖母锅里传出的香味。在那个时候,波波祖父会坐在书房的安乐椅里看书,妮妮祖母则一边听收音机里的新闻一边做饭。在那个晚上,一切都变了。妮妮祖母以前按照一本杂志上的样子,给客厅沙发加了一个套子,此时他们正紧紧靠着彼此,坐在那张沙发上。他们似乎变得矮小了些,我一直都觉得时光并没有在他们身上留下什么印记,可那时,我第一次察觉到他们已经老了。我每天、每年都跟他们在一起,没有意识到他们的变化,认为他们就像山一样永恒不变。我不知道这究竟是因为我一直都用灵魂而非肉眼在观察他们,还是因为他们就在那几个小时里猛地衰老了。我也没有注意到,在那几个月里,祖父迅速消瘦,衣服穿在身上空荡荡的,妮妮祖母在他身边都不显得像以前那样瘦小了。

"祖父,祖母,这是怎么了?"我的心猛地跳了一下,在他们回答我之前,我已经猜到了答案。妮狄娅·维达尔这个不可战胜的斗士被打倒了,她的眼睛有些肿,是哭的。波波祖父做了个手势,让我跟他们一起坐着,他拥抱着我,让我紧紧贴在他的胸口上,告诉我,他身体不舒服有一段时间了,他一直胃疼,医生给他做了很多项检查,确认了原因。"你得什么病了,波波祖父?"我叫着问。"胰腺出了点问题。"他说,祖母痛苦的呜咽声让我明白他得的是癌症。

九点左右,苏珊像平时一样过来吃晚饭,她发现我们三个颤抖着在沙发上抱成一团。她把暖气打开,打电话叫了比萨外卖,然后给身在伦敦的爸爸打电话,告诉他这个坏消息。最后,她在我们旁边坐下,沉默地握着波波祖父的手。

为了照顾祖父,妮妮祖母放弃了一切:图书馆、故事、街头抗议、罪犯俱乐部,任我童年记忆中一直温暖的火炉冷去。癌症这个狡诈的敌人没有任何征兆地袭击了我的祖父,当他察觉的时候已经病入膏肓。妮妮祖母带着丈夫去华盛顿乔治城大学的医院,那里有最好的专家,可这也于事无补。医生说做手术已经没有意义,祖父又不愿意接受化疗来延长几个月的生命。我通过网络和图书馆寻找资料,研究他的病,发现美国平均每年发现的四万三千例癌症病人当中,大概有三万七千例是癌症晚期,只有百分之五的病人治疗有效,而癌症晚期病人最多能活五年;总之,只有奇迹才能拯救我的祖父。

在祖母带他去华盛顿的那个星期,波波祖父病情恶化得很快,当我、爸爸还有苏珊去机场接他们的时候,我们几乎没认出他来。他更瘦了,走路步履蹒跚,驼着背,眼珠泛黄,肤色暗淡发灰。他迈着碎步,好不容易走到苏珊的小车边,累得汗直流。到了家,他没力气爬楼梯,我们不得不在一楼他的书房里准备了一张床,他一直睡在那张床上,直到后来我们弄来一张医院病床。妮妮祖母跟他一起睡,她像一只猫一样蜷缩在他的身边。

为了保护她的丈夫,祖母拿出她对待失败的政治和人道主义事业的激情来面对上帝,她先是哀求、祈祷和许诺,后来则开始诅咒,并威胁要成为一个无神论者。"我们跟死亡做斗争能得到什么结果呢,妮狄娅?它早晚都会赢的。"波波祖父嘲笑她。看到传统科学没用,祖母寄希望于其他替代疗法,比如草药、水晶、针灸、萨满教巫医、灵光按摩,甚至还从蒂华纳①请来了一个小女孩,她身上有圣疤,据说有魔力。她的丈夫用自他们相识以来就一贯拥有的好脾气来忍受着这些怪诞的疗法。一开始爸爸和苏珊还试图保护这对老人,不让庸医接近他们,因为骗子不会放过任何机会来骗妮妮祖母的钱,可后来爸爸和苏珊退让了,因为他们发现随着时间的流逝,只有这些绝望的法子能让妮妮祖母保持忙碌。

最后几周我没去上课。我住在祖父母的魔法屋里,想要帮助妮妮祖母,可我比病人还要情绪低沉,所以她得要照顾我们两个人。

苏珊是第一个鼓起勇气提起善终服务②的。"只有垂危的病人才需要这服务,保罗才不会死!"妮妮祖母叫道。可慢慢地,她还是让步了。于是卡罗琳来了,她是个待人温柔有礼的志愿者,非常专业,她告诉我们接下来会发生什么,她的组织能怎样帮助我们且不产生任何费用,他们能让病人舒舒服服的,而且可以给我们提供精神或心理上的安慰,甚至能帮我们避开在医生身上和葬礼中可能遇到的一些官僚主义作风。

波波祖父坚持要死在家里。他的病情就像卡罗琳所预言的那样一步步发展,可我很惊讶,因为我跟妮妮祖母一样期待着神灵保佑,阻止不幸的发生。其他人都会死,可我们最爱的人不会,特别是波波祖父,他是我生命的中心,是维系着整个世界的地心引力;没有他,我没了依靠,随便一丝清风都能把我卷走。"你发过誓,你永远都不会死的,波波祖父!""不,玛娅,我说的是我永远都会和你同在,我希望履行我的诺言。"

---

① 蒂华纳,墨西哥西北边境城市。
② 善终服务,指为垂死病人及其家属提供全面的照顾,这一服务源自英国,现在欧美及澳洲等地均有提供。

善终服务的志愿者们把医院的病床放置在客厅宽大的窗边,这样在夜里,祖父就能想象星星和月亮照耀在他身上,可由于松树的枝叶挡住了天空,事实上他没法看到这些。他们给祖父在胸前开了个口,用药的时候就不需要再重新扎针,并且教我们在不让他离开病床的情况下怎样移动他,给他洗澡还有更换床单。卡罗琳每天都来看他,她跟医生、护士和药房沟通;每周至少有一次,当家里的人都打不起精神出门时,她还会负责去买东西。

迈克·欧克利也来看我们。他像开赛车一样驾驶着他的电动轮椅过来,身后还经常跟着两个被他拯救回来的帮派混混。当他和我的妮妮祖母在厨房喝茶的时候,他指挥着他们倒垃圾,用吸尘器吸地板,打扫庭院,做其他家务。在一次跟流产有关的示威游行活动中,迈克·欧克利和祖母发生了争吵,因为他是忠诚的天主教徒,坚定地反对流产。接下来几个月他们没有来往,而祖父的病让他们和好了。虽然有时这两人的观点截然不同,可他们不会记恨对方,因为他们太爱彼此,而且有很多共同之处。

如果波波祖父是醒着的,"白雪公主"会跟他聊一会儿天。他们并没有多深厚的友情,我相信他们有点嫉妒彼此。有一次我听到迈克·欧克利在跟波波祖父谈起上帝,我觉得有义务去提醒他,他是在浪费时间,因为我的祖父是不可知论者。"你确定吗,姑娘?保罗这一辈子都在用望远镜观察天空,他怎么可能没隐约见过上帝?"他答道,不过他没有试图违背祖父的意愿来拯救他的灵魂。后来医生给祖父开吗啡,卡罗琳告诉我们会给我们提供足够量的吗啡,因为病人有权利在没有痛苦的情况下体面地死去,这时欧克利也克制住了自己,没跟我们说安乐死的坏处。

不可避免的时刻还是来了,祖父彻底失去了力气,我们不得不拦住排着长队来看他的学生和朋友们。他一直都穿着体面,虽说现在他身体虚弱,而且只有我们能看到他,他依然很讲究。他让我们帮他擦洗,剃胡子,保持房屋通风。他害怕这不幸的疾病让我们伤心。他的眼睛暗淡无光且凹陷下去,手就像鸡爪,嘴唇溃烂,皮肤上满是瘀斑,整个人形销骨立;祖父就像是被烧焦的树干,可他还能听音乐和回忆。"请把窗户打开,让欢快的风吹进来。"他请求我们。有时候他虚弱得发不出声音,好些的时候我们会把病床支起来一些,让他靠着跟我们聊天。他想在离开之前把他的生活经历和智慧传授给我。他始终非常清醒。

"你害怕吗,波波祖父?"我问他。

"我不害怕,可我很遗憾,玛娅。我真希望还能再跟你们一起生活二十年。"他答道。

"另外一个世界会有什么呢,波波祖父?你觉得人死后有灵魂吗?"

"这有可能,可还没得到证明。"

"你那颗行星的存在也没得到证明,可你相信它存在。"我驳斥他,他高兴地笑了。

"你说得有理,玛娅。只相信能够被证实的东西,这真是很荒谬。"

"你还记得带我去天文台看彗星的那次吧,波波祖父?那天夜里我就看到了上帝。没有月亮,天空黑黢黢的,缀满了钻石,我透过望远镜看到了彗星的尾巴。"

"干冰、氨、甲烷、铁、镁①和……"

"那就像新娘的婚纱,上帝就在它后面。"

---

① 彗星是由以上物质组成的。

"是什么样子的?"他问。

"就像发光的蜘蛛网,波波祖父。蜘蛛网的丝把所有存在的东西都联系在一起。我没法跟你说清楚。当你死去的时候,你就像彗星一样翱翔,我会抓着你的尾巴跟在你的后面。"

"我们会变成恒星的粉末。"

"波波祖父!"

"姑娘,你别哭。因为你会把我也弄哭,然后你妮妮祖母也跟着哭,我们没法安慰彼此了。"

在他生命的最后几天,他只能吞咽几勺酸奶和一点水。他几乎不说话,也没有呻吟;他紧紧地抓着妻子或是我的手,在吗啡的作用下半睡半醒。我怀疑他是否知道自己身处何地,可他一定知道他爱我们。妮妮祖母一直在给他讲故事,到最后,他已经听不到她的故事,可会随着她的声音偶尔动一下。她给他讲两个恋人的故事,他们投胎到不同的时代,他们一起冒险,死去,然后在其他的轮回中再次相遇,永远在一起。

我在厨房、厕所、观星台、花园,在任何能躲的地方用我编出来的祷告文祈祷,我恳求迈克·欧克利的神怜悯我们,可这个遥远的神一直不理会我。我把自己弄得身上布满了瘀伤,头发大把大把地掉,把指甲咬到流血。妮妮祖母用胶布把我的手指包扎起来,强迫我戴着手套睡觉。我没法想象没了祖父的生活,可我也受不了他在漫长的弥留状态中所受的苦,最后我向神祈求让祖父快点解脱,别再受苦。如果祖父要求的话,我会给他注射更多吗啡,帮他死去,这很容易,可他从没提过这样的要求。

夜里,我穿着衣服睡在沙发上,我睡不安枕,时刻警惕着,所以当告别时刻到来的时候,我比谁都先知道。妮妮祖母那晚吃了一颗安眠药,想要休息一会儿,我跑过去把她叫醒,接着我给爸爸和苏珊打

061

了电话,他们十分钟之内就赶到了。

穿着睡裙的祖母爬到病床上,把头靠在他的胸口,他们一直都是这样睡的。我站在床的另一边,也低下头靠在他的胸口,他的胸膛原本强壮宽阔,足够我和祖母两个人依靠,可那时几乎已经停止了跳动。波波祖父的呼吸声微弱得听不到,在漫长的一刻,他似乎已经停止了呼吸,可没过多久他就睁开了眼睛,看了看爸爸和苏珊,他们俩正围着他静静流泪,接着他吃力地举起一只大手,把手放在我的头上。"等我找到了那颗行星,我会用你的名字来给它命名,玛娅。"这是他说的最后一句话。

祖父过世的这三年里,我很少提到他。这使得我和俄勒冈的心理医生之间出现了不少问题,他们强迫我来"解决丧亲之痛",他们说得很轻描淡写。有些人就是这样,他们认为失去亲人的痛苦都是一样的,只要掌握方法,过一段时间就能摆脱这种痛苦。妮妮祖母坚强的处世哲学更适用于这种情况:"还是咬紧牙关忍着吧。"她经常这么说。这样的痛苦,灵魂的痛苦,是药物、疗法或是度假都治愈不了的;这样的痛苦就只能在心里忍着,理所当然,也没有缓解的方式。我原本应该像妮妮祖母一样,而不是否认我的痛苦,强行压抑住横亘在胸口里的那声怒吼。在俄勒冈,医生给我开了抗抑郁药,我没吃,因为这药让我变得像个白痴。他们监督我吃药,不过我可以嘴里含块口香糖骗过他们,我用舌头把药片粘到口香糖上,过几分钟再吐出来。悲伤陪伴着我,我不想把它当成一场伤风感冒一样治愈。我也不想跟那些别有用心的心理治疗师来分享我的回忆,因为我告诉他们的任何一件关于祖父的事情对他们来说都是无关紧要的。可在位于奇洛埃的这座小岛上,我每天都跟马努艾尔·阿里亚斯讲述我波波祖父的奇闻逸事。波波祖父跟这个男人截然不同,可他们俩都像大树,跟他们在一起,我感觉到安全。

就在刚才,我跟马努艾尔好好交心了一番,这很难得。以前我跟波波祖父也常这样。我看见他正注视着落地窗外的黄昏,于是我问他在干吗。

"在呼吸。"

"我也在呼吸。我问的不是这个。"

"在你打断我之前,玛娅,我就是在呼吸而已。你以后就明白不思考只呼吸有多难了。"

"这叫冥想。妮妮祖母每天都冥想,她说这样就能感觉到波波祖父在她身边。"

"你能感觉到吗?"

"以前不能,因为我的灵魂被冻僵了,什么都感觉不到。但现在我觉得,波波祖父就在这附近徘徊,徘徊……"

"什么让你改变了?"

"一切,马努艾尔。首先,我神志清醒,而且这里很宁静、空旷。如果能像妮妮祖母那样冥想的话,那会对我有好处的。可我每时每刻都在想问题,我的脑子里总充斥着各种念头。你觉得这很糟糕吗?"

"要看是什么念头……"

"就像祖母说得一样,我可不是什么伊本·西那,不过我能想出一些好点子。"

"比如说?"

"现在我不知道怎么回答你,等我想出来好主意的时候会告诉你的。你只想着你的书,可其他更重要的事情你却不考虑,比如说,在我来之前,你的生活有多无聊。还有,我走了以后你怎么办?你该考虑谈恋爱了,马努艾尔。所有人都需要爱情。"

"是吗,那你呢?"他笑着问我。

"我还能等。我才十九岁,日子还长着呢;可你已经九十岁了,可能五分钟之后就死了。"

"我只有七十二岁,不过我还真有可能五分钟后就死了。这是不谈恋爱的一个好原因,把一个可怜的女人变成寡妇,这可真是太失礼了。"

"这个想法真是令人讨厌。"

"跟我一起坐坐,玛娅。让我这个垂死的老人跟你这个漂亮姑娘一起呼吸。当然,前提是你要安静一会儿。"

我们一起静静地坐到天黑。波波祖父陪伴着我们。

随着祖父的离世,我失去了方向和家庭;我的父亲生活在空中,苏珊和埃尔维被派到伊拉克去闻炸弹,妮妮祖母整日为她死去的丈夫哭泣。我们连狗都没有了。以前苏珊经常把怀孕的母狗带到家里,待到小狗三四个月大后,才把它们带去训练;要是喜欢上了这些小狗,那就将是一场悲剧。当我的家庭四分五裂的时候,如果有那些小狗陪伴着我,也是一个安慰。没有了埃尔维和小狗们,我甚至连与之分享悲痛的对象都没有。

我父亲又爱上了其他人,他做得很明显,仿佛故意提醒苏珊,让她知道似的。四十一岁的他想让自己看起来才三十岁,他花大价钱去理发、买运动装,他在健身房里举哑铃,还用紫外线把皮肤晒成古铜色。他比以前任何时候都要帅气,鬓边的白发更是让他显得魅力非凡。苏珊则厌倦了等待一个永远没有完全降落、随时准备出发、在电话里跟其他女人窃窃私语的丈夫,她自暴自弃,任岁月在她身上留下痕迹。她更胖了,打扮得像个男人,从药房买来一打一打的眼镜轮着戴。她抓住去伊拉克的机会来逃离这段可耻的关系。分开对他们两人都是一个解脱。

我祖父母之间的是真正的爱情。1976年，那个从智利逃亡出来、随时准备好行李的女人和那个经过多伦多的美国天文学家之间产生了激情，这段激情一直维持了三十年。波波祖父去世后，妮妮祖母难过而迷茫，她变得都不像她了。而且她的钱也花光了，因为在短短的几个月中，疾病的治疗耗尽了他们所有的积蓄。她有丈夫的抚恤金，可这钱不够维持她那风雨飘摇的家。她提前两天通知了我，然后就把房子租给了一个来自印度的商人，随后那个家里就塞满了他的亲戚和商品，而祖母则搬到爸爸车库上面的一个房间里。她放弃了老宅子里的大部分东西，只带走了这么多年里她丈夫在屋里四处留下的爱的讯息，我的画、诗和证书，还有照片，它们是无可辩驳的证据，证明了她跟保罗·迪特森二世曾经分享过的幸福生活。她曾经在这个房子里被人深深爱过，放弃这个地方，是又一次的丧亲之痛。对我来说，这是致命一击，我觉得我失去了一切。

妮妮祖母完全沉浸在哀伤之中，我们住在同一个屋顶下，她却看不到我。一年之前，她还是一个年轻的女人，精力充沛，快乐，而且爱多管闲事。她顶着一头乱糟糟的头发，穿着样式粗犷的凉鞋和长长的裙子，总是在忙碌地帮助他人或是酝酿新鲜主意；现在她是一个心碎的老寡妇。她抱着丈夫的骨灰盒，告诉我心碎就像杯子碎一样，有时候只是静静地出现一道裂痕，有时候则会裂成无数的碎片。不知不觉中，她放弃了以前色彩艳丽的衣服，只穿黑色的丧服，她也不再染发，看上去老了十岁。她疏远了朋友们，连"白雪公主"也不例外，当他试图邀请她去参加反布什政府的抗议时，她都拒绝了，要知道，这种抗议活动可能导致被捕，这类刺激从前对她来说是无法抗拒的。她沉浸在死亡的阴影中。

爸爸知道祖母吃了多少安眠药，她开的大众车撞了几次，她有多少次忘记关煤气阀门，她狠狠地摔了几跤，可他没有插手母亲的生

065

活,直到有一天他发现她把所剩无几的积蓄花在跟她死去的丈夫沟通上。他跟踪她来到奥克兰,在一个画着星座符号的小作坊门口把她拦了下来,那儿有一个通灵师,她靠帮人跟逝去的家人或是宠物沟通来谋生。妮妮祖母任父亲将她送到了心理医生那里,每周两次,医生给她吃了很多药。她没有"解决丧亲之痛",依然为波波祖父的去世而哭泣,可她总算是不像从前那样终日抑郁了。

慢慢地,祖母开始离开她车库上的那个巢穴,接触世界,她惊讶地发现这个世界并没有停滞。在短短的时间里,保罗·迪特森二世的名字已经被抹去,甚至就连他的孙女也不再提起。我躲进了一个蜗牛壳里,不让任何人靠近我。我变得奇怪、尖锐、爱使性子,别人跟我说话的时候我不搭理,在家总是来去匆匆,压根不帮忙做家务,稍有不顺心的就摔门。心理医生告诉妮妮祖母,我的青春期到了,还有些抑郁症,建议她给我报名参加帮年轻人克服丧亲之痛的帮助小组,可我听都不想听。在最黑的夜里,当我万分绝望的时候,我能感觉到波波祖父的存在。我的悲伤在呼唤着他。

在三十年里,妮妮祖母一直都躺在她丈夫的胸口,伴随着他沉稳的呼吸声入睡;在这个善良的男人的保护下,她过着舒适的生活。她参照占星术实施的怪诞言行,嬉皮士风格的装修,政治上的极端思想,来自异国他乡的厨艺,这一切他都接受;她情绪易变,性情冲动,还时不时因为突如其来的预感而更改家中原本好好儿的计划,他也都默默忍受。可当她最需要安慰的时候,儿子不在身边,孙女变成了一个偏激易怒的人。

这时迈克·欧克利再次出现,他的背部又做了一次手术,并且在一个复健中心待了好几周。"你一次都没来看过我,妮狄娅,连电话都没一个。"这是他的开场白。他瘦了十公斤,蓄了胡子,我几乎没认出他来。他看起来老了些,跟以前不同有些不同,不那么像妮妮祖母的儿子了。"我做什么才能让你原谅我,迈克?"她朝轮椅弯下身子,祈求他的原谅。"给我的小伙子们烤饼干吧。"他说。妮妮祖母得一个人烤饼干,因为我宣布已经受够了"白雪公主"收留的那些迷途知返的犯人,也厌倦了其他对我来说无关紧要的伟大事业。妮妮祖母举起手来想给我一耳光,我应该挨这一耳光,可我抓住了她的手腕。"你别想再打我,要不然以后就再也看不到我了。明白了吗?"她明白了我的意思。

祖母再度站了起来,继续前行。她回到图书馆工作,不过她已经编不出新故事,只能重复以前的故事。她在树林里久久徘徊,并开始经常去参禅中心。其实她完全没有安静的天赋,但冥想强迫她静下来。她祈求波波祖父的到来。他会轻柔地过来,坐在她的身边。我只陪她参加过一次周日的禅道仪式,当时我耐着性子勉强听了一段关于打扫禅院的和尚们的讲话,内容我一点也没听进去。祖母以莲花座的姿势坐在一群剃了头、穿着南瓜色袍子的佛教徒中间,这一幕让我感觉到她有多孤独,可我的同情心转瞬即逝。没过多久,当我们跟其他来访者一起喝绿茶吃有机茶点的时候,我又恨起她来,就像我恨全世界一样。

自从波波祖父被火化,骨灰被装在一个陶罐里交还给我们之后,我就再也没在人前哭过;我再没提过他的名字,也没有告诉任何人他会出现在我面前。

我那时在伯克利中学上学,这是城里唯一一所公立中学,也是全国最好的中学之一,学校非常大,有三千四百个学生:百分之三十的白人,百分之三十的黑人,剩下的还有拉丁人、亚洲人和混血人种。在我波波祖父上这所中学的年代,这里就是一个动物园,教导主任们干个一年就会精疲力竭地辞职,可在我上学的时候,这里的教育质量非常好;虽然学生们的水平参差不齐,校园却整洁干净,只有厕所除外,每天放学时那里就会变得非常恶心。教导主任已经干了五年。大家都说教导主任就像个外星人,因为他的皮肤跟厚皮兽一样,什么都侵入不了。我们有艺术课、音乐课、戏剧课、体育课、科学实验课、语言课、宗教比较课、政治课、社会实践、很多研讨课程,还有最好的性教育,每个学生都要接受这一教育,就连穆斯林和原教旨基督徒①也不例外,不过他们可能并不那么欣赏这门课程。妮妮祖母曾经给《伯克利每日行星报》写信,呼吁给 LGBTD 群体(女同性恋、男同性恋、双性恋、跨性别者和性向可疑者)里添加 H 字母,把双性人也包括在内。这是典型的妮妮祖母的倡议风格,让我神经紧张,因为事态会迅速发展,而且总以我们跟迈克·欧克利到街上抗议而告终。他们总有办法让我加入他们。

用功的学生在伯克利中学能获得进步,然后直接进入最优秀的大学,就像我的波波祖父,他因为成绩优异以及作为棒球运动员所创造的纪录而获得了哈佛大学的奖学金。资质平庸的学生试图低调混日子,懒散的学生被远远甩在后面或是干脆修特殊课程。至于问题最严重的学生,也就是吸毒的和混帮派的,他们不是被学校开除,就是自行离开,最终流落街头。在学校的前两年,我是好学生、运动员,可在三个月之内,我堕落到了最后一等,我的成绩一落千丈,我打架斗殴,偷东西,吸大麻,还在课堂上睡觉。我的历史老师哈鹏先生非常担心,为此找我爸爸谈话,可爸爸也无能为力,只能把我训了一通,让我努力向上,接着就把我送到了健康中心,那里的人问了我一些问

---

① 原教旨基督徒,指反对自由主义神学及历史批判学,以字面的、传统的方式理解《圣经》,接受传统基督教教义的基督徒。

题,当他们确定我没有厌食症,也没有自杀企图时,便把我给放了。

伯克利中学位于市中心,校园是开放式的,所以我混在人群中消失是一件非常容易的事。我开始旷课,我出去吃早饭,下午才回来。学校里有一个咖啡厅,可只有拘谨胆小的学生才去那里,被人看见在那里面吃饭可一点也不酷。妮妮祖母很讨厌这附近店里卖的汉堡和比萨,她坚持让我去咖啡厅吃饭,说那里的食物是有机的,好吃又便宜,不过我从来不听她的。我们学生们在附近的帕克广场集合,广场离警察局只有五十米,那里盛行丛林法则。家长们抗议帕克广场的吸毒和休闲文化,报纸上也刊登了文章,警察在周围巡视,却并不插手,老师们则乐得清闲,因为那里已经不是他们的领土范围了。

在帕克广场,根据社会阶层和肤色,学生们分成几组。吸大麻和玩轮滑的有他们的领域,我们白人也一样。拉丁裔的帮派混混们在外围,他们习惯以威胁来维护他们想象中的领地,中间则是毒品贩子。广场一角是一群来自也门的奖学金生,之前传出消息,他们被几个手持棒球棍和小刀的非洲裔学生给欺负了。在另一个角落的是斯图尔特·皮尔,他总是孤零零一个人,因为他曾经向一个十二岁的女孩挑衅,提议比赛跑步横穿一条高速公路,结果那个女孩被两三辆车撞倒;她没死,可是瘫痪在床,满身疮痍,这个玩笑的始作俑者受到了报应,他被大家放逐,再也没人跟他说过一句话。混迹在学生当中的还有染着绿发、在身上打洞和文身的"阴沟里的朋克",拉着塞得满满的小车、带着肥狗的乞丐,一些酗酒者,一位精神错乱、经常把屁股给别人看的女士和其他广场上的常客。

有些学生抽烟,用可口可乐的瓶子带酒喝,打赌,还在警察的眼皮子底下交易大麻和一些药片,不过大部分人享用完下午茶,在学校四十五分钟的休息时间结束时就回去了。我不是这些人当中的一员,我只是去听那些必不可少的课,好弄懂老师到底在说什么。

到了下午,放学的学生们占领了伯克利的市中心,面对着行人及商家怀疑的眼神,我们成群结队地走着。我们拖着脚步,拿着手机,戴上耳机,背着书包,嚼着口香糖,穿着破洞牛仔裤,靠暗号来交流。跟所有人一样,我极为希望成为团队的一员,并且渴望被爱;没有什么比像斯图尔特·皮尔一样被排除在外更可怜的了。在十六岁的那年,我感觉自己跟别人都不一样,我痛苦、叛逆、对这个世界感到愤怒。我并没有试图混迹在人群中,而是尝试攻击;我不希望别人接受我,只想让他们怕我。我远离了以前的朋友,又或许是她们远离了我。我跟萨拉和德比组成了铁三角,虽说在伯克利中学存在一些有心理疾病的学生,可她们俩是学校名声最坏的姑娘。我们三个成立了自己的俱乐部,我们是最亲密的姐妹,就连梦境也会跟彼此分享。我们要么是在一起,要么就是在互相打电话,我们分享衣服、化妆品、钱、食物、毒品,我们无法想象离开彼此的生活,我们的友谊将会持续到生命终结,没有任何人或事能介入我们中间。

我的内心和外表都发生了变化。我感觉到自己似乎快要爆炸,我的肉多了起来,骨头和皮肤却不够,我的血液在沸腾,我自己都无法忍受自己。我害怕陷入卡夫卡式的噩梦,醒来发现自己变成了甲虫。我审视自身的缺点:我的牙齿太大,腿上肌肉太多,耳朵招风,头发是直的,鼻子短,脸上有五个粉刺,指甲被咬得坑坑洼洼,仪态不佳,皮肤太白,个子太高太笨拙。我觉得自己很糟糕,不过有时我能隐约感觉到这一具刚刚成熟的女性躯体有怎样的魅力,不过我还不会使用它。如果在街上有男人看我,让我免费搭车,又或者是有同学触碰我,有老师对我的行为举止或是分数特别感兴趣的话,我都会被激怒,只有无可指责的哈鹏先生是个例外。

学校没有女足队,我在一个俱乐部踢球,有一次,那里的教练让我在球场做俯卧撑,一直到其他的女生都走了为止,然后他跟着我去冲澡,他抚摸了我的全身,由于我没有做出反应,他认为我喜欢这样。我觉得非常难为情,只把这件事情告诉了萨拉和德比,并让她们发誓保守秘密。我放弃了踢球,再也没去俱乐部。

我身体和性格上的改变就像在冰上摔跤一样来得让人猝不及防,我也没意识到自己将会撞个头破血流。我就像被催眠了一样,毅然决然地开始走在危险边缘;没过多久我就过上了一种双重生活,我撒起谎来熟练的让人吃惊,我用叫喊和摔门来反抗祖母,自从苏珊去了战场之后,她就是家里唯一的权威。父亲消失了,我猜他是为了不跟我吵架,故意把他的飞行时间延长了一倍。

跟学校其他同学一样,我跟萨拉和德比一起在网上找到了色情电影,我们模仿着屏幕上女人们的姿势和动作,不过我对此并不感兴趣,因为我觉得这个样子的自己非常可笑。祖母怀疑到了什么,于是她投身运动,反对贬低和剥削女性的色情行业;这可真是毫无新意,因为当年休·海夫纳①荒唐地想要访问伯克利的时候,她就已经带着我跟迈克·欧克利一起参加反《花花公子》的示威游行了。我记得那年我九岁。

我的朋友就是我的世界,我只能与她们分享我的想法和感情,只有她们会从我的角度来看问题,她们理解我,没有其他人能够明白我们的情绪和品位。伯克利中学里的都是乳臭未干的小孩,我们坚信没有人的生活像我们的一样复杂。萨拉借口称曾被继父强奸和殴打,所以患上了偷东西的强迫症,在她偷东西的时候,我和德比紧张地掩护并保护她。事实上,萨拉跟母亲两个人住,她从来就没有什么

---

① 休·海夫纳(1926—2017),美国企业家,《花花公子》的创刊人。

继父,可那个想象出来的变态经常出现在我们的对话中,好像真实存在一样。萨拉就像一只蚂蚱,只有手肘、膝盖、锁骨和其他隆起的骨头,她总是带着一袋零食,她一口气吃光,然后马上跑到洗手间,把手指塞到嗓子眼里。她营养不良得厉害,总是昏倒,就像个死人。她只有三十七公斤,只比我的书包重八公斤,她的理想是体重只有二十五公斤,然后彻底消失。真正在家被打的是德比,她还曾经被一个叔叔强奸过,她狂热地爱好恐怖电影,并对于死后的世界、僵尸、伏都教①、德古拉和着魔中邪等有着病态的兴趣:她买来很老的电影《驱魔人》,总是让我们看,因为她一个人看害怕。我和萨拉打扮成德比喜欢的哥特风格,全身黑装,甚至就连指甲油也是黑色的,我们像鬼一样苍白,只用钥匙、十字架和骷髅头等装饰品,模仿好莱坞吸血鬼那憔悴消瘦、玩世不恭的样子,因此有人给我们取了个外号,叫我们"吸血鬼"。

　　我们三人进行比赛,看谁坏事干的最多。我们设置了一个算分机制,如果犯了事还能逍遥法外就能得分。通常我们做的坏事就是损坏别人的东西,卖大麻、摇头丸、致幻剂和偷来的药品,把学校的墙面喷花,假造支票,在商店里小偷小摸。我们把自己的丰功伟绩记录在一个小本子上,月底的时候计算分数,得分最高的能拿走奖品,一瓶最烈最便宜的"KU:L"牌伏特加酒,这是种来自波兰的伏特加,烈得能够溶解油漆。我的朋友们吹嘘她们滥交,阴道感染,而且还流过产,好像这些是值得骄傲的奖牌似的,不过在我们一起度过的这段时光里我并没看到她们做过类似的事情。这么比起来,我私生活上的严肃正经简直就让人羞愧,因此我想尽快失去童贞,野蛮粗暴的里克·拉莱多帮了我这个忙。

---

① 伏都教,源自非洲西部,是融合了祖先崇拜、万物有灵论、通灵术的原始宗教。

我灵活而礼貌地适应了马努艾尔·阿里亚斯的规矩,我的祖母要是知道,肯定会大吃一惊。她依然认为我是一个该死的姑娘,这几个字根据她语气的不同,可以表示责备或是亲昵,不过她几乎总是表达前者。她不知道我变了多少,我甚至成了一个讨人喜欢的女孩。"棍棒之下学知识,生活就是老师。"她常这么说,不过这句话在我的身上真的应验了。

早上七点的时候,马努艾尔把炉子里的火调大,烧洗澡水,热毛巾,接着爱杜维赫斯和她的女儿阿苏塞纳过来给我们准备一顿丰盛的早餐,内容包括他们自己家鸡下的蛋、自家烤出来的面包和自家牛产的奶,温热的牛奶上还泛着泡沫。这种牛奶有股特别的味道,混合着牛圈味、牧草味和新鲜的牛粪味,一开始的时候我很反感,不过现在我挺喜欢的。爱杜维赫斯希望我在床上吃早餐,"就像一个小姐一样"——在智利的一些有娜娜的家庭,还有这么一个习惯。"娜娜"是对保姆的称呼——不过我只在周日的时候这样,那天我会起得比较晚,因为爱杜维赫斯的外孙小胡安会过来,我和他一起在床上看书,法克则依偎在我们的脚边。我们已经把《哈利·波特》第一卷的一半看完了。

下午,完成跟马努艾尔的工作之后,我会在村子里慢跑;人们奇怪地看着我,不止一个人问过我这么急急忙忙的要去哪里。我需要锻炼,不然我会长胖,因为去年没怎么吃东西,现在我吃得很多。奇洛埃岛上的饮食含有太多的碳水化合物,可我在街上没看到胖子,可能是体力劳动的缘故,这里的人运动量很大。阿苏塞纳·克拉雷斯十三岁,对于这个年纪而言,她有一点胖,不过我没能说服她让她跟我一起跑步,因为她不好意思。"别人会怎么想呢。"她说。这个姑娘生活得很寂寞,因为村子里的年轻人很少,只有一些渔民,五六个游手好闲、沉迷于抽大麻的青少年,还有网吧里的那个小伙子。网吧里供应的咖啡是雀巢速溶咖啡,网络信号时有时无,我尽量避免去那里,因为我怕自己抵制不了电子邮件的诱惑。这个岛上只有露辛达夫人和我生活得与外界隔绝,她是因为年事已高,我则是因为逃亡在外。其他村民都有自己的手机,并且到网吧来上网。

让我吃惊的是,以前哪怕是看动作片我都觉得没劲,可现在我一点也不觉得无聊。我习惯了懒散的时间、漫长的日子和闲暇岁月。我用来消遣的东西很少,跟马努艾尔的日常工作,布兰卡阿姨那些难看的小说,岛上的邻居和成群结队、没人监管的孩子们构成了我的全部生活。我最喜欢的孩子是小胡安·克拉雷斯,他看起来就像个洋娃娃,身体瘦小,头很大,一双黑色的眼睛仿佛能看穿一切。大家都觉得他很愚笨,因为他不怎么说话,可事实上他很聪明:他早早就发觉没人在乎别人说了些什么,所以他干脆什么都不说。我跟男孩们一块踢足球,女孩们都不感兴趣,一方面是因为男孩子不愿意跟女孩踢,另一方面则因为这里从来就没有过女足队。我和布兰卡阿姨决定改变这一状况,等三月的课一开始,孩子们都回到学校了,我们就着手做这件事情。

村里的邻居们向我敞开了大门,不过这只是一种说法,因为这里的门永远都是开着的。我的西班牙语已经好了很多,我们能够磕磕巴巴地进行对话了。奇洛埃人的口音很难懂,他们还使用一些在任何教科书上都找不到的单词和语法结构,据马努艾尔说,这些都是源自古西班牙语,因为奇洛埃很长一段时间都跟智利隔绝。智利1810年就从西班牙独立,可奇洛埃1826年才独立,这里是西班牙人在南锥体占据的最后一块领土。

马努艾尔提醒过我,奇洛埃人比较多疑,可从我的经历看来,并非如此:他们对我很亲切。他们邀请我到他们家,我们一起坐在火炉前聊天,喝马黛茶。这是用一种绿色的草泡出来的苦茶,茶水装在一个葫芦里,一人喝完递给另一个人,每个人都用同一根吸管喝。他们跟我谈起自己的病,还有植物的病,这些疾病有可能是邻居的妒意造成的。好些家庭都因为听说或疑心别家用了巫术而发生纠纷;我不知道他们怎么能敌对那么久,要知道一共大概就只有三百来人,地方也很小,人们就像一群关在笼子里的小鸡崽一样。在这个地方,没有什么秘密能保得住,因为岛上所有的居民就像一个分裂的大家庭,他们记恨着彼此,被迫生活在一起,不过在必要的时候还会相互帮助。

我们谈起土豆——有一百种土豆,或者说是一百种"品质各异"的土豆,红的、紫红的、黑的、白的、黄的、圆的、长的等等。村民告诉我,得要在下弦月的时候种土豆,绝不能在周日种,他们还向我解释在种植和获得第一次收成的时候要如何感谢上帝,当土豆在地底下睡着的时候要怎样唱歌给它们听。据村民们计算,年满一百零九岁的露辛达夫人是能通过唱歌使得收成变好的女歌手之一:"奇洛埃,保佑你的土豆,保佑你奇洛埃的土豆,不要让异乡人夺走你的土豆。"他们抱怨三文鱼养殖场造成的很多问题,还有政府的办事不力,因为政府承诺了很多,办到的却很少,不过他们都认为,虽然米歇尔·巴切莱特[①]是个女人,可她是他们经历过的最好的总统。没有人十全十美。

马努艾尔远远算不上十全十美;他干瘦,朴素,不像我波波祖父那样有一个舒服的肚子,也不会用诗意的眼光来看待宇宙和人心。不过我不能否认,我逐渐跟他亲近起来。马努艾尔不做任何努力来赢得别人的尊重,就算这样,我还是像爱法克一样爱他。他

[①] 米歇尔·巴切莱特(1951—),智利历史上首位女总统,分别于2006—2010年和2013—2018年当选。

最大的缺点就是偏执地追求整洁,这个家就像一个军营,有时我会故意把我的东西乱扔,或是把脏盘子扔在厨房里,想要以这样的方式来教他放松。严格地从字面意义上来说,我们并没有吵过架,不过我们之间有过冲突。比如说今天,因为之前忘记洗衣服了,我没衣服穿,就从炉子上拿了两件他烘干的衣服。我想,如果别人能够从这个房子里随便拿走东西的话,那我借用一下他暂时不用的东西应该也没事。

"下次你穿我的内裤之前,请先问我借。"他的语气让我不太高兴。

"你真是个怪人,马努艾尔!别人听了肯定会以为我穿了你唯一一条内裤。"或许他也不太喜欢我回答的语气。

"我从来不拿你的东西,玛娅。"

"那是因为我什么都没有!我把你的臭内裤还给你!"我开始脱裤子,想要把内裤还给他,不过他惊恐地制止了我。

"不!不!我送给你了,玛娅。"

我就像个白痴一样哭了起来。当然我不是因为这件事情而哭的,谁知道为什么呢,可能是因为我的例假马上要来了,又或许是因为昨晚上我梦到了波波祖父的死,正难过着。如果是波波祖父在的话,他会搂住我,两分钟之后我们俩就会乐起来,可是马努艾尔开始转圈,一边走还一边挠着头,不时踢两脚家具,好像他这辈子没见过眼泪似的。最后他想出了一个绝妙的好主意,那就是给我用炼奶泡一杯雀巢咖啡;这让我平静了一些,我们能说话了。他让我试图理解他,他已经有二十年没跟女人一起生活过了,他有些根深蒂固的习惯,在一个像他家这么小的空间里,秩序非常重要,如果我们不乱穿对方的内衣,我们两个会生活得更轻松。可怜的男人。

"听着,马努艾尔,我曾经在一群疯子和心理治疗师中间生活了一年多的时间,所以我在心理学方面知道得不少。我研究了你的情况,你的问题在于害怕。"我告诉他。

"害怕什么?"他笑了。

"我不知道,不过我可以调查。你听我解释,对秩序和领土的要求是神经机能病的一种表现。你看你为了几条微不足道的内裤就跟我闹成这样;可在一个陌生人把你的音箱拿走的时候,你一点反应都没有。你试图控制一切,特别是你的情感,这样你才能感觉安全,可连傻子都知道这个世界上没有所谓的安全,马努艾尔。"

"我明白。你继续……"

"你看起来平静冷淡,就像释迦牟尼一样,但你骗不了我,我知道你的心里很慌。你知道释迦牟尼是谁吧?就是佛祖。"

"我知道,是佛祖。"

"你别笑。大家都觉得你很渊博,认为你已经获得了内心的平静,或是类似的东西。在白天,你表现得四平八稳,极为淡定,就像释迦牟尼一样,可在夜里,我听到了你的声音。你在梦里叫喊呻吟。你隐瞒了什么可怕的事情?"

我们的这次诊疗就到此为止了。他戴上帽子,穿上马甲,冲法克吹了一声口哨,让它陪他出去。他出门了,可能是去散步,航行或是去布兰卡·施内克那里说我的坏话。他回来得很晚。我讨厌晚上一个人待在这个到处都是蝙蝠的家里!

年龄就像云朵,模糊且易变。有时候马努艾尔看起来就跟他的实际年龄差不多,有时,如果光线好,他的精神状况也不错的话,我还能够看到藏在他皮肤下的那个年轻男人。当他倾斜着身子在键盘前时,在电脑蓝光的映照下,他显得很老,可当他开着快艇的时候,看起来又只有五十岁。一开始我注意到他有皱纹、眼袋,眼眶泛红,双手青筋鼓起,牙齿不白,面部骨头仿佛是用凿子凿刻出来的,早晨会清嗓子咳嗽,在疲惫的时候会把眼镜摘下来,用手揉眼睛,可现在我不再关注这些细节,我只能看到他身上沉稳的男子气概。他很有魅力。我敢肯定布兰卡·施内克也同意这一点,我注意到她看着他的样子。我刚才竟然说马努艾尔有魅力!天呐,他比金字塔都要老;拉斯维加斯的糟糕生活把我的脑子给弄坏了,只有这能解释得通。

在妮妮祖母看来,女人最性感的地方就是胯部,因为这个部位表现出她的生育能力,而男人最性感的部位则是胳膊,因为胳膊能表现出他们干活的能力。谁知道祖母从哪里挖掘出这条理论的,可我得承认,马努艾尔的胳膊很性感。他的胳膊并不像年轻人的一样肌肉发达,不过很结实,他的手腕很粗,手掌宽大,他的手不像是作家的手,看上去更像是矿工或是泥瓦匠的手。他手上的皮肤开裂,指甲缝里嵌着机油、汽油、柴火渣或是泥巴,显得脏兮兮的。这双手能熟练地切西红柿、香菜,给鱼去鳞。我偷偷地观察他,因为他跟我保持着距离。他似乎有些怕我,但我已经从背后观察他一番了。我真想摸一摸他头上像刷子毛一样硬挺的头发,想把鼻子靠近他后颈窝,我们大概都有颈窝吧,我猜着。他身上的味道如何呢?他跟波波祖父不一样,祖父抽烟,用香水,所以当他来看我的时候,我首先感觉到的就是他身上的香味。马努艾尔的衣服闻起来跟我的衣服味道一样,这个屋子里都是一样的味道:羊毛味,木头味,猫的味道,还有炉子的味道。

如果我试图询问他的过去或是情感问题,他就会警惕起来,不过布兰卡阿姨告诉过我一些他的事情。在整理他的文件夹的时候,我自己也发现了一些。他不仅是人类学家,还是社会学家,我不知道这两者之间有什么区别,我猜也正是因此他对研究奇洛埃人的文化如此有兴趣。我喜欢跟他一起工作、拜访其他岛屿,我喜欢住在他家,我喜欢他的陪伴。我学到的东西越来越多;当我刚刚来到奇洛埃岛的时候,我的脑袋还是一个空无一物的洞穴,而在短短的时间里,它已经快要被塞满了。

布兰卡·施内克也对我的教育做出了贡献。在这个岛上,她的话就是法律,比起当地的警察,人们更听她的话。小的时候,布兰卡在一所修女学校寄宿;随后她在欧洲生活了一段时间,学习教育学;目前她离了婚,有两个女儿,一个在圣地亚哥,另一个结了婚,有两个孩子,生活在佛罗里达。她给我看了一些照片,她的两个女儿就像模特一样,外孙们则宛若天使。她原本在圣地亚哥办了个中学,几年前,她申请调到奇洛埃,因为她想离父亲近些,到卡斯特罗市生活,可最后她被派到这个无足轻重的小岛上。爱杜维赫斯说,布兰卡得过乳腺癌,后来一位江湖女医生把她给治好了,不过马努艾尔跟我澄清说,这是在她切除了双侧乳房和化疗之后的事了;现在癌症已经治愈。她住在学校后面,她的家是村里最好的房子,是重建并且扩建过的,她父亲用一张支票把那个房子给买了下来。每个周末她都去卡斯特罗市看望父亲。

堂里奥内尔·施内克是奇洛埃岛上公认的名人,由于他的慷慨大方,大家都很敬爱他。"我爸爸给予的越多,他的生意就顺利,所以我在请他帮忙的时候才不会觉得是罪过。"在1971年的土地改革中,阿连德政府征用了施内克家族在奥索尔诺①的田产,并将土地交给了几十年来在这里生活和劳作的农民。其他跟他遭遇相似的商人都满怀怨恨,跟政府捣乱,但施内克先生没有在这些事情上浪费时

---

① 奥索尔诺,智利中南部城市。

间,他开始寻找新的商机。他觉得自己还年轻,还能重新开始。他搬至奇洛埃,做起海产品的生意,为圣地亚哥最好的饭店提供食材。无论是那个年代政治和经济变迁,还是后来日本渔轮的竞争和三文鱼养殖工业,都没能打倒他。在1976年,军事政府把土地还给他,他让他的孩子们负责经营,他们重建了那块一片荒芜的土地,不过施内克先生留在了奇洛埃,因为当时的他第一次心脏病发作,他认为只有奇洛埃缓慢的生活方式才能拯救他。周日,我跟布兰卡一起去看望他,他告诉我:"我好好儿地活了八十五年,我的心脏走得比瑞士钟表还要准。"

在得知我就是住在马努艾尔·阿里亚斯家的小美国佬之后,堂里奥内尔给了我一个大大的拥抱。"让那个忘恩负义的共产分子来看我,他新年之后就再没来过了,我给他留了一瓶上好的特级珍藏白兰地。"他是一位面色红润的大家长,嘴唇上方留着浓密的胡须,有一头稀疏的白发;他大腹便便,充满活力,性格直率,会因为自己的笑话放声大笑,他的饭桌欢迎任何来客。在我的想象中,米亚罗沃就是这样的,这种神话中的生物劫持少女,将她们带到他海底的王国。这个有德国姓氏的米亚罗沃称自己吃了不少女人的苦头。——"我不能拒绝那些漂亮姑娘们的任何请求!"特别是他的女儿,她对他进行剥削。"布兰卡比奇洛埃人还会讨东西,她总是为她的学校来要钱。你知道她上次问我要了什么吗?避孕套!这个国家缺这个,给孩子的避孕套!"他哈哈大笑着告诉我。

堂里奥内尔不是唯一一个在布兰卡面前屈服的人。她提议对学校进行粉刷和维修,马上就来了二十多个志愿者;这叫帮工,意思就是很多人一起合作干一项活,不收取任何费用,因为他们知道自己以后也会需要帮忙。这是相互依存的神圣法则:今天我帮你,明天你帮我。挖土豆、修屋顶和补渔网都是以这种方式完成的;就连给马努艾尔搬冰箱那次也不例外。

里克·拉莱多没有读完中学,他跟其他一些为非作歹的坏家伙们一起四处溜达,给半大不小的孩子们卖毒品,偷一些价值不高的东西。中午的时候他在帕克广场一带活动,看望他伯克利中学的老同学们,如果有机会的话,还会跟他们做些小买卖。虽说他不承认,可他想要回到学校。由于他曾经用枪管指着哈鹏老师的一只耳朵,学校把他开除了。不得不提的是,哈鹏老师实在是个大好人,他甚至还为他说情,让学校别开除他,不过拉莱多本人自掘坟墓,辱骂教导主任和校委会的成员。里克·拉莱多非常注重自己的外表,他穿着雪白的品牌运动鞋,身着无袖衫来展示自己胳膊上的肌肉和文身,他用定型发胶把头发弄得像豪猪毛一样根根直立,身上戴的手镯和链子多到整个人都能被磁铁给吸走。他的牛仔裤极为宽大,松松垮垮地挂在胯骨上,走起路来就像一头大猩猩。他是个渺小得不值一提的家伙,无论是警察还是迈克·欧克利都对他不感兴趣。

在我决定终结处女身后,我约拉莱多在一个电影院的停车场见面,我没有解释为什么。当天的第一部电影还没开始放映,停车场非常空旷。远远地,我就看到他在转圈子,他迈着自以为性感的步子,摇晃着身体,一手拿着香烟,一手抓着裤子,裤子里鼓鼓囊囊的,就像是穿了尿不湿似的。他看起来兴奋又紧张,不过在看到我靠近之后,他装出冷漠的样子,这是他这类男孩的待人礼仪。他踩了踩地上的烟头,露出讥笑的神色,从上到下地打量着我。"你快点,十分钟后我要坐公交车走。"我一边脱裤子一边要求他。他脸上那高人一等的微笑消失了;或许他本来在等待着什么开场白。"我一直都挺喜欢你的,玛娅·维达尔。"他说。我想,至少这个蠢货还知道我的名字。

拉莱多踩了脚地上的烟头,拉住我的一只胳膊,想要吻我,我别过脸去:这并不在我的计划之内,拉莱多嘴里有股摩托车的味道。等到我把裤子脱下来,他马上把我压在地上,使劲动作了一两分钟,他脖子上的项链和招好运的坠子都扎在我的胸膛,他一定没有想到正在和一个新手做这件事,没过多久,他就像一个死去的动物一样倒在我身上。我愤怒地将他推开,用内裤擦拭身体,然后把它扔在停车场地上。我穿上裤子,捡起书包,跑着离开。在公交车上,我注意到腿间深色的污渍,并发现我的眼泪正一滴滴掉下来,沾湿了衬衫。

第二天,里克·拉莱多在帕克广场等我,他带来了一张说唱音乐CD和一小袋大麻,送给"他的姑娘"。这个倒霉蛋让我觉得挺可怜的,不过我没法像我们"吸血鬼"平常那样,用讥笑讽刺把他打发走。我逃脱萨拉和德比的监视,邀请他去一个冰激凌店坐坐。我买了两个冰激凌甜筒,每个有三个冰激凌球,分别是开心果、香草和葡萄干朗姆酒味的。在吃冰激凌的时候,我向他表示感谢,因为他对我有兴趣,而且在停车场帮了我一个忙,不过我试图告诉他,那样的事情不会有第二次了,可他的大脑太过简单,没法领会我的意思。他纠缠了我几个月,后来一场意外的事故把他从我的生命中抹去。

那段时间的每天早上,我像是要去上课一样穿戴整齐,从家里出发,不过在半路上我会跟萨拉和德比在一个星巴克会合,我们在厕所里给店员提供一些不体面的服务,作为回报,他们送我们一杯拿铁。我打扮成吸血鬼的样子,四处溜达,直到下午回家的时间到了,我再把脸洗干净,装扮成学生样回家。我自由了几个月。妮妮祖母停止服用抗抑郁的药片后,回到了活人的世界,她重新开始观察周围的生活,捕捉到了一些之前没发现的信号:钱从她的钱包里消失,我的作息时间跟任何教学体制的都不一致,我的打扮和态度都在向妓女靠拢,我变成了一个满口谎言的骗子。我的衣服散发着大麻味,我的嘴巴里总有股可疑的薄荷糖味。她还不知道我已经不去上课了。哈鹏先生找我父亲谈过一次,并没有什么明显的作用。他没想到给我祖母打电话。妮妮祖母试图跟我沟通,可我耳机、手机、电脑和电视机里传出来的音乐声远远高过她的声音。

其实妮妮祖母想要安安静静的生活,最好的方法就是忽略这些危险的信号,跟我和平共处,可她保护我的愿望和长期以来破解侦探小说中疑团的习惯促使她着手调查。她从我的衣柜还有手机里记录的电话号码开始着手。在一个包里,她找到了一盒避孕套还有一个小塑料袋,袋子里面装着两颗黄色药片,上面印着"三菱"两个字,她没法确认这些药片是什么。她不经意地把药片塞到嘴巴里,十五分钟内她就体验到它们的效果。她的视线和思维都模糊起来,牙齿打战,浑身发软,烦恼都消失了。她放了一张她那个年代的唱片,开始疯狂跳舞,然后她到街上去透口气,在街上继续跳舞,一边跳一边脱衣服。两个邻居看到她倒在地上,赶紧过去用一条毛巾把她盖住。他们正打算打911求救的时候,我回来了,我分辨出了这些症状,让邻居帮我把她抬到屋里。

她浑身软成一团,我们抬不动她,只能拖着她,把她拽到客厅沙发上。我向好心的邻居们解释说,这不是什么重病,这些症状隔一段时间就会发作,不过会自动消失。我客气地把他们送到门口,然后跑回去把早餐里已经冷却的咖啡加热,又去找了一条毛毯,因为妮妮祖母冷得牙齿直打战。没过几分钟她又烧得浑身滚烫。接下来的三个小时里,我一会儿给她盖毛毯,一会儿给她用冷毛巾冷敷,直到她的温度得到控制为止。

那是一个漫长的夜晚。第二天,祖母就像是个被打败的拳击手一样,有些怏怏的,不过她神志清醒,记得发生了什么。我编了个故事,称一个朋友让我替她保管这些药片,我什么都不知道,不知道这是摇头丸。祖母不相信我的故事。这次糟糕的经历让她重拾斗志，她认为机会来了，是时候用上她在罪犯俱乐部里面学到的东西了。她在我的鞋子里又找到了十颗印着"三菱"字样的药片，并和欧克利一起调查到，每颗摇头丸要花费我每周一半的生活费。

祖母会用电脑，因为在图书馆里要用，可她远远算不上专家。所以她去找诺曼帮忙，诺曼是技术方面的天才，虽说才二十六岁，可由于长期盯着电脑屏幕，他驼背而且眼睛高度近视。迈克·欧克利有时候会找他帮忙，做一点违法的事情。为了帮他那些小伙子，"白雪公主"会不择手段地在私底下查找律师、检察官、法官和警察的电子档案。任何东西，只要在网络上留下过痕迹，不管这个痕迹有多不起眼，诺曼都能够找到。从梵蒂冈的机密文件，到美国国会成员跟妓女寻欢作乐的照片，这些都难不倒他。他住在他母亲家，足不出户就能扰乱银行账户信息，盗用账户中的钱，或是在股市里骗钱，不过他没有犯罪倾向，只是纯粹理论上的爱好而已。

诺曼没打算在一个十六岁的黄毛丫头的手机和电脑上浪费他宝贵的时间，不过他把黑客的技巧传授给了妮妮祖母和欧克利，他教他们盗取密码，查私人信件，并恢复我自以为已经删除的东西。在一个周末，这对爱好侦探事业的男女搜集到了足够的信息，妮妮祖母最怕的事情被证实了，这让她倍感沮丧：从杜松子酒到咳嗽药水，她的孙女拿到什么就喝什么，而且还抽大麻，倒卖摇头丸、致幻剂和镇静剂，偷信用卡，甚至已经开展了一门生意，这生意是在看某个美国联邦调查局的警察装成幼女来抓捕网络上的一些坏家伙的电视节目时获得的灵感。

冒险是这样开始的，我们三个"吸血鬼"在几百条类似的信息当中选中了这么一条：

爸爸寻找女儿：本人系白人，商人，五十四岁，慈祥，真诚，待人亲切，想找一个年轻女孩，人种不限，她必须个子娇小，甜美，能够大方自然地扮演爸爸的女儿这个角色，让双方获取简单、直接的乐趣，只需一晚，如果能继续的话，我会提供丰厚的报酬。有兴趣请联系。开玩笑者或同性恋者勿扰。必须附照片。

我们给他寄了张德比的照片，因为她是我们三人中最矮的。照片上的德比骑在一辆自行车上，这是她十三岁那年拍的。我们约那个男人在伯克利的一家酒店见面，萨拉暑假的时候在那里打过工，我们对那家酒店比较熟悉。

德比脱下身上破破烂烂的黑衣服，擦去脸上阴森的妆容，喝了一杯酒来壮胆，她穿上学校的裙装，白衬衫，袜子，用布把胸部裹住，打扮得像个小女孩一样过去。男人在发现她比照片上看起来要大之后吃了一惊，不过他没法抗议，因为他自己比广告上所说的年纪要大十岁。他告诉德比，她只需要扮演一个听话的女儿就行了，他则负责命令和惩罚，不过惩罚的目的不是让她疼痛，而是让她改正，这是一个好父亲的义务。那好女儿的义务是什么呢？要亲切地对待爸爸。你叫什么名字？算了，我就叫你甜心吧。来吧，甜心，坐到亲爱的爸爸的膝盖上来，告诉他你今天肚子动了没有，这很重要，女儿，这是健康之本。德比说她渴了，于是他打电话要了一瓶汽水和一个三明治。趁他描绘灌肠的好处的时候，她装着天真好奇的样子，吮着手指打量着这个房间。

与此同时，正如我们约好的那样，我和萨拉在酒店停车场等十分钟。然后我们派里克·拉莱多上去，他来到相应的楼层，敲门。"客房服务！"拉莱多宣布，这是我事先告诉他的台词。门一开，他就拿着手枪冲进去。

拉莱多总吹嘘自己以折磨动物为乐，所以我们给他取了"变态"

这么个外号。他有一身肌肉，还有大量帮派混混才有的装备，颇有震慑力。可事实上，他的枪只发挥过两个功能：恐吓来问他买毒品的孩子们，以及害他被赶出伯克利中学。在听到我们打算敲诈有恋童癖好的人时，他吓坏了，因为在他寥寥几项保留节目中，还没有类似的活动。可他想给我们几个"吸血鬼"留下勇敢的印象。他做好准备跟我们合作，还用龙舌兰酒和霹雳丸壮胆。他一脚踢开门，伴随着鞋跟和身上的钥匙项链发出的一连串声响冲进屋里，他神色狂乱，双手持枪，这是他在电影中学到的姿势。看到这一幕，计划失败的爸爸跌坐在房间里唯一的扶手椅上，像个胎儿一般缩成一团。拉莱多犹豫了一下，因为他紧张得忘记了下一步该干吗，幸好德比的记性比他好。

德比说了一些话，不过可能受害者连一半都没听到，因为他害怕得抽泣了起来，不过有几个单词还是产生了应有的震慑力，比如联邦罪行、儿童色情片、企图奸淫幼女、坐牢。他们告诉他，只要交二百美元小费，就能避免这些问题。他发誓说他身上没有那么多钱，拉莱多被他激怒了，如果德比没有想到给我打电话的话，他可能就要开枪了。我是这个团伙的智囊。就在这时，门铃响了，是宾馆服务生送汽水和三明治过来。德比在门口接过餐盘，在账单上签字，不让服务生看到屋里一个穿着短裤的男人在呻吟，另一个全身黑色皮装的男子用枪指着他脑袋的那一幕。

我抽了一支大麻烟来让自己镇定下来，然后来到爸爸的房间，接手这一局面。我让这个男人把衣服穿上，并向他保证，如果他配合的话就什么事都没有。我喝完汽水，咬了两口三明治，然后命令这个男人陪我们出去，鉴于如果闹出丑闻对他来说会比较尴尬，我让他不要说话。我抓着这个可怜虫的一条胳膊，我们几个人从四楼走楼梯下来，拉莱多始终跟在最后。没坐电梯的原因是为了避免碰上什么人。

我们把他推进了我祖母的大众汽车，车是我偷偷开出来的，而且我没有驾照。我们把他带到街上的一个取款机那儿，让他取出赎金。他把钱交给我们，我们上车，并且迅速逃离。那个男人站在街头，松了一口气，我猜他爱扮演别人爸爸的毛病已经被治好了。整个过程持续了三十五分钟，肾上腺素的释放过程跟我们每个人塞进钱包的那五十美元一样美妙。

妮妮祖母最反感的是我的肆无忌惮。在我每天发的上百条信息中，她没看到一丝悔意或是对后果的恐惧，只看到我像一个天生的小偷一样厚颜无耻。那时我们已经进行了三次这样的敲诈行为，我们没有继续，是因为我们受够了里克·拉莱多和他的手枪。他像贵宾犬一样黏着我，还威胁说如果我不愿意成为他的姑娘，就要杀死我或是去揭发我，这些都让我们厌烦。他的情绪容易激动，在任何一个瞬间都有可能失去理智，在冲动下杀人。而且，他还企图让我们给他更高的提成，因为一旦事发，他就要坐很多年牢，而我们作为未成年人，不会受到重罚。"最重要的就是我的手枪。"他跟我们说。"不，里克，最重要的是我的脑子。"我答道。他用枪管指着我的额头，我用一根手指推开，我们三个"吸血鬼"转过身去，背对着他，笑着离开。我们针对恋童癖患者这一笔收入可观的生意就这么结束了，可我没能摆脱拉莱多，他锲而不舍地来求我，让我更厌恶他了。

在另一次对我房间的检查中，妮妮祖母找到了更多的毒品，还有几袋药片和一条很粗的金项链，在她拦截的短信中也找不出这条项链的来历。这是萨拉从她妈妈那里偷来的，在我们想办法卖掉它之前，我负责将它藏起来。萨拉的妈妈是我们的一大经济来源，她在一家公司上班，收入颇丰，而且她喜欢买东西；她经常出差，回家很晚，要骗她很容易，要是少了什么也不会发现。她认为自己是女儿最好的朋友，女儿什么都肯告诉她，并以此为傲，可事实是，她根本就没法想象萨拉的真实生活，也没发现她女儿严重贫血和营养不良。有时候她会邀请我们到她家去跟她一起喝啤酒，抽大麻，她说，这总比在大街上抽要安全。我很难理解，为什么萨拉有这么一个让人羡慕的母亲，还要编造那个残忍继父的故事；跟她妈妈比起来，我的祖母简直就是个妖魔。

妮妮祖母失去了她仅剩的一点耐心，她坚信她的孙女的下场将是跟吸毒者和乞丐一起横尸伯克利街头，或是像"白雪公主"没能拯救的那些青年犯人一样被关进监狱。她曾经看到过一种说法，说大脑中的一部分发育得比较晚，所以青少年时期会有些疯疯癫癫的，跟他们讲道理也没用。她得出结论，我的脑子肯定是被神神鬼鬼一类的想法给弄糊涂了，就像之前她试图跟我波波祖父的灵魂沟通并落到奥克兰的心理医生手上的那段时间一样。她忠实的朋友和心腹欧克利试图安慰她，他说我只是被荷尔蒙的海啸给冲昏了头，青少年时期都这样，不过总的来说我还是个乖孩子，无情的自然规律循环往复，只要他们能够护着我，不让我对自己做傻事，不受这世上危险的侵袭，最后我总能摆脱这一切的。妮妮祖母同意了，因为我至少不像萨拉那样有厌食症，也不像德比那样用剃须刀片来割自己，我也没怀孕、患上肝炎或是艾滋病。

由于我们"吸血鬼"之间并不谨慎的电子通信联系，还有诺曼那该死的技巧，"白雪公主"和祖母知道了太多内容。妮妮祖母犹豫着是不是要把这一切告诉我爸爸，这是她的义务，不过这样做会带来什么后果，她无从得知。或许她可以像迈克建议的那样，悄悄帮助我，可她还没来得及决定，接下来发生的一系列事件就像一阵飓风，把她卷走。

在这个岛上,警察是重要人物之一——人们管他们叫"巴科"。劳棱西奥·卡尔卡莫和乌米尔德·卡莱负责维持岛上的秩序,我负责训练他们的狗,跟他们关系不错。以前人们不喜欢巴科们,因为在独裁年代,他们待人粗暴,不过在这个国家恢复民主的二十年来,他们逐渐重新获得了民众的信任和尊敬。在独裁年代,劳棱西奥·卡尔卡莫还是个孩子,乌米尔德·卡莱还没出生。在智利警察机构的宣传海报中,身穿制服的警察总是跟高贵的德国牧羊犬一起出现,可在这儿,我们只有一只混血狗,它的名字叫利文斯顿,这个名字是为了纪念目前年事已高的智利最著名的球星。小狗刚满六个月,正是开始教育它的最好时间,不过我担心它跟我在一起只能学会坐下、握手和装死。两位警察先生拜托我教它学会攻击和找尸体,可完成第一项任务需要有攻击性,第二项则需要耐心,这是两个完全相反的品质。他们不得不取舍一番,最后他们选择了找尸体,因为在岛上没什么需要攻击的对象,在地震中倒是经常会有人在断壁残垣中消失。

我只在一本书上看到过训练方法,还从没实践过,方法是这样的:用一块布沾点尸氨,这种物质散发着类似尸体腐烂的恶臭,然后把布给狗闻,接下来把布藏起来,让狗找到。"女士,用尸氨太复杂了,能直接用腐烂的鸡内脏吗?"乌米尔德·卡莱建议,我们尝试了一次,可狗直接把我们带到了奥雷里奥·尼昂古佩尔的死人酒馆的厨房里。我想了好些办法,其间法克一直嫉妒地看着我们,原则上,它是不喜欢其他动物的。以驯狗为借口,我在警察局待了不少时间,他们泡速溶咖啡给我喝,还给我讲述了为国家服务时遇上的一些有趣的故事。

警察局是一个小屋子,水泥建成,墙面漆成了白色和棕绿色,这是警察的颜色,外面的栅栏上挂着一排排贝壳作为点缀。智利警察说话很奇怪,他们不像奇洛埃人那样说"是"或"不是",而是"肯定"

或"否定",他们称我为"女士",利文斯顿则是"犬",它也是要为祖国效劳的。劳棱西奥·卡尔卡莫的级别更高,他曾经被派往乌尔蒂马埃斯佩兰萨省①的一个偏远村落,在那里他不得不截断一个因为坍塌而被困住的男子的腿。"就用一个手锯,女士,没有麻醉,我们只有烧酒。"

在我看来,乌米尔德·卡莱更适合跟利文斯顿做搭档,他相貌英俊,长得像演佐罗的那个演员,该死的,我记不起他的名字了……跟在他后面的女人简直有一个加强营,有偶然过来玩、见到他之后就如痴如醉的女游客,还有执着地从智利大陆赶过来看他的痴心姑娘,不过乌米尔德·卡莱是个非常正经的小伙子,首先是因为他是身着制服的警察,其次还因为他是新教徒。马努艾尔告诉我,卡莱曾经救了几个迷失在安第斯山上的阿根廷登山者。救援队都认为他们死了,打算要放弃搜寻,这时卡莱介入了。他用铅笔在地图上画了一个点,派直升机过去,就真的在那里找到了那群登山者,他们被冻了个半死,不过还活着。"肯定,女士,那些所谓邻国遇难者的位置被准确地在米其林地图上标识出来。"我向他问起这件事的时候他答道。他还找出来一份从2007年报纸上剪下来的新闻和照片给我看,照片上的人是给他下达寻人命令的陆军上校:"如果现役的乌米尔德·卡莱·兰基莱奥士官能找到地下水,他也能找到地面上的五个阿根廷人。"上校在采访中这样表示。原来当智利警察需要在这个国家任何一个地方挖井找水的话,他们都会通过无线电跟卡莱联系,他在地图上标注出详细位置和地下水的具体深度,然后把地图通过传真发过去。我得记录下这些故事,因为以后可以当原材料提供给妮妮祖母,为她的故事增添灵感。

---

① 乌尔蒂马埃斯佩兰萨省,智利南部省份。

这两个智利警察让我想起伯克利的瓦尔克扎克军士:他们能够包容人性的弱点。警察所里有两个牢房,根据栏杆上的标牌,一间是绅士用的,一间是女士用的,可它们主要在下雨天发挥作用,当警察没法把一些喝得酩酊大醉的人送回家的时候,就将他们收留在这里。

从十六岁到十九岁是我生命中最近的三年,这爆炸性的三年几乎毁了我的妮妮祖母,她用一句话来总结这一阶段:"我很庆幸你的波波祖父已经不在人世,并且看不到你变成了什么样子,玛娅。"我差点就要告诉她,如果波波祖父还在这个世界上的话,我就不会变成这个样子,可我还是及时把这句话忍了回去。把我的品行不当归罪于祖父,这不公平。

2006年的一天,波波祖父离世十四个月后,伯克利县医院在凌晨四点打电话到维达尔家,通知他们未成年人玛娅·维达尔已经被救护车送到急救中心,正在接受手术。那时唯一在家的就是我祖母,在赶往医院之前,她联系了迈克·欧克利,让他通知我的父亲。那天夜里我从家里溜了出来,去一个已经停业的工厂参加狂欢舞会,萨拉和德比在那里等我。我没能把家里的大众车开出来,因为妮妮祖母又撞了一次车,车正在维修。我是骑我那辆老自行车去的,车身已经有些生锈,刹车也失灵了。

看门人是一个凶神恶煞、头脑简单的家伙,我们"吸血鬼"认识他,所以他没追问我们的年纪,就让我们进去了。整个工厂都在震动,里面放着震耳欲聋的音乐,一群人在纵情舞动,他们看起来就像关节脱臼的木偶。一些人在跳舞或是跳跃,还有一些人定定地站着,却像是患了紧张症,头随着音乐节拍摆动着。这场舞会的实质内容就是,喝到失去理智,抽不能注射的内容,毫不拘束地跟离你最近的人发生关系。里面的味道和烟雾都太浓,也太热,我们得时不时到街上透口气。一到里面,我就顺势给自己调了一杯鸡尾酒——杜松子酒,伏特加,威士忌,龙舌兰酒和可口可乐,还用烟斗抽了些大麻,里面还掺了可卡因和几滴致幻剂,这些东西就像炸弹一样,让我浑身火热。没过多久,我就看不到我的朋友们了,她们跟狂热舞动的人群融为一体。我一个人跳舞,继续喝酒,任好多个男孩对我上下其手……我记不清当时的细节了,后面发生了什么我也忘了。两天后,当医院的镇静剂效果开始消退时,我才知道,我一离开狂欢舞会就被车撞了,当时的我在毒品的作用下飘飘欲仙,还骑着没车灯也没刹车的自行车。我被撞飞,落在几米之外公路边的灌木丛中。为了避开我,汽车司机撞上了一个柱子,脑震荡了。

  我断了一只胳膊,下颚脱臼,而且由于跌在一片有毒的洋常春藤上,我浑身火辣辣地疼,在医院住了十二天。后来,骨头里打上了钢钉和支架的我又在家里被关了二十天,祖母成天监视着我,"白雪公主"会替她几个小时,让她休息一会儿。妮妮祖母认为这场事故是波波祖父为了保护我而使出的绝望的一招。"证据就是,你现在还活着,也没断腿,不然你就没法再踢足球了。"她说。我认为祖母心底里松了一口气,因为她不必把她调查到的关于我的事情告诉我爸爸了;这件事情由警察负责了。

那几周妮妮祖母都没有去上班,她像监狱看守员一样尽心尽力地守在我身边。当萨拉和德比最终过来看我的时候——在事故之后她们就没敢露面,她粗鲁地大声嚷嚷着把她们赶走,不过当里克·拉莱多拿着一小束即将枯萎的郁金香悲痛不已地赶过来的时候,她对他倒比较宽容。我拒绝收下这些花,他便拉着祖母在厨房倾诉了两个多小时,说他有多么痛苦。祖母告诉我:"玛娅,这个小伙子给你留了一个口信:他向我保证,他从来就没有折磨过动物,希望你能够给他一个机会。"祖母同情情场失意的人。"如果他再来的话，妮妮祖母，告诉他就算他是素食主义者，打算以后以拯救金枪鱼为生，我也不想再见他。"

在镇痛剂的作用下和被发现了的恐惧中，我坚强的意志受到了打击。妮妮祖母抓住这个机会，对我进行一轮又一轮永无止境的拷问，我都跟她招了。不过事实是她早就都知道了，因为诺曼这个坏家伙传授的技术，我的生命中再也没有了秘密。

"我不相信你是个品性恶劣的坏孩子，玛娅，你也不是一个彻头彻尾的傻子，可从你做的事情来看，也差不远了。"妮妮祖母叹了一口气。"我们讨论了多少次毒品的危害？你又怎么能用枪来威胁那些男人呢？"

"他们都是变态堕落的恋童癖，妮妮祖母。他们活该被我们这么作贱。确切地说，我们也没怎么作贱他们，你明白我的意思。"

"你以为你是谁，能亲手伸张正义？你是蝙蝠侠吗？你有可能被杀死！"

"我什么事情也没有，妮妮祖母……"

"你还敢说你什么事情也没有！看看你现在的样子！我该拿你怎么办呢，玛娅？"她哭了起来。

"请原谅我，妮妮祖母。我求你别哭了。我向你发誓，我已经受到教训了。这场事故让我看清了那些事情。"

"我不相信！你用跟你波波祖父的回忆来发誓！"

我真的后悔了，因为我实实在在地被吓到了，不过这也没什么用，因为医生一宣布我康复，爸爸就把我送到了俄勒冈一个专门接收问题学生的学校。我不是自愿去的，爸爸找来了苏珊的一个朋友，把我绑了过去。这个人是警察，体型粗壮，活像复活节岛上的摩艾石像，他帮助爸爸完成了这项可耻的任务。妮妮祖母躲了起来，因为她不忍心看着我像一个要被拉去屠宰场的动物一样被拖走。我号叫着没人爱我了,所有人都不要我,为什么不趁我自杀之前,干干脆脆给我一个了断。

我在俄勒冈的那所学校一直被关到2008年的6月初。除我之外,那里还有五十六个问题学生,有吸毒的、自杀的、患厌食症的、患躁郁症的、被学校开除的以及一些别无去处的。我打算抗拒一切救赎我的行为,而且我还在计划向我父亲复仇,因为他把我送到了这个混乱的阴暗角落,默许了这一切的妮妮祖母以及抛弃了我的整个世界也是我的复仇对象。实际上,决定把我送到这里来的是处理我这桩案件的女法官。迈克·欧克利认识她,他为我说情,能言善辩的他最终说服了法官;不然我就会被送到一个专业机构里去。祖母曾经冲动地冲我嚷嚷,说我会被关进圣昆汀监狱①,倒也不至于此,那太夸张了。有一次,祖母带我去看一部非常残忍的电影,里面有一个杀人犯在圣昆汀监狱被处决的镜头。"玛娅,你看,这就是违反法律的后果。一开始他也只是在学校偷彩色铅笔而已,最后落了个坐电椅被处决的下场。"她在离开电影院的时候跟我说。从那时起,这就变成了一个家里的笑话,不过冲我嚷嚷那次她是认真的。

审判我案情的女法官是个亚洲人,是一个让人厌烦的家伙,她考虑到我年纪还小,之前也没有案底,便让我自己选择,是愿意去学校改造,还是进青少年监狱,撞了车的那个司机希望把我送去后者,因为他发现爸爸的保险不能像他指望的那样给他提供丰厚的赔偿金,他想要惩罚我。做出决定的不是我,而是我的父亲,他没有征询我的意见就定了下来。幸好加州的教育系统负担了这笔钱,不然我的家

---

① 圣昆汀监狱,位于美国加州,以关押重刑犯出名。

人就得把房子卖了,才能承担得起我在学校改造的这笔费用——每年六万美元;那儿的一些学生家长是坐着私人飞机来探视孩子的。

我的父亲实施了法庭的判决,他松了一口气,因为他觉得他的女儿就像一块烫手山芋一样棘手,他想要摆脱我。他把不停蹬腿反抗的我送到了俄勒冈,其实上路前他给我吃了三片安定,可对于一个像我这样喝完放了维柯丁和墨西哥致幻蘑菇的鸡尾酒也神志清醒的人而言,他至少得把安眠药的剂量加倍才能发挥作用。他和苏珊的朋友一起把我从家里拖了出来,拽着我上了飞机,后来又把我拉上了一辆租来的车,沿着一条漫长得没有尽头的林间公路,开车把我从机场送到了那个心理治疗机构。我原本以为那里会有约束服和电击治疗,可实际上这个学校坐落在一个公园里,由一些可爱的木头房子构成,一点也不像一个精神病疗养中心。

学校的校长在她的办公室接待了我们,在场的还有一个大胡子年轻人,他是学校的心理学专家之一。他们两个看起来就像是亲兄妹,都是亚麻色的头发,梳着马尾辫,穿着褪了色的牛仔裤、灰色的毛衣和靴子,这一身是学校工作人员的制服,便于将穿着奇装异服的学生跟他们区分开来。他们把我当作前来拜访的朋友,而不是一个披头散发、大喊大叫,还是被两个男人拽进来的小女孩。"你可以叫我安吉,他是斯蒂夫。我们会帮助你的,玛娅。你会发现课程非常简单。"这个女人兴致勃勃地对我说道。我把飞机上吃的核桃都吐到了她的地毯上。我爸爸告诉她我很难管教,不过我的档案就在她的书桌上,可能她还见过其他更糟糕的。"天要黑了,回去的路还很长,维达尔先生。您最好跟您的女儿告别吧。别担心。我们来照顾玛娅。"她说。他急着要走,冲门口跑去,可我扑了过去,抓着他的外套,冲他喊着别丢下我,求你了爸爸。安吉和斯蒂夫抓住了我,他们没用太大的力气,而我的父亲和那个摩艾则朝外面的公路逃去。

疲惫终于战胜了我,我停止了挣扎,躺倒在地,像狗一样蜷缩成一团。他们让我这样躺了一会儿,把呕吐物清理干净,当我停止打嗝和擤鼻涕的时候,他们递给我一杯水。"我不想待在这个疯人院!一有机会我就会逃出去!"我用仅能发出的一丝声音冲他们喊。他们扶我站起来,带我在学校走一走,我没有反抗。晚上外面很冷,不过房子里面温暖舒适,屋里有走廊,空间宽敞,屋顶很高,可以看到梁和大落地窗。玻璃上起了雾气,木头散发着香味,氛围简洁。没有钉着铁条的窗户,也没有上着锁的门。他们带我参观了一个室内游泳池,一个健身房,还有一个多功能厅,里面配备了多张扶手椅、一张台球桌和一个很大的烟囱,烟囱下燃烧着很粗的柴火。学生们都在餐厅里,他们坐在风格粗犷的桌前,每张桌子上摆放着一小束花作为装饰。花是个我没有忽略的细节,因为那个时候的气候并不适宜养花。两个矮矮胖胖的墨西哥女人穿着白围裙,笑眯眯地在自助餐柜台后面给人打菜。这里的氛围就像在家一样,让人放松,有些嘈杂。菜豆和烤肉的香味飘进我的鼻子,可我拒绝吃饭;我可不想跟这些乌七八糟的人搅和在一起。

安吉拿了一杯牛奶和一小碟饼干,把我带到宿舍。那是个很小的房间,有四张床,轻质木材质地的家具,还有一些花鸟画。只有床头柜上的家庭照片能够证明这个房间是有人住的。我惊恐不已地想,不知道什么样的变态才会把房间打理得如此井然有序。我的行李箱和书包都被打开,放在一张床上。很显然,有人对里面的东西进行过检查。我想告诉安吉我不要跟任何人睡在一个房间,可我突然想起第二天天一亮我就要离开,没必要就为了一个晚上闹出麻烦。

在校长专注的视线下,我脱下裤子和鞋子,没洗漱就上了床。"我身上没有自虐的疤痕,也没有割腕的痕迹。"我把胳膊露出来,挑舺般对她说。"我很高兴,玛娅,祝你好梦。"安吉神态自若地答道。她把牛奶和饼干放在床头柜上,没关门就离开了。

我狼吞虎咽地把这点清淡的点心给咽下肚,我还想吃些更顶饱的,可我筋疲力尽,没过几分钟就沉沉睡去。伴随着透过遮光窗隐约看到的黎明的第一束光,我醒了过来。我饥肠辘辘,懵懵懂懂。看到躺在其他床上的几个女孩时,我才想起自己身在何方。我赶紧穿上衣服,拿起书包和外套,踮着脚溜了出去。穿过大堂,我朝一扇比较宽敞的门走去。看上去那扇门像是通向校外的,可我发现门外是连接两栋楼房的长廊。

屋外的冷空气猛地扑打在我脸上,让我停住脚步。天空泛着橙色,地面上盖了一层薄薄的雪,空气中有松树和篝火的味道。没几米远的地方,有几头鹿在看着我,判断我是否危险,它们的鼻子冒着热气,尾巴抖动着。有两头小鹿用瘦弱的蹄子勉强支撑住身体,从它们身上的花纹来看,应该是刚刚出生的。它们的母亲支着耳朵,警惕地监视着我。母鹿和我久久对视,一动不动地等待着对方的动作,直到我身后传来一个声音,把我们吓了一跳,那几头鹿才跑走。"它们是来喝水的。还有浣熊、狐狸和熊也会过来。"

说话人是前一天接待过我的那个大胡子,他穿着一件滑雪服和一双靴子,头戴一顶皮帽。"我们昨天见过面,不过我不知道你是不是还记得,我是斯蒂夫,学校的心理咨询师之一。离早饭时间差不多还有两个小时,不过我有咖啡。"他说完就头也不回地走了。我机械地跟着他走到了休息室,里面有个台球桌。他从本子上撕下来几张纸,把壁炉里的柴火点着,然后又从保温杯里倒了两杯咖啡牛奶出来,我则满怀戒备地沉默着。"昨晚下了今年冬天的第一场雪。"他一边用帽子扇火,一边说道。

布兰卡阿姨得紧急赶往卡斯特罗市,因为她的父亲在观看了沙滩上举办的美臀大赛后,严重心动过速。布兰卡说米亚罗沃还活着的唯一原因就是他觉得墓地很无聊。对于一个心脏病人来说,电视上的那些影像可能是致命的:一群女人穿着几乎不可见的丁字裤,冲一群雄性的乌合之众扭屁股,这些男的激动得冲记者扔瓶子。在死人酒馆,男人们在屏幕前喘着粗气,女人们则抱着胳膊朝地面吐口水。想想要是我的妮妮祖母和她那些女性主义朋友知道这场比赛,会说些什么吧!冠军是一个头染金发,屁股像黑人一样挺翘的姑娘,她的夺冠地点是在皮奇莱穆①海滩,天知道那是在哪里。"都怪那个荡妇,我爸爸差点就没命了。"布兰卡阿姨从卡斯特罗回来后说。

我负责组建一个儿童足球队,这是个很简单的任务,因为在这个国家,孩子们才刚会站就已经在学习踢球了。我已经选拔好了一个正式队伍、一个预备队和一个女子球队,后者引起了很多的流言蜚语,不过没人敢正面反对,不然就得跟布兰卡阿姨当面较劲。我们想让我们的队伍参加九月份国庆日②的校园冠军赛。还有好几个月的时间来训练。可没有运动鞋就没法训练,没有一个家庭能够负担得起这笔款项,所以我和布兰卡又礼貌地拜访了一趟堂里奥内尔·施内克,他已经从那些屁股造成的病痛中恢复过来。

布兰卡用烧酒、糖、乳清和香料调了两瓶上等的黄金酒,凭借这个,我们软化了他的态度,然后我们向他介绍让孩子从事体育活动的好处,这样他们就不会惹麻烦了。堂里奥内尔表示同意。再喝一小杯黄金酒后,我们又提到了足球,他承诺送给我们十一双相应码数的运动鞋。我们不得不跟他解释清楚,需要提供十一双给卡勒乌切队,

---

① 皮奇莱穆,智利中部城市。
② 国庆日,又称独立日,是智利最大的节日,每年9月18日庆祝。

这是男孩队,十一双给品克雅队,女孩队,还有六双给预备队员。在得知具体费用之后,他滔滔不绝地斥责起经济危机、三文鱼养殖场还有失业状况来,他还抱怨这个女儿就是个无底洞,把他弄得心力交瘁,总是要这要那,在这个国家不健全的教育体制里,没有踢足球穿的运动鞋怎么会是迫切问题呢。

最后,他擦干额头上的汗水,喝干第四杯黄金酒,给我们开好支票。当天我们就从圣地亚哥一家店里订购好运动鞋。一周后我们坐公交车去安库德收货。布兰卡阿姨把鞋锁了起来,平时练习的时候不给孩子们穿,她还宣布,哪个孩子脚长大了,就会被赶出足球队。

秋　天
四月、五月

　　学校的维修结束了。如果发生紧急情况，大家都会躲到学校来，这是最安全的建筑，只有教堂除外，因为上帝支撑起了它脆弱的木质结构，1960年发生史上最强的9.5级地震时，这一点就得到了证明。海平面上涨，整个村子差点就被淹没，可海浪在教堂门口停住了。在持续十分钟的地震中，湖泊的面积收缩，很多岛屿整个消失，地面裂开，火车轨道、桥梁和公路都坍塌下陷。智利很容易发生各种自然灾害，如洪水、干旱、大风、地震和能把一艘船卷到广场中央的大浪。人们在这方面拥有一种隐忍的哲学，觉得这些都是上帝的考验，可如果有很长一段时间没有发生灾难，他们反而会紧张起来。我的妮妮祖母就是这样，她总在等待着天塌下来。

　　我们学校已经为下一次大自然的怒火做好了准备：这里是岛上的社交中心，女人的社交圈、手工匠人组织和嗜酒者互戒协会都在这里集合。我去过两次嗜酒者互戒协会，因为我向迈克·欧克利承诺过，可那里只有四五个男人，我是唯一一个女人，他们在我的面前都不敢说话。我觉得我并不需要去，我已经有四个多月没喝过酒了。在学校里，我们看电影，解决一些不需要警察介入的小问题，讨论一些待办事宜，比如播种、收割、土豆和海鲜的价格；莉莉安娜·特雷维诺会来发放疫苗，传授基本的卫生知识，上了年纪的女人饶有兴致地听着:"不好意思,莉莉安娜小姐,您竟然来教我们这些家庭妇女摆弄药品!"她们说。这些女人说瓶子里的药片很可疑,有人在从中牟利,她们也不无道理,她们情愿用不要钱的家庭偏方,或是采取顺势疗法①。在学校,有人来跟我们介绍政府的避孕计划,很多老奶奶听得目瞪口呆,还有警察来学校分发灭虱手册,以免虱子大规模传染,这个问题总是隔年发作。只要想到虱子,我的脑袋就发痒,比起虱子,我更喜欢跳蚤,因为跳蚤只在法克和猫的身上活动。

学校的电脑简直就是前哥伦布时期的,不过被保养得很好,我用它们来做很多事情,只是不发电子邮件。我已经习惯了与外界隔绝的生活。我又没有朋友,要发邮件给谁?我能收到妮妮祖母和"白雪公主"的消息,他们用密码给马努艾尔写邮件,其实我很想跟他们讲讲我对于这个奇特的流放地的看法;他们没法想象奇洛埃,只有在这里生活才能体会。

我在俄勒冈的学校住了下来,想等天气不那么冷的时候再逃;可冬天像是在这片森林里扎了根,这里的冰雪晶莹剔透,天空有时蓝得纯真无邪,有时又仿佛被激怒了一般,泛着浅灰色。随着白天变长,气温上升,户外活动开始了,我又起了逃跑的念头,不过那时有人送了两只小羊驼过来。它们身形苗条,两只耳朵支棱着,睫毛很长,是前一年毕业的某个学生父亲为了表示感谢而送过来的贵重礼物。安吉让我负责照顾它们,原因是我养过苏珊的那些找炸弹的嗅探犬,没有人比我更有资格来照顾这两只娇弱的动物。我不得不把逃跑的计划推迟,因为羊驼们需要我。

---

① 顺势疗法,替代医学的一种,其治疗思想为使用一种能在健康人身上产生相同症状的药剂来治疗某种疾病。

随着时间的流逝,我逐渐适应了学校的运动、艺术和心理治疗等课程,可我没有交朋友,因为这里的氛围让人没有交朋友的心思;我们最多算是同谋,一起筹划些恶作剧。我并不思念萨拉和德比,好像换了环境,我这两个朋友也就不再那么重要了。想到她们的时候我总是很羡慕,没了我她们也一样生活,整个伯克利中学也一样,大家肯定都在偷偷讨论不知羞耻的玛娅·维达尔,说她被关进了精神病院。可能有人已经取代我,成为"吸血鬼"铁三角的一员。在学校我学会了心理学那些难懂的术语,还有在种种规则之间钻空子的方法,这里不称规则,叫协议。跟这里的其他学生一样,我来之后签订了很多并不打算遵守的协议,其中第一条就规定不能喝酒、吸毒、使用暴力和发生性关系。前三者根本就没条件实施,不过虽说学校里的心理咨询师和心理学家们经常巡视检查,我的同学们还是想方设法来开展第四点。我没有参加。

装成正常的样子很重要,这样才能避免问题,不过对正常的定义有些难以捉摸。如果我吃得多,就代表我很焦躁,如果我吃得少,则说明我有厌食症;如果我喜欢一个人待着,那我有抑郁倾向,可任何一段友情又会引起怀疑;如果我在一项活动中不配合,我就是在搞破坏,可要是太配合,我就是想引人注目。"使劲划船会挨揍,偷懒不干也一样。"这也是我妮妮祖母常说的一句话。

这里的课程是建立在三个具体的问题上:你是谁,你这辈子想干什么,想怎么达到这个目标,不过治疗方法就不那么明确了。他们让一个曾经被强奸的女孩穿上法国侍女的服装,当着其他学生的面跳舞;把一个有自杀倾向的学生带到森林防火瞭望台上,看他敢不敢跳;还把一个有幽闭恐惧症的学生定期关进一个衣橱。我们进行忏悔——这是净化自己的仪式,还开集体会议,在会上我们要表演出自己的创伤,因为这样才能克服它们。我拒绝表现我祖父的死,我的同学们替我完成,后来当天轮值的心理专家宣布我已经被治愈了,又或许是无法治愈,我已经不记得了。在漫长的集体治疗过程中,我们坦白并分享回忆、梦境、欲望、恐惧、企图、幻觉和最隐秘的秘密。那些马拉松式治疗的目的就是让灵魂裸露。在那里,手机是禁止使用的,电话被控制使用,信件、音乐、书和电影都需要审核通过,不许发邮件,也没什么意外的访客。

入校三个月时,我的家人第一次来探视我。在我的父亲跟安吉探讨我取得的进步时,我带祖母去公园走走,认识那些羊驼。我给它们在耳朵上扎上了一些丝带进行装饰。妮妮祖母给我带来了一张塑封过的小照片,照片上只有波波祖父一个人,是在他去世三年前拍的,照片里的他戴着帽子,手里拿着烟斗,冲着镜头微笑。我十三岁那年的圣诞节,迈克·欧克利给他拍了这张照片,那年我把他那颗行踪飘忽的行星作为礼物送给他:一个绿色小球,上面标了一百个数字,数字对应的是我们以前一起设计好的一百张地图和插画,用来注解这颗星球上应该存在的东西。他很喜欢这个礼物,所以照片上的他笑得像个孩子。

"你的波波祖父永远都跟你在一起。你不要忘记这一点,玛娅。"祖母说。

"他已经死了,妮妮祖母!"

"没错,你现在还不懂,可他就在你的心里。刚开始的时候我很痛苦,玛娅,我曾经以为我永远失去他了,可现在我几乎能看到他。"

"你现在就不痛苦了?怎么会有你这样的人!"我生气地回答。

"我依然痛苦,可我已经接受了这一点。我的精神状况好多了。"

"恭喜你。我在这个白痴疗养院倒是精神越来越差了。妮妮祖母,在我变成一个不可救药的疯子之前,带我走吧。"

"别说得这么悲惨,玛娅。这里比我想象得要好多了,工作人员都理解和关爱你们。"

"那是因为你们只是过来探视的!"

"你的意思是当我们不在这里的时候他们虐待你?"

"他们不打我们,可他们在心理上折磨我们,妮妮祖母。他们剥夺我们的食物和睡眠,让我们降低防御,然后给我们洗脑,把一些观点强行塞到我们的脑子里。"

"什么观点?"

"一些非常可怕的警告,关于毒品、性病、监狱、精神病院、流产,他们把我们当白痴对待。你觉得这还不够吗?"

"我觉得太过分了。我得跟那女的说清楚,她叫什么名字?安吉?她得知道我可不是好欺负的!"

"别!"我惊叫着抓住她。

"怎么不行!你觉得我会让他们把我孙女当作关塔那摩监狱的犯人一样对待吗?"这个智利黑帮分子大步流星地朝校长办公室走去。几分钟后,安吉给我打电话。

"玛娅,请当着你爸爸的面,把你刚刚跟你祖母说的话再说一遍。"

"什么话?"

"你知道我指的是什么。"她没有抬高声音,只是坚持她的要求。

我父亲好像无动于衷,他只是提醒我别忘了法官的判决:学校改造还是坐牢。我留在了俄勒冈。

两个月后第二次家庭探视的时候,妮妮祖母很高兴:她说终于找回了她的乖孙女,没有吸血鬼一般的妆容或是帮派混混一样的举止,我看起来很健康,身体状态不错。这是我每天跑八公里的缘故。他们允许我跑步,因为不管我怎么跑也跑不出去。他们没想到我是为逃跑做训练。

我告诉妮妮祖母这里的学生如何取笑心理测验和治疗,这些测试和治疗的目的太明显,就连刚来的新人也能轻易操控结果,知识方面就更没什么好说的了,一毕业他们就会给我们发一份证明我们不学无术的证书,让我们挂在墙上。我们受够了那些关于南北极变暖和登珠穆朗玛峰的纪录片,我们需要知道世界上究竟在发生什么。妮妮祖母说没什么值得一提的,只有没办法解决的坏消息,这个世界就要完蛋了,不过过程缓慢,坚持到我毕业那会儿还是没问题的。"我真不知道你什么时候才能回家,玛娅。我特别想你!"她摸着我的头发叹气。我把头发染成了很多种自然界压根不存在的颜色,染料是妮妮祖母给我邮寄过来的。

虽说我的头发被染得色彩缤纷,我认为跟一些同学比起来,我还是比较谨慎的。为了弥补校内过多的约束,给我们一种虚假的自由感,学校允许我们随心所欲地对衣服和头发进行大胆实验,不过我们不能增加身上的孔和文身的数量。我已经有了一个金鼻环,还有"2005"的文身。有个男生在吸食冰毒之前曾经迷过一阵新纳粹主义,他一直炫耀右边胳膊上用烧红的烙铁烙上的文身,还有个男生在额头上文了一个"操"字。

"这个男生真的挺操蛋的,妮妮祖母。他们不让我们提起他的文身。心理医生说他的精神会受到创伤。"

"是哪个男生,玛娅?"

"那个头上刘海一直遮到眼睛的瘦高个儿。"

于是我的妮妮祖母告诉他别担心,已经有一种激光能去除他额头上的文身了。

马努艾尔利用短暂的夏天来收集信息,然后打算在天色暗淡的冬天完成这本关于奇洛埃岛神奇传说的书。在我看来,我们相处得很好,不过他时不时还会冲我嘀咕几句。我不理他就是。我记得我们刚认识的时候,我觉得他性格孤僻,可在跟他相处了这几个月之后,我发现他属于这样一个群体:他们非常善良,却为此感到羞愧;他发自内心地待人亲切,可要是有人跟他亲昵起来,他又会害怕,所以他有些怕我。在文化部和多家旅游公司的资助下,他已经有两本书在澳大利亚出版,都是大开本,配有彩色照片,而这本也会以类似的形式出版。出版商委托圣地亚哥一个非常出名的画家来给这本书画插图,相信为了创造出奇洛埃神话中一些令人毛骨悚然的形象,这位画家会大伤脑筋。我希望马努艾尔给我安排更多的活,这样我才能报答他的收留;不然,一直到我生命终结,我都会感觉欠了他的。坏就坏在他不会委派任务;他给我安排一些最简单的事情,然后还要浪费时间来检查我完成得怎么样。他可能觉得我是个傻子。他甚至还得给我钱,因为我是身无分文过来的。他告诉我,妮妮祖母给他转账过来一些钱,可我不相信,她才不会想到这样简单的解决方案。她可能会给我寄来一把铲子,让我挖掘地底下的金银财宝,这才符合她的性格。全世界的人都知道,以前的海盗在这个小岛上藏了很多宝藏。在6月24日圣胡安节①的夜里,在海滩上可以看到一些光,那标志着地下埋有宝藏。不幸的是,那些光是移动的,贪婪的人会因此而摸不着头脑,此外,那光还有可能是巫师设下的骗局。还没有人在圣胡安节的夜里挖掘出宝贝来。

天气变化得很快,爱杜维赫斯给我织了一顶奇洛埃式的帽子。

---

① 圣胡安节,在西班牙和很多西语国家,人们为了庆祝夏日的到来而庆祝这个节日。

百岁老人露辛达夫人用岛上的植物、树皮和果子给羊毛上了颜色。这位老太太在这方面是一个专家,她染出来的颜色比别人染成的都要持久,她能染出深深浅浅的棕色、红色、灰色和黑色,还有一种很适合我的胆汁绿色。我只花了很少的钱,就购置了厚实的冬衣和运动鞋。我粉红色的那双靴子受潮开裂了。在智利任何人都能穿得体面:到处都有二手衣物或是来自美国的残次品服装卖,有时我能在里面翻到我的码。

我现在对马努艾尔的快艇卡维亚号满怀敬意,它看起来弱不禁风,实则果敢坚实。这艘快艇载着我们在安库德的海湾疾驰,冬天过后,我们打算沿格兰德岛的海岸航行,到更南方的科尔科瓦湾去。在这里平静的海面上,卡维亚号走得不快,很稳。最凶险的海上风暴一般发生在太平洋。了解神话传说的老人都生活在偏远的海岛和村镇里。他们靠种植农产品、饲养牲畜和捕鱼为生,居住的地方人口较少,还没受到所谓的社会进步的影响。

我和马努艾尔凌晨出发,如果路程不远的话我们尽量在天黑之前回来,可如果路途超过三个小时的话,我们会留在当地过一晚,因为只有海军舰队和幽灵船卡勒乌切号会在夜晚航行。据老人们说,陆地上有的一切也都存在于海底。在海底、湖底、河底和水塘底,都有被淹没的城市,水底生活着比归潜,这是一群坏东西,它们能够呼风引浪。老人们都提醒说在潮湿的地方要小心,可在这片土地上,雨下个不停,所有地方都是潮湿的,所以这是个没用的建议。有时我们会遇见一些老人,他们很愿意跟我们倾诉他们的所见所闻,我们带着珍贵的录音回去,可到了要破译内容的时候就很麻烦,因为他们有自己的讲述方式。一开始的时候他们回避巫术魔法这个话题,这是老一辈的事情了,他们说,现在没人相信这个了;也许他们害怕"搞艺术的人"的报复,这是对巫师的代称,又或许他们不希望别人觉得他

107

们迷信，不过马努艾尔用一些法子，再加上苹果奇恰酒，总能把他们的故事给套出来。

我们遭遇了至今为止最厉害的一场暴风雨，它迈着巨人的步子席卷而来，冲整个世界散发它的雷霆之怒。外面雷电交加，狂风伴着雨似乎要把整个屋子都给卷走。屋梁上的三只蝙蝠被吹得在客厅里直打转，伴随着颤抖的烛光，我试图用扫把把它们赶走，叫蠢蛋的那只猫则徒劳地用爪子攻击它们。发电机坏了好几天了，我们也不知道"恰斯基亚师傅"什么时候来，还会不会来。也没人知道，因为这里没人有固定工作时间。在智利，只要能拿钳子和电缆把什么东西给勉强修好，这个人就能叫"恰斯基亚师傅"，可在这个岛上没有一个这样的人，我们只能找外面的，他们就像达官贵人，让人久等。暴风雨发出震耳欲聋的声响，有岩石滚动的声音，坦克开动的声音，火车脱轨的声音，还有狼嚎声，忽然又从地底下传来一阵动静。"地震了，马努艾尔！"他额头上佩戴了矿工灯，正在看书，他很冷静。"那是风吹的，地震的时候锅会先掉下来的。"

这时候阿苏塞纳·克拉雷斯来了，她穿着雨衣和捕鱼的靴子，身上的水直往下滴，她是来求救的，她父亲的情况很不好。由于暴风雨的缘故，手机没有信号，而她又不可能走到镇上去。马努艾尔将雨衣、帽子和靴子穿戴好，拿着手电筒，准备出门。我跟在后面，我可不要跟蝙蝠一起待在家里吹大风。

克拉雷斯一家住得很近，可在漆黑的夜里，我们仿佛走了一个世纪，从天而降的暴雨仿佛要把我们压进泥土里，把我们浇了个透，同时我们还得跟把我们往反方向推的大风斗争。有时我觉得我们已经迷路了，不过克拉雷斯家泛着黄光的窗户又会突然出现在我们眼前。

这房子比我们的还要小，乱糟糟的，大风把房子的一堆板子吹得直响,房子似乎都要被吹倒,不过里面还完好无损。屋里点着两盏石蜡灯,我看到里面乱糟糟地摆放着一些旧家具、一筐筐待纺的羊毛、成堆的土豆,还有锅、杂物、挂在电线上晾干的衣物、用来接屋顶漏水的桶,甚至还有几个装着鸡和兔子的笼子——在这样一个夜晚当然不能把它们扔在外面。在屋子一角,有一个神龛,上面有圣母的石膏雕像和智利人的守护神乌尔塔多神父①像,前面点着一支蜡烛。墙上挂着日历、相框、明信片、生态游广告和马努艾尔的一张《老年用餐注意事项指南》的宣传纸。

卡梅洛·克拉雷斯是个身材健壮的男人,他是木匠,也造小船,可酒精和糖尿病经年累月地侵蚀着他的身体,最终将他打倒。一开始他不理会自己的病症,后来他的妻子用大蒜、生土豆和蓝桉给他治疗,当莉莉安娜·特雷维诺强行把他送到卡斯特罗市的医院时,已经太晚了。爱杜维赫斯说医生给他做的手术只是让他的情况更加糟糕。克拉雷斯保持着原有的生活方式,他继续喝酒,打骂家人,直到去年十二月份的时候,他的一条腿被截肢。他没法再抓住孙子们并用皮带抽打他们了,可爱杜维赫斯依然总是青紫着一只眼睛,人们对此早已习以为常。马努艾尔让我别问,不然爱杜维赫斯会觉得很丢人,对于家庭暴力,最好还是闭口不谈。

病人的床被移到火炉边。由于听说过卡梅洛·克拉雷斯的种种故事,比如他醉酒的时候跟人斗殴,并且长期虐待家人,在我的想象中,他是个面目可憎的老男人,可在这张床上只有一个软弱无力、面无人色、瘦骨嶙峋的老人,他的眼睛半睁半闭,嘴巴张着,发出垂死的喘息。我猜糖尿病人得打胰岛素,可马努艾尔却给他喝了几勺蜂蜜,

---

① 阿尔伯特·乌尔塔多(1901—1952),智利律师、教士,于1944年创建了慈善机构"耶稣之家",于2004年被天主教会封为"圣人"。

在蜂蜜还有爱杜维赫斯的祈祷的作用下,病人好转了些。阿苏塞纳给我们泡了一杯茶,我们静静地喝着,等待着暴风雨的平息。

大概凌晨四点左右,我和马努艾尔回到了家,家里冷冰冰的,炉子熄灭已经有好一会儿了。他去找柴火,我则点亮蜡烛,用石蜡炉加热水和牛奶。我没意识到自己在发抖。我不是冻得发抖,而是因为这个晚上的紧张氛围。大风、蝙蝠、垂死的男人还有我在克拉雷斯家里感受到的某种说不清的东西,那是一种类似仇恨的恶意。事实上家庭生活的氛围会渗透到屋子里,克拉雷斯家有些不好的东西。

马努艾尔迅速点上火,我们把湿衣服脱了,穿上睡衣和厚实的长袜,并且用奇洛埃毛毯裹得严严实实的。我们站在火炉边,他喝了两杯茶,我则喝我的牛奶,接着他检查百叶窗有没有被风吹开,给我灌热水袋,把热水袋放到我的房间,再回到他自己的房间。我听到他去了洗手间,然后上床睡觉。我凝神听着暴风雨最后的挣扎,逐渐远去的雷声,还有快要吹不动了的风声。

我想了很多种战略,想要战胜对夜晚的恐惧,可没有一种成功。到了奇洛埃之后,我的身体和精神已经康复,可失眠越来越厉害,我不想用安眠药。迈克·欧克利提醒过我,一个吸毒者最后恢复的就是正常的睡眠。下午的时候我避免摄入咖啡因和接触刺激因素,比如含暴力画面的电影和书,否则到了晚上它们就会折磨我。在上床睡觉前,我要喝一杯放了蜂蜜和桂皮的热牛奶,这是我童年时期波波祖父给我的神奇配方,还有爱杜维赫斯泡的静心茶,里面有椴树花、西洋接骨木、薄荷还有紫罗兰,可不管怎么做,哪怕每天我都尽可能晚上床,看书看到睁不开眼睛,我也躲不过失眠这个无情的恶魔。我的生命中有无数个不眠之夜,以前我数羊,现在我数黑颈子的天鹅和白肚子的海豚。我在黑暗中度过一个个小时,凌晨一点、两点、三点,我倾听着屋子的呼吸，幽灵的呢喃，床底下魔鬼抓挠床板的声音，害怕它们让我丢了性命。以往的疼痛、过错、凌辱和负疚感是我夜里的敌人，它们一如既往地来袭击我。开灯就相当于认输，接下来这整个晚上我就不会再睡，因为开灯后，屋子不光会呼吸，它还能移动，甚至有了脉搏。它将隆起，长出触手，幽灵们也拥有了具体的轮廓，丑陋的怪物骚动起来。这将是一个漫无止境的长夜，刺激因素太多，睡得太晚。我躲在堆成小山的毛毯下数天鹅，这时我听到睡着的马努艾尔在隔壁房间挣扎，这已经不是第一次了。

有什么东西引发了这样的噩梦，这样东西可能跟他的过去有关，又或许跟这个国家的过去有关。我在网上找到了一些可能有用的东西，可我完全是在瞎找，线索太少，什么都不确定。这一切是从我着手调查妮妮祖母的第一任丈夫费利佩·维达尔开始的，调查过程中我发现1973年发生了一场军事政变，这一事件改变了马努艾尔的生活。我找到了费利佩·维达尔在六十年代发表的几篇关于古巴的文章，他是当时智利国内为数不多的报道了古巴革命的记者，后来我还找到了其他几篇他写的关于其他国家的报道；看起来他一直穿梭在不同地方。政变几个月后，他消失了，这是网上能找到的关于他最后的消息。他结了婚，有一个儿子，不过网上并没出现他们的名字。我问马努艾尔具体是在什么地方认识费利佩·维达尔的，他生硬地回答我说不想谈论这件事，不过我有预感，这两个男人的故事一定有某种联系。

在智利，很多人拒绝相信军事独裁政府犯下的暴行，直到九十年代不可辩驳的证据水落石出，他们才不得不接受。布兰卡说，现在没有人能够否认当时政府的罪行，可还有人在为那个政府说话。在她父亲和其他施内克家族成员面前不能提这个话题，因为他们认为事情已经过去，军队拯救了这个国家，使它免受侵袭。军队维持了秩序,赶走了破坏者,建立了自由经济市场,带来了繁荣和财富,也逼着生性懒散的智利人工作。暴行?这在战争中在所难免,更何况那还是一场反共战争。

马努艾尔在这个晚上梦到了什么?我再次感觉到他噩梦中那些可怕的存在。最后我从床上起来,扶着墙摸索到他的房间,火炉的光能隐约照亮他的房间,不过光线微弱,只勉强够看清房间里的家具轮廓。我从没进过他的房间。我们一起生活,他曾经救过患结肠炎的我——没有比这更亲密的关系了,我们在卫生间相遇过,有次我心不在焉地冲完澡出来,他甚至还看到过我浑身赤裸的样子,可他的房间是禁区,只有蠢蛋和文学家能自由进出。为什么我要这么做?为了把他叫醒,不要再受噩梦的折磨,为了躲过失眠,跟他一起入睡。仅此而已,不过我知道我在玩火,虽然他比我大了五十二岁,但他也是男人,而我是女人。

我喜欢看着马努艾尔,穿他的旧背心,闻他浴室里的肥皂味儿,听他的声音。我喜欢他的讽刺,他带来的安全感,他沉默的陪伴,我喜欢他不知道人们有多喜欢他的样子。我并不是为他着迷,完全不是这样,我非常敬爱他,这种感觉无法用言语来形容。事实上,我爱的对象并不多:妮妮祖母、我爸爸、"白雪公主"、两个在拉斯维加斯的人、俄勒冈的小羊驼,还有这个岛上一些人,我开始太爱他们了。我没有刻意放轻脚步,我走近马努艾尔,爬到他的床上,抱着他的背,把脚塞到他的两脚之间,鼻子贴近他的后颈。他没有动,可我知道他已经醒了,因为他浑身绷得像块大理石。"放松,我只是过来跟你一起呼吸。"我只想出来这么一句话。我们就像一对老夫妻,被温暖的毛毯和彼此的体温包围。宛如以前跟祖父母们一起睡时一样,我沉沉地睡着了。

马努艾尔八点的时候把我叫醒,他拿来一杯咖啡和烤好的面包。暴风雨已经消散,空气被洗得干干净净,闻起来很清新,有股湿木头和盐的味道。早晨的光线笼罩了整个屋子,昨晚发生的一切就像一场糟糕的梦。马努艾尔已经剃好了胡子,他头发还有些潮湿,一身打扮跟往常无异:旧裤子、高领T恤、磨损得厉害的背心。他把餐盘递给我,坐在我身边。

"对不起。昨晚我睡不着,你又做了噩梦。我猜我做了件蠢事,我不应该到你的房间来……"我说。

"没错。"

"你别摆出一副老处女的样子,马努艾尔。别人会以为我犯了什么不可弥补的错误。我可没有侵犯你。"

"幸好如此。"他严肃地回答我。

"我能问你一点私人的事情吗?"

"得看是什么事情。"

"虽然你老了,可我把你当成一个男人看待。但你把我跟你的猫一样对待。你没把我当女人,对吧?"

"你就是你,玛娅。所以我请求你不要再到我的床上来。再也不行。明白了吗?"

"明白。"

在奇洛埃这个田园小岛上,我过去动荡的生活简直没法理解。我不知道为什么以前心里总觉得扎着根刺,总是不快活,为什么浑浑噩噩地总在寻找某种自己不知道的东西;我已经记不清最近三年里做过哪些冲动的事情,有过怎样的想法,好像那时的玛娅·维达尔是另一个人,是一个陌生人。在一次我们之间少有的交心对话时,我跟马努艾尔说起这番感想。当时只有我们两人,外面在下雨,停电了,他不能以看书来逃避跟我聊天。他告诉我肾上腺素是会让人上瘾的，人会习惯刺激的生活，舍弃不了戏剧化的离奇情节，因为不管怎么说，那比平凡的生活更有趣。他还说，我这个年龄的年轻人，没有人想要内心的宁静，我正是冒险的年纪，在奇洛埃的这段逃亡生活只是一场短暂的休息，对于一个像我一样的人，这不可能变成我的生活方式。"你是在暗示我，我越早离开你家越好，是不是？我问他。"对你更好，而不是对我更好，玛娅。"他答道。我相信他的话，因为等到我走了，这个男人会无比寂寞。

肾上腺素确实让人上瘾。在俄勒冈，有一些宿命论的学生，他们心安理得地承受着不幸。幸福就像肥皂一样滑溜，会从指缝间溜走，可问题却能牢牢抓住，它们有把手，粗糙坚硬。在俄勒冈的学校里，我就像一部俄国小说里的人物一样：我很坏，邪恶，有害，辜负并伤害最爱我的人，我的生活一团糟。可在这个岛上，我几乎总会觉得自己是个好人，仿佛周围的风景变了，我也改头换面了。这里除了马努艾尔，没人了解我的过去；人们信任我，认为我是个学生，趁着假期过来帮马努艾尔工作，一个单纯健康的姑娘，能在冰冷的海水里游泳，还能像男人一样踢足球，一个有些傻乎乎的美国佬。我不想让他们失望。

有时，在夜里睡不着的时候，我会为以前做过的事情而内疚不已，可天一亮，闻到火炉里柴火的味道，感觉到法克伸爪子挠我让我带它到院子里去，并听到去上厕所的马努艾尔清嗓子的声音，负疚感便消散了。我醒过来，打哈欠，在床上伸懒腰，幸福地舒一口气。我没有必要跪地捶胸，也不必为自己的过错付出血泪代价。以前波波祖父说，生活就是一张挂毯，彩色的线一天天绣成上面的花色，有些线沉重黯淡，有些则轻盈且闪闪发光，所有的这些线都是有用的。我做过的那些傻事已经在挂毯上了，无法抹去，可我不会一直背负着这些,直到死去。做过的已成事实;我得朝前看。在奇洛埃没有助长绝望之火的燃料。在这座柏木盖成的房子里,心灵能够宁静下来。

被关了十三个月之后,我在2008年的6月结束了俄勒冈学校的课程。过不了几天,我就能从大门走出去,我只会思念这里的羊驼和斯蒂夫,他是女学生最爱的心理咨询师。我跟其他的女生一样,隐约有些喜欢上了他,不过我太骄傲,不愿意承认这一点。有些女生在夜晚偷偷溜到他的房间里去,又被客气地请回到自己床上;斯蒂夫在拒绝人这方面很有天分。终于要自由了。我又能回到正常人的世界,听音乐、看电影、读禁书,我要把这一切做个够,我还要注册一个脸书账号,这是社交网络的最新风尚,学校所有人都梦寐以求。我发誓,余生将再也不踏上俄勒冈州的土地。

这么多个月来,我第一次想念萨拉和德比,我不知道她们怎么样了。如果运气好的话,她们大概已经中学毕业,现在可能正在找工作,因为以她们的脑子可上不了大学。德比的学习成绩一直都很糟,萨拉的问题太多;如果她的厌食症没治好的话,肯定已经在坟墓里了。

一天早上,安吉邀请我到松树林里去散步,这很可疑,因为这不是她的风格。她说我在学校的帮助下凭自己的努力实现了很大的进步,她很满意,还说我现在能去上大学了,不过或许我在学习方面会有一些小小的不足。"巨大的空缺,不是小小的不足。"我打断她的话。她微笑着原谅了我不礼貌的态度,并且提醒我,她的使命并不是传授知识,这一任务任何一家教育机构都能完成,她要做的事情是将控制情感的方法传授给学生,使得他们发挥最大的潜力,这比传授知识要难办得多。

"重要的是,你变成熟了,玛娅。"

"你说得对,安吉。在我十六岁的时候,我的人生计划是跟一个家产百万的老头结婚,毒死他,然后继承他的财产,而现在我的计划就是养殖羊驼进行贩卖。"

我的话并没让她觉得有趣。她拐弯抹角地向我提议,让我在夏天作为体育教练和艺术论坛的助手留在学校里,然后九月我可以直接去上大学。她还说,我们都知道,苏珊和我爸爸正在办离婚,我爸爸被安排了一条飞中东的新航线。

"你的情况比较复杂,玛娅,因为过渡阶段你需要一个稳定的环境。在这里,你是被保护的,可到了伯克利就不一样了。回到你之前的环境去,这不太合适。"

"我会跟我祖母生活。"

"老奶奶年纪已经大了,不能……"

"你不了解她,安吉!她比麦当娜还要精力旺盛。你别叫她老奶奶,她的外号是堂柯里昂,跟教父一样。她是把我揍大的,你觉得还有什么比这更好的环境。"

"我们不讨论你的祖母了,玛娅。在这里再待两到三个月,这对你的前途非常关键。考虑好再答复我。"

我明白了,我爸爸跟她已经达成了一致。我和他从来就没有非常融洽过,在我的童年时期,他基本上就不在,他想办法躲得远远的,让妮妮祖母和波波祖父对付我。祖父去世后,发生了一些丑陋难堪的事情,他就把我送到俄勒冈来住校,然后自己便脱身走了。现在他又有一条中东新航线了,这对他来说真是好极了。他为什么要把我带到这个世界上来呢?在跟拉普兰公主的那段感情中,他应该更谨慎些的,因为他们俩都不想要孩子。我猜那时应该也有避孕药吧。这一连串的想法从我脑海中闪过,我迅速得出结论,跟他吵或是试图跟他谈判都是没用的,因为当他打定主意时就像驴子一样倔,我得另寻出路。我已经十八岁了,从法律上来说,他不能勉强我留在学校;

因此他跟安吉合谋,因为安吉的意见就像诊断结果一样有分量。如果我叛逆不服,就会被认为行为举止还有问题,只要常驻学校的精神病医生一签字,他们就能把我强行扣留,或者让我继续学习另一个类似的心理课程。我异常爽快地接受了安吉的提议,要是一个不知道她手握多大的权力的人在旁边,说不定会怀疑我的诚意。我马上开始着手准备被推迟了的逃跑计划。

就在我跟安吉在松树林里散步后没几天,也就是六月份的第二个星期,有学生在健身房里抽烟,引发火灾。被遗忘的烟头烧了一个坐垫,在火警铃响之前,大火已经蹿到屋顶。自从学校成立以来,还没发生过如此有戏剧性的趣事。老师和园丁们忙着接水管,学生们则四处乱窜,欢呼雀跃,释放着在几个月的自我反省中积攒的能量,最后消防员和警察赶到的时候,他们看到了光怪陆离的一幕,这也证实了一个广泛被接受的观点:这个学校收留了一群中邪的人。火灾蔓延,威胁到附近的森林,消防员叫来一辆小型飞机进行增援,这使得学生们更为兴奋狂热,他们对警察的命令听若未闻,在喷射的化学泡沫下面跑来跑去。

那原本是一个完美的早晨。在火灾的烟雾遮蔽住天空之前,空气温暖清澈,是我逃跑的理想时机。首先我得拯救我的羊驼,在一片混乱中没人记得它们。我花了半个小时来让它们挪位置;空气中的焦煳味吓得它们的腿不听使唤。最后我想出一个主意,把两件T恤用水打湿,给它们盖在头上,拉着它们往网球场走,然后把被蒙住头的它们拴在那里。接着我回到宿舍,把一些必需品塞进书包——波波祖父的照片、一些衣服、两条能量棒和一瓶水。然后我穿上最好的运动鞋,往森林里跑去。这并不是我一时冲动的结果,这个机会我已经等了一个世纪,可当时机到来,我出发的时候并没有一个合理的计划，我没带能证明身份的证件、钱或是地图，我只有一个疯狂的念头，就是消失几天，吓我父亲一跳，让他永生难忘。

安吉过了四十八小时才给我的家人打电话，因为这里的学生时不时会消失一阵，这很正常；他们沿着公路走，搭别人的便车到三十公里外离这最近的村里去，在尝试过自由的滋味后，他们会自己回来，因为他们没地方可去，也可能是警察把他们给送回来。这是常规性的逃跑，在刚进来的学生当中特别常见，也被看作是他们心理健康的证据。只有完全丧失了意志的人和情绪极为抑郁的人才会心甘情愿被囚禁。消防员确认没有人在火灾中丧生后，我的消失并没有引起特别的担心，第二天，引得群情激动的火灾只留下一片灰烬，他们开始在村子里找我，还组织了巡逻队在森林里搜寻我。可那时我已经离开了很多个小时了。

我不知道没有指南针，我是怎么在那片松树的海洋中辨别方向，并且曲折地找到了州际公路的。没有别的解释，只能说我的运气很好。我早上出发，跑了好多个小时，眼看着下午和晚上相继降临。中途我停下来两次，喝了点水，咬几口能量棒，然后浑身大汗地继续往前跑，直到黑暗降临，不得不停下来为止。我依偎在树根间来度过夜晚，暗暗祈求波波祖父能把熊赶走；那个树林里有很多熊，而且它们胆子很大，有时甚至会到学校去觅食，而且一点也不会因为人类的靠近而不安。我们透过窗户看着它们，它们把垃圾桶给翻倒，也没人敢把它们赶走。我跟波波祖父之间的沟通就像泡沫一般转瞬即逝，在俄勒冈学校的这段时间，我们的沟通时而顺利时而困难。在他刚去世的那段时间，他会出现在我面前，我非常确定；我看到他出现在一扇门的门槛前，在马路对面的人行道上，在饭店的玻璃窗后。他绝对不会让人误认，因为没有人像我的波波祖父，不论是黑人还是白人，没人像他一样高雅讲究,拿着烟斗,戴金丝眼镜和博尔萨利诺牌帽子。接着我的灾难开始,我吸毒酗酒,耳边充斥着噪声,我总是思维模糊,再也没见到过他,不过有时我可以确定他就在附近;我可以感觉到他盯着我的后背。妮妮祖母说,得要非常平静,安静地在一个空旷干净的空间,没有钟表,才能感觉到灵魂的存在。"你总插着耳机,怎么能听到你波波祖父的声音呢?"她说。

在森林里这个孤独的夜晚,我再次感受到童年夜里失眠时那种无缘无故的恐惧,祖父母大宅子里的那些妖魔鬼怪再次袭击我。我需要一个比我更高大、更强壮的人,只有这个人的怀抱和体温能帮我入睡:我的波波祖父,或是一条闻炸弹的嗅探犬。"波波祖父,波波祖父。"我呼唤着他,我的心在胸腔里狂跳。我闭上眼睛,捂住耳朵,想要摆脱那些移动的阴影和威胁的声音。我昏昏沉沉地睡了一会儿,时间应该非常短暂,然后猛地被树干之间的一束光给惊醒。我过了一会儿才弄清自己身在何处,我猜那光可能是车灯,我或许就在一条公路的附近;于是我猛地跳起来,轻快地叫了一声,接着拔腿就跑。

几个星期前就开始上课了,现在我有一份老师的工作,不过是没有工资的。我以一套非常复杂的交换方式来向马努艾尔·阿里亚斯支付住宿费。我在学校工作,布兰卡阿姨不直接把工资付给我,而是把这笔钱以礼物的形式来还给马努艾尔,礼物内容包括柴火、写字的纸、汽油、黄金酒和其他令人心情愉快的东西,例如由于没有西语字幕或是"令人反感"而没有在镇子上播过的电影。对电影实施审核的并不是她,而是邻居们组成的一个委员会,对于他们而言,美国那些蕴含过多性爱镜头的电影就是"令人反感"的。这个形容词是不会用来修饰智利电影的,可实际上这个国家的电影里经常有赤身裸体、倒在地上呻吟交欢的镜头,而岛上的观众们看得面不改色。

以物易物是岛上经济的基本形式，用鱼肉换土豆，用木头换面包，用鸡肉换兔子肉，很多服务也是用商品来支付的。快艇上那个没有胡子的医生不收费，因为他是国家医疗队派来的，可他的病人也会送他母鸡或是纺织品。没人给东西定价，可所有人都知道它们价值几何，并把账记在脑子里。这个系统以一种高贵的方式运作，大家都不提欠了多少，给了多少，或是收到多少。如果不是出生在这里，就永远都没法掌握这种复杂又微妙的易物活动，不过我学会用一些东西来交换村民们给我倒的无数杯茶或是马黛茶。一开始我不知道该怎么做，因为我从来没像现在这样穷过，哪怕是我做乞丐的时候也没有，不过我发现当我逗他们的孩子玩，或是帮露辛达夫人纺羊毛和缠线团时，他们都非常感激。露辛达夫人已经很老了，没人记得她的家人是谁，所以大家轮流照顾她；她是这个岛的高祖母，而且还在干活：给土豆唱歌并且卖羊毛线。

易物交换时，并不一定要直接把东西给交易的对方，还可以采取间接的方式，就像我在学校工作，布兰卡把东西给马努艾尔一样。有时还可以发生在更多人之间：莉莉安娜·特雷维诺帮爱杜维赫斯·克拉雷斯弄到治疗关节炎的氨基葡萄糖，爱杜维赫斯帮马努艾尔·阿里亚斯织羊毛袜，他则到卡斯特罗市的书店用《国家地理》杂志换来女性杂志。当莉莉安娜·特雷维诺给爱杜维赫斯送药过来的时候，他再把杂志给她，他们就这样进行群体交换，大家都开心。至于氨基葡萄糖，得要澄清一点，为了不让莉莉安娜生气，爱杜维赫斯是咬牙勉强在用这药，因为治疗关节炎唯一靠谱的法子就是用荨麻抽以及让蜜蜂蜇。治疗方法如此极端，难怪这里的人老得很快。此外，海风和寒冷对骨头有害，潮气会进入关节；长期挖土豆、捡海鲜会让肢体劳累，而孩子们的远行又会使得人心情忧郁。奇恰酒和葡萄酒能让人暂时忘记烦恼，可最终疲劳总会获得胜利。这里的生活不易，对于很多人来说,死亡就是休息。

自从开学以来,我的生活就变得更有意思。以前我是小美国佬,现在我要给孩子们上课,所以我变成了美国佬阿姨。在智利,年纪大些就会被称为叔叔或阿姨,哪怕他们配不上这个称呼也一样。出于尊敬,我应该称马努艾尔为叔叔,可我刚到这里的时候还不知道,现在也已经晚了。我在这个岛上定居扎根,这是以前的我完全想不到的。

在冬天,我们大概早上九点上课,具体根据光线情况和是否下雨而定。我跑步去学校,法克陪着我跑到学校门口,然后再回去,因为家里更暖和些。每天上课前要升智利国旗,所有人列队唱国歌——"智利,你的天空一片蔚蓝,纯洁的风吹拂着你"等等,然后布兰卡阿姨给我们讲话立规矩。周五的时候会点名表扬和批评,并用一小段有教育意义的讲话来激励我们。

我给孩子们教英语的基础知识,布兰卡阿姨认为英语是未来的语言,我们用的教材是1952年的,上面画的飞机都装着螺旋桨,书中的母亲都是金发,还穿着高跟鞋做饭。我还教他们用电脑,在有电的时候电脑可以良好运作。此外我还是官方足球教练,不过这里任何一个黄毛小子都踢得比我好。我们的卡勒乌切队,也就是男足队里斗志满满,因为当堂里奥内尔·施内克送我们球鞋的时候,我跟他打过赌,我们队一定会在九月份的校园冠军赛里获得第一名,如果我们输了的话,我就剃光头,这对于我的队员来说将是一个难以承受的羞辱。女队品克雅队非常糟糕,最好还是不要提了。

卡勒乌切队拒绝接收外号"小侏儒"的小胡安·克拉雷斯,理由是他体弱多病,可事实上他跑得跟兔子一样快,也不怕被球砸到。孩子们都嘲笑他,甚至打他。年纪最大的学生是佩德罗·佩兰楚伽,他已经读了很多年,大家都一致认为他应该跟他的叔叔们一起钓鱼谋生,而不是把他的那么一点智慧浪费在学数字和字母上,反正这些对他也不会有什么用处。他是维利切印第安人,身材结实,肤色黝黑,固执有耐心,是个好人,不过没人敢冒犯他,因为一旦他耐心用尽,就会像拖拉机一样冲上去揍人。布兰卡阿姨委托他保护小胡安。"为什么是我?"他低头看着自己的脚问。"因为你最强壮。"接着她又把小胡安叫来,让他帮佩德罗做作业。"为什么是我?"这个很少说话的孩子结巴着问。"因为你最聪明。"她用这种智慧的方式解决了一个孩子被欺负的问题以及另一个孩子的坏成绩,还促成了两个孩子之间的坚固友谊,他们在这种共生互助的关系中变得相互依赖。

中午的时候,我帮着发放教育部提供的午餐:鸡肉或鱼肉、土豆、蔬菜、甜品还有一杯牛奶。布兰卡阿姨说,对于一些智利孩子来说,这就是他们一天当中唯一的一餐,不过在这个岛上情况不会这样;我们很穷,可我们不缺吃的。吃完午饭之后,我的工作就结束了;接着我回到家,帮马努艾尔工作个两小时,下午的时间就没事了。周五的时候,布兰卡阿姨会奖励三个本周表现最好的学生,奖品是一张她签过名的小黄纸,用这张纸能到按摩浴缸中泡澡,也就是说,到马努艾尔叔叔的木桶里泡个热水澡。在家里,我们会给获奖的孩子提供一杯可可和我亲手烘烤的饼干,我们让孩子打肥皂,冲干净之后才能去按摩浴缸里去,然后一直能在里面待到天黑。

在俄勒冈的那一晚在我身上留下了不可磨灭的印记。我逃出了学校,在森林里跑了一整天,脑子里没有任何计划,只想伤害我的父亲,逃离那些治疗师和他们的小组治疗。我受够了他们亲切的漂亮话,也不想再让他们锲而不舍地试探我脑子里到底在想什么。我想成为一个正常人,仅此而已。

一辆车快速经过，把我吵醒，我赶紧跑去。我磕磕绊绊地在灌木丛和树根间穿梭，避开松树的枝叶。公路距离我五十米不到，可当我最终找到的时候，车灯已经消失了。月光照亮了路中间那条黄线。我估计还会有其他车辆经过，因为时间还比较早。我没有猜错，没过多久我就听到了强劲的马达声，我远远看到两个车灯，车开近了，我才看清那是一辆很大的卡车，每个轮子都跟我一样高，两面旗插在底盘上飘扬。我冲到车前面，绝望地用胳膊比画着。司机被这出人意料的一幕惊到了，他猛地刹住了车，不过我也赶忙避开，因为巨大的卡车在惯性作用下继续前进了二十米左右才彻底停住。我朝车跑去。司机从车窗探出头来，拿着一个手电筒上上下下地打量我，研究我，猜想着这个女孩会不会是什么抢劫团伙的诱饵。任何一个司机都经历过类似的情况。他证实了周围没有其他人，并且看到我有一头跟美杜莎一样的乱发，头发还染成跟果汁饮料一样的颜色，他镇定下来。他应该是得出了结论，认为我是一个无害的美国佬，一个吸毒的傻子。他冲我比画了一下，打开右边车门的安全锁，我爬上车去。

近看起来，这个男子跟他的车一样具有压迫性，他个子高大，身材健壮，胳膊就像举重运动员一样粗壮，他身着无袖 T 恤，头戴棒球帽，一个小马尾辫从帽子下面露出来，这正是一个粗暴男性的标准形象，可我已经没法回头了。跟他富有威胁性的外貌形成鲜明反差的是挂在后视镜上的一双小婴儿的鞋和两个神像。"我要去拉斯维加斯。"他告诉我。我说我要去加州，不过拉斯维加斯也行，因为在加州也没人在等我。这是我犯的第二个错误；第一个错误就是上了这辆车。

接下来的一个小时，司机都在一个人兴奋地喋喋不休，他仿佛嗑了安非他命一样，有使不完的劲。在没完没了的驾驶途中，他靠跟其他司机聊天来打发时间，他们讲笑话，聊天气、柏油、棒球、车还有公路上的饭店。同时收音机里的福音派传教士声嘶力竭地预测着耶稣的第二次降临。他不停抽烟、出汗、挠痒、喝水。驾驶室里的空气非常难闻。他从座位上拿了一包薯片和一瓶可口可乐给我。他没问我的名字,也没打听我这么晚在一条荒无人烟的公路上干什么。不过他给我说了些他自己的事:他名叫罗伊·菲志维克,来自田纳西州,他在军队里服过役,后来受伤退伍。他在一所整形医院待了几周,在那里遇到了耶稣。他说个不停,还不时引用《圣经》里的段落。我把头靠在我这边的窗上,因为那是距离他的烟最远的地方,我试图放松下来,可只是徒劳;由于辛苦地跑了一天,我的腿在抽筋,皮肤发痒,很不舒服。

往前开了八十公里后,菲志维克把车开离公路,停在一个汽车旅馆前。招牌上的蓝灯和一些烧坏的灯泡拼出旅馆的名字。旅馆冷冷清清,有一排房间、一个饮料贩卖机、一个公用电话亭。一辆卡车和两辆小汽车停在门口,看起来似乎从亘古以来它们就已经停在那里了。

"我从早上六点开到现在。我们晚上在这里过夜。下车。"菲志维克说。

"如果您不介意的话,我想在您的车上睡。"我说,因为我想到我没有钱来支付房费。

菲志维克把手伸到我的上方,打开一个小箱子,从里面掏出装了四分之一升威士忌的小酒瓶,还有一把半自动的手枪。他拿起一个帆布包下了车,然后绕一圈过来打开我这边的车门,命令我下车,配合点对我比较好。

"我们两个都知道我们到这来要干什么,小婊子。你不会以为坐车是免费的吧?"

虽然伯克利中学的防身课上教过,在这种情况下,最好的办法就是躺倒在地,疯狂大叫,而且绝对不要配合对方,可我还是本能地服从了他。我发现这个男人腿有点瘸,而且比坐着的时候显得要矮胖。我本来可以逃跑,他也追不上我,可手枪让我没法跑。菲志维克猜到了我的企图,他一只手牢牢地抓着我,把我拽到前台。一层厚玻璃和一些铁条把前台围了起来,他往一个洞里塞了几张纸币,拿到钥匙,然后要了一箱六瓶的啤酒和一份比萨。我没能看到前台服务员,也没法跟他做手势,因为菲志维克始终挡在我们中间。

男人紧握着我的胳膊,把我带到了32号房间,我们走了进去,屋里有一股难闻的潮气和消毒水的味道,里面有一张双人床、条纹图案的墙纸、电视机、电炉,唯一的窗户被一台空调挡住。有人送啤酒和比萨过来的时候,菲志维克让我躲到卫生间里去。卫生间里有一间淋浴房,里面的水龙头都生锈了,此外还有一个洗手池,一个卫生情况不佳的马桶,还有两条磨损得厉害的毛巾;厕所门上没有锁,里面仅有一个小透气天窗。我焦虑地看了一眼这个牢房,然后我明白了这是我这辈子最无助的时刻。跟这相比,我以前的那些冒险简直就像是玩笑,因为那时我在自己的地盘,跟我的朋友们在一起,还有里克·拉莱多这个后卫,只要遇到问题,我就能躲到祖母的裙子后面去。

菲志维克把东西接过来,跟服务生说了两句话,关上门,叫我趁热吃比萨。我什么也吃不下,我的喉咙里仿佛有块大石头。菲志维克没有坚持。他在包里找了点什么,然后就去了厕所,他没关门,出来的时候他连裤子上的拉链也没拉。他手上拿了一个塑料杯子,里面有一指高的威士忌酒。"你很紧张?喝了这个你感觉会好些。"他把杯子递给我。我说不出话来,只是摇了摇头,可他抓着我的后颈,把酒杯摁在我的嘴上。"喝了它,该死的贱人。还是你想让我给你灌进去？"我被呛得咳嗽流眼泪，还是把酒咽了下去；我有一年多没喝过酒，已经忘了酒有多辣了。

菲志维克坐在床上看电视里放的一个喜剧，他喝了三瓶啤酒，吃了三分之二的比萨，他笑着，打着嗝，似乎忘记了我的存在，我则站在一个角落，头晕目眩地靠在墙上。房间在摇晃，家具变换了形状，菲志维克魁梧的身形跟电视机里的影像混在一起。我的腿发软，不得不坐下，我很想闭上眼睛，听凭他摆布，可我的理智在跟这念头对抗。我没法思考，可我明白我被下了药：就是那杯威士忌里。男人看腻了喜剧，关上电视机，过来看看我情况如何。我的头变得像石头一样重，我的脖子都要支撑不住了，他用粗短的手指抬起我的头。他恶心的气息吹到我的脸上。菲志维克坐在床上，用一张信用卡把床头柜上的可卡因刮开，然后深吸一口气，愉悦地把那些白粉吸了进去。很快，他朝我走过来，让我把衣服脱了，还一边说话，一边用枪管刮着自己的裤裆，可我动不了。他把我从地上抬起来，粗暴地把我的衣服脱光。我试图挣扎，可我的身体没有反应，我想要叫喊，可我发不出声音。我慢慢地沉入一片浓稠的泥潭，没有空气，逐渐窒息，死去。

接下来几个小时里，我都昏昏沉沉的，不知道自己受到怎样可怕的凌辱，可有一瞬间，我的灵魂在远处苏醒，我看着这个汽车旅馆的肮脏房间里正在发生的一幕，就像在看黑白屏幕：细长的女性身体一动不动，手臂垂在身体两侧，牛头怪人嘟囔着下流话，一次又一次的猛烈动作，床单上深色的污渍、皮带、武器、酒瓶。我飘在空中，看到菲志维克终于面朝下倒了下去，他筋疲力尽，心满意足，还流着口水，下一秒他就开始打呼。我做出超人类的努力，想要醒过来，我回到了自己的身体里，我的身上很疼，我几乎睁不开眼睛，更加没法思考。在我迟钝得像一团棉花一样的大脑里，起来、求救、逃跑，这些都是没有意义的单词,它们就像肥皂泡一样飘起,然后破碎。我再次堕入仁慈的黑暗中。

我醒来的时候,床头柜上的荧光灯显示时间为两点五十分。我口干舌燥,嘴唇开裂,就像在沙漠中一样备受干渴的折磨。我试着坐起来,这时我发现我动不了,因为菲志维克把我的左手手腕用手铐铐在床头,我的手肿了,胳膊僵硬,在之前骑自行车发生的那场事故中,正是这条胳膊摔断了。恐惧驱散了一些毒品在我脑中造成的浓雾。我小心翼翼地动了动,想要在黑暗中定位。旅店招牌上的蓝灯是唯一的光源,这光从肮脏的窗帘透进来,除此之外,发光的就只有钟里的数字,它们发着绿光。电话!在转过身去看时间的时候我看到了电话,它就在闹钟旁边,很近。

我用没被铐住的手拉过被单,把肚子和大腿上黏腻的东西擦干净,接着我朝左边侧过身去,溜到地上,我的动作慢得让人遗憾。我的手腕被手铐拉扯了一下,我疼得呻吟了一声,床垫的弹簧嘎吱作响,简直就像火车刹车一样。我跪在粗糙的地毯上,胳膊以一个不可思议的角度扭曲着,惊恐地等待着劫持者的反应,我心如雷鸣,可我只听到他的呼噜声。我等了五分钟,确认他依然两腿叉开,在酒精的作用下酣睡,这时我才敢拿起电话。我缩在地上,躲在手铐允许的最远距离,拨打911求助,我没忘记用枕头垫着,让声音小些。电话不能拨打外线。房间里的电话只能打到前台;要想打到外面得要用门口的公用电话,或是手机,可菲志维克的手机太远,我够不着。我拨打前台号码,电话响了十一声后,我听到一个带印度口音的男人声音。"我被绑架了,救救我,救救我……"我低声说,可我还没来得及再说点什么,对方就把电话挂断了。我又试了一次,结果仍然如此。我绝望了,我的抽噎声淹没在满是污垢的枕头里。

过了半个多小时,我才记起那把手枪。菲志维克把它当成一个残忍的玩具,将它塞进了我的嘴里和阴道里,上面有血的味道。我得要找到它,它是我唯一的希望。由于一只手被铐,我得像耍杂技一样扭动着肢体才能上床,床垫在我的体重作用下不可避免地反弹了一下。菲志维克像斗牛一样喘了一口气,面朝上翻过身来,他的手压在我的胯骨上,就像一块砖一样沉甸甸的,我不敢动弹,不过很快他打起呼来,我这才敢呼吸。时钟显示三点二十五分,时间在流逝,还有几个小时就要天亮了。我明白这是我最后的时机,菲志维克不会让我活着的,因为我可以认出他来,还能描述他车的样子,他没有杀死我,那他肯定还打算继续这样凌辱我。想到我的命运已定,将会被谋杀,而且大家在那片森林里永远都找不到我的遗体,我忽然意外地又恢复了勇气。我没什么可失去的了。

我把菲志维克的大手从我的胯骨上甩开,转过身去看着他。他的味道冲到我的脸上:他嘴里野兽的味道、汗味、酒精味、精液味、陈腐比萨的味道。我看清楚了他猛兽一般的侧影、宽阔的胸膛、上臂发达的肌肉、体毛茂密的性器、跟树干一样粗壮的腿,我咽下泛上来的恶心感。我用自由的那只手在他的枕头下摸索,想要找到那把枪。我几乎马上就找到了,它就在我手边,不过被菲志维克的头给压住了,他应该对自己的强大很有信心,并深信我就是一个逆来顺受的受害者,所以才敢把枪就放在枕头下。我深呼吸,闭上眼睛,用两根手指夹住枪管,不动枕头,一毫米一毫米地把枪往外拽。最后我终于把枪给取了出来,它比我想象的更重一些,我把枪靠在胸前,因为刚才的努力和焦虑不安的心情而发抖。之前我唯一见过的枪就是里克·拉莱多的那把,我从来没有碰过,可我在电影里学会了怎么使用它。

我用枪指着菲志维克的脑袋,不是他死就是我亡。我紧张得发抖,蜷缩着身体,一只手几乎举不起枪。在毒品的作用下,我还很虚弱,可只要近距离开一枪就行,我不能失败。我把手指放到扳机上,犹豫了。我的太阳穴疯狂地跳动,几乎什么都看不见。我极为清醒地思考了一番,得出结论:这是我从这个牲畜身边逃离的唯一机会。我强迫自己的食指动作起来,我感觉到扳机轻轻地顶着手指,于是我又犹豫了,我仿佛已经看到开枪的火光,手枪在后坐力作用下往后退,听到骨头爆开的可怕声音,还有鲜血和一块块大脑。现在,必须是现在,我喃喃自语,可我下不了手。我擦干脸上流淌的汗水,视线模糊,我用床单把手擦干,然后再拿起枪,把手指放在扳机上,瞄准。我又重复了两次这个动作,可我不能开枪。我看了看钟:三点半。最后我把枪放在枕头上,就在睡着的菲志维克的耳边。我背对着他,缩成一团,赤身裸体,浑身僵硬。我哭了,因为我满怀顾忌,没法成事,可我又松了口气,因为我总算是没有犯下杀人这一不可逆转的可怕罪行。

黎明时分,罗伊·菲志维克醒了,他打着嗝,伸了伸懒腰,毫无宿醉的痕迹。他话很多,而且心情不错。他看到枕头上的枪,把它拿起来,放在太阳穴上,扣动扳机。"砰!你不会以为我上膛了吧?"他说着笑了起来。他没穿衣服,站了起来,摸了摸他晨勃的下体,想了一会儿,最后他压下了这阵冲动。他把枪放到包里,从裤子口袋里取出一把钥匙,把手铐打开,给我自由。"你看这副手铐多有用,女人最喜欢这玩意了。你觉得呢?"他问,同时像一个父亲一样抚摸着我的头。我没法相信自己还活着。我睡了两个小时,就像是被打了麻醉药一样,连梦都没做一个。我搓了搓手腕和手,让血液循环。

"我们去吃早餐吧,这是一天中最重要的一餐。吃一顿好早餐后,我能开二十个小时的车。"他叼着一根烟,坐在马桶上对我说。没过多久,我听到他冲澡刷牙,然后又回到了房间。他一边哼歌一边穿衣服，穿好仿蜥蜴皮的牛仔靴后，他靠在床头开始看电视。我慢慢活动僵硬的骨头，像老人一样迟缓地站起身来，跌跌撞撞地走进厕所，关上门。我用汽车旅馆里的廉价洗发水洗头，愤怒地搓洗身体，想要用肥皂把昨晚所受的耻辱留下的痕迹清洗干净。我的双腿、乳房和腰部都有挫伤和抓伤；右手和右手腕都肿得变了形。我觉得阴道和肛门里火辣辣地疼，有一丝血从腿间流下来；我用厕纸敷在下面，穿上内裤，穿好衣服。卡车司机往嘴里扔了两片药，就着半瓶啤酒咽了下去，然后他把剩下的半瓶递给我，这是最后一点啤酒了，他也给我两片药。"吃了，是阿司匹林，解酒很有效果。今天我们就到拉斯维加斯了。你已经付过车费了，姑娘，所以你可以继续跟着我。"他说。他拿起包，确认没落下什么，然后离开房间。我虚弱地跟着他走到卡车前。天色开始亮起来。

不久之后，我们在一家专供过路旅客用餐的餐馆前停了下来，那儿已经停了几辆重型车辆和一辆拖车。里面猪肉和咖啡的味道唤起了我的食欲，这二十几个小时以来，我只吃了两条能量棒和一把薯片。菲志维克带着友善的神情走进餐馆，跟里面的人开着玩笑，看起来他们认识，他吻了吻女店主，又像嚼东西一样吐出几个西班牙语单词，跟做饭的两个危地马拉人打招呼。在我打量着地上的亚麻油地毯、天花板上的风扇、柜台上钟形玻璃罩里堆起来的甜面包时，他为我们两人点了橙汁、鸡蛋、香肠、鸡蛋煎饼、烤面包和咖啡。食物被送过来后，他抓起我桌上的两只手，做作地低下头，闭上眼睛。"感谢上帝，感谢您赐予我们这顿营养的早餐和这美丽的一天。请赐福给我们，上帝，并在接下来的旅途中保佑我们。阿门。"我不抱任何希望地看着其他桌子上的男人们，他们正吃得啧啧有声，端咖啡过来的女人，她头发是染的，看起来很疲惫，还有拥有悠久历史文化的印第安人，他们正在厨房摆弄鸡蛋和猪肉。我谁都不能求。我能跟他们说什么呢？说我想免费搭车，结果在汽车旅馆用身体偿还了这个人情，说我是个蠢货，活该遭这份罪。我像菲志维克一样低下头，默默祈祷："不要放开我，波波祖父，保佑我。"然后我把早饭吃了个精光。

从地图上的地理位置看来，智利离美国很远，离哪儿都不近，所以它并不在毒品交易的常规路线里，不过这里跟世界的其他角落一样，也有毒品。可以看到有些年轻人在毒品作用下飘飘欲仙的样子；在穿越查考海峡来奇洛埃的路上，我在渡轮上就曾经遇到过一个，那个可怜虫已经进入看到幻觉的阶段，他听到别人听不到的声音，自言自语，还一边比画着手势。每个人都能弄到大麻，它比香烟还要更常见、更便宜，在街角就有人卖；可卡因和霹雳丸主要是穷人买，他们还会吸入汽油、兴奋剂、油漆溶剂等其他有毒物质；如果追求品种多样化，还有各类致幻剂、可卡因、海洛因及其衍生物、安非他命，还有黑市里的各类药品。可在我们的小岛上没有那么多选择，要么就喝酒，这谁都能喝，而年轻人则选择大麻或是可卡因。"你得注意那些孩子们，小美国佬，学校里不能出现任何毒品。"布兰卡·施内克告诉我，她还跟我解释如何根据症状来判断学生是否吸毒。她不知道我在这方面是专家。

当我们在课间休息时间进行检查时，布兰卡说阿苏塞纳·克拉雷斯没来上学，担心她跟她的哥哥姐姐们一样辍学，他们家还没人完成学业。布兰卡不认识小胡安的妈妈，因为布兰卡来到这里的时候她已经从岛上离开，可布兰卡知道她是个非常优秀的姑娘，她十五岁就怀孕，生下孩子之后就再也没有回来。现在她住在格兰德南面的克永港，在病毒到来并造成鱼类的大规模死亡之前，大部分三文鱼养殖场都在那里。在三文鱼这一行生意兴隆的时期，克永港就像是美国西部，是无视法律的探险家和单身汉的领地，住在那里的还有一些轻浮放荡、野心勃勃的女人,她们一个星期就能赚一个工人一年的工资。最受欢迎的女人来自哥伦比亚,报纸把她们称作流动的性工作者,心怀感恩的客人们则管她们叫黑姑娘。

"阿苏塞纳原本是个好学生,就跟她姐姐一样,可她突然就变得孤僻起来,不跟人打交道。我不知道她怎么了。"布兰卡阿姨跟我说。

"她也没来我们家搞卫生。我上次见她还是在暴风雨那天夜里,她来找马努艾尔,因为卡梅洛·克拉雷斯病得厉害。"

"马努艾尔跟我说过了。卡梅洛·克拉雷斯低血糖发作了,这个病在酗酒的糖尿病人身上很常见,可给他喝蜂蜜是马努艾尔做的一个危险决定;这有可能害死他。你想想得承担多大的责任!"

"不管怎么说,他本来就半死不活了,布兰卡阿姨。马努艾尔真是极为冷静,让人钦佩。你注意到了吗?他从不生气,也不会着急。"

"那是因为他大脑里有个泡泡。"布兰卡告诉我。

原来十年前,医生就发现马努艾尔脑子里有个动脉瘤,随时都有可能破裂。我竟然才知道!布兰卡说,马努艾尔来到奇洛埃,就是为了充分享受这里的美景,安安静静地过日子,干他喜欢干的事情:写作和研究。

"长了动脉瘤就相当于被判了死刑,他已经看开了,可并没变得冷漠。马努艾尔充分利用他的时间,小美国佬。他生活在当下,每一个小时。我的身体里也有一颗定时炸弹,可对于死这件事,他的心态比我要平和得多。很多人在修道院里冥想很多年,也达不到马努艾尔这种平和的心境。"

"我看你也觉得他是释迦牟尼。"

"那是谁?"

"没什么,不知道就算了。"

我突然想到,马努艾尔从来没像我的祖父母那样深深爱过,所以他满足于像一头狼一样孤寂的生活。脑子里的泡泡更是给了他借口,让他逃避爱情。难道他没有眼睛,看不到布兰卡吗?正如爱杜维赫斯说的,我的老天啊,我竟然试图给布兰卡他俩牵线搭桥。这个罗曼蒂克的恶习大概源自我最近在看的那些言情小说。马努艾尔为什么会愿意在家收留我这么个家伙,一个仿佛来自另外一个世界、生活习惯可疑而在逃的陌生女人,这是一个不能避免的问题;他跟我的祖母已经几十年没见了,他们之间的友谊怎么会比他必需的平静生活更有分量呢。

"对于你要过来这件事,马努艾尔很担心。"我问起的时候,布兰卡说,"他认为你会把他的生活弄得一团糟,可他无法拒绝你祖母的请求,因为当他在1975年被流放的时候,有人庇护了他。"

"你的父亲。"

"没错。在那个年代,帮助独裁政府的迫害对象是件很危险的事情,大家都就此提醒过我父亲,他失去了朋友和家人,甚至我的兄弟们都为此很生气。里奥内尔·施内克庇护一个共党分子!可他说,如果在这个国家连帮助别人都不行,还不如离开。我爸爸觉得自己刀枪不入,他说那些当兵的不敢碰他。在这件事上,他那个阶层特有的傲慢自大让他做了件好事。"

"现在马努艾尔帮助我,是在报答堂里奥内尔的恩情。这是奇洛埃一举两得的相互交换法则。"

"没错。"

"马努艾尔对于我到来的担心是对的,布兰卡阿姨。我就像一头被放开的牛,会打破他的玻璃……"

"可这对他有好处！"她打断我的话。"我发现他变了，小美国佬，他比以前放松了。"

"放松？他比水手结还要紧。我觉得他有些抑郁。"

"他性格就这样，小美国佬。他从来都不善于凑趣儿逗乐。"

布兰卡的语调和迷离的目光让我明白她有多爱他。她告诉我，马努艾尔被流放到奇洛埃的时候三十九岁，住在里奥内尔·施内克的家里。一年多的监狱生活，被流放的遭遇，还有失去了家庭、朋友、工作和一切等种种不幸给他留下了精神创伤，可对于布兰卡来说，那是一段美好的时期：她成了选美皇后，正在筹备婚礼。两人之间的反差极为残酷。布兰卡对于她父亲的这位客人几乎一无所知，可他哀愁忧郁的气质吸引着她，跟他比起来，包括她未婚夫在内的其他男人都显得空洞乏味。在马努艾尔流亡国外的前一天夜里，正当施内克一家正在庆祝政府把奥索尔诺被征用的土地归还给他们之时，布兰卡溜到马努艾尔的房间，想要送给他一个良宵作为礼物，留一段美好回忆给即将到澳大利亚的他。布兰卡跟她的未婚夫已经发生过关系，她的未婚夫是一个成功的工程师，家境良好，拥护军事政府的统治，是天主教徒，他是马努艾尔的对立面，很适合像她这样的女孩。可跟马努艾尔度过的那个夜晚跟之前的完全不同。天亮时，他们还悲伤地拥抱在一起，就像两个孤儿。

"是他送了我一个礼物才对。马努艾尔改变了我，让我用另一种视角来看世界。他没告诉我在监狱里发生了什么，他从不谈这个，可我用自己的皮肤感觉到他所受的苦难。没过多久我就跟未婚夫分手，出去旅游。"布兰卡说。

接下来的二十年中，她一直有他的消息，因为马努艾尔给堂里奥内尔的信从未间断；她通过来信得知他离了几次婚，他在澳大利亚过得怎样，后来在西班牙生活得如何，还有他在1998年回到智利。那时她已经结婚了,有了两个十几岁的女儿。

"我的婚姻维持得很艰难,我的丈夫长期在外拈花惹草,他受到的教育就是要让女人服侍。你可能注意到这个国家有多大男子主义了,玛娅。我患癌症时,我丈夫离开了我;他没法想象自己睡在一个没有乳房的女人身边。"

"那你和马努艾尔之间又发生了什么?"

"什么都没有。我们在奇洛埃这里重逢,生活给我们两人留下了伤痕累累。"

"你爱他,对吧?"

"并不是这么简单……"

"那就应该告诉他。"我打断她的话,"如果你要等他主动的话,那你就慢慢等着吧。"

"癌症随时都可能复发,玛娅。没有男人愿意接手一个有这种毛病的女人。"

"马努艾尔脑子里那该死的泡泡还随时都可能破裂呢,布兰卡阿姨。没有时间浪费了。"

"你别想插手这件事!我们可不需要一个美国人来拉皮条。"她警惕起来。

我担心如果我不插手的话,他们到死都不会解决这个问题。晚些时候,当我到家时,我看到马努艾尔正坐在窗前的安乐椅上,他拿着几张纸,在进行编订,小茶几上放着一杯茶,蠢蛋猫蹲在他的脚边,文学家则蜷缩在他的手稿上。屋里弥漫着一股甜味。最近的当季水果是黄香李,爱杜维赫斯熬了李子酱。李子酱被装在大小不一的旧瓶子里,摆成一排来冷却,她说等冬天到了,丰收的季节也就过去了,大地陷入了沉睡,那时这几瓶酱就用得着了。马努艾尔听到我进屋,头也不抬,依然盯着他的稿子,只是随意做了个手势。噢,波波祖父!

如果马努艾尔有个三长两短的话,我会受不了的,请帮我保佑他,不要让他也死去。我踮着脚走过去,从背后拥抱他,这是一个悲哀的拥抱。自从那天晚上自作主张地爬上他的床后,我就再也不怕他了;现在我会牵他的手,会亲他的脸,从他的盘子里夹菜吃——他很讨厌这样,当我们读书的时候我会把头靠在他的膝盖上,我还让他帮我挠背,他大惊失色,不过还是照办了。当我穿他的衣服,用他的电脑,给他改稿子的时候也不会责怪我了,事实上我写得比他更好。我把鼻子埋进他粗硬的头发中,眼泪就像小石子儿一样落在上面。

"怎么了?"他惊讶地问我。

"我爱你。"我坦白道。

"请不要亲我,小姐。对老人要尊重些。"他嘟囔着。

在跟罗伊·菲志维克吃了那顿丰盛的早餐之后,那天剩下的时间我都待在他的卡车里,听着广播里的乡村音乐、福音派传教士传教还有他没完没了的絮叨。我几乎什么都没听进去,因为毒品的作用还没消退,而且之前那个可怕的晚上让我筋疲力尽,我昏昏欲睡。我有过两三次逃跑的机会,他可能也不会继续扣留我,他对我已经失去了兴趣,可我没有力气,我的身体无力,意识模糊。我们在一个加油站停了车,他去买烟,我去厕所。小便的时候我感觉很疼,而且还有些流血。我想躲在厕所里,等到菲志维克的车走远了再出去,可我太累了,而且我害怕再落入其他坏家伙的手中,于是我打消了这个念头。我低着头回到车上,蜷缩在我的角落,闭上眼睛。天黑时我们到达了拉斯维加斯,我感觉好了一些。

菲志维克把我送到拉斯维加斯大道上,这是拉斯维加斯的市中心,他给我十美元小费,因为他肯定地告诉我,我让他想起自己的女儿,为了证明这点,他还给我看他手机上一个女孩的照片,那女孩五岁左右,一头金发。走之前他摸了摸我的头,还说了句"上帝保佑你,亲爱的"跟我告别。我发现他一点也不害怕,而且心安理得;他随身备有手枪、手铐、酒和毒品,有过无数次类似的经历,这只是其中之一,过个几分钟他大概就把我给忘了。在他一个人说个不停的过程中,有那么一瞬间,我听到他说有十几个离家出走的青少年,男孩女孩都有,在路上,他们愿意用身体来报答司机;这简直就是青少年卖淫的文化。他唯一好的一点就是用了防护措施,防止我传染什么病给他。我情愿不知道那天晚上在汽车旅馆里发生了什么细节,可我记得第二天早上的地板上有用过的避孕套。我很幸运,他是戴着避孕套强暴我的。

在那个时候,拉斯维加斯已经凉快下来,可路面上还残存着之前的干燥炎热。我在一张长椅上坐下,最近几十个小时发生了太多的事情,我浑身疼痛,眼前这座城市仿佛是用魔法在沙漠的尘土里变出来的,很不真实,城里灯火通明,让我透不过气来。街上热闹非凡,似乎在庆祝一个永不结束的节日:路上车水马龙,公交车、大客车,还有音乐声;到处都是人;身穿短裤和夏威夷衬衫的老人,头戴牛仔帽、牛仔裤上钉着亮片、晒成古铜色的成熟女性,普通游客和穷光蛋们,还有很多胖子。我要惩罚父亲的决心依然坚定,我觉得我的一切不幸都是他造成的,不过我还是想要打电话给祖母。在这个手机时代,想要找到一个公用电话几乎不可能。好不容易找到了一个还能用的,话务员却不能或是不愿拨打反向收费的电话。

我去一家赌场酒店把十元的纸币换成硬币,这个城市有很多这样庞大的要塞,它们装饰奢华,里面有从加勒比地区移植过来的棕榈树、喷发的火山、燃放的烟火、五颜六色的喷泉和没有大海的海滩。在寥寥几个街区里,既有纸醉金迷的豪华世界,也有低俗粗鄙的场所,在这里还有妓院、酒吧、地下赌场、按摩院和色情电影院。在拉斯维加斯大道的一头有一家小教堂，里面有很多闪闪发亮的桃心，在这里可以在七分钟内办理完结婚手续，而在这条街的另一头同样能在七分钟之内完成离婚手续。几个月后，我就是这样跟我祖母描述拉斯维加斯的，不过这并不完全是事实，因为在拉斯维加斯有富人，他们住在被栅栏围起来的豪宅里，有中产阶级，他们住在郊区，很多母亲推着婴儿车在那里散步，还有乞丐和帮派混混，他们生活在贫民区。这个城市里还有学校、教堂、博物馆和公园，不过我只远远地眺望过，因为我只在晚上活动。我往我父亲和苏珊曾经生活过的家里打电话，现在只有妮妮祖母住在那儿。我已经离开学校两天了，不知道安吉有没有把我不见了的消息通知我的家人。电话连续响了四次，留言机里的录音让我留言；这时我想起每周四晚上我的祖母都会作为志愿者在善终服务机构帮忙，回报当年波波祖父临终前受到的帮助。我挂了电话；我要到第二天早上才能找到人。

那天我很早就吃过了早饭，中午我不想跟菲志维克一起吃午饭，所以没吃，这会儿我感觉胃里空洞洞的，可我决定把硬币节省下来打电话。我背朝灯火通明的赌场走去，离开人群以及让人目眩神迷的灯火招牌和川流不息的车发出的噪声。光怪陆离的城市消失了，出现了另一个静寂、阴暗的城市。我分不清方向，漫无边际地走着，就这样昏昏欲睡地来到了一条街上，我坐在一个公交车站的凳子上，靠着书包，打算休息一下。我筋疲力尽地睡着了。

没过多久，一个陌生人摇着我的肩膀，把我叫醒。"我能把你送回家吗，睡美人？"他用驯马的口吻问我。他个子不高，很瘦，有些驼背，长得像一只兔子，稻草色的头发有些油腻。"回家？"我迷茫地重复道。他露出并不洁白的牙齿微笑，朝我伸出手并告诉我他的名字：布兰登·黎曼。

这是我们第一次见面,布兰登·黎曼全身上下都是卡其色的,他穿着衬衫和有很多个口袋的裤子,橡胶底的雨靴。他看起来像是一个公园保安,让人心安。长袖遮盖了他的手臂,我后来才看到他胳膊上武术图案的文身和针眼。黎曼蹲过两次监狱,很多个州的警察都在找他,可在拉斯维加斯他感觉很安全,所以他把这里变成了他的临时庇护所。他是小偷、走私犯,而且吸食海洛因,跟这个城市里其他的同类没什么两样。他随身携带武器,并不是因为他有暴力倾向,而是出于防备和习惯。如果有必要的话,他会带上两个打手,一个是乔伊·马丁,来自堪萨斯州,另一个是奇诺,是他在监狱里认识的一个脸上长满麻子的菲律宾人。他三十八岁,可是看起来像是五十岁了。这个周四,他刚蒸了一个桑拿,这是他少有的几种享受之一,可并不是因为他节省,而是因为他已经到达了一种状态,除了他的白夫人、他的白雪、他的女皇、他的黄糖之外,他什么都不在乎。他刚刚给自己注射了毒品,感觉神清气爽,于是开始了他的夜间活动。

黎曼在自己那辆全黑的小货车上就已经看到我在街头椅子上打瞌睡。正如后来他跟我说的一样,他相信自己看人的直觉,这一直觉对他的工作非常有用,在他看来,我就像一颗未经打磨的钻石。他绕着这个街头转了一圈,再度缓慢地从我面前经过时,他确认了他的第一印象。他认为我大概十五岁左右,对于他的意图来说太过年轻,可他没条件挑剔,因为几个月来,他都在寻找一个像我这样的人。他在距离我五十米处停车,下车,命令他的追随者们消失,等他吩咐,然后他朝公交车站走来。

"我还没吃饭。再过三个街区有一家麦当劳。你要跟我一起去吗?我请你。"他说。

我迅速地分析了一番情况。最近跟罗伊·菲志维克的经历让我有了些戒心,可这个打扮得像个探险家一样的好事之徒并不可怕。

"我们走吧?"他坚持道。我有些怀疑地跟着他,在拐角处一转弯就能远远看到麦当劳的招牌,我没能抗拒诱惑:我很饿。我们一路闲聊,我告诉他我刚刚来到这个城市,我只是顺路经过,等给祖母打完电话,她把钱寄给我后,我就会回加州。

"我非常愿意把手机借给你打电话,可手机没电了。"黎曼说。

"谢谢,我要明天才能打电话。我祖母今天不在家。"

麦当劳里人不多,有三个员工,一个是做了美甲的黑人少女,还有两个拉丁裔,其中一人的 T 恤上印有瓜达卢佩圣母的头像。油脂味让我食欲大开,没过多久,一个双层汉堡还有薯条让我恢复了部分自信,腿有一点劲了,思维也清晰些了。现在我已经不急着给妮妮祖母打电话了。

"拉斯维加斯看起来很有意思。"我嘴里塞得满满地说。

"大家也管这里叫罪恶之城。你还没告诉我你叫什么名字。"黎曼问,他一口也没吃。

"萨拉·拉雷多。"我不想把名字告诉一个陌生人,所以随口编造了一个。

"你的手怎么了?"他指着我肿起来的手腕问。

"摔了一跤。"

"跟我说说你的故事,萨拉。你不会是离家出走的吧?"

"当然不是!"我嚷道,我被一根薯条给呛到了,"我刚刚中学毕业,在上大学之前想来拉斯维加斯看看,可我的钱包丢了,所以得给祖母打电话。"

"我明白了。既然你已经来了,就得好好看看拉斯维加斯,这里是大人的迪士尼乐园。你知不知道这是美国增长最快的城市?所有人都想来这里生活。不要因为一点小问题就改变你的计划,留下来待一段时间。萨拉,如果你祖母的银行汇款要过几天才能到账的话,我可以先借你点钱。"

"为什么?你根本就不认识我。"我警觉地答道。

"因为我是个好心人。你多大了?"

"我快满十九岁了。"

"你看起来没这么大。"

"只是看起来小而已。"

这时两个警察走进麦当劳店里,一个是年轻人,虽说已经晚上了,他还戴着墨镜,一身肌肉就像摔跤运动员的一样发达,把身上的制服撑得鼓鼓囊囊的,另一个四十五岁左右,看起来并不起眼。那个年轻警察去向做了美甲的女店员点单,另一个则走过来跟布兰登·黎曼打招呼,布兰登给我们介绍:他的朋友,阿莱纳警官,我是他的侄女,从亚利桑那州过来玩几天。警察用明亮的眼睛探究地看着我,他面容坦率,笑容亲切,皮肤被沙漠的阳光晒成砖红色。"照顾好你的侄女,黎曼。在这个城市里一个好姑娘很容易迷失自我。"他说,然后跟他的同事去了另一张桌子。

"如果你愿意的话,这个夏天我可以雇你给我干活,直到九月份你去上大学为止。"布兰登·黎曼提出。

直觉让我对他的过分慷慨生出戒心,可我还有一个晚上的时间,没有义务要马上答复这个像被拔了毛的鸟一样的家伙。我觉得他可能是一个得到改造的酒徒,致力于拯救灵魂,是另一个迈克·欧克利,不过他没有一丝欧克利的人格魅力。我要看看我的手气如何,我决定。我在卫生间梳洗干净,确认自己已经没再流血,我换上书包里干净的换洗衣物,刷完牙,然后清清爽爽地出门,打算跟我的新朋友一起了解拉斯维加斯。

一离开浴室,我就看到布兰登·黎曼在用手机打电话。他不是跟我说手机没电了吗?这没什么了不起的。肯定是我理解错了。我们走到他的车前,有两个相貌可疑的家伙在那里等着他。"这是乔伊·马丁和奇诺,他们是我的合伙人。"黎曼介绍说。奇诺坐在方向盘前,另一个人坐在他旁边,黎曼和我则坐在后排。随着车的前进,我有些不安起来,车开进了一个看起来乱糟糟的区域,周围的房屋不是空置就是破败不堪,到处都是垃圾,一群群游手好闲的年轻人聚集在房屋门口,几个乞丐睡在肮脏的睡袋里,旁边是他们的手推车,里面装满一袋袋没用的东西。

"你别担心,跟我在一起,你是安全的,这里所有人都认识我。"黎曼安慰我说,他看出来我已经准备逃跑了,"有很多区域比这里环境更好,可这里比较安全,我有一些生意在这里。"

"哪一类生意?"我问。

"很快你就知道了。"

我们停在一栋三层楼的房屋前,房屋很破旧,玻璃都碎了,墙上满是涂鸦。我和黎曼下了车,他的合伙人把车开到后面一条街的停车场。现在退缩已经太晚了,我只能跟着黎曼,因为我不能让他对我起疑心,否则可能会引起对我不利的后果。他带我从侧门走进去——大门被封了,然后我们来到了一个完全被荒废的大厅,光秃秃的电线挂着几个灯泡,散发出昏黄的光。他告诉我,这栋楼本来是一个宾馆,后来被隔成了公寓,可是管理得不是太好。这一解释跟现实相比明显委婉了很多。

我们爬了两段台阶,台阶又脏又臭,每上一层楼,都能看到一些脱落的门,门里面是洞穴一样的房间。一路上我们没有遇到任何人,可我听到了说话声、笑声,还在那些敞开的房间里看到了一动不动的人影。后来我才得知,在下面的两层楼里经常有吸毒者过来一起吸毒、注射毒品、卖淫、贩毒或是丧命,不过未经允许的话,没人会到三楼来。通往最高层的台阶被一道铁栅栏拦住,黎曼用一个遥控设备打开,我们走进一段走廊,跟下面两层猪圈一般的境况相比,这里相对干净。他打开一扇金属门上的锁,然后我们走进一间公寓,里面的窗户被封住,天花板上的灯泡和屏幕散发的蓝光照亮了这个房间。一台空调使得屋里的温度保持在可以承受的范围内,屋里弥漫着油漆味和薄荷味。屋子里有一个较新的沙发,上面有三个抱枕,地上放着两床破破烂烂的褥子,此外还有一张长桌、几张椅子和一台现代化的大电视机,电视机前的地板上躺着一个十二岁左右的男孩,他正吃着爆米花。

"该死的,你竟然把我关起来!"他盯着电视机嚷嚷道。

"怎么了?"布兰登·黎曼答道。

"如果起火的话,我就会像一根香肠一样被煮熟的!"

"怎么会起火呢?这是弗莱迪,将来的说唱歌手之王。"他给我介绍。"弗莱迪,跟这个姑娘打个招呼。她会跟我一起工作。"

弗莱迪头也没抬。我打量着这套奇怪的住宅房,这里面没太多家具,却堆了很多老式电脑和其他办公机器,厨房里还放了很多用处可疑的丁烷喷枪,看起来它们从来没被用来做过饭,走廊上还堆放了一些东西和盒子。

这套公寓的墙上掏了一个洞,通过这个明显是用锤子敲出来的洞,可以通往同一层的另一个公寓。"这是我的办公室,那边是我的卧室。"布兰登·黎曼解释道。我们弯腰通过洞口,来到一个客厅,它看起来跟另一套公寓里的没什么两样,这里没有家具,也装了空调,窗户用木板封死,通往外面的大门上装了多道门闩。"你看到了,我没有家人。"黎曼用夸张的手势指着空荡荡的屋里说。在一间房里有一张大床,床上乱糟糟的,在房间一角堆着一些抽屉和一个行李箱,床前还有一台高档电视机。旁边的房间面积更小,跟其他房间一样脏,在里面我看到一张小床,一个斗柜,还有两个床头柜,床头柜刷的白漆,像是给女孩用的。

"如果你留下来的话,这间就是你的房间。"布兰登·黎曼说。

"为什么窗户都要封死?"

"谨慎起见,我不喜欢好奇者的窥视。我会告诉你需要干什么。我需要一个漂亮姑娘,能出入高档的宾馆和赌场。一个像你一样的女孩,不会引起怀疑。"

"宾馆?"

"不是你想的那样。我不能跟卖淫团伙竞争。卖淫是一个粗俗的行业,这里的妓女和皮条客比客人还要多。不,跟这行没关系,你只要在我指定的地点交货就行。"

"交什么货?"

"毒品。有身份的人都喜欢上门服务。"

"这很危险!"

"不。宾馆里的工作人员都拿了好处,他们会装作看不见的,他们也希望客人们对宾馆留下好的印象。唯一的麻烦可能就是缉毒队的警官,不过他们从来就没出现过,我向你保证。这工作很简单,你会赚到很多钱。"

"只要我跟你上床……"

"哦,不!我已经很久不想这件事了,你会看到我如今的生活多么简单。"布兰登·黎曼笑了。"我得出门了。你休息一会儿,明天我们就能开始工作。"

"你对我很好,我不想做一个忘恩负义的人,可事实上我不能帮你。我……"

"你可以稍后决定。"他打断我,"我从不强迫人给我干活。如果明天你想走的话,你可以走,可这会儿待在这里比在街上要好,不是吗?"

我坐在床上,把书包放在膝盖上。我感觉嘴里有一股油脂和洋葱的余味,汉堡变成了我胃里的一块巨石,我浑身肌肉酸痛,骨头发软,毫无力气。我想起自己为了逃离学校而拼命地奔跑,在汽车旅馆那夜遭受的暴力,还有在毒品的残留效果作用下在货车上度过的昏昏沉沉的时光,我明白自己需要恢复体力。

"如果你愿意的话,你可以跟我一起出门,熟悉下我的场子,不过我提醒你,夜长着呢。"黎曼建议道。

我不能一个人待在这里。我陪着他穿梭在拉斯维加斯大道上的宾馆和赌场间,把一小包一小包的东西卖给各式各样的人,有看门人,汽车护理工,看起来像游客的青年男女,这些人都在暗处等着他。奇诺坐在方向盘前,乔伊·马丁监视四周,布兰登·黎曼则负责分货;这三个人都不进店交易,因为他们在这一带活动太久,都有案底或是正在被监视。"我不能亲自去酒店或赌场交货,可我也不想用中间商,他们提成太高,而且不可信。"黎曼解释说。我知道这家伙用我能得到很多好处,因为我是抛头露脸承担危险的人,而且还没有提成。我的薪金是多少?我不敢问他。在结束一夜的行程后,我们回到那栋摇摇欲坠的大楼,屋里弗莱迪,也就是我之前见过的那个孩子,正在一床褥子上睡觉。

布兰登·黎曼对我一直都很坦白,我不能为自己辩护,说他欺骗了我,没告诉我他做的是什么生意或是没向我解释会让我过上怎样的生活。在决定留下来跟他一起的时候,我非常确切地知道他是干什么的。

马努艾尔看到我聚精会神地在本子上写着什么，专注得就像个公证人。他从不问我在写什么。他毫无兴趣，可我满怀好奇：我想知道更多关于他的事情，他的过去，他的爱情，他的噩梦，我想知道他对布兰卡·施内克有什么感觉。他什么都不对我说，可我几乎把一切都告诉他，因为他会倾听，不会提建议，他应该把这个好习惯教给我的祖母。我还没把跟罗伊·菲志维克度过的不光彩的那一夜告诉他，不过我会找机会跟他说的。这一类秘密存久了会对大脑有害。我并不认为这件事错在我，犯错的是强奸我的人，可我很羞愧。

昨天马努艾尔发现我在他的电脑前聚精会神地看一些有关"死亡派遣队"的东西，这个派遣队在1973年10月，也就是军事政变发生后一个月，从北到南穿越智利，杀害政治犯人。队伍的首领是一个名叫阿雷亚诺·斯塔尔克的将军，他随意挑选犯人，当场枪决，然后炸毁尸体，这个方法有效地在民众和犹豫不决的士兵中起到了震慑作用。马努艾尔从来没有提过这段历史，不过他见我对此感兴趣，便借给我一本跟这个可怕的派遣队有关的书，书写于几年前，作者是帕特利西亚·韦尔杜各，这位勇敢的女记者对此进行了研究。"我不知道你是不是会理解，玛娅，你太年轻，而且还是个外国人。"他说。"别小看我，同志。"我答道。他吃了一惊，因为这个称呼在阿连德时期很盛行，后来在独裁时期被禁用，现在已经没人使用了。我是在网络上调查到的。

距离军事政变，已经过去了三十六年，这个国家建立民主政府也已经有二十年的历史，可疤痕仍在，有些伤口甚至还没有愈合。很少有人谈论独裁统治，在那段时期遭受不幸的人试图遗忘，而对于年轻人来说，那只是一段古老的历史，可我能找到一切我想要的信息，在网上能找到很多相关页面，而且我在卡斯特罗市马努艾尔买书的书店里还见过相关的书、文章、纪录片和照片。高校里的学者对那段时期进行研究,并且对其进行多角度的分析,可在社会上大家避之不谈。就那段时期,智利人有不同的意见。智利总统米歇尔·巴切莱特的父亲是一位空军准将,由于不愿意屈服于叛乱者,他被自己的同伴杀死,后来米歇尔·巴切莱特和母亲一起被逮捕,饱受折磨之后流亡海外,可她也从不提及此事。布兰卡·施内克说,智利历史上的这一段时期就像湖底的淤泥,无须搅动它,把湖水弄混。

唯一愿意跟我说起这些事情的是护士莉莉安娜·特雷维诺,她愿意帮助我进行调查。她自告奋勇地陪我去找卢西亚诺·莱昂神父,他就独裁时期的镇压手段写了一些文章。我们的计划是不带马努艾尔,就我们俩去找他,开诚布公地好好谈一谈。

沉寂。用瓜伊特卡斯岛的柏木建成的这座房子里总是一片沉寂。我花了四个月的时间才习惯马努艾尔内向的性格。对这个独居的男人而言,我的存在应该是一种烦扰,特别是在这个没有门的屋子里,因为我们只能靠良好的举止来维持隐私。他以他特有的礼貌方式来对待我:他不搭理我,或是用单音节单词来回答我,可在估计到我要去洗澡的时候,他会把我的毛巾放到炉子上烘热,他会拿着一杯牛奶送到我的窗前,他会照顾我。自从我认识他以来,我只见过一次他暴跳如雷的样子,因为那天我跟两个捕鱼人去撒网,结果赶上了坏天气,下雨了,而且海面翻腾,我们浑身湿透,很晚才回去。马努艾尔带着法克在码头等我们,一起的还有一个警察,劳棱西奥·卡尔卡莫,他已经通过无线电跟格兰德岛联系过了,申请那边派一艘海军的快艇来寻找我们。"要是你淹死了,我怎么跟你祖母交代?"我刚上岸,马努艾尔便冲我大发雷霆。"冷静些。我自己知道怎么照顾自己。"我说。"是啊,所以你才沦落到这儿来了!就因为你知道怎么照顾自己!"

劳棱西奥·卡尔卡莫好心地开吉普车送我们回去,在路上,我牵着马努艾尔的手,跟他解释说我们本来听天气预报说会是好天气才出发的,而且当时风平浪静,没人想到会突然发生这么一场暴风雨。几分钟内,天空和大海就都变成了灰色,我们不得不收网。因为天黑了,我们迷失了方向,在海上胡乱航行了几个小时。手机没有信号,所以我没能通知他;只是一点小问题而已,我们并没有冒什么危险,船的质量很好,捕鱼人也很熟悉这片水域。马努艾尔没有看我,也没回答我,不过他没把手从我手里抽出来。

爱杜维赫斯已经给我们准备好了烤三文鱼和烤土豆,对于饥肠辘辘的我来说,这简直就是一道恩赐,我们坐在饭桌前,亲密地依照惯例一起用餐,就这样,他忘记了之前的坏脾气。吃完饭后,我们坐在旧沙发上,他看书,我则在本子上写日记,旁边放着两杯放了炼奶的咖啡,味道甜美的咖啡上泛着许多泡沫。外面在下雨,刮风,树枝在风中抓挠,火炉里的柴火在燃烧,猫发出呼噜声,这声音对于现在的我来说宛如音乐。房屋把我们和动物们收拢在内,仿佛拥抱着我们。

当布兰登·黎曼带我逛完拉斯维加斯大道上的所有赌场回来时,已经是凌晨时分。我快累趴下了,可在上床睡觉之前,我还要拍一张照片,因为使用新身份时需要用。黎曼已经猜到我并不叫萨拉·拉雷多,可我的真实名字对他来说无所谓。最后我终于来到我的房间,我觉得床垫很恶心,我猜有不少卫生状况可疑的人在上面睡过,所以我没脱下衣服和运动鞋,直接躺倒在没有床单的床上。我十点才醒来。卫生间就跟床一样恶心,可不管怎样,我还是冲了个澡,没有热水,空调里吹着冰冷的风,我边洗边发抖。我穿上前一天的旧衣服,考虑着得找个地方来清洗书包里数量不多的衣服。我穿过墙上的洞,来到另一边的公寓,那间"办公室",看起来里面没人。房间里很昏暗,有一丝微弱的光透过窗户上的木板缝隙射进来,我找到一个开关,打开天花板上的灯泡。冰箱里只有一些用胶带封死的小袋子、半管番茄酱,还有很多过期了长着绿毛的酸奶。这里比另一套公寓要脏,我把所有房间走了个遍,什么都不敢碰,我发现了空瓶子、注射器、针头、橡皮筋、烟斗、烧焦的玻璃管和血迹。这时我才明白厨房里的丁烷喷枪的作用,并且确认我身处一个吸毒者和毒贩的老巢。最明智的方法就是尽快离开这里。

金属门上没有锁,走廊里一个人也没有;我一个人在屋里,可我走不了,因为楼梯上的电子栅栏锁上了。我一边紧张地咒骂着,一边再次上下仔细检查这套公寓,可我找不到栅栏的遥控器,也找不到电话来呼救。我试图记起这是在几楼,并且开始绝望地拉扯着一扇窗户上的板子,可木板被钉得死死的,我一点也拉不开。正当我想放声呼叫时,我听到了说话声,还有楼梯上电子栅栏发出的声响,接着布兰登·黎曼和他的两个合伙人以及那个孩子弗莱迪走了进来。"你喜欢中国菜吗?"黎曼像打招呼似的问我。我惊恐万分,说不出话来,可只有弗莱迪注意到我的不安。"我也不喜欢别人把我关起来。"他友善地冲我挤了挤眼。布兰登·黎曼解释说这是一个安全措施,当他不在的时候,没人能进来,可如果我选择留下来的话,我将会拥有我自己的遥控器。

两个保镖——或者说是合伙人,看他们希望别人怎么称呼吧——和弗莱迪坐在电视机前,开始用筷子直接从纸盒子里夹东西吃。布兰登·黎曼把自己关进一个房间,冲自己的手机吼了好一会儿,然后他宣布说要休息一会儿,并通过那个洞钻到另一套公寓里。没过多久,乔伊·马丁和奇诺也走了,我跟弗莱迪两个人在房间里,在下午最热的时候,我们看电视玩纸牌打发时间。弗莱迪给我来了一段完美的模仿表演,模仿对象是他的偶像迈克尔·杰克逊。

五点左右,布兰登·黎曼再度出现,不久之后,奇诺也来了,他带来了一个驾照,证件属于一个叫劳拉·巴伦的女人,二十二岁,来自亚利桑那州,上面有我的照片。

"你待在这儿的这段时间里用这个证件。"黎曼说。

"这是谁?"我看着驾照问。

"从此刻开始,劳拉·巴伦就是你。"

"好吧,可我八月份就要离开拉斯维加斯。"

"我知道。你不会后悔的,劳拉,这是一份好工作。对了,你不能告诉任何人你在这里,你的家人和朋友也不行。任何人都不行。明白了吗?"

"明白。"

"我们得在附近传出消息,说你是为我干活的,这样能避免一些麻烦,没人敢来骚扰你。"

黎曼命令他的合伙人给我买来一个新的床垫和一套新床单,然后他把我带到一个健身俱乐部里的高档理发店,一个戴着耳环、穿着覆盆子色裤子的男人看到我刺眼的彩虹色头发后直叹气,他称唯一的解决办法就是剪短头发,重新染色。两个小时之后,我在镜子里看到了一个雌雄莫辨的斯堪的纳维亚人,镜中的我脖子修长,两耳招风。染发剂里的化学物质刺激得我的头皮像是着了火。"非常优雅。"布兰登·黎曼批准了这个发型,接着,他带着我巡行在拉斯维加斯大道上一个又一个商场之间。他买东西的方式让人无法理解:我们走进一家商店,他让我试很多件衣服,最后他只选一件,用面值很高的纸币结账,收好找回来的钱,然后我们去另一家商店,他挑出我们先前试好没买的一件,然后再去买单。我问他为什么不在一家店里把所有的都买下来,那样更方便,可他没有回答我。

我的新行头是几套既不暴露也不起眼的运动服,一件式样简单的黑色连衣裙,一双日常穿着的凉鞋和一双金色高跟凉鞋,一些化妆品还有两个大包,一眼就能看到包上的品牌商标,我估计这些东西的价值跟我祖母的那辆大众汽车差不多。黎曼在我剪头发的那个健身房里给我注册会员,并建议我尽可能多来运动,因为白天的时间会很空闲。他拿出几沓用皮筋扎好的纸币来付钱,似乎没人觉得奇怪;看起来在这座城市,纸币就像水一样四处流通。我发现黎曼总是用一百美元的纸币来支付,哪怕买的东西只有十块钱也一样,我无法解释他的这种怪诞行为。

晚上十点左右,我开始进行第一次交货。他们把我送到曼德勒海湾酒店。我依照黎曼的指示,走到游泳池,一对情侣看到我包上的商标,朝我走了过来,很明显这商标是黎曼给他们的信号。那个女人穿着长长的沙滩裙,戴着玻璃珠子项链,她看也没看我,男人穿着灰色裤子,白色T恤衫,没穿袜子,他朝我伸出手来。我们随便聊了一分钟,我偷偷地把货给他,他把两张百元钞票夹在一本旅游手册里给我,然后我们告别离开。

在酒店大堂,我用宾馆的内线电话打给另一个客户。我来到十楼,电梯口站着一个保安,我从他眼皮子底下经过,他看也没看我一眼,我走到门口敲门。一个五十岁左右的男子开了门,他没穿鞋,穿着浴袍,让我进屋,我把小袋子给他,他把钱付给我,然后我迅速离开。在门口,我感受到一道灼热的目光,那是一个漂亮的黑白混血女人,她穿着皮抹胸、超短裙和细跟高跟鞋;我猜她是一个陪同者,这是现在对高级妓女的称呼。我们打量着彼此,没有打招呼。

在酒店宽敞的大堂里,我深吸了一口气,第一次任务很简单,我对自己的表现很满意。黎曼在车里等着我,奇诺坐在方向盘前,准备送我到其他酒店。在午夜来临之前，我已经为我的新老板收到四千多美元的款项。

那几个月，我看到了很多被毒品折磨得面目全非的人，粗看起来，布兰登·黎曼跟他们不一样：虽说有点虚弱，他看起来还算正常，可跟他一起生活才知道他病得有多严重。他吃得比麻雀还要少，胃里几乎装不下东西，有时他一动不动地躺在沙发上，不知道到底是睡着了、昏倒了还是快死了。他身上有一种特别的味道，类似于把香烟、酒精和某种有股化肥味的有毒物质混合在一起的味道。他脑子经常不好使，他自己也知道这点，所以他总是把我带在身边，他说比起自己的记性，他更相信我的。他是一个夜间动物，白天他都待在自己房间里吹空调，下午的时候他会去健身房按摩，蒸桑拿或是蒸汽浴，晚上则出去做生意。我们经常会在健身房遇见，不过我们从来不会一起到那里，因为我收到的指令是装作不认识他；我不能跟任何人说话，这对我来说非常困难，因为我每天都去，看到的总是一样的面孔。

黎曼对于他的毒品要求很高，就像他说的那样，喝最贵的波旁威士忌酒，用最高纯度的海洛因，他一天注射五到六次，每次都用新针头。他想要多少毒品就有多少，并且维持着他的日常用量，从来不会因为吸不到毒而陷入无法忍受的绝望境地。很多可怜人在极度渴望毒品的时候会爬到他门口找他。我见过他注射白夫人的仪式，勺子，用蜡烛或打火机点火，针头，皮筋扎在胳膊或是大腿上，他往萎缩得几乎看不见的血管上扎针的熟练程度让我叹为观止，他甚至能在腹股沟、胃部和脖子上扎针。如果手抖得太厉害的话，他会找弗莱迪帮忙，因为我没法帮他，针头会让我寒毛直竖。黎曼使用海洛因的时间太长，他的剂量对其他任何人来说都是致命的。

"海洛因不会让人丢了性命,害死吸毒者的是他们的生活方式、贫穷、营养不良、感染、肮脏,还有用过的针头。"他告诉我。

"那你为什么不让我试试?"

"因为一个瘾君子帮不了我。"

"一次就好,我想知道是什么感觉……"

"不行。给你什么,你就用什么。"

他给我酒、大麻、致幻剂和一些药片,我什么都吃,并不在意后果怎样,只希望能够让意识模糊起来,逃离现实、妮妮祖母呼唤我的声音、自己的身体还有对未来的焦虑。我唯一能认出来的药就是橙色的安眠药,这些神圣的胶囊能打败我长期以来的失眠,让我不做梦,好好休息几个小时。黎曼允许我吸食一点可卡因,让我在工作中精神振奋、保持警觉,可他不让我碰霹雳丸,也不让他的保镖们碰。乔伊·马丁和奇诺有他们自己上瘾的东西。"霹雳丸这种垃圾是给习性不良的人用的。"黎曼不屑地说。其实那些习性不良的人是他最忠实的客户,他可以往死里压榨他们,强迫他们去偷窃或是卖淫,他们愿意为了获得下一次的毒品剂量去做任何下贱堕落的事情。我不记得我们周围有多少这样僵尸般的吸毒者了,他们流着鼻涕,满身溃疡,骚动不安,浑身发抖,大汗淋漓,被幻觉所困,像梦游者一般,声音和虫子追逐着他们,沿着他们身体上的洞孔钻进他们的身体。

弗莱迪也经历过这样的阶段,可怜的孩子,看到他遭罪的样子,我的心都要碎了。有时我帮他把喷枪靠近烟斗,跟他一样焦虑地等待着黄色晶体在火焰中碎裂,发出沙哑的响声,让神奇的烟雾弥漫在玻璃管里。三十秒内弗雷迪就能飘到另一个世界。愉悦的享受、崇高的感觉和舒畅的情绪只会持续一会儿,然后又要在无尽的深渊中挣扎,再吸一次才能解脱。他需要的剂量越来越大,布兰登·黎曼挺喜欢他,会把毒品给他。"我们干吗不帮他戒了呢?"有一次我问黎曼。"对弗莱迪来说太晚了，吸了霹雳丸就没有回头路。所以在你之前，我不得不打发走其他一些给我干活的姑娘们。"他答道。我的理解是他把她们辞退了。我不知道在这一行里"打发"蕴含着致命的意思。

乔伊·马丁和奇诺负责监视我，他们工作负责，想要躲开他们的监视是不可能的。奇诺就像一只鬼鬼祟祟的鼬鼠，他不跟我说话，也不正面看我，可乔伊·马丁毫不掩饰他的企图。"老板，把这姑娘借给我，让我乐一乐吧。"有次我听到他跟布兰登·黎曼说。"要不是我知道你是在开玩笑，我会因为你的傲慢无礼现在就给你来一枪。"他淡定地答道。我估计只要黎曼还是老板，这两个蠢货就不敢碰我。

这个团伙从事什么并不是什么秘密，弗莱迪说乔伊·马丁和奇诺杀过不少人，可我并不把布兰登·黎曼看成是跟他们一样的罪犯。当然，很有可能黎曼也是个杀人犯，可他看起来不像。不管怎么说，最好还是不要知道，就像他也不想知道我的任何事情一样。对老板来说，劳拉·巴伦是个没有过去也没有未来的人，她怎么想也无关紧要，只要听他的话就好。有一些生意上的事他害怕忘记，也不方便记录下来，他会告诉我让我记住：谁欠他多少钱，去哪里接一个包裹，要给多少钱给警察，当天有什么安排等。

老板生活节俭，过着僧侣一般的生活，可他对我很慷慨。他并不是定量付我工资或佣金，而是数也不数，就从他取之不尽的一卷一卷的钱里抽一些出来给我，仿佛是给我小费，我在俱乐部的开销和买东西的花费都由他直接买单。如果我还想要更多钱的话，他二话不说就给我。可很快我就不问他要钱了，因为我什么都不需要，而且任何有点价值的东西都会在公寓里消失。我们睡觉的房间就隔了一道狭窄的走廊，他从来不会跨过这个走廊。为了安全起见，他禁止我跟男人发生关系。他说在床上会管不住舌头。

在十六岁的时候,除了跟里克·拉莱多那次灾难性的经历外,我也跟其他男孩尝试过,但都以失败和疼痛告终。伯克利中学所有人都在网上看过色情片,可男孩们从那里面什么也没学到,他们粗暴笨拙,把自己当成男女乱交的发明者一样胡搞一气,并且时髦地称之为"互利的友谊",可我非常清楚地知道只有他们才是获利者。在俄勒冈的学校里充斥着青春荷尔蒙的气息——我们说那儿的睾丸素简直要从墙里喷出来,我们紧密共处,却被强迫守贞。这种爆炸性的组合在一次次的小组治疗中给治疗师们提供了取之不尽的材料。对其他人来说,遵守禁止发生性关系的"协议"比戒毒还要难受,可对我而言,这并不难,因为除了不接受勾引的心理专家斯蒂夫之外,其他男生都是可怜虫。在拉斯维加斯,我也没有反抗黎曼的限制规定,因为我还清楚地记得跟菲志维克度过的那个可怕的夜晚。我不希望任何人触碰我。

布兰登·黎曼说他能满足他客户们的任何要求,他能给性变态者弄来年幼的孩子,给极端分子搞到自动步枪,不过这里面吹嘘的成分居多:我从来没见过这些东西;我只看到他贩卖毒品,倒卖偷来的东西,跟这个城市里其他逍遥法外的不法营生相比,这些只是无足轻重的小生意。有各式各样的妓女来公寓买毒品,从外貌上来看,有些是高级妓女,有些则贫困潦倒,有些用现金付款,有些赊账,当老板不在时,有时乔伊·马丁和奇诺会让她们用服务抵债。有一群吸食霹雳丸上瘾的未成年人团伙为布兰登·黎曼偷车,这也是他的经济来源之一,他把偷来的车送到一家地下汽车修理厂去改头换面,把汽车编号换了,然后卖到其他州去,这门生意让他可以每两三周就换一次车,有利于隐藏身份。这一切使得一沓沓钞票神奇地变得越来越厚。

"你手上有能生金蛋的母鸡,完全可以买下一套豪华公寓,而不是住在这个猪窝里。你还能买飞机、游艇,还有任何你想要的东西……"有一次厕所管道爆了,喷出一股恶臭的液体,我们不得不去健身房上卫生间,那时我对他这么说。

"你在内华达州,还想买游艇?"他惊讶地问。

"不是!我只想要一个干净体面的卫生间而已!我们干吗不换一栋楼住呢?"

"这里比较适合我。"

"看在上帝的分上,那你就找个管道工来,顺便再雇个人来搞卫生。"

他哈哈大笑起来。在他看来,让一个非法移民在一群罪犯和瘾君子中间搞卫生这个主意非常可笑。事实上,搞卫生这件事应该是弗莱迪负责的,这是他住在这里的借口,可这个孩子只会扔垃圾,或是把吸毒的证据放到一个汽油桶里,拿到院子里去烧毁。我毫无做家务的爱好,可有时我不得不戴上橡胶手套,拿起清洁剂。要想住在这里,就没有别的法子。然而想跟破败和肮脏作战是不可能的,这两者就像无情的瘟疫一样侵蚀着一切。只有我关注这些,其他人对此毫不在意。对于布兰登·黎曼来说这里就是一个临时据点,一旦他跟他哥哥筹谋的那桩神秘买卖开始实施,他就会换一种生活。

布兰登·黎曼喜欢别人管他叫老板,他告诉我,他欠了他哥哥亚当很多。他们一家来自佐治亚州,当他们兄弟俩还很小的时候,母亲就抛弃了他们,他们的父亲死在监狱里,可能是被谋杀,不过官方说法是自杀,他的哥哥负责照顾他。亚当从来就没干过什么体面的工作,不过也不做违法的事,这点跟布兰登·黎曼不一样,他在十三岁的时候就已经有了案底。"我们不得不分开,不然我的麻烦太多,会害了亚当。"布兰登坦白道。他们商量好,认为内华达州比较适合布兰登,因为这里百分之八十的赌场日夜营业,现金以让人头昏目眩的速度转手流动,而且这里腐败的警察很多。

亚当给他一叠姓名各异的身份证和护照,这些证件以后可能会派得上大用场,此外,还给了他钱,让他开始做买卖。两兄弟都不用信用卡。在一次难得的轻松谈话中,布兰登·黎曼告诉我他从没结过婚,他的哥哥是他唯一的朋友,亚当的儿子,也就是他的侄子,是他唯一心疼的人。他给我看了一张家庭照,照片上他的哥哥身材魁梧,相貌英俊,跟他完全不同,他的嫂子身材丰满。汉克,也就是他的侄子,是个胖乎乎的孩子。我陪布兰登去挑过好几次电子玩具,他买了寄给那个孩子。他买的那些玩具都很贵,也不太适合一个两岁的孩子。

很多游客来拉斯维加斯过周末,就是为了逃离让人厌倦的生活或是来赌场碰碰运气。对于他们来说,毒品只是一种消遣,可对于妓女、流浪汉、乞丐、小偷、帮派混混和其他不幸的人来说,毒品是他们唯一的安慰,他们来到黎曼的这栋楼里,为了吸一次毒,他们愿意放弃最后一丝人性。有时候他们身无分文地过来,苦苦哀求,他会发善心给他们一点东西,或许他的目的只是继续控制他们。有些人已经濒临死亡边缘,不值得拯救,他们吐血、抽搐,失去意识。黎曼会让人把这些人抬到街上去。其中一些人给我留下了难以磨灭的印象,比如一个来自印第安纳州的年轻人,他在阿富汗的一场爆炸中死里逃生,可最后在拉斯维加斯落了个连自己的名字都不记得的下场。"如果你失去了一条腿,他们会授予你勋章,可如果你失去了记性,他们什么都不会给你。"他一边吸食霹雳丸一边像祷告一样重复着这句话;还有玛格丽特,她跟我同龄,可身体极其衰弱,她偷了我一个大牌包,被弗莱迪看到了,我们在她把包转卖出手之前阻止了她,不然黎曼会让她付出惨重代价。有一次,玛格丽特恍恍惚惚地来到我们的公寓,由于没找到任何能够救她的人,她用一块玻璃割开了自己的静脉。弗莱迪在走廊发现了躺在血泊之中的她,他想了个办法把她给弄了出去,把她送到一街区开外的地方,并打电话求救。当救护车把她拉走的时候,她还活着,不过后来她怎么样了,我们就不得而知,我们没再见过她。

我怎么能忘记弗莱迪呢？他救了我的命。我把这个没法安静下来的孩子当亲弟弟看待,他骨瘦如柴,身材矮小,双目无神,总是淌着鼻涕,看起来粗鲁,内心温柔,他还会靠在我的身旁,笑着看电视。我给他吃维生素和钙片,想让他长高,还买来两口锅和一本食谱,想把厨房派上用场,可我做出来的饭菜总是被原封不动地扔进垃圾桶；弗莱迪吃两口就失去了胃口。他时不时会病得厉害,只能躺在床垫上,有时他会一声不响地失踪好几天。布兰登·黎曼给他提供毒品、酒、香烟,他要什么黎曼就给什么。"你没发现你正在害死他吗？"我抗议道。"我已经死了,劳拉,你别担心。"弗莱迪心情颇好地打断我。他沾染一切有毒的物质,他竟能咽下、吞吐、吸入或注射那么多的垃圾！他是真的半死不活,可音乐在他的血液里流淌,他能用一个啤酒罐敲出节拍来,也能即兴编出押韵的说唱歌曲；他的梦想就是被人发现,然后跟迈克尔·杰克逊一样踏上星途。"我们一起去加州吧,弗莱迪。在那里你能开始另一种生活。迈克·欧克利会帮你的,他已经改造了几百个年轻人,有些人的处境曾经比你还要糟糕,可如果你现在看到他们的话,你会不敢相信的。我的祖母也会帮助你的,她在这方面很擅长。你跟我们一起住,你觉得怎么样？"

一天晚上,我在恺撒宫的奢华大厅里等一个客人,大厅里有雕塑和罗马式的喷泉。阿莱纳警官看到了我。我想要偷偷溜走,可他已经注意到我,并微笑着朝我走来,他朝我伸出手,问我叔叔最近怎样。"我叔叔?"我满头雾水地重复了一遍,然后才想起我们第一次在麦当劳见面的时候,布兰登·黎曼介绍说我是他侄女,来自亚利桑那州。我很不安,因为货就在我的口袋里,我结结巴巴地开始解释一些他并没问到的问题。

"我就夏天在这里,马上我就要去上大学了。"

"哪所大学?"阿莱纳警官问道,他在我身边坐下。

"我还不知道……"

"你看起来是个认真的姑娘,你叔叔肯定以你为傲。对不起,我不记得你的名字了……"

"劳拉,劳拉·巴伦。"

"你要去上学,我很高兴,劳拉。我在工作中看到了很多可悲的案例,有不少年轻人明明很有潜力,却彻底迷失了自我。你想要喝点什么吗?"我还没来得及拒绝,他就已经问一个穿着罗马式长袍的女服务生要了一杯水果鸡尾酒,"很抱歉,我很想喝杯啤酒陪你,可我不能,我在执勤。"

"在这家宾馆?"

"这里是我的巡逻点之一。"

他告诉我,恺撒宫有五个塔楼,三千三百四十八个房间,有些房间面积达到近百平方米,有九家豪华餐厅,一个大商场,里面汇聚了全世界最高档的品牌,此外还拥有一个模仿罗马斗兽场的剧场,剧场里有四千二百九十六个座位,有不少名人在里面演出过。我见过太阳马戏团[①]吗?没有?我应该让我叔叔带我去看看,他们的表演是

[①] 太阳马戏团,加拿大娱乐演出公司,也是世界最大的戏剧制作公司,在拉斯维加斯有过多场演出。

拉斯维加斯最精彩的东西。没过多久，打扮得像古罗马女神一样的服务生送来一杯绿色的饮料，杯口放了一片菠萝。我计算着时间，因为乔伊·马丁和奇诺正盯着手表在外面等着我，我的顾客则在柱子和镜子间走来走去，他肯定想不到他的联系人正跟一个身着警服的警察在亲切聊天。阿莱纳对布兰登·黎曼的生意知道多少？

我把极为甜腻的水果酒饮尽，然后匆匆忙忙地跟他告别，他应该会对我起疑心。这个警官给我的印象不错，他亲切地直视对方双眼，很干脆地跟人握手，而且没什么架子。仔细看着他，会发现虽然他有些胖，还挺有魅力；他的牙齿洁白，跟他古铜色的肤色形成反差，在微笑的时候，他的眼睛会眯成一条缝。

跟马努艾尔关系最近的是布兰卡·施内克，可这并不说明什么，他谁也不需要，就算是布兰卡也不例外，他能在沉默中度过余生。只有她一个人在费心维持他们之间的友谊。她会邀请他吃饭，或是临时带着一盆菜和一瓶葡萄酒过来；也是她逼着他去卡斯特罗市看望她的父亲米亚罗沃，因为要是别人不定时去看望他，他会生气；像女管家一样，担心马努艾尔的衣物是否够厚实，身体是否健康，家里是否干净舒适的还是她。我是一个入侵者，破坏了他们的隐私权；在我来之前，他们能独处，可现在我总是插在他们中间。智利人很宽容，他们俩都没因为我的存在而表现出不快的样子。

几天前，我们在布兰卡家吃饭，我们经常这么做，因为她家比我们家要舒服得多。布兰卡铺上了最好的桌布，还准备好了上过浆的亚麻餐巾、蜡烛和我之前给她送过来的一篮子迷迭香面包；桌子布置得简单高雅，就跟她一贯风格一样。马努艾尔不会欣赏这些细节，可它们让我目瞪口呆，因为在认识这个女人之前，我一直认为室内装修只存在于酒店和杂志中。我祖父母的家就像个跳蚤市场，家具很多，一群琐碎的物件杂乱无章地堆放在一起,只要有用就留着,没用的也懒得丢。布兰卡把三朵蓝色的绣球花插进一个装满柠檬的玻璃花瓶里,就能创造出一件艺术品,跟她在一起,我的品位也得到了提高。他俩在烹饪一道海鲜汤,我趁还没天黑,到花园里去摘生菜和罗勒,现在天黑得越来越早。在几平方米的面积里,布兰卡种了果树和多种蔬菜,而且精心打理;她总是戴着草帽和手套,在花园里忙活。等到开春的时候,我打算求她帮我在马努艾尔的院子里也种上东西,现在那儿只有杂草和石头。

吃甜点的时候我们谈起巫术,因为马努艾尔的书让我着迷。我们还谈起一些超自然现象,如果以前听我祖母说话的时候我更专心一点,现在我在这方面就是个专家了。我告诉他们是我祖父母把我养大的,我祖父是一个天文学家,是一个理性主义者,也是不可知论者,我的祖母是塔罗牌爱好者,她简直就是个星卜学家,能看出人的灵光和能量,会解梦,还收集护身符、水晶和圣石,不过我隐瞒了她还能看到她周围的幽灵并跟它们是朋友这一点。

"我妮妮祖母从来不会觉得无聊,她以抗议政府和跟死人聊天为乐。"我对他们说。

"什么死人?"马努艾尔问。

"我的波波祖父,还有一些其他的,比如圣人安东尼·德帕多瓦,这个圣人负责寻找丢失的物品,还会帮单身女人找男朋友。"

"你祖母需要一个男朋友。"他答道。

"你胡说什么呢!她几乎跟你一样老了。"

"你不是说我需要爱情吗?如果你觉得以我的年纪还能谈恋爱的话,妮狄娅就更有理由这么做了,她比我年轻好几岁。"

"你对我的妮妮祖母感兴趣!"我叫道,我想到我们三个人可以一起生活;有一瞬间,我忘记了他的理想女友应该是布兰卡。

"这个结论下得太仓促了,玛娅。"

"你得从迈克·欧克利的手上把她抢过来。"我告诉他,"他是残疾人,来自爱尔兰,不过很帅,而且很有名。"

"比起我来,他更适合你祖母。"他笑了。

"那你呢,布兰卡阿姨,你相信这类事情吗?"我问。

"我是实用主义者,玛娅。如果要治疗疣子,我会去找皮肤科医生,而且为了以防万一,我还会把一根头发绑在小手指上,并在一棵栎树后面撒尿。"

"马努艾尔说你是个女巫。"

"没错。在月圆之夜我会跟其他的女巫一起聚会。你想来吗?我们下周三就要见面。我们可以一起去卡斯特罗市跟我爸爸待两天,然后我带你去参加我们的女巫聚会。"

"女巫聚会?我可没有扫把。"我说。

"如果我是你的话,我会接受这个邀请的。"马努艾尔插话说,"这种机会只有一次。布兰卡从来就没有邀请过我。"

"这是女人的聚会,马努艾尔。雌激素会让你窒息的。"

"你们在捉弄我……"我说。

"我是认真的,小美国佬。不过跟你的想象不是一回事,我们的聚会跟马努艾尔书里的巫术没有任何关系,没有什么人皮马甲,也没有阴纹怯。我们的队伍很封闭,为了相互信任,也应该如此。我们不接受客人,不过你跟我一起去,她们会破例接受你的。"

"为什么?"

"我觉得你很孤独,你需要朋友。"

几天后,我陪布兰卡来到卡斯特罗市。我们来到米亚罗沃家时,正好是神圣的下午茶时间,这是智利人从英国人那抄袭过来的习惯。布兰卡和她父亲有一套不变的惯例,就像是一场喜剧,他们首先热情地相互打招呼,仿佛他们上周没有见过面,也没有天天通电话似的;然后她马上指责他:"你越来越胖,还要这样继续抽烟喝酒到什么时候,爸爸,你随时都可能丢了性命。"作为回答,他谈起现在有些女的放任自己的白发不管,还打扮得跟罗马尼亚的无产者一样;他们随即又说起近期的一些笑话和传言;接着她向他再借一笔钱,他发出哀号,称他要被搞得倾家荡产了,会变成个穷光蛋,得要宣告破产才行,在五分钟的谈判之后,他们最后达成协议,互相亲吻。那时我已经开始喝我的第四杯茶了。

夜幕降临时分,米亚罗沃把他的车借给我们,布兰卡带我去参加聚会。我们经过有两个塔楼的大教堂,教堂外覆盖了一层金属装饰板。我们路过广场,广场上的长椅上坐着一对对恋人,我们开出老城区,接着又穿过一片满是钢筋混凝土建成的丑陋房屋的小区,开上一条弯弯曲曲、空无一人的林间小道。没过多久,布兰卡在一个院子里停车,那里已经停了其他几辆车,布兰卡打开她的手电筒,我们沿着一条几乎不可见的小路朝屋子走去。屋里有十个年轻女子,她们都跟我妮妮祖母一样,打扮得像是手工匠人。天气很冷,她们都身着长袍、长裙或是宽大的棉布裤子,还有斗篷。她们在等我,并以智利人一贯的自然且热情的态度迎接我,当我刚到这个国家的时候,这种态度让我很不舒服,可现在我期待别人这样对我。屋里的家具朴素低调,一条老狗躺在沙发上,地上散落着玩具。女主人跟我解释说,每逢月圆之夜,她的孩子们就去奶奶家睡觉,她的丈夫则趁机跟朋友玩两把扑克。

我们从厨房出去,来到屋子后面的一个大院子,几盏石蜡油灯照亮了院子。院子里有个小菜园,很多蔬菜种在箱子里,此外还有一个鸡窝,两个秋千,一个大帐篷和一大堆东西,一眼看去像座泥巴堆成的小山，上面盖着一块帆布，布用橡胶补过，可从中间却冒出一行细烟来。"这是茅棚。"屋子的女主人告诉我。茅棚跟爱斯基摩人的圆顶冰屋还有墨西哥印第安人建的大地穴一样是圆形的，只有屋顶在地面上，其他部分都在地下。茅棚是这些女人的伴侣帮忙建成的，有时候他们也会参加聚会，不过是在帐篷里，因为茅棚是女性的圣殿。我模仿其他人脱下衣服；有些人把衣服脱光，也有些人穿着内裤。在我们猫着腰沿着狭窄的隧道爬进茅棚时，布兰卡将一把鼠尾草用火点着，让芳香的烟味"祛除我们身上的脏污"。

从里面看起来，茅棚是一个圆形的拱顶建筑，直径约四米，最高处高一米七。中间燃着一堆篝火，篝火里面烧的有柴火和石头，篝火上方的顶上只开了一个口，烟就从那里出去。沿着墙壁有一圈平台，上面铺了羊毛毯，我们就坐在上面，围成一圈。里面很热，不过还能忍受。茅棚里有股有机物的味道，像是蘑菇或酵母味，除了篝火没有其他光源。我们有一点水果——黄香李、巴旦杏、无花果，还有两罐子冷茶。

这些女人就像是《一千零一夜》里的苏丹后宫中的女奴。在昏暗的茅棚中，她们看起来美极了，仿佛是文艺复兴时期的圣母，她们秀发浓密，身体放松，身形消瘦，神情专注。在智利，社会阶层将人分化，就像印度的种姓制度和美国的人种一样。我没有经过训练，不会分辨各社会阶层，我认识的奇洛埃女人基本上都身材粗壮，个子矮小，有印第安人的外貌特征，在工作和各种伤心事的折磨下面目沧桑，而这些有着欧洲人面孔的女人跟她们应该不属于同一阶层。其中一人挺着大肚子，看起来已经有七八个月的身孕。还有一个刚生完孩子，她的乳房鼓胀，乳晕呈深紫色。布兰卡把发髻散开，她的头发卷曲，就像泡沫一样蓬松开来，一直垂到肩部。虽然她没有了乳房，一道残忍的疤痕穿过她的胸膛，可作为一个一直都很美的女人，她依然很自然地展露自己的身体。

布兰卡摇响了一个小铃铛,大家凝神屏息,安静了几分钟,而后一个女人祈求包容着我们的大地母亲保佑。接下来的四个小时在不知不觉中慢慢流逝,我们用一个大贝壳来轮流讲述,我们喝茶,吃水果,我们诉说此刻生命中正在发生的事情,还有过去的痛苦,我们尊重地倾听,不提问也不发表意见。这些女人当中的大部分都来自这个国家的其他城市,一些是来工作的,还有一些是陪丈夫来的。有两个人是"治愈师",她们用各种各样的方法来治病,如用草药、精油、心理反射学、磁铁、光线、顺势疗法、能量运动等来替代药物,这在智利非常盛行。这里的人只有当其他方法都没用的时候才会去药店买药。她们大方地分享自己的故事,一个女人非常伤心,因为她的丈夫和她最好的朋友被她捉奸在床。还有一个女人,虽然她的丈夫在情感上和肉体上都对她进行虐待,她还是没有下定决心跟他分手。她们谈起自己的梦想、病痛、恐惧和希望,她们欢笑,也有人哭泣,所有人都为布兰卡鼓掌,因为近期的检查显示她的癌症没有复发的迹象。一个年轻女人刚刚失去了母亲,她请求大家为她母亲的灵魂歌唱,于是一个女人用银铃般的嗓音哼唱起一首歌,其他人都跟着一起唱起来。

过了午夜,布兰卡建议我们以追忆先人的方式来结束这次聚会,每个人都提到自己的一个先人——刚刚去世的母亲、一个祖母、一位教母,并且说起这个人给自己留下的财富:艺术才华、一部草药的处方汇编、对科学的热爱,每个人都发了言。我是最后一个,轮到我的时候,我想到了波波祖父,可我并没有说出声来,没有告诉这些女人他是谁。后来,大家一起闭上眼睛进行冥想,思念自己介绍的那位先人,感谢此人的馈赠,并与之告别。就在这时,我记起了波波祖父几年前跟我反复说过的那句话:"你要跟我保证,你会永远像我爱你一样爱自己。"这个讯息清清楚楚地浮现在我脑海中，就仿佛他在大声跟我说话似的。我哭了起来，把在他去世的时候我没有流尽的眼泪流了个干净。

最后，她们拿出一个木碗，每个人都能往里面投一颗小石头。布兰卡数了数，石头数目跟茅棚里的人数一样；原来她们是在投票，这是加入她们的唯一方式，她们一致通过接受我。她们向我表示祝贺，我们端起茶杯碰杯。

我骄傲地回到我们的岛上，告诉马努艾尔·阿里亚斯，从今往后，每逢月圆之夜，就别指望我在家陪他了。

在卡斯特罗市跟那群善良的女巫度过的夜晚让我忆起去年的经历。我的生活跟那些女人完全不一样，我不知道在茅棚的亲密氛围中，我是否能在有一天向她们坦白我所经历的一切，让她们理解之前折磨着我的那种愤怒和对酒精和毒品的依赖，以及我曾经怎样焦躁不安，无法平静。俄勒冈的学校将我诊断为"注意力缺陷"，这一结论就像是无期徒刑。可当我波波祖父在世的时候，我身上从没出现过这种疾病的特点，现在的我也没有。我可以描述上瘾的症状，不过我回忆不起那剧烈的程度。在那段时间里，我的灵魂在哪里？在拉斯维加斯有树、阳光、公园、说唱音乐之王弗莱迪的笑声、冰激凌、电视里的喜剧片、古铜色皮肤的年轻人、健身房泳池里提供的柠檬水、拉斯维加斯大道永恒夜晚的音乐和灯光，有过一些可爱的瞬间，甚至还有黎曼朋友的一个婚礼和弗莱迪的生日蛋糕，可我只记得吸毒时转瞬即逝的快感，以及寻找毒品时漫长的煎熬。虽说只过去了几个月，可那段时间开始在我记忆中变得模糊起来。

在大地母亲肚子里的聚会将我同充满神怪传说的奇洛埃彻底联系起来，并且奇妙地在我和我自己的身体之间建立了联系。去年的我过着支离破碎的生活,我以为我的人生即将终结,我的身体遭到了无可挽回的玷污。现在我的身体状况得到了恢复,我前所未有地尊重并爱护自己的身体,这是从前我在镜中审视自己的缺点时从未有过的感觉。我喜欢我现在的样子,不想改变什么。在这个朴实的岛上,没什么能让我想起过去糟糕的回忆,不过我还是努力把那段时光记录在这个本子上,因为我不想跟马努艾尔一样把记忆锁在一个洞里,稍不留神,回忆就会在夜里跳出来,像疯狗一样袭击他。

今天,我在马努艾尔的书桌上放了五朵花,花是从布兰卡·施内克的花园里摘的,是这个季节的最后几朵。他不会欣赏这些花的美,不过它们能给我带来一种平静的幸福。一个有着灰色过去的人为色彩而着迷,这很正常。去年对我来说就是灰色的一年。这一小束花美极了:一个玻璃瓶、五朵花、一只小昆虫、窗外的光。仅此而已。我很难想起曾经的黑暗生活,这是有道理的。我的少年时期过于漫长。是一段地下之旅。

对于布兰登·黎曼来说,我的外表是他生意中很重要的一部分:我应该看起来心思单纯,头脑简单,鲜艳明媚,跟赌场里的那些漂亮姑娘一样。这样的外貌容易让人信任,更能融入环境。我的头发被染成白色,剪得极短,使得我看起来几乎有些像男人,他很喜欢。他让我戴一块精美的男士手表,皮质的表带很宽,能遮住我手腕上的文身,他曾想让我用激光洗去这个文身,但被我拒绝了。在商店里,他会要求我穿上他选的衣服走几步,我像模特一样摆出夸张的姿势,把他逗乐。虽说我吃的都是垃圾食品,而且缺乏锻炼,可我并没有长胖;因为不喜欢乔伊·马丁和奇诺跟在我后面,我已经放弃了跑步这个曾经的习惯。

有几次,布兰登·黎曼把我带到拉斯维加斯大道上一家宾馆里的套房，点上香槟酒，然后让我慢慢脱光衣服。他不碰我，只是飘飘欲仙地享受着他的白夫人和波旁威士忌酒。一开始我脱衣服的时候还很不好意思，可没过多久我就发现这就像是在镜子前面脱衣服一样，因为对于我的老板来说，注射毒品和喝酒才是他发泄欲望的方式。他一直说我落在他手上真是运气好，其他好些姑娘都在按摩室和妓院被剥削压榨，不见天日，还遭受殴打。我知道美国有几十万的性奴吗？有些来自亚洲和巴尔干半岛，可还有很多是在街头、地铁站和机场被绑架过来的美国人，或是离家出走的青少年。她们被关起来，染上毒瘾，一天接客的数目高达三十个甚至更多，如果不配合，就会被电击；这些倒霉的姑娘是看不见的，可以被丢弃的，毫无价值的。有一些专门的性虐待场所，那里的客人可以肆意折磨那些姑娘，他们用鞭子抽她们，糟践她们，如果付了足够的钱，甚至能够要了她们的命。对于黑社会来说，卖淫是一项高利润的生意，可对于女人来说，这一行就是绞肉机，她们活不长，而且都不得善终。"干那行的人都残忍无情，劳拉，而我的心肠很软。"他说，"你乖点，别让我失望。要是你最后也落了那么个下场，我会伤心的。"

后来，当我开始把一些看起来毫不相关的事情联系起来的时候，我才注意到布兰登·黎曼也做这方面的生意。除了卖毒品给来买的妓女，我并没发现他涉足卖淫这一行，不过他时不时跟皮条客会有些神秘的来往，他的客户中也偶尔会有年轻姑娘失踪。我多次看到他跟刚刚染上毒瘾的年轻姑娘在一起，他表现得和蔼可亲，把这些姑娘引到这栋楼来，给她们试用他最好的货，并且以赊账的方式给她们提供几个礼拜的毒品，然后她们就再没来过，仿佛人间蒸发了。弗莱迪证实了我的猜测，她们被卖给了黑社会；就这样，布兰登·黎曼无须怎么弄脏自己的手，又能赚上一笔。

老板的规则非常简单,只要我遵守我这边的协议,他也同样能够做到。他的第一个条件就是让我避免跟家人或是之前生活中的任何人联系,这对我来说很容易,因为我唯一思念的人就是祖母,鉴于我打算不久之后就回加州,我能等。他还不让我交新朋友,用他的话来说,只要稍不谨慎,就会使得他脆弱的生意处于危险境地。有一次,奇诺说看到我在健身房的门口跟一个女人聊天。虽然我比黎曼高大强壮,可他掐着我的脖子,异常熟练地把我拽倒,让我跪倒在地。"白痴!该死的!"他气红了脸,给了我两个耳光。这次事件是一次警钟,可我没有就此好好考虑;在那段时间里,我越来越频繁地感觉到思维无法集中,那天我正处于这样的状态中。

片刻过后,他让我打扮得漂亮点,因为我们要去一家新开的意大利餐厅吃晚饭;我猜这是他道歉的方式。我穿上黑色连衣裙和金色凉鞋,不过我没打算用化妆品来掩饰我嘴唇上的伤口和脸颊上的痕迹。这家餐厅比我想象中的要好:非常现代,水晶、钢材和黑色镜子,没有格子桌布和打扮得像威尼斯船夫一样的服务生。我们几乎没碰菜,不过倒是喝了两瓶昆塔莎酒庄①出产的2005年的葡萄酒,这两瓶酒花了不少钱,也成功化解了紧张的气氛。黎曼跟我解释说,他最近压力很大,他面前出现了一个极好的生意机会,可也很危险。我想到他近期出去了两天,他没说去哪里,也没让两个合伙人跟他一起去。

"尤其是现在,安全方面的任何一个小漏洞都可能是致命的,劳拉。"他说。

"我跟那个健身房的女人说话不到五分钟,我们谈的是瑜伽课,

---

① 昆塔莎酒庄,位于美国加利福尼亚州的纳帕谷葡萄酒产区,是该产区内知名的酒庄之一。

我甚至不知道她叫什么名字,我向你发誓,布兰登。"

"别再犯这样的错。我会忘记这次的事,可你不能忘,明白吗?我得信任我的人,劳拉。我们相处得不错,你看起来是个有身份的人,这一点我喜欢,而且你学得很快。我们一起能做很多事情。"

"比如说?"

"我会在适当的时机告诉你的。现在你还在试用期。"

他宣布的这个时机在九月份到来。从六月到八月,我仿佛生活在星云上一般。公寓的水管没水,冰箱空无一物,可毒品多的是。现在的我已经想不起当时在毒品的作用下,我过得有多飘忽;就着伏特加酒来吞两三片药片或是点一支大麻烟已经变成了不过脑子的下意识动作。跟我身边的人相比,我的吸毒剂量微乎其微,我只是为了消遣才吸毒的,随时都能戒掉,当时的我是这么认为的。

我习惯了漂浮的感觉,任浓雾吞没我的思绪,我无法连贯地进行思考或是表达一个观点,以前跟妮妮祖母学的庞大的词汇量逐渐流失殆尽。在不多的清醒时刻里,我会记起自己想要回到加州,可我跟自己说,会有时间回去的。时间。时间都藏到哪里去了?它就像盐一样从我的指缝溜走,我的生活处于暂时停顿中,可我并没有等待什么,每一天都跟前一天一样,我都是跟弗莱迪在电视机前昏昏欲睡。我在白天唯一的任务就是称白粉和晶体的重量,数药片,将一个个塑料袋封好。八月就这样过去了。

黄昏时,我会吸一点可卡因来提神,然后去健身房的泳池里泡个澡。我用批判的眼光在更衣室的镜子里打量着自己,试图寻找不良生活留下的痕迹,可什么也没有;没有人会想到我过去的困境和如今的风险。正如布兰登·黎曼希望的那样,我就像个学生。再来一点可卡因,吞些药片,喝一杯深褐色的咖啡,我就能打起精神开始晚上的工作。或许布兰登·黎曼在白天还有其他分货人,不过我从没见过。有时他会陪我,不过在我掌握惯例操作,他对我产生信任感之后,他便让我独自去见客户了。

声响、光线、色彩、酒店和赌场奢华的生活、老虎机和赌桌前紧张的玩家、筹码的咔嗒声、插着兰花和小纸伞的高脚杯,这一切都吸引着我。里面的客人跟街头的客人截然不同,仿佛能免受法律制裁一般厚颜无耻。毒贩们同样无所畏惧,似乎在这个城市里存在着一份默契,能违法且无须承担后果。黎曼跟几个警察达成了协议,他们收钱,任他逍遥法外。我不认识这些警察,黎曼也从不跟我提起他们的名字,不过我知道有几个人,还有他付给他们多少钱。"他们是一群可恨、该死、贪得无厌的猪猡,得要提防他们,他们什么事情都干得出来:栽赃给无辜者,在搜查住宅的时候偷珠宝钱财,被没收的毒品和枪支有一半都被他们据为己有,而且他们还彼此掩护。他们就是腐败分子、种族主义者、神经病。他们才应该被关进监狱。"老板说。来这栋楼寻找毒品的可怜人都是被毒瘾禁锢的囚徒,极度贫困,孤苦无依;他们被追踪,被殴打,像鼹鼠一样藏身于地下洞穴中苟延残喘,暴露在法律的制裁下。对他们而言,逍遥法外是不可能的,只有无尽的折磨。

我多的是钱、酒和药片,只要开口要就行了,可除此以外我别无他物,没有家人、朋友或是爱情,在我的生活中甚至没有太阳,因为我跟老鼠一样,只在夜间出没。

一天,弗莱迪从布兰登·黎曼的公寓里消失了,直到周五我们才有了他的消息。那天我们碰巧遇到了阿莱纳警官,我只见过他寥寥几面,每次他都和善地跟我聊天。这次对话的话题集中在弗莱迪身上,阿莱纳警官告诉我们他被打成重伤,被人发现。弗莱迪冒险前往一个敌对势力的领地,那里的帮派混混狠狠揍了他一顿,觉得他死了,就把他扔进了垃圾堆。为了让我更明白些,阿莱纳告诉我这个城市被划分为很多个区域,由不同的帮派控制,弗莱迪是拉丁裔,虽说他是黑白混血儿,也不能去黑人控制的领地。"这个孩子身上有很多个逮捕令,要是他真的被抓进去就糟糕了。弗莱迪需要帮助。"在告别的时候,阿莱纳对我们说。

布兰登·黎曼不方便去看望弗莱迪,因为警方在盯着他,可他还是跟我去了医院。我们上到五楼,在荧光灯照亮的走廊上寻找着他的病房。没人注意我们,医院里穿梭着很多医护人员、病人和家属,我们只是其中不起眼的两人而已,可黎曼还是走在墙边,小心翼翼地打量着周围,一只手插在放着枪的兜里。弗莱迪被安排在一个四人间里,屋里的每张病床上都有人。各种管子将他五花大绑地拴在床上。他被打得鼻青脸肿,肋骨断裂,一只手被砸得血肉模糊,医生不得不截断他的两根手指。他的一个肾脏被踢坏了,袋子里的尿液是铁锈红色的。

老板允许我白天陪他多久都行,前提是晚上得干好活。一开始,医院给弗莱迪注射吗啡,后来则开始给他用美沙酮,因为以他的身体状况没法忍受毒瘾发作的痛苦,可美沙酮效力不够。他就像一只困兽一样绝望地在病床的绑带下挣扎。趁医院的人不注意,我想办法往他挂水的药物里注射了海洛因,这是布兰登·黎曼的主意。"如果你不这么干的话,他会死的。对弗莱迪而言,医院给他用的药品就像是水一样。"他说。

在医院,我认识了一个黑人女护士,她五十多岁,很胖,嗓门很粗,跟她温柔的性格以及奥琳比雅·佩蒂福特这个好名字形成鲜明反差。当弗莱迪被送到五楼的外科诊室时,正是她接待了弗莱迪。"看到这么一个骨瘦如柴,无亲无故的孩子真是让我难受,我把他当孙子看待。"她对我说。自从我来到拉斯维加斯以来,除了弗莱迪之外,我没有交任何朋友,可这次我违反了布兰登·黎曼的命令:我需要跟人聊聊,而且这个女人让人没法抗拒。奥琳比雅问我跟病人是什么关系,为了不啰唆,我告诉她我是病人的姐姐。一个有着白金发色、身着高级服装的白人女孩的弟弟是有色人种,而且这个男孩有毒瘾,很可能还是罪犯,这一点并没有让奥琳比雅感到惊奇。

奥琳比雅利用任何空当来到弗莱迪身边,坐下祈祷。"弗莱迪应该在心里接受耶稣,耶稣会拯救他的。"她告诉我。她的教堂位于这个城市的西边,她晚上在那里上班,还邀请我晚上过去,可我告诉她,在夜里我要工作,我的老板要求很严格。"那你就周日过来,姑娘。在服务过后,我们'耶稣的寡妇'会提供内华达最棒的早餐。""耶稣的寡妇"是一个成员不多的组织,不过非常活跃,是她所在教堂的顶梁柱。寡妇身份并不是加入这个组织的必需条件,只要曾经失恋就行。"比如说我,现在我已经结婚了,可曾经有两个男人离开了我,还有一个死了,所以从这个角度上来说,我是个寡妇。"奥琳比雅对我说。

儿童保护协会指派给弗莱迪的社工是一个中年女子,她的薪资不高,书桌上堆积的案例多得她根本顾不过来,她已经厌倦了这份工作,数着日子等待退休。协会只对孩子进行短时期的保护,她把孩子们安排到一些家庭住一段时间,过不了多久他们就得回去,继续被殴打或强暴。她来看过弗莱迪几次,总跟奥琳比雅聊天,通过她们的对话我才得知我朋友的过往。

弗莱迪十四岁,而不是我所认为的十二岁,或是他自己说的十六岁。他出生在纽约的拉丁区,他的母亲是多米尼加人,父亲未知。他的母亲有一个情人,是派尤特印第安人①,两个人都酗酒,她挤在情人破破烂烂的车里,把孩子带到内华达州。他们居无定所,只要车有油就往前开,攒了不少交通罚款,欠了一路的债。没过多久,这两人就从内华达消失了,可有人发现了七个月大的弗莱迪,他被遗弃在一个加油站,营养不良,而且满身瘀青。他在跟政府合作的收养家庭长大,他在每个家庭的停留时间都不长,因为他在行为和性格上有一些问题。不过他上过学,而且学得还不错。他在九岁那年因为持械抢劫被捕,在一家教养所被关了几个月,然后就从儿童保护协会以及警方的视线中消失了。

社工需要调查弗莱迪在近几年中在哪里以及如何生活,可他要么就装睡,要么就拒绝回答。他害怕被送去戒毒。"在那里我一天都活不下去,劳拉,你没法想象这意味着什么。他们才不会给你戒毒,只是对你进行惩罚。"布兰登·黎曼同意他的观点,也不打算让他进去。

当弗莱迪身上的管子被摘除、能吃固体食物也能站起来的时候,我们帮他穿好衣服,伪装成探视时间五楼的人群中的一员,乘电梯下楼,然后一小步一小步地挪到医院门口。乔伊·马丁发动好了车辆,就在那里等着我们。我敢发誓,奥琳比雅·佩蒂福特就在走廊上,可这个善良的女人装作没有看见我们。

一个给布兰登·黎曼提供黑市药品的医生时不时来公寓看望弗莱迪,他教我怎么给他换手上的绷带,不让伤口感染。我想利用他落在我手上这段时间来帮他戒毒,可看到他遭那么大的罪,我就没了勇气。医生原以为他接下来几个月都会比较虚弱,可出乎他的意料,弗莱迪迅速地好了起来,没过多久他就能手缠绷带跳起迈克尔·杰克

---

① 派尤特印第安人,北美洲印第安人中的一族。

逊的舞来，不过他依然尿血。

乔伊·马丁和奇诺认为这次所受的侮辱不能就这样过去，他们负责向那个敌对的帮派复仇。

弗莱迪在黑人区遇袭这件事让我颇受触动。在布兰登·黎曼支离破碎的世界中，人们会经过或是消失，不留下任何回忆。有些人离开了，有些人沦为囚徒，或是离开人世，可弗莱迪不是这些没有名字的影子，他是我的朋友。看到他在医院呼吸困难，疼痛难忍，时而失去意识，我不由得流下眼泪。我想我也在为自己流泪。我觉得自己被困住了，在上瘾这一点上，我已经不能再自欺欺人，因为我依赖酒精、药片、大麻、可卡因和其他毒品来度日。每天早上醒来，感觉到前一天夜里吸毒喝酒带来的剧烈不适，我会下定决心戒毒戒酒，可半小时不到我就会耐不住喝一口的诱惑而屈服。只要喝一点伏特加来缓解头疼就好，我向自己保证。头疼在继续，而酒瓶就在我身边。

我没法用正在度假来打发上大学之前的时光这个念头来欺骗自己；我身边都是罪犯。稍不留神，我就可能丢了性命，或是跟弗莱迪一样躺进医院，身上被插上半打管子。恐惧就像是潜伏在我胃里贲门处的一只猫科动物，我拒绝说出这两个字，可我真的很害怕。有一道固执的声音一直在提醒我有多危险，我怎么能看不到身边的危险，为什么不趁为时已晚之前逃跑，还在等什么，干吗不给家人打电话，可另一道满怀怨恨的声音则回答说没有人在意我的死活；如果波波祖父还在世的话，他早就动用一切力量来找我了，可我父亲却懒得麻烦。后来我再次见到妮妮祖母的时候，她告诉我："你没给我打电话，是因为你还没受够罪，玛娅。"

内华达州夏天最酷热的时节，气温高达四十度，不过我生活在空调房里，只在晚上出来活动，没受太大的影响。我的习惯依然不变，工作跟以往一样进行。健身房是唯一一个能让我摆脱布兰登·黎曼那两个合伙人的地方,其余时间他们都跟着我,虽说交易时他们不尾随我进入宾馆和赌场,他们也会在外面数着时间等我。

在那段时间,老板的支气管炎迟迟不好,他说是过敏引起的,可我发现他消瘦了很多。在我和他相识的短短几个月里,他更虚弱了,胳膊上的皮肤像皱巴巴的布一样垂下来,文身也已经看不出原来的形状,肋骨和脊椎根根分明,他脸色苍白,眼窝发黑,显得异常疲惫。乔伊·马丁最早察觉到他的变化,他开始傲慢无礼起来,并质疑布兰登的命令。奇诺安安静静,什么也没说,不过他跟乔伊·马丁一起背着老板倒卖毒品,将钱据为己有。他们行事肆无忌惮,就连我和弗莱迪都忍不住说起。"你别吭声,劳拉,不然他们会让你付出代价的,他们这种人从不原谅任何人。"弗莱迪告诫我道。

这两只大猩猩一样的打手当着弗莱迪的面毫无顾忌,他们认为弗莱迪手无缚鸡之力,像个小丑,还是个脑子坏了的瘾君子;可事实上,他的脑子比其他人都要好,这一点是毋庸置疑的。我试图说服这个孩子戒毒,去上学,为将来做打算,可他的答复是,他从学校里教的那些陈词滥调里什么都学不到,他要直接从生活这所大学里进行学习。他重复着黎曼常说的那句碑文式的句子:"对我来说太晚了。"

十月初,黎曼飞去犹他州,后来开回来了一辆最新款的福特野马敞篷车,蓝色和银色相间的车身,车厢内部则是黑色。他说这是为他哥哥买的,出于一些复杂的原因,他哥哥不能亲自去买。亚当住的地方距离这里有十二个小时的车程,过几天会让人过来找他。这样一辆高档车停在这个区域的街头,过不了一分钟就会消失或是被拆卸一空,所以黎曼立即把车开进了楼里的两个车库之一,车库口的门很牢固。这栋楼其他的地方都是装满垃圾的洞穴,吸毒和临时通奸的场所。有些贫困潦倒的人一连好几年都住在这些洞穴里,他们捍卫着属于他们的那一平方米的面积,把靠近的老鼠和其他穷人赶走。

第二天,布兰登·黎曼把两个合伙人打发到卢比堡,那是内华达州的六百个鬼镇之一,他跟墨西哥供货商就在那会面。两人离开后,他邀请我试驾新车。车的马达强劲,散发着新鲜的皮革味,微风吹拂着头发,阳光照耀在肌肤上,四周的壮阔景色被公路一切为二,山峦直指苍白无云的天空,这一切使得我沉醉于这一刻的自由。这自由的感觉跟我们经过的几家联邦监狱形成鲜明反差。虽然夏天最热的时候已经过去,气温依然较高,没过多久,四周的景色就被晒得泛起了白光,我们不得不升起顶棚,打开空调。

"你知道乔伊·马丁和奇诺在偷我的钱,对吧?"他问我。

我没有回答。他不会无缘无故谈起这个话题;如果我的回答是不知道,那就说明我没关心他货品方面的事务,如果回答说知道,就相当于承认我背叛了他,因为我没有将这件事告诉他。

"这迟早都会发生。"布兰登·黎曼说,"我不能指望任何人对我忠心。"

"你可以相信我。"我喃喃道,我有一种踩了一脚油打滑的感觉。

"希望如此。乔伊和奇诺是两个白痴。跟我一起才是他们最好的选择,我对他们已经很大方了。"

"你会怎么处理?"

"趁他们还没来得及把我换掉之前,先换掉他们。"

我们沉默下来,车往前开了几公里,就在我以为秘密已经说尽的时候,他开始继续这个话题。

"有一个警察开口要更多的钱。如果我给了他,他还会加价。你觉得应该怎么办,劳拉?"

"这些事情我不懂……"

接下来的几公里我们都没说话。布兰登·黎曼的毒瘾发作起来,他把车开离公路,想要找个私人场所,可四周一片荒凉,只有干燥的土地、岩石、尖锐的枝条和稀稀拉拉的牧草。我们把车停在路边,把车门打开,勾着腰躲在门后,我举着打火机,他将几种毒品混在一起加热。一眨眼的工夫,他就给自己注射了一针。接着我们一起分享了一支烟,庆祝我们的这次顽皮举动;如果有巡逻车过来发现我们,他们能找到一把非法枪支、可卡因、海洛因、大麻、杜冷丁,还有装着其他散装药丸的一个袋子。"那些猪猡警察还能找到一点其他我们没法解释清楚的东西。"布兰登·黎曼神秘地补充道,他笑得喘不过气来。他在毒品的作用下飘飘然,所以虽然我极少开车,而且刚才抽的那支烟让我视线模糊,可只能由我来开车。

我们来到了比蒂,这会儿正是中午,整个镇里看起来荒无人烟,我们在一家墨西哥餐馆门口停车,打算进去吃午餐,店门口的招牌上画着牛仔、牛仔帽和绳索,可里面却是一个烟雾弥漫的赌场。在餐馆里,黎曼要了两杯龙舌兰鸡尾酒,随便点了两份菜,还点了一瓶菜单上最贵的红酒。我勉强吃了点东西,他则用叉子扒拉着盘子里的食物,在土豆泥里画出一些线条。

"你知道我会怎么处理乔伊和奇诺吗?既然我不论如何都要满足那个警察的胃口,我会要求他的回报,让他帮我一个小忙。"

"我不明白。"

"如果他想多拿回扣,就得帮我打发掉这两个家伙,而且不能把我牵涉进去。"

我明白了他的意思,并记起黎曼在我之前雇用过的那些已经被"打发"走的女孩。我恐惧而又清楚地看清了自己脚下的深渊,我再次想到了逃跑,可我又一次打消了这个念头,因为我感觉到自己陷进了浓稠的糖浆里,疲惫倦怠,什么都不想做。我没法思考,我的脑子里满是锯末,太多的药片、大麻、伏特加,我都不知道自己今天吃了些什么,我得把自己清理干净,喝完龙舌兰酒后,我一边在心里告诫自己,一边咽下第二杯葡萄酒。

布兰登·黎曼斜靠在椅子上,他的头支在椅背上,眼睛半睁半闭。光从他的侧面射过来,勾勒出他隆起的颧骨、深陷的脸颊、发青的眼窝,他看起来就像一具尸体。"我们回去吧。"我提议,我感觉到胃里一阵恶心,有些痉挛。"回去之前,我在这个该死的镇里还有些事情要做。你给我点一杯咖啡吧。"他答道。

跟以往一样,黎曼用现金结账,我们离开空调房,来到比蒂无情的烈日下。据黎曼说,这个镇子是专门用来停放放射性垃圾的场所,距离这里十分钟路程的死亡谷①的旅游业是它存在的唯一原因。他歪歪斜斜地开着车,来到几家寄存东西的门面房前;这是几栋矮小的水泥房屋,金属门被刷成绿松石色。看得出他来过这里,因为他直接就朝一扇门走去。他让我待在车里,一边诅咒着,一边笨拙地调节着两把沉重的工业锁上的密码,他无法集中视线,而且他的手发抖已经有一段时间了。当他把门打开时,他朝我做了个手势,让我过去。

阳光照亮了那个小小的房间,里面只有两个木头大箱子。他从车的后备厢里取出一个黑色塑料质地的运动包,上面写着"El Paso TX"几个字母,我们走了进去,里面温度很高。我产生了一个可怕的念头,黎曼可能要把我活埋在这个存储间里。他紧抓着我的一只胳膊,两眼死死地盯着我。

"你还记不记得我跟你说过,我们要一起做一些伟大的事情?"

---

① 死亡谷,位于美国加州沙漠谷地,具有丰富的生态和矿产资源,于1994年被美国政府设为国家公园。

"记得……"

"现在时机到了。希望你不要让我失望。"

我被他威胁的语气吓坏了,而且这个火炉一样的房间里,除了我和他之外就没有其他人,我只得答应。黎曼用刀划了个口子,把包打开,给我看里面的东西。我过了一会儿才明白里面那一堆绿色的东西是一摞一摞的钞票。

"这不是偷来的钱,也没有人在找这些钱。"他说,"这只是一批样品,过一阵还会有更多。你应该发现我正在向你证明我对你的信任,对吧?除了我哥哥外,你是我认识的唯一一个正经人。现在我们俩就是合伙人了。"

"我要做什么?"我喃喃问道。

"目前什么都不用做,不过如果我命令你或是我发生了什么事的话,你得立即给亚当打电话,告诉他'El Paso TX'包在哪里,你听明白了吗?把我刚刚说的话重复一遍。"

"我得给你哥哥打电话,告诉他包在哪里。"

"他的'El Paso TX'包,不要忘记这几个字。你有什么问题吗?"

"你哥哥要怎么开锁?"

"这跟你无关!"布兰登·黎曼咆哮起来,他的表情凶狠,我吓得缩成一团,以为会被打。可他平静了下来,把包关上,放在一个箱子上面,然后我们离开了。

自从我跟布兰登·黎曼一起去把包放进比蒂的寄存室那一刻开始,事态开始加速发展,我没法在脑子里把事情都理清,因为有些事情是同时发生的,还有些事情我没有亲眼看到,是后来得知的。两天后,布兰登·黎曼让我开一辆刚刚从地下车库改装出来的福特讴歌跟在他后面,他自己则驾驶在犹他州给他哥哥买的福特野马。我跟着他上了95号国道,四周闪烁着海市蜃楼的景象,我们在酷热的高温下开了三刻钟,来到博尔德市,这个城市在布兰登·黎曼心里的地图中是不存在的,因为在内华达州,只有两个城市规定赌博违法,其中之一便是该市。我们在一个加油站停了车,在炎炎烈日下等待着。

二十分钟后,一辆车开了过来,车里坐着两个男人,布兰登·黎曼把福特野马的车钥匙交给他们,接过他们递过来的一个中等大小的旅行袋,然后上了我的福特讴歌。野马和另一辆车朝南方开去,我们则沿着来时的路往回走。我们没有经过拉斯维加斯,而是直接开到比蒂的寄存室。布兰登·黎曼跟上次一样,不让我看到密码,自己开锁。他把袋子放到另一个旁边,随后关上门。

"五十万美元,劳拉!"他高兴地搓着手。

"我不喜欢这样……"我一边后退一边低声说。

"你不喜欢什么,婊子?"

他脸色苍白,拽着我的胳膊推搡着我。我一边抽泣着,一边一把将他推开。他消瘦且病弱,我能将他踩倒在地,可他让我害怕,因为他什么事都能干得出来。

"你放开我!"

"你想想,姑娘。"黎曼的语气缓和下来,"你想继续过这种操蛋的日子吗?我和我哥哥已经想好了出路,我们要离开这个该死的国家,你得跟我们一起走。"

"去哪儿?"

"去巴西。几个星期之后,我们就在种着椰子树的海滩上享乐了。你不是想要一艘游艇吗?"

"游艇?什么游艇?我只想回加州!"

"该死的臭婊子还想要回加州!"他用威胁的口吻讥笑道。

"求你了,布兰登。我不会告诉任何人,我向你保证,你可以放心跟你的家人去巴西。"

他怒气冲冲地迈开大步,在周围走来走去,还不时踢一脚水泥地面。我浑身冷汗,在车边等待着他的回复,我试图想明白自己究竟犯了多大的错,才会落到这个满是尘土的地狱,在这袋绿色钞票的旁边。

"我看错你了,劳拉,你没我想得那么聪明。"他说,"你想到哪里就滚到哪里去吧,可接下来的两周里你得帮我。我能相信你吗?"

"当然,布兰登,你说了算。"

"目前你除了闭紧嘴巴之外,什么都不要干。我让你打电话给亚当的时候,你得照做。你还记得我是怎么跟你说的吗?"

"记得,我给他打电话,告诉他两个包在哪里。"

"错!你告诉他两个'El Paso TX'的包在哪里。就这么说。明白了吗?"

"当然,我告诉他两个'El Paso TX'的包在哪里。你别担心。"

"要谨慎些,劳拉。如果就这件事你敢泄露一个字的话,你会后悔的。你想知道具体后果吗?我可以告诉你细节。"

"我向你发誓,布兰登,我不会告诉任何人。"

我们回到了拉斯维加斯,一路上很安静,可我能读出布兰登·黎曼的心声,那几个字就像钟声一样在我脑海中回响:他会把我"打发掉"。我感到恶心和晕眩,好似回到被菲志维克铐在肮脏的汽车旅馆的床上的那天夜里,看着闹钟绿色的光,闻到味道,感觉到疼痛和恐惧。我得思考,我得思考,我需要一个计划……可我酒精中毒,都没法记起吃了哪些药片,什么时候吃了多少,我要怎么思考呢。下午四点,我们回到市里,疲惫不堪,口干舌燥,由于出汗和尘土,衣服都粘在了身上。黎曼把我送到健身房,让我在开始夜间的工作之前先凉快凉快,他直接回公寓。在分别时,他跟我握了握手,让我别担心,一切都在他的掌控之中。这是我最后一次见到他。

拉斯维加斯大道上的宾馆都极为奢华,大理石泳池里有牛奶汩汩涌出,还有很多来自上海的盲人按摩师。健身房没有这些东西,不过这是城里最大最完善的健身场所,里面有很多锻炼用的房间;各种能使肌肉变大、拉伸肌腱的折磨人的器材;一个 SPA 中心,其目录详尽,标注了各种养身美颜的疗法;一个供人或是狗理发的理发店;还有一个室内游泳池,我估计泳池能容纳得下一头鲸鱼。我把健身房当作我的大本营,我在这可以赊账,能去做 SPA,如果精神好的话,还会偶尔去游泳或是做个瑜伽,不过我去的概率越来越低。大部分时间我都躺在躺椅上,大脑一片空白。我把值钱的东西都锁在健身房的储物柜里,因为如果放在公寓里的话,会被类似玛格丽特那样的可怜人拿走,就连弗莱迪在手头没钱的时候也有可能这么干。

从比蒂回来后,我冲了个澡,洗去旅途的疲倦,还去蒸了个桑拿,出出汗压惊。冲洗干净并且平静下来后,我的境况看起来似乎就没那么岌岌可危了,我还有整整两周的时间,足够我决定自己的命运了。我认为自己任何不谨慎的举动都可能带来灾难性的后果,我得取悦布兰登·黎曼,直到想出从他身边逃脱的方式为止。一想到要陪着他的家人去往种着椰子树的巴西海滩,我就忍不住发抖。我得回家。

在刚刚到达奇洛埃的时候,我还抱怨这里什么都不会发生,现在我得撤回这句话,因为发生了一件重要的事情,值得用金色墨水和大写字母记录下来:**我恋爱了!** 或许这么说还为时尚早,因为五天之前才刚刚发生,可在恋爱这件事上,时间并没有什么意义,我对自己的情感非常确定。我感觉飘飘欲仙,怎么能对此闭口不提呢?正如布兰卡和马努艾尔一起给我唱的一首愚蠢的歌里的歌词,爱情就是这么任性,自从丹尼尔出现,他俩就一直取笑我。我幸福极了,心脏仿佛要爆裂开来,简直不知该怎么办才好。

还是从事情的开头说起吧。我跟马努艾尔还有布兰卡一起去格兰德岛看"牛拉房子",没想到突然而然,机缘巧合之下,会有一件神奇的事情发生在我身上,我认识了命中注定的那个人,丹尼尔·古德里奇。我敢肯定,在世界其他地方是看不到牛拉房子的。首先是几艘快艇拉着房子在海里前行,上岸后则由十二头牛把房子拉到目的地。如果一个奇洛埃人要去其他岛上生活,又或者他家的井水干枯了,需要搬到几公里外有水的地方,他会像蜗牛一样,把整个房子搬走。由于岛上很潮湿,奇洛埃的房屋都是木头建成,没有水泥,这使得房子能在水中漂浮起来,还能放在树干上进行搬运。拉房子的工作是以帮工的形式进行,邻居、亲戚和朋友都会参加;一些人提供快艇,一些人把牛赶过来,房屋主人则提供食物和酒水,不过我参加的这次拉房子是应付游客的,在几个月的时间里,这同一套房子要在水里和陆地上来来回回搬上好几次,直到房屋破损开裂为止。这是本季最后一次拉房子,到夏天到来时才会有另一套游牧式房屋的出现。拉房子表演的意义就在于向世人展示奇洛埃人有多么的惊世骇俗,让乘坐旅行社大客车过来的单纯游客们看得开心。丹尼尔就是这些游客中的一员。

天气已经炎热干旱了很多天,通常这一季节雨水较多,这种天气是少见的。景色也因此变得不同,我从没见过这么蓝的天,这样银光粼粼的大海,也从没在草丛里见过这样多的兔子,没听过树间鸟儿们如此欢快的鸣叫。我喜欢下雨,因为雨水能让我凝神思考,交到朋友,不过在绚烂的阳光下能更好地欣赏这些星罗棋布的岛屿之美。由于天气很好,我还能下水游泳,把皮肤晒黑一点。海水温暖,不会把我冻得浑身僵硬，不过得要小心，因为这里的臭氧层很薄，经常有瞎眼的羊和畸形癞蛤蟆诞生。这是听说的，我还没亲眼见到过。

在海滩上，拉房子的准备工作都已经做好了：牛、绳子、马、二十个搬重物的男人，还有很多个手里拿着一篮子馅饼的女人、很多的孩子、狗、游客、出来看热闹的当地人、两个为了防止有人浑水摸鱼而赶来的警察，还有一个为祈福而来的乡村教堂的总管。在1700年的时候，从一个地方到另一个地方是一件非常困难的事情，奇洛埃的面积较大，分布零散，没有足够的教士，所以耶稣会设立了乡村教堂总管一职，由有名望的人来担任。乡村教堂总管打理教堂事务，召集聚会，主持葬礼，分发圣餐，负责祈福，在紧急情况下，还能进行洗礼和主婚。

在涨潮的时候，房屋就像一艘古老的三桅帆船一样，被两艘快艇拉着，在海面上摇晃着前进，海水一直淹到窗户位置。屋顶上绑了一面智利国旗，迎风飘扬，两个没穿救生衣的孩子骑在屋顶梁上。屋子靠近海岸的时候，大家欢呼鼓掌，表示庆祝，男人们将屋子停泊在岸边，等待潮水退去。事先人们就会把时间估算好，不会等太久。人们在海滩上开始狂欢，大家吃馅饼，喝酒，弹吉他，玩球，还进行歌唱比赛。歌手们互相挑战，他们唱的歌词押韵，一语双关，在我听来有些色情。幽默是学习一门语言时最后才能掌握的一点，我在这方面还差得很远。潮水退下后，人们把几截树干滚到房子下面，将十二头牛分成六组，用绳子和链条将它们绑在房屋的柱子上，接着壮观的一幕开始了，围观者欢呼鼓掌，警察吹起哨子维持秩序。

只见牛低下头，绷紧壮硕身躯上的每一块肌肉，伴随着人的指令，一边叫着一边前进。第一次尝试还有些不稳，可第二次牛群就已经协调好力量，前进的速度比我想象的要快得多，四周围满了人，一些走在前面为牛开路，一些在旁边加油鼓劲，还有一些在后面推房子。真是热闹！大家一起努力，多么开心！我跟孩子们一起跑着，开心地叫着，法克则紧跟在牛的身后。队伍每前进二三十米就会停下来，把牛重新排列整齐，男人们喝些红酒，游客们则抓紧时间拍照。

这次拉房子只是针对游客的表演，可勇敢的人们和健壮的牛群却并不因此而逊色。最后，房子被拉到了目的地，面朝大海，乡村教堂总管洒上圣水赐福，人群开始散去。

游客们上了车，奇洛埃人把牛牵回家，我坐在草地里回味刚刚看到的场景，我很遗憾没把记事本带来，没法记录下细节。这时我感觉到有人在看我，我抬起头，看到了丹尼尔·古德里奇的眼睛，他的眼睛很圆，呈木头色，就像小马的眼睛。我觉得胃里痉挛了一下，那感觉就好像是我认识的某个虚拟人物，例如我跟祖父母在欧洲看到的文艺复兴时期的画里或是歌剧里的某个人突然变成真人了一样。任何人都会说我疯了，竟然看到一个陌生人就开始怀春；只有我的妮妮祖母不会这么想。她会理解我，因为当年她在加拿大认识我波波祖父的时候也一样。

我首先看到的就是他的眼睛，他的上眼睑有些没精打采地耷拉着，睫毛跟女人一样浓密，眉毛很粗。我花了一分钟来欣赏他的其他部位：个子很高，体格强壮，骨骼修长，脸庞性感，嘴唇丰厚，皮肤呈焦糖色。他穿着步行靴，带了一个摄像机，还有一个大书包，书包上盖了层尘土，上面还放了个卷起来的睡袋。他用标准的西班牙语跟我打招呼，并把书包放在地上，坐在我旁边，开始用帽子扇风；他有一头短发，黑色的头发卷曲。他朝我伸出手，手的肤色较深，手指修长，他告诉我他的名字叫丹尼尔·古德里奇。我把我瓶子里剩下的水给他，他毫不介意我喝过，三口就喝完了。

我们谈起牛拉房子，他进行了不同角度的拍摄，我揭穿谎言，告诉他这是专门为游客准备的表演,但这并没有影响他的热情。他来自西雅图,就像个流浪汉一样漫无目的地在南美行走了五个月。流浪汉,他就是这么定义自己的。他想尽可能多地认识这里,练习他在课堂和书本上学到的西班牙语,可那跟说的口语大相径庭。他来到这个国家的最初几天就跟我刚来的时候一样,什么也听不懂,因为智利人说话时爱用指小词,音调起伏很大,而且说得很快,他们会把每个单词的最后一个音节吞掉,发 s 的时候也吞音。"这里的发音太糟糕,听不懂还好些。"布兰卡阿姨这么认为。

丹尼尔走遍了智利的很多地方,在来奇洛埃之前,他去阿塔卡马的沙漠看过那里宛如月球景致一般的盐碱地和冒着柱状烟雾的沸腾热泉,他还去过圣地亚哥和其他城市,不过觉得意思不大,此外他还去过林区,看过那里烟雾弥漫的火山和祖母绿色的湖泊,接下来他打算去巴塔哥尼亚和火地岛看峡湾和冰川。

马努艾尔和布兰卡去镇子上买东西了,可他们回来得太快,打断了我和丹尼尔的独处。丹尼尔给他们留下了很好的印象,让我高兴的是,布兰卡邀请他在她家小住几天。她说所有来奇洛埃的人都得尝尝这里的古兰多,周四我们岛上就会有一次古兰多宴,这是本旅游季的最后一次,也是全奇洛埃岛最好吃的,一定不能错过。丹尼尔没有摆架子,他已经习惯了智利人热情好客,因为他们愿意为面前任何一个迷失了方向的外地人敞开自家大门。我认为丹尼尔是为了我才同意留下的,可马努艾尔让我别太自负,他说除非丹尼尔是个傻子,否则才不会拒绝免费的住宿和食物。

我们坐上卡维亚号出发了,海面平静,微风拂面,到达时也正是好时候,能看到水面上的黑颈天鹅,它们就像威尼斯的平底船一样纤细优雅。"这些天鹅游起来很稳。"布兰卡说,她说起话来跟奇洛埃人一个腔调。在黄昏时分,景色看起来格外优美;我生活在这样一个天堂,还能将它展现给丹尼尔看,我真为之骄傲。我大张双臂,把整个地平面都拥入怀中。"欢迎来到玛娅·维达尔的小岛,朋友。"马努艾尔说,我看到他一边说一边冲我挤了挤眼,在私底下,他怎么嘲笑我都行,但如果他想当着丹尼尔的面这么干,他会后悔的。丹尼尔和布兰卡一走开,我就让他明白了这一点。

我们来到布兰卡家,她和马努艾尔马上开始做饭。丹尼尔请求借用浴室冲个澡,洗几件衣服,他确实需要清洗一番。趁他洗澡的时候,我跑回家去找几瓶米亚罗沃以前送给马努艾尔的好葡萄酒。我十一分钟就跑到了,这简直是世界纪录,我的脚后跟仿佛插上了翅膀。我洗了把脸,化上眼妆,第一次换上我的连衣裙,然后把酒放进包里,穿上凉鞋跑回去,法克拖着瘸腿,伸长舌头,跟在我的身后跑去。我一共花了四十分钟,回去时马努艾尔和布兰卡已经做好了沙拉和海鲜面,在加州人们把这叫作"tuti-mare",不过这里的人称之为剩菜面,因为是用前一天剩下来的菜做成的。马努艾尔看到我时,吹了声口哨表示赞扬,他只见过我穿裤子的样子,可能认为我是个不讲究的人。这条裙子是我在卡斯特罗市的一个二手服装店买的,几乎是全新的,而且没有过时。

丹尼尔从浴室里走了出来,他刚刚剃过胡子,身上的皮肤就像打磨过的木头一样散发着光泽,他太帅了,我得努力控制住自己不盯着他看。这个季节已经有些冷了,我们披上斗篷,到露台上去吃饭。丹尼尔非常感激我们的热情招待,他说他带的钱很少,已经旅游了好几个月,睡过不少很不舒服的地方,还在野外露宿过。他对饭桌大加赞赏,对美味的饭菜,智利的葡萄酒和水、天、天鹅和谐共处的景色给予高度评价。我们静悄悄地看着姿态优雅的天鹅在紫色丝绸般的海面上缓慢舞动着。又一群天鹅从西面飞了过来,它们宽大的翅膀遮去了天边最后一丝昏黄的光,随即远去。这种鸟外表端庄,内心狂野,它们为在水上游行而生。在陆地上它们就像一群胖鸭子,可在空中翱翔时,它们会呈现出最美的样子。

他们三人喝完了米亚罗沃的两瓶葡萄酒,我喝的是柠檬水,我不需要喝酒,他们的陪伴就已经让我微醺。甜点是烤苹果和牛奶做的点心,吃完后,丹尼尔非常自然地问我们想不想跟他一起抽点大麻。我打了个寒噤,老人通常不会喜欢这个提议,可他们同意了,而且让我吃惊的是,布兰卡还去找了个烟斗过来。"这事你在学校一个字也不能透露,小美国佬。"她以同谋的语气说道,她跟马努艾尔时不时也会抽一点。原来在岛上有好几户人家种大麻,而且质量上佳;最好的当属高祖母露辛达夫人种的了,这半个世纪以来,她种的大麻都会被卖到奇洛埃的各个角落。"露辛达夫人唱歌给植物听,她说得要像种土豆一样,温柔地对待植物,这样才会长得更好。可能真的是这样,她种出来的东西比别人的都要好。"布兰卡告诉我们。我是个迷糊的人,露辛达夫人的院子我去过不下百次,每次都是去帮她纺羊毛,可我从没注意过那里的植物。不管怎么说,布兰卡和马努艾尔这两个老顽固互相递烟斗这一幕真是让人难以置信。我也抽了几口,我知道自己不会上瘾,可我不敢喝酒。现在还不行,或许永远都不行。

我无须向马努艾尔和布兰卡坦白丹尼尔给我造成的冲击;他们已经习惯了我逃难者的装扮,所以一看到我穿上连衣裙,化了妆,他们就已经猜到了。布兰卡生性浪漫,她知道时间不多,会给我们制造机会。可马努艾尔就像一个虚弱多病的老人一样固执。

"玛娅,在爱得如痴如醉之前,你最好先调查清楚这个年轻人是不是跟你一样坠入了爱河,还有他是否打算继续旅途,会不会把你一个人抛下?"他建议道。

"这么谨小慎微,怎么恋爱。马努艾尔,你不会是吃醋了吧?"

"恰恰相反,玛娅,我满怀期望。或许丹尼尔会把你带到西雅图去;躲在那里,美国联邦调查局和黑社会肯定找不到你。"

"你要赶我走!"

"不,姑娘,我怎么会赶你走呢,你就是我悲惨的晚年生活中的一束光。"他的讽刺口吻简直要把我气炸,"我只是担心你在爱情里栽跟头。丹尼尔向你暗示过他的感情吗?"

"还没有,可他会的。"

"你好像很有把握。"

"这样的一见钟情不可能是单方面的,马努艾尔。"

"当然不是,这是两个灵魂的碰撞……"

"没错,可你从没体验过,所以你会嘲笑我。"

"你不知道,就别乱说,玛娅。"

"你才不知道就乱说!"

自从来到奇洛埃后,丹尼尔是我见到的第一个跟我岁数相近的美国人,也是我记得的唯一一个有意思的美国男孩;中学里那些乳臭未干的小子,俄勒冈的那些神经机能病患者,还有拉斯维加斯的瘾君子们都差远了。我们不是同龄,他比我大八岁,可我已经多活了一个世纪,在心理成熟和处世经历方面,我能做他的老师。从一开始,我在他面前就很放松;我们在书籍、电影和音乐方面都有相近的品位,我们的笑点相同,我们两人讲了一百多个傻笑话:一半是他在大学里听来的,另一半是我在俄勒冈学校里学到的。在其他方面,我们很不一样。

丹尼尔出生一周后就被一对白人夫妇领养,他的养父母家境殷实,是自由主义者,受过良好的教育,是在名为"正常"的这把大雨伞下受到庇护的那一类人。丹尼尔读书时成绩凑合,热爱运动,他过着井然有序的生活,从没遭过什么罪,计划起将来时有份盲目的自信。他身体健康,对自己充满信心,为人友好,态度放松;要不是有一个好奇的灵魂,他简直就令人恼火。他带着学习的愿望来旅行,这一点使得他不仅仅是一个游客。他下定决心,要走养父的路,所以他学医,去年中旬在精神科完成了住院医师的实习工作,等回到西雅图,就会去他父亲的康复治疗诊所上班。真是讽刺,我原本可能是他的一个病人。

丹尼尔一点也不需要装腔作势,他自然而然地洋溢着幸福感,就像猫一样,这让我羡慕。在他这次拉丁美洲朝圣之旅中,他跟各种各样的人相处过:阿卡普尔科①的有钱人、加勒比海的渔民、亚马孙河流域的木匠、玻利维亚的古柯种植者、秘鲁的印第安人,当然也不乏帮派混混、皮条客、毒贩、罪犯、警察和腐败的军人。他经历了不少事,可这些并不影响他单纯的品性。而我的一切经历都在我身上留下了伤疤、挠痕或是瘀青。这个男人的生活很平顺,希望这一点不要成为我们之间的问题。他在布兰卡阿姨家睡了一晚,讲究的布兰卡给他准备了羽绒枕和麻质床单,第二天他就来到了我们家,因为布兰卡找了一个借口到卡斯特罗市去,让我来照顾客人。丹尼尔把他的睡袋铺在客厅一角,跟猫睡在一起。每天晚上,我们很晚才吃晚餐,接着去按摩浴桶泡澡,聊天,他给我讲述他的生活和旅途,我教他看南面的星座,介绍伯克利和我的祖母,还会提起俄勒冈的学校,不过我暂时还不想告诉他我在拉斯维加斯的故事。在建立起信任感之前,我不能说起那里的事情,他会吓坏的。我感觉去年的自己迅速地

---

① 阿卡普尔科,墨西哥著名的海滨旅游城市之一,太平洋沿岸重要的冬春度假胜地。

坠入一个阴暗的世界。当我就像一个种子或是块茎一样待在地底下的时候,另一个玛娅·维达尔奋力挣扎长出;我身上长出细丝,寻找水分,接着是手指粗细的根,寻找食物,最后长出坚韧的茎和叶子,寻找阳光。现在我应该开花了,所以才能感觉到爱情。在这里,世界的南面,雨水让一切都变得肥沃起来。

布兰卡阿姨回到了岛上,不过尽管她家有麻质床单,丹尼尔也没有提出要跟她回家,他依然待在我们家。这是个好兆头。我们白天几乎都在一起,因为我暂停了工作。在丹尼尔停留在岛上的这段时间,布兰卡和马努艾尔允许我不去上班。我们讨论了很多东西,不过我还没找到机会向他吐露心声。他比我要谨慎得多。他问我为什么在奇洛埃,我告诉他我在帮马努艾尔干活,同时也在了解这个国家,因为我的家人就来自智利,这只是事实的一部分。我带他去过镇上,用摄像机拍摄了墓园、湖上桩屋,还有我们这满是尘土的可怜的博物馆,里面存放了寥寥几样陈旧的器具,还有几幅画着被遗忘的显贵人物的油画,他还以镜头记录下一百零九岁的高龄、依然在卖羊毛、种土豆和大麻的露辛达夫人,在死人酒馆打特鲁克牌的诗人们,奥雷里奥·尼昂古佩尔还有他的海盗和摩门教徒的故事。

马努艾尔·阿里亚斯很高兴,因为丹尼尔是一个专心的客人,他的故事能让丹尼尔满怀敬意,而且他还不会像我一样批评他。他们俩聊天的时候,我就一边看有关巫师和魔鬼的神话传说,一边计算损失的时间;如果我跟丹尼尔独处的话,这些时间原本可以发挥更好的功效。再过几个礼拜,他就要结束他的旅行,可他还没去过美洲大陆最南面,也没去过巴西。把他宝贵的时间浪费在马努艾尔身上真是可惜。我们有过亲密独处的机会,可在我看来太少,他牵过我的手,却只是为了跳过一块礁石。我们很难得独处,因为镇上的女人们一直在监视着我们,而且无论到哪儿,小胡安·克拉雷斯、佩德罗·佩兰楚伽和法克都跟在我们后面。老奶奶们猜到我对丹尼尔的感情,我相信她们都松了口气,因为就我和马努艾尔的关系流传着荒谬的流言。虽说我们的岁数相差足足有半个世纪之多,人们还是觉得我们住在一起这件事情很可疑。爱杜维赫斯·克拉雷斯串通了其他几个女人,想要撮合我和丹尼尔,可她们不该这么明目张胆,不然会把这个来自西雅图的年轻人给吓跑的。马努艾尔和布兰卡也在秘密谋划着什么。

昨天举行了布兰卡说的那场古兰多宴,丹尼尔用摄像机将其完整记录下来。镇上的人对游客很客气,因为他们买手工艺品,旅行社则为古兰多宴买单,可游客一走,大家都松了口气。一群陌生人在他们家里四处张望,还给他们拍照,仿佛他们才是外地人似的,这点让人很不舒服。不过丹尼尔不一样,他是马努艾尔的客人,大家因此向他敞开大门,而且他跟我在一起,这也就更方便他随意拍摄,就连进村民家拍也行。

这次来的游客大部分都处于第三年龄阶段,他们从圣地亚哥过来,已经退休,满头银发,虽说在沙子里行走有些困难,可他们一路都兴高采烈的。在烹制古兰多的过程中,他们弹起带来的吉他,放声歌唱,还畅饮皮斯科酸鸡尾酒;大家都松弛下来。丹尼尔拿起吉他,唱起墨西哥的博莱罗舞曲和秘鲁的华尔兹曲来活跃气氛,这些是他在这一路的路途上学到的;他的声音并不出色,不过好在不走调,而且他类似贝都因人[①]的外貌吸引了游客。

在吃完海鲜之后,我们喝起陶土罐子里的海鲜汤,在烹饪的过程中,汤是最先倒入锅中,放到滚烫的石头上的,所以才会如此醇美。

---

① 贝都因人,阿拉伯地区古老的游牧民族。

汤里浓缩了陆地上和海洋里的各种鲜美滋味,令人难以描述它的味道。它喝起来让人沉醉,没有任何东西能与之相比;这汤就像一股滚烫的溪流,游走在血脉里,心脏都为之雀跃。人们经常拿它的催情功效开玩笑,圣地亚哥来的这帮上了年纪的游客们将它跟威尔刚做比较,说得笑弯了腰。这可能是真的,因为我人生第一次感觉到一种无法摆脱的强烈欲望,我想要做爱,而且欲望的对象非常明确,就是丹尼尔。

我近距离观察过他,并研究过他以为是友谊的这段关系,我知道它有另外一个名字。他只是一个过客,很快就要离开,他不想被束缚,或许我再也见不到他,可我无法承受这个念头,决定将之抛诸脑后。马努艾尔开玩笑说,爱情真有可能让人丧命。这是真的,我的胸口仿佛压着块大石头,如果近期内得不到释放,我会爆炸的。布兰卡建议我采取主动,她自己却不敢在马努艾尔面前这么干。我没有勇气这么做。这太荒唐了,以我的年纪和我经历过的事情来说,我完全能够承受得了被拒绝的事实。我能吗?如果丹尼尔拒绝了我,我会一头跳进满是食人三文鱼的海里。他们说我一点儿也不难看。可为什么丹尼尔不吻我呢?

这个我刚认识的男人的气息是有毒的,我在这个字眼的使用上非常谨慎,因为我非常清楚地了解它的含义,可我找不到其他词来描绘那种感官的兴奋和对他类似上瘾的依赖。现在我终于明白,为什么歌剧和文学作品中的情人在被迫分离时都会自杀,或是郁郁而终。悲剧自有其庄重伟大之处,因此它才能激发灵感,可不管悲剧怎样不朽,我也不想要悲剧,我只想要安安宁宁、谨慎低调的幸福,这样才不会让天上那群爱复仇的神灵们嫉妒。我在说什么蠢话呢!这番设想一点依据也没有,丹尼尔对我就像对布兰卡一样亲切,可布兰卡都能做他妈妈了。可能我不是他喜欢的类型。或者他会是同性恋吗？

我告诉丹尼尔，布兰卡在七十年代是选美冠军，还有人认为她激发了巴勃罗·聂鲁达①的灵感，使得他创造出二十首情诗中的一首。不过他诗歌发表的时间是在1924年，那时布兰卡还没出生呢。人们总是爱瞎想。布兰卡很少提起她的癌症，不过我相信她是为了治愈疾病和排解离婚带来的郁闷心情才来到这个岛上。这里的人谈得最多的话就是疾病，不过我很幸运，因为我遇到了布兰卡·施内克和马努艾尔·阿里亚斯，这两个智利人冷静坚强，从不提这一话题，对他们来说，生活很艰辛，抱怨只会把一切弄得更糟。他们曾经是对方的挚友，除了他心里藏着的那些秘密和她对独裁的矛盾心理，他们对很多东西的看法都一致。他们一起玩乐，分享书籍，一起做饭，有时我会看到他们静悄悄地坐在窗前，看着窗外经过的天鹅。

"布兰卡看着马努艾尔的时候，眼睛里闪烁着爱意。"丹尼尔跟我说，原来我不是唯一一个留意到这点的人。这个晚上，在往炉子里添了几根柴火、关上百叶窗后，我们就上床休息了，他在客厅的睡袋里，我则在自己的房间。夜已经深了。我蜷缩在床上，身上盖了三条毛毯，怎么也睡不着，爱杜维赫斯说蝙蝠会勾在人的头发上，我有些害怕，所以还戴了顶胆汁绿色的帽子。我能听到屋里木板的叹息，燃烧着的柴火的噼啪声，我窗前大树上猫头鹰的叫声，旁边屋里脑袋一沾枕头就睡着了的马努艾尔的呼吸声，还有法克轻微的鼾声。我想到在这近二十年的人生中，我还只有在看着丹尼尔的时候，眼睛里会闪烁着爱意。

布兰卡坚持让丹尼尔在奇洛埃再待一周，他能利用这段时间参

---

① 巴勃罗·聂鲁达（1904—1973），智利当代著名诗人，1971年获诺贝尔文学奖。他的早期诗集《二十首情诗和一首绝望的歌》被认为是他最著名的作品之一。

观远处的村庄,走走林间小径,还能去看火山。接下来他能乘坐她父亲的一个朋友的私人飞机去巴塔哥尼亚,她父亲的这位朋友是个百万富翁,买下了奇洛埃三分之一的土地,想要在十二月的大选中参选国家总统。可我只想让丹尼尔留在我身边,他已经走过够多的地方了。他不需要去巴塔哥尼亚或是巴西,他可以在六月份直接回西雅图。

在这个岛上,只要待上几天,大家就互相认识了,现在所有人都知道谁是丹尼尔·古德里奇。镇上的邻居们对他特别亲热,因为他们觉得他很有异国情调,欣赏他能说西班牙语,还把他当作我的恋人(要真是就好了!)。他在阿苏塞纳·克拉雷斯那件事中的表现也给大家留下了深刻印象。

那天我们乘皮艇去品克雅的洞穴,由于是五月底,我们穿得很厚实,完全想不到回来时有什么在等着我们。天空晴朗,海面平静,气温很低。我选了一条跟游客不同的航线,礁石很多,较为危险,可我喜欢这条航线,因为能在近处看到很多海豹。这是我精神上的一种修行,没有其他更好的字眼来描绘我看到品克雅那硬挺的胡子时感觉到的那种玄妙的恍惚情绪——品克雅是我给浑身湿漉漉的母海豹朋友取的名字。在礁石间有一头很危险的公海豹,我得远远避开,还有八到十头母海豹,它们带着幼崽晒太阳,或是跟水獭一起在水里嬉戏。第一次过来时,我坐在皮艇上,不敢太过靠近,一动不动地看着附近的水獭,过了不久,就有一头母海豹游到我身边转悠。这些动物在陆地上非常笨拙,可在水里却姿态优雅,动作迅速。它就像一只电鳐一样钻到我皮艇的下面,接着又出现在海面,它长着海盗般的胡子,黑色的眼睛里满是好奇。它用鼻子顶了顶我脆弱的皮艇,仿佛知道只要轻轻吹一口气,就能让我坠入海底,可它完全是一副淘气的样子。我们逐渐熟悉了彼此。我开始经常去看它,很快,它只要一看到皮艇,就会游过来找我。品克雅喜欢用它扫把一样的胡子在我光裸的胳膊上磨蹭。

跟这只海豹一起度过的时光是神圣的,我对它的爱就像百科全书一样广袤无垠,我甚至有个疯狂的念头,想要跳到水里跟它一起嬉闹。向丹尼尔证明我爱他的最佳途径就是带他到这里来。品克雅正在晒太阳,一看到我,它就跳进海里,游过来跟我打招呼,可在离我们还有一段距离时,它停下来仔细打量着丹尼尔,最后它游回礁石边,因为我带了个陌生人过来,它生气了。接下来我得花不少时间来重新赢得它的信任。

我们在一点左右回到了镇上,小胡安和佩德罗在码头焦急地等待着我们。他们带来消息,说阿苏塞纳在马努艾尔家打扫卫生的时候突然大出血。马努艾尔发现她倒在一摊血里,赶紧用手机打电话报警,警察开吉普车过去接她。小胡安说现在阿苏塞纳正在警察所里等救生艇。

警察把阿苏塞纳安置在女性监狱里的单人床上,由于没有更有效的治疗方法,乌米尔德·卡莱只能用毛巾沾水,给她敷额头,与此同时,劳棱西奥·卡尔卡莫给达尔卡威艾市①的警察局打电话,请求指示。丹尼尔·古德里奇说明自己是医生,他让我们离开监狱,并开始对阿苏塞纳进行身体检查。十分钟后,他过来告诉我们,这个孩子有了五个月左右的身孕。"可她才十三岁!"我叫道。我不明白,怎么没有人发现她怀孕了,爱杜维赫斯、布兰卡和护士都没察觉到;她只是看起来身形较胖而已。

这时,救生艇来了,警察允许我和丹尼尔陪伴被吓得大哭的阿苏

---

① 达尔卡威艾市,奇洛埃城镇。

塞纳过去。我们陪她来到卡斯特罗市医院的急诊处，我在走廊里等待，丹尼尔的医生头衔发挥了作用，他跟着病床进了病房。当天晚上，阿苏塞纳接受了手术，她的孩子已经死了，医生得把孩子拿掉。接下来会有人进行调查，看是不是人工流产所致。在类似阿苏塞纳的这种情况中，这种调查是法律规定的步骤。这个调查似乎比弄清楚一个十三岁的女孩为什么会怀孕更重要，布兰卡·施内克愤怒地提出了这一质问，她说得非常有道理。

阿苏塞纳·克拉雷斯拒绝透露孩子是谁的，岛上有流言称让她怀孕的是特劳科。这是神话中的人物，是个身高仅有一巴拉①长的侏儒，他的武器是一把刀，生活在树丛间，保护树林。他的目光能够扭断一个男人的脊柱，他四处追寻处女，让她们怀上他的孩子。肯定是特劳科干的，人们说，因为有人在克拉雷斯一家的屋子附近看到了黄色的粪便。

爱杜维赫斯的反应很奇怪，她不愿意去看望女儿，也不想知道事情的细节。酗酒、家庭暴力和乱伦是奇洛埃岛的诅咒，特别是在偏远的地区，马努艾尔说，特劳科的传说被编造出来，就是为了遮掩很多女孩被父亲或兄弟强暴而怀孕的事实。我才知道小胡安不仅仅是卡梅洛·克拉雷斯的外孙，还是他的儿子。小胡安的妈妈，也就是住在克永港的那个姑娘，她也曾经被她的父亲卡梅洛强暴，十五岁就生下了孩子。爱杜维赫斯把他当成自己的孩子养大，可村里人都知道真相。我不知道一个身体虚弱的残疾人怎么能够强暴阿苏塞纳，事情一定是在他被截肢之前发生的。

昨天丹尼尔走了！2009年5月29日将是我记忆中第二悲惨的

---

① 一巴拉长约为83.8厘米。

一天,仅次于我波波祖父去世的那天。我要把"2009"文在我的另一个手腕上,永远不忘记这个年份。我一连哭了两天,马努艾尔说我会脱水的,他从没见过这么多泪水,没有任何男人值得我这么折磨自己,再说他只是回西雅图,又不是去战场。他知道什么!分居两地是很危险的。在西雅图有上百万比我更漂亮、经历没我复杂的姑娘。我干吗要把我的过去详细告诉他呢?他现在有时间仔细分析,甚至能跟他爸爸就其进行讨论,谁知道这两个精神病医生会得出什么结论,他们会认为我是个神经质的吸毒女人。丹尼尔离我这么远,他的热情会逐渐退却,得出我们不合适的结论。为什么我没跟他一起走呢!好吧,他也没要求我跟他一起走,这是事实……

冬　天
六月、七月、八月

　　如果在几周前有人问我这辈子什么时候最幸福,我会回答说我最幸福的时期已经过去,那是在我童年时期,跟祖父母一起生活在伯克利充满魔力的大宅子里的时候。可现在我会说,我最幸福的时期是五月底跟丹尼尔度过的那段日子,如果没有什么意外的话,很快我能再度拥有这种幸福。我们在一起九天,其中有三天是我们两人独处的日子,我们就待在这个用柏树建成的屋子里。在这神奇的几天里,仿佛有一扇门向我隐约打开,让我窥探到了爱情的面貌,它的光芒让我几乎无法承受。我的波波祖父说过,爱情能让人变得更好。不管我们爱上了谁,也不管是否得到回应,关系是否持久,只要爱过,就会让我们发生变化。

　　我试着来描述我生命中仅有的几天恋爱时光。马努艾尔·阿里亚斯去了圣地亚哥,他的行程比较仓促,只去三天,他说是为了处理跟他的书相关的事情,可布兰卡说他是去看医生了,因为要控制他脑里的那个肿瘤泡泡。我则认为,他是为了让我跟丹尼尔单独相处才走的。我们过起了二人世界,因为在阿苏塞纳怀孕的那次丑闻之后,爱杜维赫斯再也没来打扫卫生。阿苏塞纳还在卡斯特罗市的医院里,她出现了感染症状,目前正在恢复中。布兰卡不让小胡安和佩德罗·佩兰楚伽过来打扰我们。正值五月末,白天变短,夜晚冷且长,正是亲密交心的好时候。

马努艾尔中午离开,他让我们趁番茄没有烂,把它们都做成酱。番茄,番茄,无数的番茄。秋天的番茄,真是闻所未闻。布兰卡的花园里结了大量的番茄,她送了我们很多,我们都不知道该拿这些番茄怎么办才好:番茄汁、番茄面、干番茄、番茄罐头。番茄酱是一种极端的处理方法,我不知道谁会喜欢。我跟丹尼尔一起处理了很多公斤的番茄,去皮,切开,去籽,称好重量,放进锅里;这些步骤花了我们两个多小时,不过这段时间并不是白费,因为在处理番茄的过程中,我们心情放松地说了不少话。我们给每公斤番茄果肉放一公斤糖,再加一点柠檬汁,然后上火煮,同时要一边搅动,大约过个二十分钟,汤汁变稠,这时得马上把果酱装进洗干净的瓶子里。接着再把装满果酱的瓶子在沸水里煮上半个小时,等到瓶子密封好后,就能用它们来交换其他东西了,例如莉莉安娜·特雷维诺的榅桲酱和露辛达夫人的羊毛。我们处理完的时候,厨房里已经暗了下来,屋里弥漫着诱人的甜味和柴火的味道。

我们准备了面包、奶酪、堂里奥内尔·施内克寄过来的香肠和马努艾尔做的熏鱼,把这些食物放到盘子里,然后端到窗前,一边吃一边看窗外的夜色。丹尼尔开了一瓶红酒,倒了一杯,当他准备倒第二杯的时候,我打断了他的动作,是时候告诉他我为什么不喝酒了,他可以自己喝,不用担心我。我大致告诉他我曾经对什么上过瘾,不过没有提起去年的糟糕生活,我还告诉他,在难过的时候,我并不想以酒浇愁,可在欢庆时刻,例如此刻坐在窗前,我就很想喝上一口,不过我们还是可以碰杯的,只不过他的杯子里是葡萄酒,而我的里面则是苹果汁。

我相信这辈子我都得远离酒精了;比起毒品,酒精更加难以抗拒,因为它是合法的,而且触手可及。如果喝了一杯,我的意志就会松懈，难以抗拒第二杯，接下来再喝几口，就会坠入无尽深渊。我告诉丹尼尔，我很幸运，因为在拉斯维加斯的六个月里，我对毒品酒精的依赖性还不高。而现在当诱惑出现的时候，我会想起迈克·欧克利的话——他曾经酗酒，后来戒断，所以对这方面颇为了解，他说上瘾就像是怀孕，只有是或不是，没有两者之间的可能性。

终于，在一番迂回曲折后，丹尼尔吻了我，一开始他的动作很轻柔，点到即止，后来才笃定地将他丰厚的嘴唇盖在我的唇上，把舌头伸到我的嘴里。我感觉到他嘴里淡淡的葡萄酒味，坚定的嘴唇，近在咫尺的甜蜜气息，他身上的羊毛和番茄味，他呼吸的声音和他放在我后颈上的温暖的手。他往后退了些，用询问的目光看着我，这时我才发现我浑身僵硬，胳膊紧贴身侧，眼睛瞪得老大。"对不起。"他说，同时又往后退了些。"不！需要道歉的是我！"我叫道，我的语气太强烈，把他吓到了。我要怎么跟他解释才能让他明白这事实上是我的初吻，我之前的经历都跟爱情毫无关系，在这一周里我都在幻想这个吻，现在它迟迟降临，我反而有些惶恐不安，之前我非常担心他永远都不会吻我，所以这一刻我简直就要落下泪来。我不知道要怎么跟他解释这一切，最迅速的方式就是捧起他的头，像即将生离死别一样吻他。接下来要做的事就是抛下过去的波折，在陌生的海域扬帆起锚，尽情遨游。

在结束一个吻，开始另一个之前，我向他坦白自己曾有过性经历，可事实上我从没做过爱。"你之前有没有设想过在这世界尽头会有这番经历？"他问我。"我刚来的时候，把奇洛埃定义为世界的屁股，丹尼尔，可现在我才知道，这里是银河系的眼睛。"我说。

马努艾尔的旧沙发不是适合做爱的场所，沙发的弹簧都露了出来，而且上面落满了蠢蛋猫的棕褐色毛以及文学家橙色的毛，我们只好从我的房间拿出毛毯,在炉子旁边筑了个小窝。"如果我以前就知道你的存在,丹尼尔,我就会好好听祖母的话,更好地照顾好自己。"我说。我打算要把以前犯的错都告诉他,可下一刻我就忘了。在这春情泛滥的时候,这些又算得了什么呢。我粗暴地把他的毛衣和长袖T恤给拽了下来,接着我开始对付他的皮带和牛仔裤拉链——男人的衣服可真麻烦!可他拉着我的手,又给了我一个吻。"我们有三天的时间,不要着急。"他说。我抚摸着他赤裸的后背、他的胳膊、他的肩膀,在这具身体陌生的地势上逡巡,探索着他的峡谷和山峰,同时欣赏着他如非洲人一般古铜色的光滑肌肤,他修长的骨骼,他高贵的头型,并亲吻着他下巴上的凹槽,像蛮人一样的颧骨,有些耷拉着的眼睑,可爱的耳朵,他的喉结,长长的一排胸骨,还有小小的、呈深紫色、如越橘一样的乳头。我又开始跟他的皮带做斗争,这时丹尼尔再一次打断我,他说他想看看我。

他开始脱我的衣服,这过程漫长得好像永远都结束不了似的:马努艾尔的旧羊绒背心,一件冬天穿的法兰绒衣服,里面还有一件薄点的,衣服的颜色已经褪得差不多了,上面印的奥巴马图案已经变成了一团模糊的墨迹,再往里就是纯棉胸罩,胸罩有一根肩带是用大头针别住的,接着是跟布兰卡一起在二手服装店买的裤子,裤腿有些短,不过非常保暖,然后是厚实的袜子,最后是我祖母在伯克利给我塞在书包里的学生样式的白内裤。丹尼尔让我仰面躺倒在这个小窝里,奇洛埃毛毯粗糙的质地有些扎人,在平时这感觉让人无法忍受,可此刻却很有情趣。他用舌尖舔我,就像在舔糖果一样,舔到有些地方时,我会觉得痒痒,他唤醒了我身体里某种沉睡的动物,过程中他还不忘评论我跟他的肤色差异,他的肤色很深,我的则是斯堪的纳维亚人特有的白皙,在太阳照射不到的身体部位,皮肤更是像死人的一样苍白。

我闭上眼睛,沉浸在快感之中。我扭动着身体,想要迎合他郑重而技巧丰富的手指,它们仿佛把我当作一把小提琴,温柔地触碰着我。快感逐渐蔓延开来,直到我猛地到达了高潮,它漫长缓慢且持久,我的叫声让法克警觉起来,它低声叫着,露出了尖牙。"没事,法克。"我蜷缩到丹尼尔的怀里,感觉到他温暖的身体,闻着我们俩身上的麝香味,我幸福得直哼哼。"现在轮到我了。"在休息了好一会儿之后,最后我向他宣布,这时他才允许我脱下他的衣服,做我真正想做的事。

我们在家里窝着,度过了难忘的三天,这是马努艾尔送给我的礼物;我欠这个食人老头的越来越多,简直让人心慌。我们还没有彻底交心,爱得还不够深。我们得学习如何安置自己的身体,冷静地寻找取悦对方和在睡觉时不吵到对方的方式。他在这方面没什么经验,可这些对我来说都是非常自然的事情,因为我是在祖父母的床上睡大的。我睡在别人身边时,不需要数羊、天鹅或是海豚,如果对方身材高大,有温暖的体温,散发着香味,还打着小呼噜时,我更是安心,因为这样我就知道他还活着。我的床很窄,去马努艾尔的床上睡又不礼貌,所以我们把毛毯和枕头堆在火炉旁的地上。我们做饭,谈天,做爱;我们看着窗外,把身子探出去欣赏外面的礁石,听音乐,做爱;我们在按摩浴桶里泡澡,添柴火,看马努艾尔的那些有关于奇洛埃的书,然后继续做爱。外面下着雨,让人没有出门的念头,奇洛埃忧郁的云朵最适合酝酿浪漫的氛围。

借着这唯一一个能跟丹尼尔独处并不受他人干扰的机会,我在他的引导下,接受了一个迷人的任务,那就是研究感官的多种可能,单纯地享受抚摸的乐趣,肌肤磨蹭肌肤的快感。一具男人的身体能让人赏玩好些年,需要以不同的方式来对待各个部位,还有一些地方无须碰触,气息吹拂便能刺激到它们;每一节脊椎都有自己的故事,女人可能会迷恋男人宽阔的肩膀和胳膊上坚实的肌肉,因为前者能挑起重担,承担苦难,后者则可以支撑起整个世界。在皮肤的下面,隐藏着看不见的欲望和痛苦,还有哪怕在显微镜下也看不清的印记。应该有一本专门指导亲吻的教材,啄木鸟的吻,鱼类的吻,各种各样的吻。舌头就像一条大胆且冒失的蛇,我所指的可不是语言①。心脏和阴茎是我最喜欢的部位:它们桀骜不驯,意图清晰可见,诚实且脆弱,得要珍惜它们。

我终于把我的秘密告诉了丹尼尔。我跟他说起罗伊·菲志维克、布兰登·黎曼还有杀死他的那些人,我告诉他我从事过毒品交易,曾经失去一切,沦为乞丐。我还跟他讲述了这个世界对于女人来说可以有多危险,在穿过无人的马路时,如果有一个或是一群男人迎面走来,要如何避开他们,当心背后,眼观四路,变成一个隐形人。在拉斯维加斯的最后一段时间里,我已经失去了一切,只能打扮成男孩来保护自己;幸好我个子很高,跟一块木板一样干瘪,我的头发很短,还穿着救世军商店里买来的男人服装。就这样,我躲过了不少劫难。街头是个无情的地方。

我告诉他我曾经目睹的强奸场景,以前我只跟迈克·欧克利提过这件事,因为他什么都能受得了。第一次是一个恶心的醉汉,在身上破破烂烂的衣物遮盖下,他看起来很魁梧,又或者他骨瘦如柴。在光天化日之下,他在一个满是垃圾的死胡同里抓住一个女孩。一个饭店的厨房正对着这个胡同,我不是唯一一个去垃圾桶里扒拉、跟野猫抢夺残羹剩渣的人。那里还有很多老鼠,可以听到老鼠的声响,可我从来没看到过。女孩很年轻,有毒瘾,她饥肠辘辘,满身脏污,被抓住的人原本有可能就是我。男人从背后抓着她,把她推倒,她趴在满

---

① 西班牙语中,舌头和语言是同一个单词 lengua。

是垃圾和臭水的路面上,他用一把匕首划烂了她的裤子一侧。我躲在垃圾桶间,离他们不足三米远,完全出于机缘巧合,我才躲过了正在尖叫的女孩的命运。女孩没有自卫。两三分钟后,他就完事了,把一身褴褛拉扯好后,他就一边咳嗽,一边扬长而去。在那几分钟的时间里,我原本可以捡起一个被扔在巷子地上的瓶子,敲在他的后颈上,把他打晕,这是件很简单的事情。这个念头闪现过,可立马就被我打消了:这他妈可不是我的麻烦。在强奸犯离开后,我也没有走过去帮助那个躺在地上一动不动的女孩,我从她身边经过,看也没看她便匆匆离开。

第二次是两个年轻男子,他们可能是毒贩或帮派分子,受害者是一个憔悴病弱的女人,我之前在街头见过她。我也没有出手相助。他们笑着,嘲弄着她,把她拖到天桥下面,女子愤怒而徒劳地挣扎着。她猛地看到了我。我们的眼神交错,那一瞬间仿佛永恒,我永远难忘,接着我转过身,拔腿狂奔而去。

在拉斯维加斯的那几个月里,我一点都不缺钱,可我没攒够足够的钱来买一张回加州的机票。这时想着给妮妮祖母打电话已经太晚了。我的这场夏季冒险已经变成了一场灾难,我不能把无辜的祖母牵扯到布兰登·黎曼的罪行中。

在蒸完桑拿之后,我披着浴袍去健身房的泳池,我要了一杯柠檬水,然后掏出我随身携带的小酒瓶,从里面倒了些伏特加出来,接着我吞了两片镇静剂,还有一片不知道是什么的药;我服用的药片色彩各异,形状不一,我实在难以辨认。一群智商低下的年轻人跟他们的看护人一起戏水,我在离他们最远的地方挑了张躺椅躺下。如果是平时,我可能会跟他们一起玩一会儿,我见过他们很多次,他们也是我唯一敢结识的对象,因为他们不会威胁到布兰登·黎曼的安全,可我这会儿头疼,需要独处。

药丸带来的平静开始将我淹没,这时我听到广播里传出劳拉·巴伦这一名字,以前从没发生过这样的事。我猜我可能听错了,所以没动,然后广播进行了第二次呼叫,我来到内线电话前,拨打服务台的号码,他们告诉我有人有急事,正在找我。我光着脚,裹着浴袍来到大厅,我看到了弗莱迪,他很紧张。他抓起我的一只手,把我带到一个角落,前言不搭后语地告诉我乔伊·马丁和奇诺把布兰登·黎曼给杀了。

"他们对他进行扫射,劳拉!"

"你在说什么,弗莱迪!"

"到处都是血和脑浆……你得要逃,他们也会来杀你的!"他一口气说完。

"杀我?为什么?"

"我稍后再跟你解释,我们得赶紧逃,你快点。"

我跑去换衣服,拿好钱,跟弗莱迪会合,他就像一头豹子一样焦虑不安地走来走去,服务台的员工警惕地看着他。我们来到街上,尽量不引起四周人的注意,迅速离开。往前走了两个路口后,我们拦了一辆出租车。为了掩人耳目,我们换了三辆出租车,还买了染发剂和普通市面上度数最高的杜松子酒,然后我们来到拉斯维加斯市郊的一个汽车旅馆。我付了一晚的住宿费,我们俩躲进了一个房间。

在我把头发染成黑色的时候,弗莱迪告诉我乔伊·马丁和奇诺这一整天都在公寓里进进出出,还情绪激动地用手机打电话,他们根本就没留意到弗莱迪。"我早上不舒服,劳拉,你知道我有时候的样子,不过我留意到这对该死的畜生在暗中策划些什么,所以我躺在床上开始注意听他们的动静。他们把我给忘了,也许他们觉得我吸完正嗨着呢。"从他们对电话所说的,还有他们之间的对话,弗莱迪最终推断出他们想干什么。

这两人已经知道布兰登·黎曼付钱让人除掉他们,可出于某种原因,这个人并没有这么做,而是反过来通知他们,让他们劫持布兰登·黎曼,逼他说出把钱藏到哪儿了。乔伊·马丁和奇诺跟往日说话的口吻不一样,所以弗莱迪认为这个神秘的交谈者是一个有权威的人。"我没能通知布兰登。我没有电话,时间也来不及。"弗莱迪低声说。布兰登·黎曼就像是他的亲人,他把弗莱迪从街上捡回来,毫无条件地给他提供了栖身之所、食物和保护,他从来没有试图让他改头换面,重新做人,他接受他的缺点,欣赏他讲的笑话和说唱音乐表演。"有好几次,在我偷他钱的时候正好被他撞见,劳拉,他没有打我,你知道他有什么反应吗?他说只要我问他要钱,他就会给我的。"

乔伊·马丁在这栋楼的车库里等着黎曼,因为黎曼的车会停到这里。奇诺则守在公寓里。弗莱迪躺在床上,装作睡着了,他听到奇诺接了一个电话,电话里的人通知他黎曼快到了。奇诺跑下楼去,弗莱迪尾随其后。

那辆福特讴歌开进了车库,黎曼把车熄火,准备下车,这时他从后视镜里看到那两个男人的身影,他们堵住了他的出路。他一贯的多疑使得他迅速做出反应,他本能地掏出枪,躺倒在地,没有发问就直接开枪。可惜的是,虽然布兰登·黎曼一直重视安全问题,可他不熟悉自己的左轮手枪。弗莱迪从来没见过他像乔伊·马丁和奇诺一样擦拭枪支或是进行射击练习,他们在短短几秒钟的时间里就能拆卸枪支并且重新组装。虽说不论如何,他们都一定会把布兰登·黎曼射成一个马蜂窝,可他朝影子盲目射的那几枪更是加速了自己的死亡。这两个暴徒朝困在墙和车之间的老板射了很多枪,用光了所有的子弹。

弗莱迪看到了屠杀现场,他趁骚动尚未平息,这两个男人还没发现他,赶紧飞奔逃离。

"为什么你觉得他们要来杀我?我跟这件事情一点关系也没有,弗莱迪。"我说。

"他们认为你跟布兰登一起在车上。他们本来想要把你们一起抓住,因为他们说你对账目更加熟悉。你告诉我,你都插手了哪些事,劳拉。"

"什么也没有!我不知道这些家伙想要从我这里打听到什么!"

"乔伊·马丁和奇诺肯定去健身房找过你了,那是你唯一可能待的地方。在我们离开几分钟后,他们肯定就赶到了。"

"我现在该怎么办,弗莱迪?"

"待在这里,直到发生什么事情为止。"

我们打开那瓶杜松子酒,然后躺在床上,你一口我一口地喝了起来,最后死亡一般浓重的醉意袭来。

我醒来时,已经是很多个小时之后,我发现自己在一个陌生的房间,感觉就像是被一头大象踩扁了似的,眼睛还针扎似的疼,我不记得发生了什么。我努力直起身来,跌坐在地板上,然后及时爬到卫生间,抱着马桶大吐一番,吐出的东西就像是下水道里的烂泥。我跪在地垫上直发抖,嘴里弥漫着苦味,肚子里似乎有一只爪子在搅动。在一阵阵的干呕间,我嘟囔着让我去死,我想死。好一会儿之后,我才有力气用水洗洗脸,把嘴巴擦干净,镜子里那个黑头发、脸色像死人一样苍白的陌生女人把我吓了一跳。我没法走到床边,只能躺在地上呻吟着。

过了一段时间,响起了三声敲门声,在我听来就像炮声一样响亮,接着一个带拉美口音的声音说是来打扫房间的。我扶着墙走到门口,把门打开一条缝,让这个女人滚开,并挂上请勿打扰的牌子;接着我再度跪倒在地。我爬到床上,我预感到有某种说不清的可怕危险正在临近。我不记得自己为什么在这个房间里,可我的直觉告诉我,那不是幻觉,也不是噩梦,而是真实发生的可怕的事情,而且跟弗莱迪有关。一个铁圈套在我的太阳穴上,越来越紧,我低声呼唤着弗莱迪。最后我叫累了,只能绝望地到床底下、衣柜里、洗手间里去找他,看他是不是在跟我开玩笑。哪里都找不到他,可我发现他给我留下了一小袋霹雳丸、一个烟管,还有一个打火机。多么简单亲切!

霹雳丸是弗莱迪的天堂和地狱,我每天都看到他吸食,可老板命令我不许碰,所以我从没试过。听话的姑娘。该死的。我的手几乎不听使唤,而且头痛欲裂,眼前发黑,可我还是想办法把霹雳丸塞进玻璃管里,点燃打火机,这真是一项艰巨的任务。药丸呈石蜡色,像一颗颗鹅卵石。我焦躁不安,有些疯狂地等待着它们被点燃。这几秒钟长得没有尽头,管子烫到了我的手指和嘴唇,最后药丸终于裂开来,对着这片能够拯救我的云雾,我深吸了一口气,这气味甜蜜芬芳,就像是加了薄荷的汽油味,于是所有的不适和预感都消失了,我浑身轻快,飘飘欲仙,就像风中的一只小鸟。

我情绪高涨,感觉自己不可战胜,可这只持续了短暂的一瞬,很快我又怦然落地,回到了这个昏暗的房间。我对着玻璃管再吸一口,接着又是一口。弗莱迪在哪里?为什么他不告而别,不做任何解释就把我一个人抛下?我还有点钱,于是我步履蹒跚地去买了一瓶酒,然后回到房间,继续把自己关在屋里。

在酒精和霹雳丸的作用下,我连着飘了两天,我不睡觉,不吃饭,也不洗漱,身上满是吐出来的秽物,因为我来不及去厕所。毒品和酒都消耗完之后,我把包里的东西都掏了出来,然后找到了一小包可卡因,我立马就吸了个干净,接着又找到了一个装了三颗安眠药的小瓶子,我打算分成几次吃。我吃了两颗,可一点作用也没有,所以我把第三颗也给吃了。我不知道自己是睡着了,还是失去了意识,时钟显示的数字没有任何意义。今天是几号?我在哪里?我不知道。我睁开眼睛,喘不过气来,我的心脏就像是一个定时炸弹,嘀嘀嗒嗒,跳得越来越快,身体有种触电的感觉,全身抽搐,我发出垂死的喘息,然后陷入一片虚无。

又有人敲门,还有人在嚷嚷着什么,我醒了过来,这次门外的人是旅馆负责人。我把头埋在枕头下,渴望有什么来减轻我的痛苦,只要再吸一口那神圣的烟雾,再喝一口酒就好。两个男人破门而入,骂骂咧咧地冲进房间。他们猛地停住了脚步,因为他们看到在这个已经变得像猪窝一样恶臭扑鼻的房间里,有一个疯女人惊恐万分,语无伦次地嘟囔着什么。可在这个倒霉的汽车旅馆里,他们见过的场面多了,所以不难猜出究竟是怎么一回事。他们逼着我穿好衣服,架着我的胳膊,把我拖到楼下,推到旅馆外。他们拿走了我所剩无几的钱财、品牌包和墨镜,还好心地把驾照和钱包还给了我,钱包里还剩下两美元和四十美分。

外面烈日炎炎,半熔化的柏油马路热得烫脚,可我毫不在意。我唯一的执念就是要弄到点东西,平息焦虑和恐惧的情绪。我不知道去哪儿,也不知道跟谁去求助。我记起曾经承诺过要给布兰登·黎曼的哥哥打电话,不过这不着急,我还想起了这几个月生活的那栋楼里蕴藏的宝藏、堆成山一样的美妙粉末、珍贵的水晶、神奇的药丸。我曾经分装、称重、计数并且小心翼翼地将它们放在小塑料袋里,在那里,就连最潦倒的人也能享受一会儿,不管时间有多短。在像洞穴一样的车库里,还有坟墓一样的一楼和二楼里,怎么会弄不到东西呢,看在上帝的分上,我怎么会找不到人给我一点呢;可我脑海里仅存的一丝理智提醒我,靠近那一区域就等同于自杀。

想想,玛娅,好好想想,我大声重复着这句话,近几个月以来,我好像一直都在这么做。我告诉自己,这个该死的城市里四处都有毒品,只要去找就行,我就像一头饥饿的狼一样在汽车旅馆前徘徊,直到倦意让我的头脑清醒,我能好好思考才离去。

在被赶出弗莱迪领我过来的这家旅馆后,我来到一个加油站,要来公共卫生间的钥匙,洗漱了一番,然后我搭顺风车来到距离健身房不远的一个街口。

我的裤袋里有文件柜的钥匙。我走到门口,等待时机,打算偷偷溜进去,当我看到三个聊天的人靠近时,便混了进去。我穿过前台大厅,在楼梯口,我碰到了一个员工,他看到我的发色颇为吃惊,犹豫了一会儿才跟我打招呼。我在健身房不跟任何人说话,我猜我有傲慢或是愚蠢的名声,不过其他会员都认识我,还有不少员工知道我叫什么名字。我跑到更衣室,把文件柜里的东西都扒拉到地上,我狂乱的动作使得一个女人过来问我是不是丢失了什么;由于没有找到任何能让我飘上一阵的东西,我发出一连串的咒骂,与此同时,那个女人在镜子里毫不掩饰地打量着我。"你看什么看,夫人?"我冲她嚷嚷道,这时我像她一样在镜中看到了自己,我简直认不出这个双眼通红、皮肤上满是污迹、头上还盘踞着一只黑色动物的疯女人是谁。

我把东西又潦草地塞回文件柜,然后把脏衣服和布兰登·黎曼给我的手机扔进垃圾堆,因为那两个杀手也知道我的手机号码,我冲了个澡,匆匆忙忙地把头发洗了,我手头上还有一个名牌包,我可以把它卖了,卖的钱够我买毒品注射好几天了。我穿上黑色连衣裙,把一套换洗衣物放进塑料袋里,我没化妆,因为我浑身都在抖,我的手不听使唤。

那个女人还在那里,她身上裹着浴巾,手里拿着吹风机,可她的头发是干的,她监视着我,考虑着是不是要通知保安。我挤出一丝笑容,问她想不想买我的包,我告诉她这是真正的路易威登,几乎是全新的,我的钱包被人偷了,我需要回加州,急需用钱。她露出轻蔑的表情,这表情让她变丑了些,不过在贪婪的作用下,她还是走过来检查这个包,她出价一百美元。我冲她比了中指,然后急匆匆地离开。

我没走多远。在楼梯上能看到整个前台,我透过玻璃门,看到乔伊·马丁和奇诺的车。可能他们知道我迟早会来俱乐部,所以每天都在这里守候,也有可能有人通知他们我过来了,如果是这样的话,这两个人中的一个肯定正在楼里找我。

这一刻,我惊惧不已,动弹不得,可我成功克服了恐惧,后退几步,朝SPA中心走去。SPA中心位于大楼一侧,里面有菩萨像、花瓣制成的祭品、鸟鸣乐声、香草的芬芳,还有一罐罐放了黄瓜片的水。按摩师身穿蓝绿色的长袍,其他人员则身穿玫瑰色长袍。我非常熟悉做SPA的步骤,因为这是布兰登·黎曼允许我享受的奢侈内容之一,我溜进走廊,没人看到我,然后我躲进一个小房间。我把门关上,把灯打开,这说明房间里有人。当这红灯亮着的时候,没人会来打扰。在一张桌子上有一个热水壶,壶里放着蓝桉叶,此外桌上还有按摩用的扁平石头和很多瓶美容用品。我没动那些面霜,只找了瓶润肤水,三口就把它喝完,如果里面含有酒精的话,含量也极低,并没对我起作用。

我在小房间里至少能平安无事地待上一个小时,这是做一次SPA的正常时间,可没过多久,我就开始焦虑不安起来,这个密闭的空间里没有窗户,只有一扇门,那股牙医诊所味让我肚子里翻江倒海。我不能待在这里。我把小床上的长袍套在自己的衣服上面,又把一条毛巾裹在头上,在往脸上抹了一层厚厚的白色面霜后,我来到走廊上。我的心猛地悬了起来:乔伊·马丁正在跟一个穿着玫瑰色长袍的员工说话。

我想拔腿就跑,可我还是强迫自己尽可能镇静地沿着走廊离开。我在找员工出口,应该就在不远处。我经过了好几间房门紧闭的小房间,最后找到了一扇稍宽一些的门,我推开,然后来到服务人员专用的小楼梯间。那里跟 SPA 中心里面那个惬意的世界截然两样:地上铺着地砖,水泥墙没有进行粉刷,直接暴露在外,光线很刺眼,弥漫着一股烟味,楼下传来女人说话声。我不能继续前进,也没法回到 SPA 中心,只能靠在墙上,等了很久,最后女人们终于抽完了烟离开了。我把脸上的面霜擦干净,把毛巾和长袍扔在一个角落,下楼来到这栋大楼的深处,这是俱乐部的会员们从没见过的地方。我随便打开一扇门,发现自己来到了一个广阔的大厅,水管和通风管纵横交错,洗衣机和烘干机轰鸣运作。大厅的出口并不像我期望的那样通往街头,而是朝着游泳池。我转身退回,躲在洗衣房一堆用过的毛巾里,周围很吵,而且热得难以忍受;直到乔伊·马丁认输离开之前,我都要一动不动地躲在里面。

我在这艘充斥着震耳欲聋的声响的潜水艇里度过了一段时间,落到乔伊·马丁手里这一压倒一切的恐惧逐渐被吸毒的迫切念头取代。我已经好几天没吃饭了,我身体有些脱水,脑子里乱成一团,胃还在痉挛。我的手和脚失去了知觉,我看到很多彩色的点在高速旋转,就像在致幻剂作用下看到的幻觉一样。我失去了对时间的概念,可能已经过去了一个小时,或是很多个小时,我不知道是睡着了,还是时不时地陷入昏迷。我猜可能有员工进进出出洗衣服,可没人发现我。最后我爬出了这个藏身之地,使尽全身力气站起来,头昏目眩地扶着墙,用灌了铅一般的腿缓慢前行。

外面的天还亮着,可能是下午六七点,泳池里人很多。这个点是俱乐部最热闹的时候,因为办公室白领们都过来了。这也是乔伊·马丁和奇诺为自己的晚间活动做准备的时间,所以他们很有可能已经离开了。我一屁股坐在一张躺椅上,大口呼吸着水里散发出的氯气味,我不敢跳进水里,因为我可能还得保留体力准备跑步。我向服务生要了一杯水果饮料,并低声咒骂着,因为这里只有健康饮品,没有任何含酒精的饮料。我让服务生把饮料记在我的账户上。我喝了两口浓稠的饮料,可那味道让我恶心,我不得不把它放下。继续浪费时间是没有意义的,我决定冒险经过前台,希望正在值班的不是给那两个坏家伙通风报信的人。我的运气不错,顺利离开了。

要到街上,就必须经过停车场,这会儿停车场里停满了车。我远远看到一个俱乐部的会员,他四十来岁,身材保持良好,正把包放到车的后备厢里。我走过去问他有没有时间请我喝一杯,我羞愧得面红耳赤。我不知道自己哪里来的勇气。我的直截了当让这个男人颇为吃惊,他看了看我,判断我是哪类人;如果他以前见过我的话,现在也已经认不出了,而且我不符合他心中的妓女形象。他从上到下地打量着我,然后耸耸肩,上车离开。

在我短短的生命中,我已经犯下了不少错误,可还从没堕落到这个地步。跟菲志维克的那次是绑架强奸,发生的前提是因为我不够谨慎,而不是自甘堕落。可这次完全不同,有另一个名字,我不愿意说出这个词。没过多久,我看到另一个男人,他五六十岁,大腹便便,穿着短裤,露出白花花的腿,上面青筋突出,他朝他的车走去,我跟上了他。这次我比较幸运……又或是不幸,我不知道。如果他也拒绝了我的话,或许我的人生道路就不会有如此大的转折。

一想到拉斯维加斯,我就感到恶心。马努艾尔告诉我,这是因为这一切才过去几个月,在我记忆中还很鲜活,他向我肯定,时间会治愈我,总有一天,我会以嘲讽的语气来说起这段人生经历。他这么说,可他自己却并没有这样,因为他从来没说起自己的过去。我曾经相信自己已经接受了过去的错误,我甚至以这些错误为傲,因为它们让我变得更为强大,可现在我认识了丹尼尔,我真希望自己的过去不是这么有趣,这样我才能更体面地出现在他的面前。那个在俱乐部停车场里拦住一个大腹便便、双腿静脉曲张的男子的女孩是我;那个愿意以身体来换取一口酒的女孩也是我,可现在的我已经不一样了。在这里,在奇洛埃,我拥有第二次机会,我有成百上千次机会,可有时候我会无法平息良知对我的控诉。

继那个穿短裤的老头之后,有很多男人包养我,他们让我飘飘欲仙两个礼拜,直到我干不下去为止。以这种方式出卖自己比挨饿和戒毒更糟糕。无论是喝醉了还是吸毒后,我都无法摆脱深重的堕落感,我的祖父总在看着我,为我难过。这些男人利用我的羞涩腼腆和经验不足。跟其他同行相比,我更年轻,外貌出色,我完全可以把生意做得更好。可我为了几口酒、一丝白粉、一小把黄色晶体就能出卖自己。这些男人中,正派一点的会允许我在酒吧里匆匆喝上两口酒,或是在带我去宾馆开房之前就把可卡因给我;还有些则只给我买一瓶普通的酒,然后在车里行事。有些人会给我十美元或二十美元,还有人就什么也不给,直接把我扔到街头。我不知道应该在事前收费,而当我知道这一点时,我已经不打算继续从事这一行当了。

有一次跟一个客人一起时,我终于尝到了直接注射海洛因的滋味,我咒骂布兰登·黎曼不让我早点跟他一起分享这个天堂。这神圣的液体进入血脉的那一刻是难以描述的。我想把所剩无几的财产变卖,可没人感兴趣,我的名牌包只卖了六十美元,还是在一家理发店门口恳求一个越南女人很久,她才买走的。这个包的价值比这个价格高了二十倍还不止,可就算她只给我三十美元,我也会卖,因为我迫切地需要钱。

我没有忘记亚当·黎曼的电话号码,也记得我曾经承诺布兰登,一旦他发生意外,就给他哥哥打电话,但我没有这么做,因为我想要去比蒂,把那些袋子里的钱据为己有。可完成这个计划需要策略和理智,这两样东西我完全没有。

据说在街头生活了几个月之后,一个人就会彻底边缘化,因为他会看起来穷困潦倒,而且失去了身份以及社交圈。对我来说,这个过程更快,在短短三个礼拜,我就沉沦至底。我以可怕的速度在这个贫困、暴力、肮脏的世界里堕落下去,这个世界与正常的城市生活平行,这里有犯人和受害者,有疯子和瘾君子,在这个世界里没有团结或是同情,只有践踏别人才能得以生存。我总是在吸毒或是在试图找到毒品,我肮脏不堪,身上散发着难闻的味道,蓬头垢面,越来越疯狂,病得越来越严重。我的胃里只能容纳两口食物,我经常咳嗽流鼻涕,我的眼睑被脓液糊住,很难睁开,有时我还会昏倒。很多针孔都感染了,我的胳膊上布满瘀斑和溃烂处。晚上我总在走来走去,这比睡觉要安全,白天我会找个洞穴,躲起来休息。

我明白了最安全的地方就是光天化日之下,我拿着一个纸杯,在街头、商场或是教堂的门口乞讨,这会触发路人的同情。有些人会扔几个硬币,可没人跟我说话;如今的贫穷就像过去的麻风病一样让人厌恶和恐惧。

我避免靠近我从前常去的那些地方,如拉斯维加斯大道,因为那里也是乔伊·马丁和奇诺的场地。就像动物一样,乞丐和吸毒者也会划出自己的领域,他们的活动范围就只有几个街口,可我在绝望的驱使下,还去其他区域活动过,违背了黑人待在黑人区、拉丁裔待在拉丁裔区、亚洲人待在亚洲区、白人待在白人区的种族界限。我在一个地方只停留几个小时。我无法完成一些最基本的任务,比如进食和洗漱,可我能想办法搞到酒和毒品。我一直都非常警觉,我就像一头被追踪的狐狸,我行动迅速,不同任何人交谈,每个角落都有敌人。

我开始听到一些声音,有时我惊觉自己在同这些声音交谈,我知道这是幻觉,因为我以前在布兰登·黎曼的那栋楼里的不少居民身上都见过这种症状。弗莱迪将这些症状称为"看不见的生物",还拿它们开玩笑,可当他自己身体不适时,这些生物仿佛有了生命,就像那些看不见却一直折磨着他的昆虫一样。如果我看到某辆黑色的车跟正在追踪我的那两个人开的车一样,或是看到某个脸熟的人,我会马上转身溜走,可我一直希望能再见到弗莱迪。一想到他,我的心里有感激也有怨恨,我不明白他为什么消失了,既然他熟悉这个城市的每个角落,为什么他没能找到我。

毒品能麻痹饥饿和身体的各种疼痛,可止不住痉挛。我浑身无力,因为太脏,皮肤发痒,后背和腿上还长出了奇怪的疱疹,由于挠得厉害,鲜血直流。我有时会突然记起已经有两三天没有进食了,这时我会拖着脚步走到一个女性收容所或是跟其他穷人一起到圣维森特保罗救济所门口排队,在那里我总能搞到一份热菜。而找睡觉的地方就要难得多了。晚上的气温有二十度左右,可由于我身体虚弱,我觉得很冷,直到救世军里有人给了我一件粗呢上衣,情况才好了些。这个慷慨的组织就是一个丰富的宝藏,我无须像其他无家可归的人一样推着从超市里偷出来的小车,并往车里塞满大包小包,是因为当衣服发出恶臭,或是太大的时候,我就去救世军那换一件。我瘦了很多,锁骨和胯部的骨头高高隆起,曾经强壮的双腿如今瘦得可怜。直到十二月我才有机会称体重,那时我才发现我在两个月里瘦了十三公斤。

公共厕所是罪犯和变态的巢穴,可除了捂住鼻子在那里方便之外,我别无他法,因为我没法进商店或是宾馆的厕所,那儿的人会粗暴地把我赶走。我也不能用加油站的厕所,因为工作人员拒绝借我钥匙。跟其他在街头以乞讨或是小偷小摸来换取一小把霹雳丸、一点含麻黄碱或酸类的药物或是一小口刺鼻呛人的烈酒的卑贱生命一样,我迅速地沦入地狱。酒越便宜,就越烈,这正是我需要的。十月和十一月就这样过去:我记不清我是怎么活下来的,可我清楚地记得那些短暂的愉悦瞬间和继续寻觅下一次毒品的卑鄙狩猎。

我从没坐在饭桌上吃过饭,如果有钱,我就买玉米卷饼、汉堡,可马上我就会在无止境的胃痉挛中趴倒在地,把吃下去的全吐出来,我的胃里像有火在烧,嘴巴破裂,嘴唇和鼻子上都是溃疡,四周没有干净的东西,也没有友善的态度,只有破玻璃,蟑螂,垃圾桶。人群中没有一张朝我微笑的脸,没有援助我的手,到处都是毒贩子、吸毒者、皮条客、小偷、罪犯、妓女和疯子。我全身都疼。我恨这具该死的身体,我恨这该死的生活,我憎恨自己没有挽救自己的意志,我恨我该死的灵魂,还有该死的命运。

在拉斯维加斯,我整天整天地不跟人打招呼,听不到人说话,看不到别人的表情。寂寞就像一个冰凉的爪子,紧紧抓着我的胸口,彻底战胜了我,就连拿起电话给伯克利家里打电话这样一个简单的解决办法我都没想到。一个电话,这就够了,可那时的我已经失去了一切希望。

一开始,当我还能跑步的时候,我在有露天餐桌的咖啡馆和餐馆周围徘徊,那里有人抽烟,如果他们把烟忘在了桌上,我就飞快地跑过去把烟拿走,因为能拿烟换霹雳丸。街头一切有毒的东西我都碰过了,只有香烟例外,不过我很喜欢香烟的味道,因为它让我想起波波祖父。我还从超市偷过水果,在路边报亭偷过巧克力,可就像我无法从事好妓女这一可悲的行当一样,我也学不会偷窃。弗莱迪是这方面的专家,据他说,他还包着尿布的时候就开始偷东西了,为了教会我他的技巧,他还给我做了多次示范。他说女人很不注意自己的包,她们会把包挂在椅子上,在店里挑选东西或是试衣服的时候不会理会自己的包,在理发店里,她们把包扔在地上,在公交车上,她们把包挂在肩上,也就是说,她们简直在求人帮她们摆脱这个麻烦。弗莱迪有一双让人看不见的手,充满魔力的手指,动作敏捷。"好好瞧瞧,劳拉,盯着我看。"他挑衅般地对我说。我们走进商场,他在人群中寻找猎物,一边走一边对着耳边的手机嚷嚷,仿佛在专心讲电话。他走到一个心不在焉的女人身旁,我还没来得及看清楚,他就已经从她的包里掏出皮夹子,并镇定自若地走开,整个过程中他一直都在对着手机说话。他还能这样优雅自如地破解任何车锁,或是走进百货商店,然后在五分钟内带着几瓶香水或是几块手表从另一扇门离开。

我试图模仿弗莱迪的动作,可我的动作生硬,我太紧张,而且我穷困潦倒的样子让别人都对我起了疑心;在商店里有人监视着我,在街头,人们都离我远远的,我身上有股下水沟味,头发油腻,满脸绝望。

十月中旬,气候发生了变化,晚上开始冷起来,我生病了,我总是想小便,而且小便时感觉到尖锐的疼痛和灼烧感,只有在吸毒后这疼痛才会消失。这是膀胱炎的症状。我了解这些症状,因为我在十六岁那年曾经得过这病,我还知道只要有抗生素,膀胱炎就能被迅速治愈,可在美国,没有医生的处方,抗生素比一公斤可卡因或是一把自动步枪还要难弄到。站直、行走都成了很费劲的事情,可我不敢去医院急诊,因为医生会问问题,而且那里总有警卫看守。

我得找到一个安全的地方来度过黑夜,我决定去收容所试试。收容所就是一个棚屋,里面的空气流通不好,密密麻麻地摆着一排排行军床,屋子里生活着二十几个女人,还有很多个孩子。让我惊讶的是,这些女人中很少有人像我一样潦倒落魄;只有几个人像疯子一样喃喃自语,或是跟别人找碴吵架,其他人看起来都很沉着。有孩子的女人更为果断、积极、清爽,甚至更快乐一些,她们的一片心思都在孩子身上,给孩子准备奶瓶,洗衣服;我还看到一个女人给一个四岁左右的女孩读一本苏斯博士①的故事书,那个女孩已经记住了这个故事,能跟妈妈一起讲故事。大家都觉得流浪街头的人要么就患有精神分裂,要么就是为非作歹之徒,可事实并非如此,他们只是没钱,年纪大了,又或是失业了,而且大部分都是带着孩子的女人,她们被抛弃了,或是为了躲避各种暴力而逃了出来。

　　在收容所的墙上贴着张海报,海报上有一句我永远都无法忘记的话:"没有尊严的人生是不值得留恋的。"尊严?我马上明白自己已经沦为一个吸毒者和酗酒者,这份确信让人恐惧。我想我的心里还残存着一丝尊严,足够让我猛地感到一阵心慌意乱,仿佛胸口被人打了一拳似的。我在海报前放声大哭,我应该是哭得很伤心,因为没过多久,一个管理员就来到我的身边,把我带到她的小办公室里,给我一杯冰冷的茶水,并和蔼地问我叫什么名字,用了什么药品,用药的频率如何,最近一次使用是什么时候,是否接受过治疗,还有是否能通知什么人。

　　我记得祖母的电话号码,我没有忘记,可给她打电话会让她痛不欲生,羞愧得抬不起头,而且还意味着我必须要被强制戒毒。想也别想。"你有家人吗?"管理员坚持问道。我大发雷霆,那段时间的我

---

① 苏斯博士(1904—1991),美国作家、漫画家,以儿童绘本出名。

总是在发脾气,我冲她破口大骂。她平静地任由我宣泄情绪,还破格允许我留下来过一晚,因为要在收容所生活的前提条件之一就是不酗酒,不吸毒。

收容所里给孩子们提供果汁、牛奶和饼干,全天候提供咖啡和茶,有盥洗室、电话和洗衣机,可洗衣机对我来说没有用,因为我只有身上一套衣服,我所剩无几的财产放在一个塑料袋里,弄丢了。我冲了个澡,洗了很久,这是我好几个礼拜以来洗的第一个澡,我感受着热水冲刷皮肤的惬意,香皂,头发上的泡泡,还有洗发水的香味。接着我不得不继续穿上那套肮脏的衣服,蜷成一团缩在床上,低声呼唤着妮妮祖母和波波祖父,恳求他们能像以往一样把我搂在怀里,告诉我一切都会好起来的,不要担心,他们会守护着我,我的姑娘,我的太阳,睡吧我的小心肝。打从我出生以来,睡觉对我来说一直都是个难题,可那天夜里,虽然屋里空气稀薄,周围的女人还打着呼噜,我还是得到了休息。有几个女人在梦中尖叫。

在我的行军床边,有一个女人带了两个孩子——一个婴儿和一个两三岁的女孩,非常可爱。这个女人很年轻,是白人,脸上长着雀斑,很胖,看起来她流浪在外的时间不长,因为她似乎还有自己的打算和计划。在洗手间相遇的时候,她朝我露出微笑,女孩则睁大了圆圆的蓝眼睛看着我,问我有没有养狗。"我以前养过一条狗,名叫托尼。"她对我说。在女人给婴儿换尿布的时候,我在她包里看到一张五元的纸币,这张纸币深深地烙印在我的脑海里。黎明时分,屋里终于安静下来,那个女人还搂着她的孩子沉睡着,我溜到她的床边,在她的包里翻出那五块钱,揣到自己身上。然后弯着腰,像狗一样夹着尾巴回到自己的床上。

在我这一生犯下的种种错误和罪孽中,这件事是我最无法原谅的。我偷了一个比我更需要帮助的人,这个母亲原本可以用这张纸币给她的孩子买点儿吃的。这件事不可饶恕。没了尊严和体面的人会逐渐沦陷,直至失去人性和灵魂。

早上八点,在喝完一杯咖啡、吃完一个小面包后,那个前一天接待过我的管理员给了我一张纸,是一个戒毒所的详细资料。"跟我姐姐米歇尔谈谈,她会帮你的。"她说。我没理她,匆忙离开,把那张纸扔进了街上的垃圾桶里。我用这神圣的五美元买了点便宜但颇有效果的毒品。我才不需要什么米歇尔的同情。

就在这天,我把波波祖父的照片给弄丢了。照片是我在俄勒冈的学校时妮妮祖母给我的,我一直都随身携带。在我看来,这是一个可怕的讯号,意味着我的祖父看到我偷窃了五美元,他对我很失望,所以离开了,现在没人守护我了。害怕,焦虑,想要躲起来,逃走,乞讨,这所有的念头都融合在同一个噩梦里,日日夜夜地纠缠着我。

直到如今,街头流浪的那段时期中的某些场景还会时不时浮现,它们就像一道烈焰,在我面前突然闪现,让我浑身颤抖。有时我梦中的这些场景栩栩如生,会把我吓得大汗淋漓,清醒过来。在梦里,赤身裸体的我在一个迷宫里奔跑,拼命喊叫却发不出声音,有很多狭窄的小巷,就像蛇一样盘绕成一团,还有很多楼房,可是门和窗户都被封死,没法向任何人求助。我的身体被灼烧,双脚流着血,满嘴苦涩,孤零零一个人。在拉斯维加斯的时候,我认为自己被判处终身孤寂,这个刑罚在我祖父去世的时候就已经开始了。那时的我怎么能想到有一天我会来到这里,在奇洛埃的这座小岛上,与世隔绝,藏身于一群陌生人之间,远离我曾经熟悉的一切,却丝毫感觉不到孤单呢。

在我刚认识丹尼尔的时候,我想要给他留下良好印象,抹去我的过去,开启人生新的一页,创造一个更好的自己,可在我们耳鬓厮磨的这段日子,我明白这既不可能,也不合适。之前的人生经历,甚至还有曾经的惨痛教训,都一起造就了如今的我。跟他坦白是一次很好的体验,我证实了迈克·欧克利认定的真理,当我们把恶魔从它藏身的深渊里揪出来,在光天化日之下正视它时,它便失去了魔力。可现在我不知道自己这么做是否正确。我想我把丹尼尔给吓坏了,所以他没有回报给我同样的激情,他肯定不相信我,这很正常。我的故事能吓到最勇敢的人。可事实上,是他自己让我把往日的秘密都说出来的。跟他倾诉是件很轻松的事,我甚至能轻而易举地讲述最耻辱的片段,因为他只听,并不评价我,我猜这是他的职业素养使然。精神病医生们不都这样吗?沉默和倾听。他从不问我发生了什么,他只问我那时的感受。在讲述时,我跟他描述了肌肤的灼烧感,心中的悸动,还有一块巨石压在身上的感觉。他让我不要拒绝这些感受,让我不要分析它们,而是去接受它们,因为如果有勇气接受它们的话,这些感觉就会像盒子一样被一个个打开,我的灵魂就能获得自由。

"你很痛苦,玛娅,不光因为你在青少年时期所发生的那些,还因为你童年时遭遇的抛弃。"他说。

"抛弃?这跟抛弃没有关系,我向你保证。你简直没法想象我的祖父母有多宠我。"

"没错,可你的父母抛弃了你。"

"俄勒冈的那些心理治疗专家们也这么说过,可我的祖父祖母……"

"以后你得在心理治疗里重新审视这件事。"他打断我说道。

"你们这些精神病医生总是用心理治疗来解决一切!"

"对于精神上的创伤,闭口不谈是没用的,得要给它们通风透气,才能结痂。"

"我受够了俄勒冈的心理治疗,丹尼尔,可如果我真的需要心理治疗的话,我希望你能够帮助我。"

他的回答很理性,并不浪漫,他说这是一个长期的工程,可他马上就要离开,此外心理治疗师不能和病人发生性关系。

"那我还是求助于我的波波祖父好了。"

"好主意。"他笑了。

在拉斯维加斯的那段不幸的时光中,波波祖父只来看过我一次。某次,我买到了些海洛因,价格非常便宜,我本应该对这毒品的安全性产生怀疑。我知道有吸毒者有时会往毒品里掺些乱七八糟的垃圾,结果因此而丢了性命,可当时的我毒瘾发作得厉害,没法抗拒。我在一个恶心的公共厕所吸食了这些海洛因。我没有针管来进行注射,可能正是这一点救了我。才刚刚吸入,我就感觉太阳穴被骡子狠狠踢了几脚似的,心脏狂跳,还不到一分钟,我仿佛被卷进了一个黑色斗篷,感到窒息,喘不上气。我倒在地上,躺在马桶和墙壁中间四十厘米的空间里,身下是用过的厕纸,周围弥漫着一股氨气的味道。

我模糊地明白自己正在死去,我一点都没有害怕,反而感到一阵轻松。我在黑色的水中漂浮,逐渐下沉,我的身体越来越轻,这仿佛是一个梦,我轻轻地往这片液体深渊的底部坠去。我很高兴,我终于能终结这耻辱的生活,离开,去往另一个世界,逃离我人生这场闹剧,还有我的谎言和辩解。我是一个让人不齿、不诚实并且怯懦的存在,将自己的愚蠢都归咎于父亲、祖母和这世上的其他人。我这个不幸的家伙,在刚满十九岁的时候,已经切断自己所有退路,落得个潦倒落魄、束手无策、迷失方向的后果,变成了个瘀伤和虱子满身的骷髅架,只为了喝一口酒就能以身相许,连一位贫苦母亲的钱都要偷。我很高兴我终于能逃离这一切;我唯一的愿望就是永远躲开乔伊·马丁和奇诺,脱离我的身体和我该死的生活。

就在我已经要离开的那一瞬间,我听到有遥远的呼声传来:"玛娅,玛娅,呼吸!呼吸!呼吸!"我有些迷糊,犹豫了好一会儿,希望能够再度昏厥过去,不用做出决定。我试图摆脱自己的身体,就像箭一样射往虚无,可我被正在呼唤我的这个带着命令语气的声音牢牢绑在这个世界上。呼吸,玛娅!我本能地张开嘴,吸了口气,开始像垂死的病人一样小口小口地喘息。慢慢地,好像过了很久,我离开了之前的梦境。我的身边没有任何人,可透过卫生间门和地面之间的那点距离,我看到门外有一双男鞋,我认出了这双鞋。是波波祖父吗?是你吗,波波祖父?没有人回答我。那双英式男鞋在门口站了一会儿,没过多久便静静走远。我跪坐在里面,像垂危病人一样断断续续地喘息着,我的双腿失去了知觉,我呼唤着祖父,波波祖父,波波祖父。

我的祖父曾经来看过我这件事一点也没让丹尼尔感到惊异,他并没有像我认识的很多精神病医生一样,试图就发生的事情给我一个合情理的解释。马努艾尔·阿里亚斯说我有时神神道道的,每当这时他便会带着嘲弄的神情看着我,可丹尼尔也没这么做。丹尼尔不仅俊美,还敏感细腻,我怎么可能不爱上他呢?他非常俊美,看起来就像米开朗琪罗塑造的大卫,不过比之大卫,他的肤色更为迷人。我的祖父母曾经在佛罗伦萨买过一个微缩版的大卫。商店里出售的大卫下身盖着一片无花果叶子,可我最喜欢的就是他的生殖器部分;当时的我只在波波祖父的解剖书上得见这个器官,尚未有机会一睹它真正的样子。我扯远了,让我们回到丹尼尔身上来,他认为,如果我们每个人拥有的不是一个苛刻的超我①,而是一个无条件支持自

---

① 超我,弗洛伊德将精神结构分为本我、自我和超我三个阶层。在他的人格结构理论中,超我是指人格结构中的道德良心和自我理想部分。

己的波波祖父的话，这世界上一半的问题都能得到解决，因为亲情能催生最美好的品性。

跟我的遭遇相比，丹尼尔·古德里奇的人生顺风顺水，不过他也有他的遗憾。他是个很有自己想法的家伙，年少时就认定了自己将来的人生道路，这一点他跟我完全不同，我习惯了随波逐流。乍看上去，他待人处事的态度就像是一个富家公子，太爱笑了些，他的笑容让人觉得他非常满意自己和这个世界。这副永远都很开心的样子有些奇怪，因为他学医，在医院实习，而且还背着书包走过好些地方，在此期间，他应该目睹过不少人贫穷和苦难的生活。如果我没有跟他发生关系，我肯定会以为他跟马努艾尔一样，想要如释迦牟尼般不悲不喜，六根清净。

古德里奇一家的故事简直能写成一部小说。丹尼尔知道自己的亲生父亲是黑人，母亲是白人，可他不认识他们，也没兴趣去寻找他们，因为他喜欢自己的领养家庭。他的养父罗伯特·古德里奇是一个拥有爵士头衔的英国人，可他不用，因为在美国会被人取笑。他还有一张彩色照片能够证明自己的尊贵身份，照片上的他身佩橙色系带，正在向伊丽莎白二世致敬，一枚显眼的勋章从系带上垂下来。他是一位大名鼎鼎的精神病专家，有几本著作，由于对科学做出巨大贡献而获得爵士头衔。

爱丽丝·威金斯是一个年轻的美国小提琴者，她途经伦敦，于是这位英国爵士跟她结了婚，然后跟她一起前往美国，定居在西雅图，他在那里开设了自己的诊所，而她则加入了交响乐团。在得知爱丽丝无法生育后，这对夫妇犹豫了很久，然后收养了丹尼尔。四年后，爱丽丝意外地发现自己怀孕了。一开始夫妇俩以为这只是怀孕臆想症，可很快他们发现并非如此，爱丽丝产下了弗朗西斯。丹尼尔没有因为妹妹的到来而嫉妒,而是一心一意宠爱自己的妹妹,兄妹间的感情随着时间的流逝越发深厚。罗伯特和爱丽丝都爱好古典音乐,孩子们也受到了他们的影响,此外夫妇俩还都喜欢英国可卡犬,他们家一直都养这种狗,并且都爱好登山运动,这也给弗朗西斯后来的不幸埋下了阴影。

在丹尼尔九岁、他妹妹五岁的时候,父母离婚了,罗伯特·古德里奇搬到离家十夸德拉①处跟艾尔冯斯·乍勒斯基住在一起,艾尔冯斯·乍勒斯基是钢琴演奏者,跟爱丽丝在同一个乐团工作,他是一个非常有才华的波兰人,举止粗鲁,躯干跟砍柴人一样粗壮,有一头桀骜难驯的头发和低俗的幽默感,这跟罗伯特·古德里奇爵士的英式嘲讽和文雅形成鲜明反差。就父亲这位显眼的朋友,大人们对丹尼尔和弗朗西斯进行了诗意的解释,兄妹俩以为父亲和这位朋友只是暂时在一起,可过去了十九年,这两个男人依然一起生活。在此期间,爱丽丝成了乐团的首席小提琴手,她依然跟艾尔冯斯·乍勒斯基像好伙伴一样一起演奏,事实上他们也确实关系不错,因为波兰人从没想要抢走她的丈夫,只是想跟她分享而已。

爱丽丝住在以前的家里,屋里的家具少了一半,只剩下两条英国可卡犬,而罗伯特在同一区域内找了一套类似的房子,跟他的爱人一起生活,家具是从以前家里搬过来的,他还带过来一条狗。丹尼尔和弗朗西斯拎着行李箱两边跑,一家住一个礼拜。他们上的是同一所学校,在那里,没有人因为他们的家庭情况而大惊小怪。两个家庭一起过节日和纪念日,人口众多的乍勒斯基一家从华盛顿出发,总是在感恩节当天赶到,有一段时间,两个孩子认为这一家子都是杂技团的杂技演员,因为这是艾尔冯斯为了赢得孩子们的尊重而编造的若干

---

① 夸德拉,长度单位,美洲各国所指距离不等,在 100—150 米。

个故事之一。事实上他完全不用费这心思,丹尼尔和弗朗西斯爱他不是因为这些故事:对于两个孩子来说,他就像个母亲。波兰人很爱他们,比起兄妹俩真正的父母,他陪孩子们的时间更多,他是个性情开朗而且很会享受的家伙,经常穿着睡衣,脖子上挂着罗伯特爵士的勋章,给孩子们表演动作剧烈的俄罗斯民间舞蹈。

古德里夫妇没有办理离婚的法律程序,他们一直维持着友谊。在艾尔冯斯出现之前他们共有的那些爱好依然将他们联系在一起,不过登山除外,在弗朗西斯出事后他们就再也没有登过山。

刚满十七岁时,丹尼尔以优秀的成绩中学毕业,进入大学学医,可他太稚嫩,所以艾尔冯斯说服他,让他再等一年,利用这段时间来历练一番。"你还是个挂着鼻涕的黄毛小子,丹尼尔,要是你自己连擤鼻涕都不会,怎么能去当医生呢?"他不顾罗伯特和爱丽丝的强烈反对,给丹尼尔报名参加一个危地马拉的学生项目,让他在那里成长,学习西语。丹尼尔在阿蒂特兰湖①边的一个小村庄里,跟一户印第安人一起生活了九个月,他每天种玉米,用剑麻编绳子,没有跟外界联系,回去时他晒成了石油色,头发乱得像一丛灌木。他像游击队战士一样思考问题,而且满嘴基切语②。这段经历过后,学医在他看来就像是一种儿童游戏。

共同养育的这两个孩子长大后,古德里奇夫妇和乍勒斯基之间亲密的三角关系原本即将解体,可照顾弗朗西斯这一迫切的任务将他们更加紧密地联系了起来。弗朗西斯完全依赖于他们。

九年前,弗朗西斯·古德里奇在攀登内华达山脉时严重摔伤,当

---

① 阿蒂特兰湖,危地马拉高地上的一个大内流湖,景色优美,被誉为世界上最美的湖泊之一。
② 基切语,危地马拉基切人使用的语言。

时除了波兰人外,全家人都在。她全身多处骨折,动了十三次复杂的大手术,她坚持进行复健练习,可如今还是几乎无法动弹。看到妹妹身体破败不堪,躺在重症加强护理病房,丹尼尔决定学医。在妹妹的请求下,他选择了精神病学。

在漫长的三周时间里,弗朗西斯处于深度昏迷状态。因为脑部出血,医生们诊断她将会变成植物人,她的父母动过撤掉呼吸机这个不可挽回的念头,可艾尔冯斯·乍勒斯基不允许他们这么做,因为他有预感,弗朗西斯被困在地狱的边境,如果大家不放弃她的话,她会回来的。一家人轮流守在医院,夜以继日地跟她说话,抚摸她,呼唤她,终于,在一个周六的早晨五点,弗朗西斯睁开了眼睛,当时在她身边的是丹尼尔。弗朗西斯的气管被切开了,不能说话,可他能透过她的眼睛猜到她的想法,所以他向大家宣布,他的妹妹很高兴能活下来,得要放弃让她安然死去这个仁慈的计划。他们一起长大,亲密得就像双生儿,了解对方比了解自己更清楚,不需要言语就能够沟通。

大家担心的事情并没有发生,脑出血没对弗朗西斯的脑部造成损伤,只让她暂时失忆,变成了对眼,而且一只耳朵失去了听力,可丹尼尔发现有些最基本的东西发生了改变。以前他的妹妹就像他的父亲,非常理智,很有逻辑,喜欢科学和数学,丹尼尔说,可事故发生后,她开始用心来思考问题。他说弗朗西斯能够猜到别人的企图和精神状态,想要对她隐瞒什么或是欺骗她是不可能的。她的预感非常精准,艾尔冯斯·乍勒斯基现在已经在训练她猜彩票中奖号码了。她的想象力、创造力和直觉得到了迅猛发展。"精神比肉体要有意思多了,丹尼尔。你应该像爸爸一样,成为一个精神病专家,然后来研究研究为什么我拼命地想要活下去,而一些健康人却想要自杀。"当弗朗西斯能说话后,她这样对丹尼尔说。

弗朗西斯以前面对高风险运动的勇气现在支撑着她忍受痛苦:

她发誓要好起来。目前她忙于进行复健,这占据了她很多日常时间,此外她还在网络上开展了令人震惊的社交生活,同时还不忘学习;今年她就要从艺术史专业毕业了。她生活在她古怪的家庭里。古德里奇夫妇和乍勒斯基达成一致,认为带着已经变成七条的英国可卡犬一起生活更合适,他们搬到一套只有一层楼的大房子里,在那里坐在轮椅上的弗朗西斯能够畅通无阻。乍勒斯基参加了多个培训班,学习怎样帮助弗朗西斯康复。现在已经没有人清楚记得古德里奇夫妇和这个波兰钢琴演奏家之间的关系了。这无所谓,他们是三个好人,互相欣赏,一起照顾一个女孩,都爱好音乐、阅读和戏剧,他们收藏葡萄酒,一起养狗,有共同的朋友。

弗朗西斯无法自己梳头或是刷牙,可她的手指能动,能够操控电脑,她通过电脑来跟大学和外面的世界联系。上网的时候,丹尼尔给我看他妹妹的脸书,上面有很多张她的照片,事故前后的都有:她的脸型有些像小松鼠,脸上有雀斑,红头发,消瘦,开朗。在她的页面上有很多跟丹尼尔旅途相关的评论、照片和影像。

"我和弗朗西斯很不一样。"他说,"我爱静,爱坐着不动,她则暴躁易怒。在她小时候,她想成为一个探险者,她最喜欢的书就是阿尔巴·努涅斯·卡韦扎·德·巴卡的《海难和回顾》,作者是十五世纪的一个西班牙探险家。她本想走遍天涯海角,在大海里遨游,甚至飞上月球。我来南美就是她的主意,她原来已经计划好了,可没法成行。那我就透过她的眼睛来看,通过她的耳朵听,用她的摄像机来拍摄吧。"

我曾经害怕,如今也依然害怕丹尼尔会被我的秘密吓坏,会因为我的精神状态失常而拒绝我,可我得要告诉他一切,因为在谎言和隐瞒的基础上是建立不了坚实的感情的。我跟布兰卡反复讨论过这一点,在她看来,每个人都有处理自己秘密的权利,我如此执着地展示自己不堪的过往,这是我高傲的一种表现方式。我也想过这一点。我的高傲就是想让丹尼尔不顾我的问题和过去,依然爱着我。妮妮祖母常说,人能无条件地爱护儿孙,可对配偶却不行。马努艾尔对此没有发表意见,可他提醒我,爱上一个离自己很远的陌生人是不谨慎的行为。他还能给我什么意见呢?他就是这么一个人:在情感上,他不冒任何风险,他情愿一个人孤零零地待在他的洞穴里,因为在那里他感到安全。

去年的十一月,我在拉斯维加斯的生活已经彻底失控,我病得厉害,有些细节已经记不清了。当时的我打扮成男人,外套的帽子一直罩到眼睛,低着头,步伐匆匆,从不露出脸来。需要休息的时候我就靠在墙边。两扇墙之间的角落是一个更好的选择。我缩成一团,手里还拿着一个破玻璃瓶子,如果发生什么,我还能用它防身。我不去女子收容所要饭,改去男子收容所,我站在队末等待,拿起饭,找个角落匆忙把食物吞咽下肚。在那些男人中间,直勾勾地盯着别人可能会被理解为挑衅,多说一句都很危险,他们都是没有名字、隐形的存在。只有老人除外,那儿的老人都有些痴傻,在收容所里待了好些年,这里是他们的地盘,没人去骚扰他们。很多贫困交加的吸毒者来这里,我也是其中一员。我虚弱的样子有时还会招来别人的一丝同情,他们跟我打招呼说"你好,兄弟",我不会回答,因为声音会泄露我的性别。

我用偷来的香烟跟一个毒贩交换霹雳丸,这个毒贩还收购电子产品、CD、DVD、iPod、手机和电子游戏,可这些东西不好弄到手。要偷这类产品,得要胆大手快,可我不行。弗莱迪曾经跟我解释过他偷东西的方法。首先得去踩点熟悉出口和摄像头的位置;接着就要找店里生意好,员工忙不过来的时机,这一般是在清仓促销、节假日以及月初和月尾的发薪日。理论上来说是这样,但如果需求迫切,就无法等到理想情况了。

阿莱纳警官找到我的那天,我遭了不少罪。我什么都没弄到,好几个小时都在忍受着触电般的痛苦,因为毒瘾发作颤抖不已,膀胱炎更是让我直不起身来。这个病越发严重了,我只能通过海洛因或是黑市里的高价药来平息痛苦。我一个小时也坚持不下去了,所以我做出了一个完全有悖于弗莱迪建议的决定:我绝望地走进一家陌生的卖电子产品的商店,跟其他店相比,这家店唯一的好处就在于它的门口没有持枪的保安。我不理会员工和摄像头的监视,毫无顾忌地寻找着电子玩具摆放处。我的态度以及外貌应该引起了店里的注意。我找到了玩具部,看到一个日本战争游戏,这是弗莱迪喜欢的。我抓起它,藏到衬衫下面,匆忙离开。才刚走到门边,便响起尖锐的报警声。

趁店里的员工还没反应过来,我撒腿就跑,考虑到我此刻的状态,我的速度真是惊人。我不停地奔跑,先是跑在马路中间,躲避着来往车辆,后来又跑到了人行道上,骂骂咧咧地推开路过的行人,后来我才意识到并没人在追我。我上气不接下气地停了下来,肺里感觉到一阵刺疼,腰部钝痛,腿间有温暖潮湿的尿液,我紧紧抱着那盒日本游戏,一屁股坐在地上。

过了一会儿,一双沉重坚定的手落在我的肩膀上。我回过头去,看到一张晒得黝黑的面庞和脸上清澈的眼睛。是阿莱纳警官,我没有马上认出他来,因为他没穿制服,而且我的眼睛没法聚焦,我已经快要昏过去了。现在回过头来好好想想,阿莱纳之前没有找到我,真是让人吃惊。乞丐、扒手、妓女和吸毒者的世界就局限在特定的几个区域和街道上,警察对这些地区了如指掌,进行监视,他们同样也关注流浪汉收容所,无家可归的穷人迟早都会流落到那里。我认输了,于是我掏出衬衫里的电子游戏，交给了他。

阿莱纳抓着我的一只胳膊，把我拉了起来，我的双腿发软，他得搀着我。"跟我来。"他说，声音比我想象的要温柔得多。"求你了，请别逮捕我……"我赶紧推开他。"我不会逮捕你的，放心吧。"他带我往前走了二十米，来到玉米饼铺，这是家墨西哥餐馆，看到我一身褴褛的样子，服务生企图阻止我进来，直到阿莱纳出示了他的证件，他们才让步。我扑倒在一张椅子上，两手扶头，头不由自主地颤抖着。

我不知道阿莱纳是怎么认出我来的。我们见面次数不多，而且他以前见过的我是一个健康的姑娘，满头秀发散发着铂金的色泽，穿着时尚，跟如今颓败的样子完全不同。他很快发现我迫切需要的不是食物，于是他像对待残疾人一样，把我扶到卫生间。他环顾四周，确定只有我们两人，然后把什么东西塞进我的手里，轻轻地把我推进去，他则守在门口。是白粉。我用卫生纸把它们送到鼻子下，迫切焦虑地把毒品给吸了进去。毒品就像是一把冰冷的刀，直冲到我的额头。很快，我神奇地轻松下来，任何一个瘾君子都知道这种感觉，我不再发抖呻吟，脑中一片清明。

我把脸打湿，试图用手指整理头发，我不认识镜子里那一双泛红的眼睛、沾满油污的脸和死尸一般的形象。我受不了自己身上的味道，可如果不换衣服的话，洗漱是没用的。阿莱纳抱着胳膊靠在墙上，在门口等着我。"我身上总会带一点，就是为了对付这种紧急情况。"他冲我微笑起来，眼睛眯成了两条缝。

我们回到桌前，阿莱纳警官给我买了杯啤酒，这杯酒就像圣水一样，滋润了我的胃，他强迫我先吃几口烤鸡肉，才给我两片药。应该是某种强效镇痛剂，因为他坚持说不能空腹吃。十分钟之内，我就获得了新生。

"布兰登·黎曼被杀的时候我就在找你,想给你录个口供,辨认尸体。这只是一个例行程序,因为毫无疑问,大家都知道死者是谁。这是典型的毒贩之间的屠杀。"他说。

"您知道是谁干的吗,警官?"

"我们大致上能猜到,可是缺乏证据。他身中十一枪,应该不止一人听到枪声,可没人肯跟警方合作。我还以为你已经跟你的家人回去了,劳拉。你上大学的计划怎么样了?我从没想过会在这样的状态下遇到你。"

"我当时吓坏了,警官。我得知他被杀时,不敢回到那栋楼边,所以藏了起来。我不能给家人打电话,最后流落街头。"

"而且看起来还染上了毒瘾。你需要……"

"不!"我打断了他的话,"我很好,真的,警官。我什么都不需要,我会回家,家人会寄钱过来让我买车票回家的。"

"你还要给我解释清楚,劳拉。你所谓的叔叔并不叫布兰登·黎曼,他拥有的六个假身份证上的名字也都是假的。他的真名是汉克·特雷沃,在亚特兰大曾两次入狱。"

"他从没跟我说过。"

"他也没跟你提起过他的哥哥亚当吗?"

"可能说过,我不记得了。"

阿莱纳又要了两杯啤酒,一人一杯,然后告诉我,亚当·特雷沃是全世界最优秀的假币制造者之一。他十五岁的时候就进入芝加哥一家印刷厂,在那里学会了印刷这门行当,而后开发了一门技术,印刷出的纸币非常逼真,甚至能够通过验钞笔和紫外线的检验。他以四十五美分的价格,将一美元的纸币出售到印度和巴尔干地区,在那些地方,假钞被混入真钞,然后一起到市场里流通。造假币是世界上最赚钱的生意之一,从事这门生意的人得非常谨慎小心,而且冷血无情。

"布兰登·黎曼,或者更确切地说,汉克·特雷沃,他没有他哥哥的才能和智商,只是一个无关紧要的罪犯。这两兄弟唯一的共同点就是他们都有罪犯的思维。如果通过犯罪能够获得更高的利益,而且更加有趣,那干吗要勤劳工作、累死累活呢?他们的想法有道理,你说是不是,劳拉?我坦白告诉你,我还挺崇拜亚当·特雷沃的,他是个艺术家,除了美国政府之外,从来没有伤害过别人。"阿莱纳总结道。

他告诉我,一个造假币的人最基本的原则就是不用假币,把它卖得越远越好,这样就不会留下线索,警方就无法找到犯罪者或是印刷厂。亚当·特雷沃破坏了这个规则,把一笔钱给了他弟弟,他肯定让布兰登把这笔钱收好,可后者没有遵守,在拉斯维加斯使用了假钞。阿莱纳说他在警察局已经干了二十五年,很清楚布兰登·黎曼是干吗的,也知道我帮他干什么,可他没有抓我们,因为我们这样的吸毒者无足轻重;如果把内华达每个瘾君子和毒贩都给抓起来的话,根本没有足够的监狱来关押。可当黎曼开始使用假钞时,他的犯罪性质就不同了,那是比贩毒严重得多的罪行。没有马上抓捕他的唯一原因就是希望通过他找到假钞的根源。

"我监视了他好几个月,希望能通过他抓到亚当·特雷沃,你想想当他被杀的时候我有多失望。我一直在找你,因为你知道你的情人把他哥哥给他的钱放在哪里……"

"他不是我的情人!"我打断了他的话。

"是不是无所谓。我想要知道他把钱放在哪里,还有怎样才能找到亚当·特雷沃。"

"如果我知道钱在哪里,您觉得我会流落街头吗,警官?"

如果是在一个小时之前,我会毫不犹豫地告诉他,可毒品、药物、啤酒和一小杯龙舌兰酒让我的大脑暂时清醒了过来,我想起自己不应该搅和到这桩麻烦事里。我不知道比蒂的那些纸币是真币、假币还是真假都有,可无论如何都不能让阿莱纳把我跟那几袋钱联系起来。弗莱迪说过,沉默是最安全的。布兰登·黎曼突然毙命,凶手逍遥法外,这个警察又提到黑社会,如果我泄露了任何情报,肯定会遭到亚当·特雷沃的报复。

"警官,您竟然以为布兰登·黎曼会跟我透露这等机密。我只不过给他打工。乔伊·马丁和奇诺是他的合伙人,他们参与他的生意,陪他四处活动,我可没有。"

"他们是合伙人?"

"我觉得是这样,可我不敢肯定,因为布兰登·黎曼什么也没跟我说。直到现在我才知道他的真名是汉克·特雷沃。"

"也就是说,乔伊·马丁和奇诺知道那笔钱的下落。"

"您得要问他们。我见过的钱就只有布兰登·黎曼给我的小费。"

"还有你在各个宾馆给他赚的。"

他又问了几个问题,都是关于布兰登·黎曼那栋楼的,他在调查那个犯罪巢穴里的一些生活细节,我谨慎地一一回答。我没有提到弗莱迪,也没有向他提供任何跟"El Paso TX"的那几袋钱有关的线索。我试图把乔伊·马丁和奇诺给牵涉进来,在我看来,如果他们被捕,我就能摆脱他们的威胁,可阿莱纳似乎对他们没什么兴趣。已经将近下午五点,我们吃完饭有一会儿了,这个墨西哥小餐馆里只剩下一个服务生,他在等我们离开。就好像为我做得还不够多似的,阿莱纳警官还送给我十美元,并且把他的手机号给我,这样我们就能保持联系,如果我有麻烦可以跟他联系。他还提醒我说,在我离开这个城市之前要告诉他,还建议我要当心,因为在拉斯维加斯有很多非常危险的区域,特别是晚上,这些我都知道。在分手的时候,我想到问他为什么没穿制服,他告诉我,他正跟美国联邦调查局合作;造假币可是犯了联邦罪。

因为谨慎小心,我才能在拉斯维加斯藏身,可在命运的作用前,这努力毫无用处。命运的作用,此处应用大写字母来强调,我祖父谈到他最喜欢的一部威尔第①的歌剧时总会用上这几个字。波波祖父接受命运这么一个诗意的概念,要不然他在多伦多遇到了这辈子的爱人这件事要怎么解释呢,跟他比起来,我祖母是个更坚定的宿命论者,对于她来说,命运就像基因遗传一样不可避免,具体详尽。命运和基因一起决定了我们的存在,不可改变;如果两者结合得不好,我们的生活就会一团糟,如果情况相反,我们则能掌握自己的生活,不过前提是要根据星象牌的指引行事才行。她跟我解释说,我们手里拿着自己的牌来到这个世界上,人生就是一场牌局。两个人拿着相似的牌,一个人可能会一蹶不振,另一个却有可能超越自我,"这就是平衡的法则,玛娅。如果你的命运决定你生下来就是个瞎子,你不一定就非得坐在地铁上去吹笛子,你可以培养自己的嗅觉,成为一个葡萄酒的品酒师。"这是地地道道的祖母能想出来的例子。

依照妮妮祖母的理论,我在出生时就注定了会对什么东西上瘾,谁知道为什么,我没有这一基因,我的祖母滴酒不沾,我爸爸只偶尔喝一杯白葡萄酒,而我的妈妈,拉普兰的公主,在我上次看到她的时候,她也给我留下了良好的印象。不过当时是上午十一点钟,在这个点上,几乎所有人都是大致清醒的。不管怎么说,在我的牌里有一张

---

① 朱塞佩·威尔第(1813—1901),意大利作曲家。

上瘾的牌，可如果努力想办法，我能使出精湛的几招，把这张牌给控制住。不过统计数据不容乐观，成为品酒师的瞎子比成为品酒师的戒毒者要多。考虑到命运给我使的其他绊子，例如让我认识了布兰登·黎曼，如果奥琳比雅·佩蒂福特没有适时介入，我过上正常生活的可能性是微乎其微的。我将这一想法告诉妮妮祖母，她的回答是，在打牌的时候，总是能够作弊的。把我送到奇洛埃的这个小岛上就正是她在人生牌局中作的一次弊。

在遇到阿莱纳的同一天，几小时后，乔伊·马丁和奇诺找到了我，那时我就在阿莱纳救了我的那家餐馆不远处。因为我用那十美元买了毒品，正吸得飘飘欲仙，没看到那辆可怕的黑色小车，也没感觉到他们的靠近，他们就直接出现在我眼前。他们把我夹在中间，拽了起来，塞进车里，我则绝望地喊叫蹬腿。有人听到我的叫声，停下了脚步，可没人干涉，谁敢插手管两个危险的杀手和一个歇斯底里的乞丐之间的事情呢。我想从正在行驶的车辆上跳下来，可乔伊·马丁在我脖子后面来了一拳，让我停止了动作。

他们把我带回那栋大楼，布兰登·黎曼的巢穴已经变成了他们的地盘，虽说我昏昏沉沉的，可我发现这里比以前更破败了，墙上的涂鸦、垃圾和碎玻璃更多了，而且有一股粪便味。他们两人把我扛到三楼，打开栅栏上的锁，走进公寓，里面空荡荡的。"现在你叫吧，臭婊子。"乔伊·马丁威胁道，他凑得很近，离我脸只有两厘米的距离，还用两只类似猿掌的大手揉捏着我的乳房，"你告诉我们黎曼把钱藏哪儿了，不然我们就一根一根打断你的骨头。"

这时奇诺的手机响了，他说了两句话，然后跟乔伊·马丁说，以后有的是时间来打断我的骨头，现在他们收到命令，得要出发了，有人在等着。他们把一块抹布塞进我的嘴里，然后用胶带贴上，不让我说话，他们把我推倒在床上，用电线把我的脚踝和手腕绑住，还把脚踝跟胳膊绑在一起，我的身体后曲，蜷成一团。再次提醒我他们回来之后会采取什么手段后，他们离开了。我一个人，喊不出来，也无法挪动，电线简直要勒断我的脚踝和手腕，先前的那一击让我的脖子僵直，嘴巴里的抹布堵得我快窒息，这两个杀人凶手即将对我做的一切让我恐慌，而酒精和毒品的作用也开始消散。我的嘴里除了抹布之外，还有午餐吃过的烤鸡肉的余味。我一阵反胃，吃过的东西冒到了嗓子眼，我想控制住自己，不呕吐出来，否则会窒息的。

　　我在那张床上待了多久？我无法确切知道，可我感觉像是过了好几天，不过事实上应该是一个小时不到。没过多久，我就开始剧烈颤抖，我使劲咬着已经被口水浸湿的抹布，防止把它吞下去。每颤抖一下，电线就嵌得越深。恐惧和疼痛使得我无法思考，我觉得空气快要耗尽了，我祈祷乔伊·马丁和奇诺快点回来，我会把他们想知道的一切都告诉他们，把他们带到比蒂，没准他们能几枪把寄存处门上的锁给打烂，然后再对准我的头来一枪，这样死去，也比被当成动物一样折磨致死要好。那笔该死的钱对我来说一点也不重要，我干吗没跟阿莱纳警官坦白呢，为什么，为什么。好几个月后的如今，在奇洛埃岛上，心平气和地想想，我能明白这是让我坦白的一种手段，根本不需要打断我的骨头，毒瘾发作的痛苦就足够了。这肯定是奇诺在电话里接到的指令。

　　外面的天已经黑了，再没有光线透过窗户木板间的缝隙射进来，屋里漆黑一片，我越来越难受，不停祈求那两个杀手赶紧回来。命运作用下，开灯并朝我弯下腰来的不是乔伊·马丁和奇诺，而是身形瘦小、满脸焦虑的弗莱迪，一开始我没认出他来。"该死的，劳拉，该死的，该死的。"他诅咒着，一边试图用颤抖的手清除我嘴里的障碍物。他终于把抹布给扯了出来，我深吸一口气，让肺里充满空气，我的胃在痉挛,还咳个不停。弗莱迪,弗莱迪,你来了真是太好了,弗莱迪。他解不开我身上的电线,因为都打了死结,他只有一只健康的手,另一只手上少了两根手指,而且自从被打碎了骨头以后,他的那只手就不怎么灵活了。他去厨房找了一把刀,开始用刀割,割断了,过了永恒的几分钟后,我终于被松绑。我的脚踝和手腕都血淋淋的,可那会儿我没感觉到,因为我的毒瘾犯了,我急需毒品,唯一重要的就是毒品。

他想要把我扶起,可没用,我的身体在抽搐,四肢无力。"该死的,该死的,该死的,你必须离开这里,该死的,劳拉,该死的。"他像在祈祷一样重复着同样的话。弗莱迪又去了厨房,拿来一个烟斗,一个喷枪,还有一把霹雳丸。他点燃,把烟斗放在我嘴边。我深吸了一口,恢复了一点力气。"我们要怎么离开这里,弗莱迪?"我低声问道,我的牙齿直打战。"唯一的办法就是走出去。站起来,劳拉。"他答道。

我们以最简单的方式走了出去:从大门出去。弗莱迪有遥控器,能打开栅栏,我们靠在墙上,在黑暗中下楼,他搂着我的腰,我靠在他肩上。他这么瘦小!可他勇敢的内心能够弥补他身体的弱小。或许住在楼下的那些幽灵看到了我们,并告诉乔伊·马丁和奇诺,是弗莱迪救了我,这一点我不得而知。就算没有人告诉他们,他们自己也能猜到,除了他还有谁会为了帮我拿自己的生命冒险呢。

我们离开了那栋楼,在房屋的阴影下走了几百米。弗莱迪试图拦了几辆出租车,大概是因为我俩一副寒酸样,没有车停下来。他把我带到一个公交车站,上了开过来的第一辆公交车,我们不理会车上乘客嫌弃的表情,还有后视镜里司机频频投射过来的目光。我身上有尿骚味,蓬头垢面,胳膊和鞋上都有血迹。车上的人完全有可能强迫我们下车,或是报警,不过我们很幸运,没人这么做。

我们在底站下车，弗莱迪把我带到一个公共洗手间，让我尽可能地洗漱一番，可这远远不够，因为我的衣服和头发都让人恶心。接着我们上了另一辆车，然后又换了一辆，为了甩掉跟踪，我们在拉斯维加斯绕了几个小时。最后弗莱迪把我领到一个我从没来过的黑人区，那里光线昏暗，街上空无一人，四周是工人和底层员工住的小房子，门廊下放着藤椅，院子里堆放着杂物和陈旧的汽车。弗莱迪曾经因为闯入不属于他的区域而被痛打一顿，他真得鼓足了勇气才能把我带到这里来，可他似乎很镇定，好像已经来过不少次了似的。

我们来到一个看起来跟其他房屋差不多的屋前，弗莱迪坚持不懈地按了几次门铃。最后终于听到一个大嗓门嚷嚷着："这么晚了，谁这么烦人！"门廊的灯亮了，门打开了一点，探出一只眼睛，打量着我们："神圣的主啊！你不是弗莱迪吗？"

原来是奥琳比雅·佩蒂福特，她穿着粉红色的长绒睡袍，这个温柔的大个子护士总是在发号施令，庇护流离失所的孩子。她是个善良的女人，还领导了"耶稣的寡妇"这一教会组织，在弗莱迪被打后，她曾经在医院照顾过他。奥琳比雅把门敞开，这位非洲女神把我迎进她的庇护所。"可怜的姑娘，可怜的姑娘。"她把我扶到客厅沙发上，像一个母亲对待新生儿一样温柔地让我躺平。

在奥琳比雅·佩蒂福特的家里，我的毒瘾发作了，据说这种折磨比一切肉体痛苦更甚，可比起痛恨自己下作不堪的精神折磨，以及失去波波祖父这样的至亲的煎熬相比，又不算什么。我无法想象如果失去了丹尼尔会怎样。奥琳比雅的丈夫杰勒米亚·佩蒂福特是个真正的天使，还有"耶稣的寡妇"们，她们都是成熟、有耐心、爱发号施令且非常慷慨的黑人女性。当我牙齿打战，只能勉强发出声音，问她们要点烈酒来喝上一口，只要一口就好，随便是什么，只要能让我熬过去就好时,当我被颤抖和绞痛折磨得奄奄一息时,当毒瘾就像一条大章鱼般缠在我的太阳穴上,用它上千条触角把我挤得粉碎时,当我出汗、挣扎、抗争、试图逃跑的时候,这些善良的"寡妇"们会把我抱紧,摇晃着我,安慰我,祈祷并为我唱歌,她们每时每刻都陪着我。

"我把自己的生活给毁了,我受不了了,我想去死。"我在某一刻抽泣着说道。那时的我除了骂人、哀求和诅咒外,已经能说一些其他的东西了。奥琳比雅抓着我的肩膀,强迫我仔细看着她的眼睛,认真听:"谁说这是一件容易事了,姑娘?忍着。没人因为戒毒而死。我不许你说死,这是罪孽。把自己交到耶稣的手上,然后体体面面地再活个七十年。"

奥琳比雅·佩蒂福特想办法弄到了一点抗生素,给我治好了尿道感染,她还弄来了安定药,帮我克服戒毒的症状,我猜她是问心无愧地从医院把这些药给偷出来的,因为她事先就得到了耶稣的宽恕。她跟我解释说,我的膀胱炎已经影响到了肾脏,不过经过注射,病情在几天之内就得到了控制。她还给我一瓶药,让我在接下来两周服用。我不记得戒断症状持续了多长时间,应该是两三天左右,可我觉得像是过了一个月。

我慢慢从井底浮出,来到地面。我能喝汤和牛奶泡的麦片,还能休息和睡上一会儿。时钟像是在捉弄我,一个小时简直有一周那么长。"耶稣的寡妇"们给我洗澡,给我剪指甲,还清理干净我身上的虱子,她们把我身上发炎的针孔以及脚踝和手腕上被电线磨破的伤口治好,她们还用婴儿润肤油给我做按摩,软化我身上的硬痂。她们给我带来干净衣服,监视着我,防止我跳窗逃出去找毒品。当我最终能够站起来独立行走的时候,她们把我带到她们的教堂,那是一个被漆成天蓝色的棚屋,她们那个小团体的成员就在这里聚会。没有年轻人,所有人都是非裔美国人,大部分是女的,我知道那仅有的几个男人也不一定是鳏夫。杰勒米亚和奥琳比雅·佩蒂福特穿着紫色的缎面长袍，系着黄色腰带，他们主持了一场活动，以我的名义感谢上帝。那片让人难忘的歌声！他们全身心投入到歌声中，像棕榈树一样摇晃着身体，胳膊高举朝天，他们非常快乐，欢快的歌声洗净了我的内心。

杰勒米亚和奥琳比雅不想对我进行调查，他们甚至没问我的名字。弗莱迪把我送到他们门前，这一点就够让他们接待我了。他们猜到我大概在躲避什么，可他们不想知道那到底是什么，以免被问起时不小心说漏嘴。他们每天都为弗莱迪祈祷，恳求耶稣让他戒毒，接受帮助和爱，"有时耶稣会很晚才回复，因为人们的请求太多了。"他们说。我也一直在想着弗莱迪，我怕他落到乔伊·马丁和奇诺的手上，可奥琳比雅相信他的狡猾机智和惊人的求生能力。

一周后，感染症状彻底消失，我不用安定药也能勉强平静下来了，我请求奥琳比雅给我加州的祖母打电话，因为我自己不敢打。奥琳比雅拨打了我给她的号码，那时是早上七点，妮妮祖母立马接起电话，仿佛这六个月里她都坐在电话边等待着来电一样。"您的孙女已经做好了回家的准备，请您来接她。"

十一个小时后，一辆红色小货车停在佩蒂福特夫妻家门前。急切盼望见到亲人的祖母按响了门铃，我扑进她的怀里，佩蒂福特夫妻、几个"寡妇"还有正把轮椅从租来的车中取出来的迈克·欧克利，他们都欢喜地看着我们。"该死的姑娘！你让我们受了多少罪！给我们打个电话，告诉我们你还活着，有那么难吗！"妮妮祖母用西班牙语劈头盖脸地冲我嚷嚷，每当她情绪激动的时候就爱说西语。接着她又说："你看起来很糟糕，玛娅，可你的灵光是绿色的，这是痊愈的颜色，是个好兆头。"祖母比我记忆中的要瘦小多了，在短短几个月里,她消瘦了很多,曾经性感的紫色的眼窝如今让她看起来更老了。"我已经通知你爸爸了,他现在从迪拜飞回来,明天在家等你。"她抓着我的手,像猫头鹰一样眼都不眨地盯着我,不让我再度消失。不过她没有用一大堆的问题来折磨我。很快,"寡妇"们叫我们上桌吃饭:炸鸡、薯条、油炸蔬菜、煎饼,她们用一桌高胆固醇的大餐来庆祝我们一家的团圆。

吃过晚饭后,"耶稣的寡妇"们告辞离开,我们留在客厅,客厅面积不大,轮椅几乎放不下。奥琳比雅大致将我的健康状况告知妮妮祖母和迈克,并建议一回到加州就把我送到康复中心,迈克对这方面非常熟悉,他已经做好了决定。奥琳比雅说完便谨慎地离开了。这时我才将自己从五月以来的经历大致告诉他们,我隐瞒了跟罗伊·菲志维克在汽车旅馆度过的那夜,还有卖淫的部分,不然妮妮祖母会肝肠寸断。当我说起布兰登·黎曼,或者更确切地说,汉克·特雷沃、假币、绑架了我的凶手以及其他事情时,坐在椅子上的祖母往后缩了缩身子,又在齿间嘟囔了两句"该死的姑娘",可"白雪公主"的蓝眼睛闪耀得就像飞机灯一样。他很高兴自己终于接触到一桩刑事案件了。

"造假币是很严重的罪行,比蓄意谋杀的刑更重。"他高兴地告诉我们。

"阿莱纳警官就是这么告诉我的。最好是给他打电话,把一切都告诉他,我有他的号码。"我建议。

"真是好主意!不愧是我孙女的蠢驴脑子想出来的!"妮妮祖母叫道,"你想在圣昆汀监狱被关上二十年,或是被电椅电死吗,蠢姑娘?那就赶紧的,告诉那个警察你是同谋吧。"

"妮狄娅,你冷静点。首先得要破坏证据,让他们没法把你孙女跟那些钱联系起来。接下来我们得马上把她带回加州,不让人发现她曾经来过拉斯维加斯,等到她身体痊愈,我们再让她消失不见,你觉得怎么样？"

"要怎么做？"她问。

"这里的人都以为她叫劳拉·巴伦,只有那些'耶稣的寡妇'不知道,对吧,玛娅？"

"那些寡妇也不知道我的真名。"我澄清道。

"太棒了。我们开租来的车回加州。"迈克做出决定。

"好主意,迈克。"妮妮祖母说,她的眼睛也开始闪耀,"坐飞机的话,玛娅得要办理一张有她名字的机票,还要证明身份,这会留下痕迹,可开车的话,我们就算横穿这个国家也没人知道。我们可以到伯克利再还车。"

罪犯俱乐部的这两位成员顺利地计划好如何带我离开这座罪孽之城。时间不早了,我们都很累,在着手实施计划之前得要睡觉。那天晚上我留下来跟奥琳比雅一起,迈克和我的祖母去宾馆。第二天早上,我们跟佩蒂福特一家一起吃早饭,因为舍不得离开我的恩人,我们尽可能延长早饭时间。满怀感激的妮妮祖母觉得自己欠了佩蒂福特一家一辈子的人情,她承诺随时都能在伯克利招待他们,"我的家就是您的家",可谨慎的佩蒂福特夫妇不想知道我们的名字和家庭住址。不过,当"白雪公主"透露他曾经拯救过跟弗莱迪一样的年轻人,并且以后也能帮助弗莱迪时,奥琳比雅接过了他的名片。"我们'耶稣的寡妇'会一直找,直到找到他为止,然后我们会把他送过去,哪怕是绑也要绑过去。"她说。我用一个大大的拥抱跟这对可爱的夫妇告别,并承诺一定会回来看他们。

祖母、迈克和我开着红色货车朝比蒂方向前进,在路上,我们讨论要如何开锁。妮妮祖母建议用炸药炸开,可这不行,因为就算我们搞到了炸药,爆炸声也会引起他人的注意,再说了,对于一个好侦探来说,别无他法时才会使用野蛮手段。他们让我把跟布兰登·黎曼两次去比蒂的过程重复了十遍。

"你要通过电话告诉他哥哥的具体信息是什么?"妮妮祖母再次问道。

"袋子所在地点。"

"就这个?"

"不对!现在我想起来了,黎曼让我一定要告诉他哥哥'El Paso TX'的袋子在哪里。"

"指的是得克萨斯州的埃尔帕索市吗?"

"我猜是的,可我不确定。另一个包上没有任何标志,只是一个普通的旅行袋。"

这两名业余侦探推断出锁的密码应该就跟这个名字有关,因此黎曼才逼着我精确地传达信息。他们只花了三分钟就将这几个字母破解成数字,谜底过于简单,让他们大失所望,因为他们原本期待着一场跟他们水平相当的挑战。只要看手机键盘就知道了:八个字母对应八个数字,四个数字一组,3578 和 7689。

我们去买橡胶手套、一块抹布、一个扫把、火柴和酒精,接着我们去五金店买塑料桶和铁锹,最后去加油站给车加满油,顺便把桶也装满。我们继续向前,开到寄存处,附近类似的寄存处有很多,幸好我还记得是哪个。我找到那扇门,妮妮祖母戴着手套试了两次便打开了锁;我很少见到她那么开心。两个包都在屋里,就跟布兰登·黎曼上次离开的时候一样。我告诉他们,前两次来的时候我没碰过任何东西,是黎曼开的锁,从车里取出包放进去,然后上锁,可妮妮祖母认为我在吸过毒后根本无法确认任何事。迈克把抹布浸在酒精里,然后从门到屋里,把可能留下指纹的所有地方都擦拭了一遍。

出于好奇,我们往箱子里看了一眼,里面有来复枪、手枪和子弹。妮妮祖母建议我们像游击队员一样,武装自己,因为我们已经被卷入这起犯罪案件中,"白雪公主"也觉得这个主意妙极了,可我制止了他们。波波祖父从来都不希望拥有枪支,他说魔鬼会给枪支上膛,一旦一个人拥有了枪支,他最终一定会使用,然后悔恨不已。妮妮祖母认为如果她的丈夫有枪的话,早在他们婚后第一周,当她把他的那些歌剧乐谱扔进垃圾桶时,他说不定就已经开枪杀了她。为了获得这两箱致命的玩具,天知道罪犯俱乐部的成员愿意付出多大的代价!我们把两个袋子扔上车,妮妮祖母负责扫地,清除我们的鞋和轮椅留下的痕迹,我们锁上门,离开了门内的枪支。

这趟旅途估计要耗费十来个小时,所以我们去买了些水和食物,以备路上之需,接着我们开车拉着那两个袋子,找到一个汽车旅馆,在里面休息了几个小时。迈克和妮妮祖母是坐飞机过来的,他们在拉斯维加斯的机场租的车,所以不知道在这笔直漫长的公路上开车有多无聊。当气温达到四十多度的时候,整条公路就像个大焖锅,至少在这个季节还没到那份儿上。迈克·欧克利把两个宝贝袋子提到他的房间,我跟祖母睡一间房,我们睡在一张大床上,她整晚都握着我的手。"我不会逃跑的,妮妮祖母,你别担心。"累得昏昏沉沉的我向她保证,可她依然没有松开我的手。我们俩都没睡太久,于是我们干脆利用这时间来聊天,我们有很多话要向对方倾诉。她聊起了我的父亲,告诉我他因为我的逃跑多么自责,还反复跟我强调,我竟然在五个月一周零两天的时间里没有跟他们联系,她永远都不会原谅我,我让他们忐忑不安、心痛不已。"对不起,妮妮祖母,我没有想到会这样……"事实是,之前的我根本就没想到这些,我只想着自己。

我问她萨拉和德比怎么样,她说哈鹏先生邀请她作为特别嘉宾赴伯克利中学参加了我们班的毕业典礼,她跟哈鹏先生成了朋友,因为他一直都在关心我的下落。德比跟班上其他同学一起毕了业,可萨拉因为瘦得皮包骨,身体极其虚弱,被送往一家诊所,已经在里面待了好几个月。在毕业典礼结束后,德比走到祖母的身边问起我。当时的她穿着蓝色的衣服,青春甜美,完全不见往日那些乱七八糟的哥特式服装和阴间亡灵一般的妆容。她的问题刺激到了妮妮祖母,她向德比宣称我跟一个富二代结了婚,去了巴哈马群岛。"我为什么要告诉她你失踪了,玛娅?我不想告诉她,你看看那个该死的丫头和她的坏习惯给你带来了多大的伤害。"祖母说,她就像是绝不宽恕的智利黑帮教父堂柯里昂。

至于里克·拉莱多,他被抓了,因为他干了件只有他的脑袋才能想出来的蠢事:绑架宠物。他筹划了一个很糟糕的业务,去偷富人家的狗,然后给狗的主人打电话索要赎金。"他是从哥伦比亚百万富翁绑架案里得到的灵感,你知道的,那群反叛军,叫什么来着?哥伦比亚革命武装力量?好吧,好像就是这么个名字。可你别担心,迈克正在帮助他,过不了多久,他就能获释。"祖母说。我向她解释说,我完全不会因为拉莱多进监狱而担心,恰恰相反,我认为监狱才是全世界最适合他的地方。"别说这种话,玛娅,这个可怜的男孩非常爱你。等到他出狱,迈克会为他在动物救援所找份工作,让他学会尊重别人的狗,你觉得怎么样?""白雪公主"绝对不会想出这样的方案,一定是妮妮祖母的主意。

凌晨三点,迈克从他的房间打来电话,我们分着吃了些香蕉和面包,然后把不多的行李放进车里,半小时后,我们就已经坐在开往加州的车上,驾车的人是祖母。天色一片漆黑,正是避开车辆和巡逻警察的最好时机,一路上我都在打盹,我感觉眼睛里有锯末,头上压了几只大鼓,膝盖里像被塞了棉花,我愿意付出一切代价来睡上一个世纪,就像佩罗①童话故事里的那位公主一样。向前行驶了一百九十公里后,我们离开了公路,来到一条狭窄小径。迈克特意从地图上选出来这条路,因为这是一条死路。很快,我们身陷月色下的一片寂静中。

四周有点凉,不过在开始挖坑后,我很快就暖和了起来,考虑到迈克坐着轮椅,妮妮祖母已经六十六岁,这项任务只能由我完成,可对于半梦半醒恍若梦游的我来说,这任务也太难了些。地上有很多碎石子儿,贴着地面生长着许多又干又硬的植物,我的力气不够,而且我从没用过铁锹,迈克和祖母的指挥只会让我更感挫败。过了半个小时,我只在地面上挖出了一条小小的裂缝,而我的手在橡胶手套下已经被磨出了水泡,并且累得连铁锹都抬不起,罪犯俱乐部的两位成员这才满意。

烧毁五十万美元这件事比我们想的要复杂,因为我们事先没有考虑到风这个因素,还有一沓沓钞票的厚度,以及纸币那简直可以跟强化抹布相媲美的质地。在若干次尝试之后,我们选择了最俗气的方法,我们把钞票塞进挖出的洞里,浇上汽油,点火,不停地扇风把烟吹走,虽说在晚上不太可能有人在远处看见,但也得尽量避免。

"你确定这些都是假币吗,玛娅?"祖母问我。

"我怎么敢确定,妮妮祖母?阿莱纳说通常真币和假币是混起来的。"

"把真币一起烧了,真是浪费。我们的花费可不小。或许我们可以收起来一些,以备不时之需……"祖母提议道。

---

① 夏尔·佩罗(1628—1703),法国诗人、文学家,也被视为现代童话的奠基者。代表作有《鹅妈妈的故事》等。

"你疯了吗,妮狄娅?这可比硝化甘油还要危险。"迈克驳道。

在他们激烈争论的同时,我烧完了第一个袋子里的钞票。我打开第二个袋子,里面只有四叠钞票,还有两包书本大小的东西,被塑料纸和打包用的胶带裹了起来。由于身上没有锋利的工具,我们只能用牙咬,使劲撕。天色亮了起来,铅灰色的云朵匆匆滑过鲜红的天空,我们动作得快些了。在那两个包里有四块金属板,可以印刷一百和五十美元。

"这玩意可够值钱的!"迈克惊呼,"这比我们刚才烧的那些钞票要贵重多了。"

"你怎么知道?"我问。

"警察不是跟你说了吗,玛娅,亚当·特雷沃制作的假币足以乱真,几乎无法检测出来。黑社会团伙肯定愿意用好几百万来换取这几块金属板。"

"也就是说,我们可以拿这些板子来卖钱。"妮妮祖母满怀希望地问道。

"想都别想,堂柯里昂。"迈克打断了她的话,他的眼神锐利得像尖刀。

"金属板可没法烧毁。"我插嘴说。

"我们得把它们给埋了,或者扔进海里。"他做出决定。

"太遗憾了,这可是艺术品。"妮妮祖母叹息道,她小心翼翼地把那几块金属板给包了起来,防止它们被划伤。

我们把钱给烧了个干净,用泥土把洞盖住。在离开之前,"白雪公主"坚持要在这个地方做个记号。"为什么?"我问。"以防万一。犯罪小说里都是这么干的。"他跟我解释。于是我负责寻找石头,在这个洞上堆了个小金字塔,与此同时,妮妮祖母测量从这里到最近的参考地点需要走几步,迈克在一个纸袋上画图。这就像是在玩一个

251

海盗游戏，可我没精神来跟他们争论什么。我们开车前往伯克利，一路上我们停了三次，下车上厕所，喝咖啡，给车加油，并把原本装钱的袋子、铁锹、桶和手套扔到不同的垃圾桶里。破晓时分绚烂的霞光已经褪去，现在天完全亮了，车上的空调效果不好，我们在沙漠蒸腾的热气里汗如雨下。祖母不想让我来开车，因为她觉得我依然情绪低迷，身体僵硬，她在这条永无止境的公路上开了整整一天车，从早到晚，没有开口抱怨过一句。"以前大客车司机那份工作可不是白干的。"她指的是跟我波波祖父相识的那段时间。

在我跟丹尼尔·古德里奇讲述这个故事的时候，他问我那些金属板后来被如何处理了。妮妮祖母负责从渡船上将它们扔进了旧金山湾。

我还记得，当我跟丹尼尔·古德里奇说起这段经历时，他身上那种精神病专家的冷漠感完全淡去，那会儿大概是五月。自从他离开，感觉像是过了一个世纪，我是怎么熬过来的？我的故事让丹尼尔张口结舌，从他的表情看来，他从未经历过我在拉斯维加斯时那样刺激的冒险生活。他说他回到美国就会跟妮妮祖母和"白雪公主"联系，可他目前还没有。"你的祖母真是特别。她跟艾尔冯斯·乍勒斯基倒是天生一对。"他说。

"现在你知道我为什么会住在这里了，丹尼尔。你可能曾经认为我因为一时游兴正浓，才做出这样的决定，可并不是这样。妮妮祖母和欧克利决定让我走得越远越好，直到我被卷入的这场事件情况明朗些才回去。乔伊·马丁和奇诺在找这笔钱，他们不知道是假币；警方想要逮捕亚当·特雷沃，而亚当·特雷沃则想抢在美国联邦调查局之前找到他的那些金属板。我是一切的关键，他们一旦发现了这点，就都会来找我。"

"劳拉·巴伦才是关键。"丹尼尔提醒我。

"警察应该已经发现我就是劳拉·巴伦了。我在很多地方都留下了指纹,健身房的文件柜上,布兰登·黎曼的那栋楼里,如果他们抓住了弗莱迪,让他坦白的话,甚至在奥琳比雅·佩蒂福特的屋里都能找到我的指纹,希望这千万不要发生。"

"你没有提到阿莱纳。"

"他是个好人。他在跟联邦调查局合作,他怀疑我,他原本可以逮捕我,可他没有那么做。他保护了我。他只对打击假币工业和逮捕亚当·特雷沃感兴趣。如果成功了,他会被授予奖章。"

丹尼尔赞同让我躲一阵的这个计划,不过他并不觉得通信是一件很危险的事情,没必要疑神疑鬼的。我打开一个名为小胡安·克拉雷斯的 gmail 邮箱。没人会怀疑西雅图的丹尼尔·古德里奇跟一个奇洛埃的小男孩之间的关系,他们只是在旅途中认识的朋友,会定期相互联系。自从丹尼尔离开,我每天都使用这个账户。马努艾尔并不赞同这一点,他认为美国联邦调查局的间谍和黑客就像上帝一样无所不在,什么都逃不过他们的眼睛。

小胡安·克拉雷斯就像我一直盼望拥有的弟弟,以前的弗莱迪也是。"把他带到你的国家去吧,小美国佬,这个黄毛小子在我这一点作用也没有。"爱杜维赫斯有一次开玩笑说道,小胡安却信以为真,他正在计划以后跟我一起在伯克利生活。他是这个世界上唯一一个崇拜我的生物。"等我长大了,我就跟你结婚,美国佬阿姨。"他说。我们正在阅读《哈利·波特》的第三卷,他梦想着去霍格沃兹魔法学校,并拥有自己的飞天扫帚。他为能把名字借给我来申请一个电子邮箱账户而感到自豪。

同样,在丹尼尔看来,在沙漠里把钱给烧掉也是一个疯狂的念头,我们很有可能被巡逻的警察发现,因为很多卡车来往于 15 号州际公路上,这条公路有路面监控,还有直升机在天上监控。在做出这个决定之前,"白雪公主"和妮妮祖母讨论了各种可能,甚至还试图像以前用一公斤排骨做实验那次一样,用德瑞诺牌管道疏通剂来把钱溶解,但哪种处理方式都有风险,而且没有任何一种方法比用火烧来得更为干净利落、具有戏剧性。过几年,等他们能放心讲述这个故事时,莫哈韦沙漠①里的一把火肯定比管道疏通剂听起来要好得多。

在认识丹尼尔之前,我在佛罗伦萨见过大卫的雕像,它给我留下了深刻的印象。精美的大理石雕像高达五点一七米,可下体尺寸却很小。除了这次以外,我从没有去想象或是欣赏过男性躯体。跟我有过关系的男孩一点都不像大卫,他们笨手笨脚,身上有股难闻的味道,毛发旺盛,而且满脸粉刺。在青少年时期,萨拉和德比以及俄勒冈学校里的其他女生都爱慕过一些男演员,我也曾经跟风暗恋过他们,如今我已经记不清他们的名字,他们几乎就跟我祖母供奉的圣人一样虚无:牙齿洁白,用蜜蜡褪过毛的肌肤光滑,悠闲自得地在阳光下把皮肤晒得黝黑。我曾经怀疑过他们是不是真实的人类。我从没近距离见过这些演员,更别提触摸到他们了,他们是为屏幕而生,不可能成为恋爱中耳鬓厮磨的对象。在我的性幻想中从来没出现过这些人。我小时候,波波祖父送给我一个精致的硬纸壳做的小剧院,里面有些穿着纸衣服的小人,可以表演剧情复杂的歌剧。我想象中的爱人就跟那些小纸人一样,是无名无姓的演员,我可以在舞台上操控他们。现在,这一切都被丹尼尔取代了,他占据了我的白天和黑夜,我想他,梦中都在与他相见。他离开得太早了,我们还没来得及巩固

---

① 莫哈韦沙漠,位于美国西南部,地跨加州、内华达州、犹他州和亚利桑那州。

我们的关系。

情侣关系需要时间才能逐渐成熟,就像是生长缓慢的植物,一段共同的经历,流过的泪水,克服的障碍,相册里的照片,这些都是必然的过程。如今我跟丹尼尔只能在网上的虚拟空间进行接触,这场分离可能会毁了我们的爱情。他在奇洛埃停留的时间比之前预计的要长,他没去巴塔哥尼亚地区,而是直接坐飞机去了巴西,然后从那回西雅图,现在已经在他父亲的诊所里开始工作了。而我也将要结束在这个小岛的逃亡生活,等到那时,我们就得要决定在哪里生活。西雅图是个好地方,那里的雨水没有奇洛埃多,可我更喜欢生活在这里,我不想离开马努艾尔、布兰卡、小胡安和法克。

我不知道在奇洛埃丹尼尔是否能找到工作。马努艾尔说,虽然这里的疯子比好莱坞还要多,可精神病医生在这个国家要忍饥挨饿,因为智利人认为幸福是庸俗的,他们非常反感花钱来克服不幸。我觉得马努艾尔他自己就是个好例子,如果他不是智利人的话,早就花钱找专业人士来研究他的内心伤痕,现在就能过得更快乐些。我不是心理诊疗的拥护者,在俄勒冈的那段经历过后,我根本就不可能拥护心理诊疗,可有时它确实能起到作用,比如我的妮妮祖母刚刚失去丈夫的时候就是。或许丹尼尔还能从事其他工作。我认识一个牛津大学的学者,他看起来就是一个典型的牛津学者,穿着肘部有皮垫的花呢套装。他爱上了一个智利姑娘,于是留在了格兰德岛,现在经营一家旅游公司。还有做苹果卷的那个大屁股奥地利姑娘;她本来在因斯布鲁克[①]当牙医,现在成了一家旅馆的老板。我可以跟丹尼尔一起做饼干,马努艾尔说过,这门生意有前途,要么就开一家羊驼养

[①] 因斯布鲁克,位于奥地利西部,在阿尔卑斯山谷之中,与德国、意大利、瑞士相邻。

殖场,以前在俄勒冈时我就有过这个打算。

五月二十九日那天,我跟丹尼尔告别,我装作若无其事的样子,因为码头有很多围观者——我们的恋情取代了电视剧,成为他们的谈论中心。我可不想给这些出言不逊的奇洛埃人提供谈资,可回到家,只有我跟马努艾尔两个人的时候,我哭了个痛快,把我们两人都弄得筋疲力尽。丹尼尔没带电脑,回到西雅图后他收到了我的五十条信息,他回复了我,不过没什么浪漫的字眼,他应该累坏了。从那时开始我们一直保持着联系,我避免在邮件中泄露自己的身份,我们有一些密码来示爱,他天性拘谨,很少用到,而我截然不同的性格使得我毫无节制地使用这些密码。

我过去的人生不长,按理说我应该记得很清楚,可我并不相信自己任性的记性,我得在我的脑子开始篡改或是删减这段记忆之前将它记录下来。电视上有报道说,有几个美国科学家已经发明了一种新型药品,能够让人遗忘过去,他们打算用这种药品来治疗精神创伤,尤其是在战场上受到刺激而丧失理智的军人。这种药品还在实验阶段,得要精确控制它的效果,否则用药者会失去一切记忆。如果我有这种药的话,我会选择忘记什么呢?我什么都不想忘。过去糟糕的经历是对将来的教训,而我所经历的最可怕的事情就是波波祖父的死,我希望永远都不要忘记。

在品克雅的洞穴附近的小山上,我看到了波波祖父。他站在山边眺望着海天交界处。他戴着他的意大利帽子,穿着西服,手上拿着行李箱,好像是风尘仆仆赶来的,正在犹豫到底是离开还是留下。他只停留了短短一瞬,我一动不动,凝神屏息,害怕呼吸声惊扰到他,我在心里呼唤着他;很快,一群海鸥鸣叫着飞了过来,他消失了。我没有把这件事告诉任何人,因为我不想做一些让人难以相信的解释,不过在这里,可能会有人相信我。如果有幽灵在库考①哭号,有幽灵船在安库德海湾行驶,基卡维②的巫师能变成狗的话,一个已经去世的天文学家出现在品克雅的洞穴边也是完全可能的。出现的可能不是幽灵,而是我的想象,我对他的思念被空气具体化了,就像投放电影一样。奇洛埃是一个适合祖父显灵和孙女胡思乱想的地方。

在我跟丹尼尔独处、讲述彼此生活的时候,我跟他说起了很多波波祖父的往事。我告诉他我的童年很幸福,是在伯克利那个奇特的大宅子里度过的。童年的记忆,还有祖父母对我的爱,支撑着我度过了那段不幸的时光。我的父亲对我没什么影响,因为飞行员这份工作使得他在天上的时间比在地上的还要多。在结婚前,他跟我们住在一起,他占据了二楼的两个房间,可以不经过大门,直接从一个狭窄的楼梯出去,我们很少见到他,他不是在飞,就是跟某个情人在一起,他的情人们总是在不合时宜的时间打电话来找他,他也从不说起她们是谁。他的时间安排每两周就变一次,在家里,我们都习惯了不等他,也不问他在干什么。我的祖父母将我养大,他们去学校给我开家长会,带我去看牙医,辅助我做作业,教我系鞋带,骑自行车,用电脑,给我擦去眼泪,跟我一起欢笑;在我的记忆中,在十五岁之前,我从没有离开过妮妮祖母和波波祖父,现在,波波祖父已经不在了,可我感觉他离我更近了,他履行了他的承诺,永远与我同在。

丹尼尔离开两个月了,我两个月没见到他,闷闷不乐了两个月。这两个月以来,我把想跟他说的话都写在这记事本上。我真是太需要倾诉了!这真是一种折磨,一种无药可治的病。五月份,马努艾尔

---

① 库考,村镇名,位于格兰德岛西岸。
② 基卡维,地名,位于格兰德岛东岸。

刚从圣地亚哥回来时,他装作没有注意到整个屋子都散发着亲吻的气息,伪装成看不出来法克很紧张的样子。法克紧张是因为我没有照顾它,它得像这个国家其他狗一样自己出去遛弯;不久之前它还是条野狗,现在已经贪心地想要跟我形影不离了。马努艾尔放下行李,告诉我们他需要找布兰卡·施内克解决一点问题,考虑到快下雨了,他晚上就在布兰卡家过夜。在这里,当金枪鱼跳起舞来,或是出现"光束",也就是透过云层直射下来的阳光时,人们就知道要下雨了。据我所知,马努艾尔之前从没在布兰卡家过夜过。他讨厌拥抱,可我还是久久地抱着他,往他耳朵里吹气说"谢谢,谢谢,太感谢了"。他送给我一个二人世界的夜晚,那时丹尼尔正在往炉子里添柴,打算做一道芥末肥猪肉配鸡肉,这道菜是他妹妹弗朗西斯创造的,她这辈子从没下过厨,可她收集了很多菜谱,变成了一个理论上的大厨。我打算不去看墙上正吞噬我们所剩无几的时间的船钟。

在我们短暂的蜜月期,我跟丹尼尔提起过旧金山的康复治疗诊所,我在里面度过了一个月,他父亲在西雅图的诊所应该跟那类似。

在从拉斯维加斯到伯克利九百一十九公里的旅行中,祖母和迈克·欧克利一起构思出一个计划,趁警方和罪犯还没找到我,让我从地图上消失。我已经有一年没见到我的父亲了,我也不需要见他,我把我的不幸归咎于他,可当我们的红色小车开到家门口时,我看到他正在门口等着,一瞬间,我的怨恨就消失得无影无踪。跟妮妮祖母一样,我的父亲也消瘦了许多;在我不在的几个月里,他变老了,不再是我记忆中那个跟电影演员一样帅气多情的样子。他给了我一个紧紧的拥抱,用我从没听过的温柔语气一遍一遍叫我的名字。"姑娘,我还以为我们再也见不到你了。"我从没见他如此激动过。安迪·维达尔是谨慎稳重的代名词,身着飞行员制服,英俊潇洒。坎坷的生活没有在他身上留下任何痕迹,很多漂亮的女人追求他,永远在飞行中的他文雅、乐观、健康。"你没事太好了,真是太好了,姑娘。"他一遍又一遍地说。我们到家的时候是夜里,可他给我们准备了早餐:巧克力饮料以及我最爱吃的夹了奶油和香蕉的法式吐司。

吃早饭的时候,迈克·欧克利介绍起奥琳比雅·佩蒂福特提过的康复项目,他向我们重申,这是目前所知道的控制毒瘾的最好的方式。吸毒,酗酒,每当他提到这些可怕的字眼,我的爸爸和妮妮祖母就仿佛被电击了一般瑟瑟发抖,可我已经接受了这一现实,这还得多亏了那些"耶稣的寡妇"们,她们在这方面经验丰富,也向我解释得非常清楚。迈克说,毒瘾和酒瘾是狡猾而又有耐性的野兽,它们的手段很多,而且总在暗处窥伺,它们最强大的借口就是你并没有真的上瘾。他给我们罗列出几种可能,其中有他负责的康复治疗中心,免费不过规模较小,还有旧金山的康复治疗诊所,那里的费用高达每日上千美元,我马上放弃了后者,因为我们家没那么多钱。我爸爸脸色苍白,咬着牙,紧握拳头听完了他的话,最后他宣布,要用他的积蓄来给我治疗。迈克说两者的治疗方式类似,唯一的区别就是旧金山康复治疗诊所的设施更新,而且面朝大海,可谁都没法说服他改变主意。

我在康复治疗诊所度过了十二月,那里日式风格的建筑让人内心平静,有利于冥想思考:木头,大大的窗户和露台,充足的阳光,有小径的花园,能披着毯子坐下来看雾色的长椅,还有温水泳池。大海和森林的辽阔景观对得住每天上千美元的价格。我是里面最年轻的治疗者,其他人的年龄都在三十到六十岁之间,他们态度友善,在走廊上跟我打招呼,还会邀请我玩拼字游戏或是打乒乓球,仿佛我们是来度假的。除了抽烟抽得厉害以及大量摄入咖啡外,他们看起来很正常,没人会想到他们有毒瘾或是酒瘾。

这里的治疗项目跟俄勒冈那所学校的差不多,主要内容为聊天、上课、小组讨论,还有我非常熟悉的心理学家和心理咨询师们的那一套行话、十二步疗法、身体和精神上的痛苦,接下来是恢复、清醒。由于那里的大门敞开,出入自由,我花了一个星期的时间才战胜逃走的诱惑,开始跟其他病友打交道。"我不该在这里遭受这一切。"在那个星期里,这个声音就像咒语一样盘旋在我脑海。可想到父亲已经付清了治疗费,把他的积蓄都花在这二十八天里,我又忍了下来,我不能再让他失望。

我的室友名叫洛莱塔,三十六岁,是个很有魅力的女人,她已婚,有三个孩子,职业为房产经纪人,她酗酒。她告诉我:"这是我最后一次机会了。我的丈夫已经向我宣布,如果我不戒酒,他就要跟我离婚,把孩子们都带走。"探视日的时候,她丈夫跟孩子一起带着图画、鲜花和巧克力过来,他们看起来是个幸福的家庭。洛莱塔经常把她的相簿翻给我看:"我的大儿子帕特里克出世的时候,我只喝啤酒和葡萄酒;在夏威夷度假的时候,台克利鸡尾酒和马丁尼酒;2002年的圣诞节,香槟和杜松子酒;2005年结婚纪念日,被送去洗胃,开始康复治疗;七月四日国庆节野餐,十一个月没碰酒后第一次喝威士忌;2006年生日,啤酒、龙舌兰、朗姆酒、苦杏酒。"她知道四周的戒断治疗是不够的,她得在这待上两到三个月才能回家。

除了以聊天的方式鼓励我们以外,治疗诊所还告诉我们什么是上瘾,会带来什么后果,此外还有跟心理咨询师一对一的交流。日均一千美元的价格允许我们使用游泳池和健身房,能去附近的公园里散步,享受按摩和一些美容放松的项目,还有瑜伽、普拉提、冥想、园艺和艺术等课程,可尽管这里的活动五花八门,每个人都有自己的问题,这问题就像一匹死马一样压在大家的肩头。我的死马就是我急切地渴望逃跑,逃得越远越好,逃离这里,逃离加州,逃离这个世界,逃离我自己。活着太费劲,每天早上起床,看着无尽的时间缓慢流逝,这根本就不值得。休息。死亡。就像哈姆雷特说的那样,活着还是死去。迈克·欧克利建议说:"你不要思考,玛娅,试着找些事做。这种消极状态是一个正常的阶段,很快就会过去的。"

为了找事做,我把头发染了又染,让洛莱塔惊异不已。弗莱迪在九月份给我染的黑色已经褪去,只在发梢留下了点铅灰色的痕迹。作为消遣,我用只能在国旗上看到的颜色来把头发染得五颜六色。我的心理咨询师把我的行为判定为对自己的攻击,是一种惩罚自己的方式;可在我看来,她那中年妇女式样的发髻同样如此。

女人们每周要跟一位女心理学家开两次会,这个女人跟奥琳比雅·佩蒂福特体型相似,也有一副好心肠。我们坐在教室的地板上,教室里点着蜡烛,每个人都要拿点东西过来,堆成一个祭台:一个十字架、一个佛像、儿女的照片、毛绒熊公仔、一盒亲近的人的骨灰、一枚婚戒。在昏暗的光线中,在周围全是女性的环境下,更容易开口讲述。女人们说起上瘾这件事情是如何毁掉了她们的生活,她们负债累累,被朋友、家人或是爱人抛弃,她们负疚不已,因为她们曾经醉酒驾驶撞到人或是抛下生病的儿子去寻找毒品。还有人说起自己曾堕落不堪,欺辱,偷窃,卖淫,我用心聆听,因为我也有过同样的经历。她们中有很多都不止一次进行康复治疗,已经对自己彻底失去了信心,因为她们知道节制有多难以把握,是怎样地转瞬即逝。信仰能起到帮助,她们可以把自己交到上帝或是某个神灵的手上,可并不是每个人都有信仰。这群伤心得上了瘾的女人跟奇洛埃那些漂亮的女巫们截然不同。在茅棚里,没人感到羞愧,每个人都心满意足,生机勃勃。

周六和周日,家人可以来学校一起参加讨论会,过程很痛苦,却是必需的。我的爸爸提出一些正常的问题:霹雳丸是什么,怎样使用,海洛因的价格多少,致幻蘑菇会产生怎样的效果,匿名戒酒会的成功率为多少,答案听起来让人心惊。还有一些家人表现出失望和不信任,他们年复一年地忍受着家中的瘾君子,完全不能理解他为什么下定决心要毁了自己,毁了曾经美好的一切。可在我爸爸和妮妮祖母的眼中只有关爱,他们没有说过一句责备或是质疑的话。有一次,妮妮祖母说:"你跟他们不一样,玛娅,你走到了深渊边,可没有掉下去。"可奥琳比雅和迈克曾经警告过我不要这么想,要抵制住诱惑,不要认为自己比他人优秀。

大家围成一圈,每个家庭轮流走到中间跟其他人分享自己的经历。心理咨询师熟练地主持活动,创造出充满安全感的氛围,让大家觉得彼此都是一样的,没人犯下了什么出格的错误。没有人能够在这讨论会中毫不动容,大家面色苍白憔悴,时不时还有上瘾者或是其家人坐在地上抽泣。爱使用暴力的父亲,好欺负人的同学,可恨的母亲,乱伦,家族式酗酒,什么事都有。

轮到我家时,迈克·欧克利坐在轮椅上,跟我们一起来到场中央,他让人再拿一个空椅子过来。我从俄勒冈学校逃出来以后,发生了很多事情,我对妮妮祖母隐瞒了一些事情,因为它们可能会给她造成极大伤害,可迈克来看我时,我跟他坦白了一切;任何事情都吓不倒他。

我爸爸说起了他飞行员的工作,他一直都不在我身边,他轻浮的男女关系,还有他是如何自私地把我扔给了祖父母,丝毫没考虑到父亲这个角色的分量,直到我十六岁那年骑自行车发生事故——那时他才开始关注我。他并没恼怒不已,也没对我失去信心,他说他会付出一切努力来帮助我。妮妮祖母介绍了我曾经是一个怎样的女孩,健康开朗,我的幻想,我写的诗,还有我的足球赛,她还反复强调了有多爱我。

就在这时,波波祖父进来了,他就跟没患病之前一模一样,身材高大,身上有上等烟草的味道,戴着金丝眼镜和博尔萨利诺牌宽檐帽,他坐在属于他的那张椅子上,朝我张开双手。他镇定得简直不像一个鬼魂,他从没以这样的姿态现身在我面前。我趴在他的膝盖上,哭个不停,我请求他的原谅,并且接受了一个绝对的真理,没有人能从我自己的手中拯救我,我是唯一一个需要对自己的生活负责的人。"让我牵着你的手,波波祖父。"我请求道。从那时开始,他就没再放开过我的手。其他人看到的是怎样的一幕?他们看到我抱着空椅子,不过迈克在等着波波祖父,所以他才要了一张空椅子,而妮妮祖母非常自然地接受了他不可见的存在。

我不记得那场讨论会是怎么结束的,我只记得全身疲惫,妮妮祖母陪我到房间,她跟洛莱塔一起把我扶到床上躺下,我生平第一次一口气睡了十四个小时。我曾经经历了无数个不眠之夜,做了许多不体面的事情,恐惧总是萦绕在我身边,现在我终于睡着了。这个觉让我恢复了体力,可仅此一次,后来我再没如此熟睡过,失眠在门外耐心地等待着我。从那一刻开始,我全身心投入戒毒治疗中,我在过去的一个个黑暗洞穴中勇敢探险。随意进入一个,解决洞内的恶龙,当我觉得它们都被我打败时,其他洞穴的大门又一扇接一扇打开,简直就像永无止境的迷宫。我要直面灵魂提出的问题,在拉斯维加斯时,我曾经以为我已经没了灵魂,可事实并非如此,它只是被吓坏了,麻木地蜷缩在一个角落。在那些黑暗洞穴中,我从没有过如释重负的感觉,可我已经不畏惧孤独了,因此我现在一个人生活在奇洛埃,也挺开心的。我在这一页写了什么蠢话?在奇洛埃,我才不是一个人。事实是,在这个岛上,在这个小房子里,跟这位患有神经机能病的绅士马努艾尔·阿里亚斯在一起,我才享受到了前所未有的温暖陪伴。

在我戒毒的同时,妮妮祖母给我换了新护照,跟马努艾尔取得联系,为我的智利之行做准备。如果可以的话,她会亲自来到奇洛埃,把我交到她朋友的手中。治疗结束前两天,我把东西放进书包,没跟任何人告别,趁天黑离开了康复治疗诊所。妮妮祖母把她的旧大众车开来了,就像我们约好的那样,她在二百五十米外等我。"从此时开始,你就要变成一缕青烟消失了。"她调皮地朝我挤了挤眼。她递给我一张波波祖父的照片,照片是塑封过的,跟我之前弄丢的那张一样,然后她开车送我去旧金山机场。

最近我把马努艾尔折腾得苦不堪言:你觉得男人恋爱时跟女人一样全身心投入吗?你觉得丹尼尔会因为我来奇洛埃终老吗?马努艾尔,你觉得我胖吗?你确定吗?告诉我实话!马努艾尔说在这个家里没法呼吸了,空气里充斥着眼泪和女人的叹息、炽热的激情和荒谬的计划。就连动物也变得奇怪起来,叫文学家的那只猫本来很讲卫生,可现在总在电脑键盘上呕吐,叫蠢蛋的那只原本总是无精打采,可现在竟然跟法克争起宠来,每天早上天亮时,都四脚朝天地躺在我床上,等着我挠它肚子。

我们就爱情这个话题聊了很多次,马努艾尔觉得简直就聊得太多了些。"没有什么比爱情更深刻。"我表达了自己的浅薄观点,他在学术方面的记性很好,当场就背诵出大卫·赫伯特·劳伦斯[1]的一首诗,大意是,有比爱更深刻的东西,那就是每个人的孤独,在这孤独中熊熊燃烧着赤裸裸的生命的火焰,这诗让我更加闷闷不乐,因为我想到的是赤裸裸的丹尼尔。除了引用已经去世的诗人作品外,马努艾尔一言不发。我们的对话其实是一场独白,是我在宣泄对丹尼

---

[1] 大卫·赫伯特·劳伦斯(1885—1930),英国小说家、批评家。代表作有《儿子与情人》和《查泰莱夫人的情人》等。

尔的感情；我没有提起布兰卡·施内克的名字，因为她不让我这么干，可空气中无处不是她的身影。马努艾尔认为自己已经太老了，不适合谈恋爱了，而且他不能给她什么，可在我看来，他的问题就是胆怯，他害怕分享，害怕依赖，害怕痛苦，也害怕布兰卡癌症复发，先于他去世，或是反过来，害怕让她变成寡妇，或是在她风韵犹存的时候，自己就已经垂垂老矣。这倒是很有可能，因为他比她大很多。要是他脑子里没那个该死的泡泡的话，马努艾尔可能会健康强壮地活到九十岁。老人之间的爱情是怎样的？我指的是身体上的。他们会做……那件事吗？自从我满了十二岁，就开始监视我祖父母，于是他们在卧室门上装了把锁。我问妮妮祖母他们关着门在干什么，她的回答是在念玫瑰经。

有时我控制不住，会给马努艾尔一些建议，他用讽刺的口吻一一驳回，可我知道他在听，也在学。他逐渐改变了以前像和尚一样的生活习惯，不再执着地追求整洁，听我说话的时候更专注了，而且在我触碰他时，不会变得身体僵硬，在我听着耳机开始舞动跳跃时，不会落荒而逃；我得要运动，不然就会变得像我在慕尼黑美术馆看到的鲁本斯笔下那群光溜溜的萨宾胖女人一样。他脑子里的那个泡泡已经不是什么秘密，因为他掩盖不了偏头疼和看东西重影的症状，他看不清书本和屏幕上的字。丹尼尔知道他患有动脉瘤时，曾跟我建议让他去明尼阿波利斯的梅奥诊所，那里有全美国最权威的神经外科，布兰卡跟我保证说她父亲一定会资助手术，可对于这件事，马努艾尔谈都不愿意谈；他已经亏欠堂里奥内尔很多了。"那不是刚好吗，欠一次人情和欠两次人情，都一样。"布兰卡驳道。我很后悔在莫哈韦沙漠把那堆钞票给烧了；不管是真是假，总是能派上用场的。

之前一段时间，因为每天都在狂热地给丹尼尔写邮件，我没动记事本。现在我又开始写日记了。我想等我们重逢的那天把这个本子给他,让他更好地了解我和我的家庭。我不能在邮件里把一切都告诉他,因为电子邮件只够记录当天的新鲜事以及表白爱意的只言片语。马努艾尔让我控制好自己,不要一时脑热写些不当的言语,每个人都为自己曾经写下的情书而后悔,因为里面只有些肉麻而荒唐的内容,而且我的一番热情并没得到收信人的回应。丹尼尔的回信非常简洁,而且他不常回复。他在诊所一定很忙,要么就是他在严格执行我祖母强加的安全措施。

我让自己忙碌起来,要不然,不停地想着丹尼尔,激情恐怕会让我自燃起来。曾经有过这样的案例,有人无缘无故就燃烧起来,消失在火焰中。我的身体是熟透了的桃子,等待着人来品尝,要么就会从树上掉下来,在地上摔个皮开肉绽,被蚂蚁分食。看来更有可能发生的是后者,因为丹尼尔根本没有要来品尝我的意思。修女的生活让我的脾气变得很糟糕,稍有不顺便要发火,但我得承认,我的睡眠开始变好了,这可是打从我开始记事以来的第一次。我倒是希望多做春梦,可事实并非如此。我的梦境都很有趣。自从迈克尔·杰克逊突然去世起,我好几次都梦到了弗莱迪。杰克逊是他的偶像,我可怜的朋友应该很伤心。他现在怎么样了?他冒着生命危险救了我的命,我甚至都没有机会感谢他。

在某些方面,弗莱迪跟丹尼尔很像,他们肤色类似,都有长睫毛、大眼睛和卷曲的头发。如果丹尼尔有个儿子的话,可能就是弗莱迪的模样,可如果我是他孩子的母亲,我们的孩子就很有可能看起来像个丹麦人。玛尔塔·奥拓的基因非常强大,我身上毫无任何拉丁血脉的影子。在美国,丹尼尔认为自己是黑人,其实他的肤色没有那么深,更像是希腊人或是阿拉伯人。我们谈到这个话题的时候,丹尼尔曾经说过:"在美国,黑人年轻男子受到种种威胁,很多人三十岁不到就沦为阶下囚，或是被杀害。"从小，他的身边就都是白人。他生活在美国西部一个风气自由的城市里，成长在优越的环境中，他的肤色没有限制他，可如果到了其他地方，他的处境可能就会截然不同。白人会生活得更轻松，这一点我祖父也非常清楚。

我的波波祖父有一股强大的气势，他身高一米九，体重一百四十公斤，满头灰发，戴着金框眼镜，头上总顶着我爸爸给他从意大利带回来的宽檐帽。在他的身边，我不会有任何危险，没人敢碰这个魁梧的男人。我一直都坚信这一点，直到七岁左右，一个骑着自行车的人改变了我的观点。

布法罗大学邀请我祖父去做一个报告。学校安排我们住在特拉华街的一家宾馆，不少二十世纪百万富翁的豪宅如今成了公共建筑或是商务大楼，我们入住的宾馆就是其中之一。那天温度很低，刮着寒风，可祖父想到要去附近的公园走走。妮妮祖母带着我跳过一摊摊积水，走在前面，所以没看到发生了什么，只听到一身尖叫和随之而来的争执声。在我们后面来了一个骑自行车的年轻人，很明显，他因为地上冻结的积水而滑倒，撞到我的祖父，接着摔倒在地。波波祖父被撞得晃了晃，他的帽子飞了，原本挂在胳膊上的伞也掉到了地上，可他还是站着的。我跑过去追帽子，他弯下腰来捡雨伞，接着把手伸给那个倒在地上的人，打算帮他站起身来。

一瞬间，眼前这一幕就变得充满暴力。骑自行车的那个人吓坏了，他开始大叫，一辆车停了下来，接着又来了一辆车，没过几分钟，警察的巡逻车赶到。我不知道人们是如何得出结论，认为我祖父造成了这场事故，还用雨伞威胁那个骑自行车的人。警察没多问，他们把祖父使劲压倒在巡逻车上，命令他举高双手，一脚把他并拢的双腿踢开，对他进行搜查，然后把他的手背到身后，戴上手铐。妮妮祖母就像一头母狮子一样捍卫着他，她拦住那群警察，用一长串西班牙语进行解释,每当遇到危急时刻,她唯一记得的就是这门语言。警察试图推开她时,她揪着个子最大的那个警察的衣服,把他提起到距离地面几厘米的高度。考虑到她体重还不到五十公斤,能做到这一点真是让人钦佩。

我们来到了警察局,可那不是伯克利的警局,也没有给我们送卡布奇诺的瓦尔克扎克军士。波波祖父的鼻子和眉毛里的伤口都在流血,他用我从没见过的低声下气的态度试图说明情况,并请求给学校打电话。警局里的人只会威胁他,称再不闭嘴就要把他关进监狱。妮妮祖母被戴上了手铐,因为他们害怕成为她再度袭击的对象。警察在填表,他们让妮妮祖母坐在一张长椅上。"你得要做点什么,玛娅。"她在我耳边低声说道。我从她的眼睛里看出她想让我干什么。我深吸一口气,发出一声尖叫,叫声在屋里回响,我的身体向后扭曲,抽搐着,倒在地上,口吐白沫,两眼翻白。小时候,娇生惯养的我为了不去上学,装了很多次癫痫发作,就连神经外科医生都难辨真假,更别提布法罗的这些警察了。他们把电话借给我们。叫来救护车,把我跟妮妮祖母送到医院,一到医院,我就彻底痊愈了,这让跟我们一道过来的女警察震惊不已。与此同时,学校派来律师,把祖父从关押着酒鬼和扒手的监狱中救了出来。

那天晚上,筋疲力尽的我们待在宾馆。晚饭我们只喝了一点汤,然后我们三人躺在同一张床上。自行车把祖父身上撞出了大片瘀青,手铐把他的手腕给磨伤了。在漆黑的夜里,我躺在他们中间,用被子把自己裹得严严实实。我问他们到底发生了什么。波波祖父回答说:"没什么大不了的,玛娅,睡吧。"他们沉默了一阵,好像睡着了似的,后来我听到妮妮祖母说:"玛娅,发生的这一切,就是因为你祖父是黑人。"她的声音充满愤怒,我没敢再问。

这是我生平第一次领会到人种间的差异,在丹尼尔·古德里奇看来,这个问题是无法忽略的。

马努艾尔和我正在重写他的那本书。我说我们正在重写,因为他负责想,我负责写,就算用西语我也写得比他好。他有这个想法是因为有一次,他跟丹尼尔聊起了奇洛埃的神话。作为一个优秀的精神病专家,丹尼尔开始吹毛求疵。他说各神灵代表着不同的心理诉求,神话都是有关于创造、自然和人类种种不幸的故事,同现实息息相关,可奇洛埃的神话听起来就像是用口香糖粘在一起的一个个故事,缺乏关联。马努艾尔陷入了沉思,两天后,他告诉我,已经存在很多有关奇洛埃神话的作品,如果他不能对这些神话进行自己的解读,他的作品就没有任何新意。他将这一想法告知出版商,他们让他四个月后交出新的手稿;我们动作得快些了。丹尼尔对此很感兴趣,愿意进行远程协助,这也给我提供了一个新的借口,方便我跟我们这位远在西雅图的顾问保持联系。

冬天的气候限制了岛上的活动,可总有活要干:得要照看孩子和动物,在落潮的时候捡海鲜,修补渔网和被暴风雨损坏的房屋,织毛衣,数天上的云朵。到了晚上八点,女人们聚在一起看电视剧,男人们则喝酒打牌。这个礼拜的雨下个不停,这片南方的天空泪水不断。周二的时候刮了狂风,把屋顶的瓦片卷走了些,现在雨水就从这些空洞漏进来。我们在漏水处下方放了罐子,用拖把擦干地上的水。等到雨停了,我会爬到屋顶去进行处理。马努艾尔的年龄太大,没法爬高,而且我们已经不指望"恰斯基亚师傅"能在春天来临之前来到岛上。雨水的敲打声经常惊动到我们家三只蝙蝠,它们头朝下倒挂在顶梁上,蠢蛋猫试图用爪子去抓它们,只是徒劳。我讨厌这些长着翅膀的老鼠,因为它们可能在晚上吸我的血,不过马努艾尔向我保证,它们同特兰西瓦尼亚①的吸血鬼没有任何关系。

我们从没像现在这样依赖柴火和黑铁炉,炉子上的茶壶里总泡着马黛茶或是茶;衣服和皮肤上有股烟味和辛辣的香味。跟马努艾尔一起生活就像是在跳一曲严谨的舞蹈,我打扫,他添柴,我们一起做饭。有一阵,因为爱杜维赫斯不过来,我们还一起打扫房间,她让小胡安过来拿脏衣服,洗干净后再让小胡安送过来,她没出来干活。

在阿苏塞纳流产后,爱杜维赫斯一直很沉默,她不怎么出门,也不跟人交谈。她知道人们在她背后说了许多关于她家庭的闲话;很多人怪她默许卡梅洛·克拉雷斯侵犯自己的女儿,也有人怪她的女儿"引诱自己的爸爸,他总是喝得醉醺醺的,不知道自己在干什么",我在死人酒馆就听到有人这么说过。布兰卡说,很多女人都跟爱杜维赫斯一样,面对丈夫的欺凌态度温顺。控诉她是丈夫的同谋并不公平,因为她们一家都是受害者。她畏惧自己的丈夫,从来不敢跟他起冲突。布兰卡的结论是:"对别人妄加评论很容易,因为你没有亲身体验。"她的话让我陷入思索,因为我就是第一批对爱杜维赫斯大加批判的人之一。我为自己的举止后悔,于是去她家看望她。她把我们的床单泡在木盆里,正弯着腰用肥皂和刷子清洗。她用围裙把手擦干,没看我,但邀请我喝"一小杯茶"。我们坐在火炉前,等水烧开,然后静静地喝茶。很明显,我来是想要跟她和好,要是我开口跟她道歉,她会不自在,开口提到卡梅洛·克拉雷斯则更不礼貌。我们俩都清楚我为什么会来。

"你好吗,爱杜维赫斯?"在几乎要喝完同一个茶袋泡出的第二杯茶水时,我终于开口问候。

---

① 特兰西瓦尼亚,位于罗马尼亚,是爱尔兰作家亚伯拉罕·布兰姆·斯托克的小说《德拉库拉》中主人公德拉库拉的居住地。

"将就着过吧。你呢,姑娘?"

"也是将就着过。你的牛呢?还好吗?"

"还好,还好,就是上年纪了。"她叹了口气,"没什么奶了。快不行咯。"

"我和马努艾尔现在喝的都是炼乳。"

"我的老天!你告诉先生,从明天开始,小胡安会送牛奶和奶酪过去。"

"谢谢,爱杜维赫斯。"

"家里可能不怎么干净吧……"

"我没法否认,简直脏极了。"我坦白道。

"我的天!对不住了。"

"没什么对不住的。"

"你告诉先生,要我帮忙就开口。"

"那就跟以前一样吧,爱杜维赫斯。"

"当然,当然,小美国佬,跟以前一样。"

接下来我们就客气地聊起了疾病和土豆。

最近有这么些新鲜事。奇洛埃的冬季寒冷且漫长,不过不像北边的冬天那样让人无法忍受,在这里不需要除雪,也无须用皮草将自己裹得严严实实的。当气候允许的时候,学校里会上课。每天都有人在酒馆里打牌,哪怕电闪雷鸣也不例外。不缺熬汤的土豆、烧炉子的柴火和招待朋友的马黛茶。有时有电,有时得用蜡烛来照明。

如果不下雨,卡勒乌切足球队会积极操练,为九月份的球赛做准备。孩子们的脚没怎么长,球鞋都还能穿得下。小胡安是替补球员,佩德罗·佩兰楚伽被投票选为球队守门员。在这个国家,一切都是以和平投票或是任命委员会的方式来解决,后者的过程颇为复杂。

智利人认为简单的解决方式都是不合法的。

露辛达夫人满一百一十周岁了。最近几周里,她的样子有些变了,看起来就像个满身尘土的破布偶,她已经没有力气纺羊毛,每天都坐在椅子上,凝视着另一个世界,可她长出了新牙。要到来年春天,岛上才会再度迎来古兰多宴和游客,现在女人们都在织毛衣,做手工品,因为女人游手好闲是一种罪过,只有男人才能吊儿郎当,无所事事。为了不显得特立独行,我正在学织毛衣;目前我在用粗毛线织一条围巾,手法生疏,经常出错。

岛上一半的人都生病了,有的感冒,有的患上支气管炎,还有人骨头疼,可要是国家医疗队的快艇一两周不来,也没人在意,只有莉莉安娜·特雷维诺除外,据说她跟那个没胡子的医生在谈恋爱。这里的人不信任不收费的医生,他们更喜欢用自然疗法,如果病情严重,则会求助于马奇。神父每周都来岛上主持周日弥撒,以防当地居民改信五旬节派①或是福音教派。马努艾尔说,当地人改信其他教派的可能性不大,因为天主教在智利的影响比在梵蒂冈还要大。他告诉我,智利是世界上最后一个通过离婚法的国家,而且这个国家的离婚法非常复杂,杀死配偶都比离婚要简单得多,所以没人想结婚,大部分孩子都是非婚生子。流产就更不用提了,这个词就是粗鲁的字眼,不过事实上有很多人偷偷操作。智利人崇拜教皇,不过在性爱及其造成的相关后果方面,他们并不听从教皇的教诲,因为他只是个终生未婚的老头,过着富足的生活,从没干过活,在这方面所知不多。

电视剧的剧情进展缓慢,已经放到九十二集,情节还是跟一开始差不多。这是岛上最重要的时间,人们为电视主人公的不幸而痛苦,

---

① 五旬节派,基督教新教教派别,十九世纪末二十世纪初产生,因主张信徒应该在五旬节接受圣灵的传统而得名。

甚至都忘记了自己的烦恼。马努艾尔不看电视,我不怎么听得懂演员们说的话,更看不懂剧情,好像一个叫艾丽莎的人被她舅舅给掳走了,她舅舅爱上了她,把她囚禁在一个地方,她舅妈四处找寻艾丽莎,想要杀死她,可明明更合逻辑的该是她杀死自己的丈夫。

我的海豹朋友品克雅一家都离开了洞穴;它们搬到其他海域去了,不过应该还会回来的。渔民们跟我保证说,海豹有着固定的生活习惯,它们总会在夏天回来。

警察们那条叫利文斯顿的狗已经长大了,它能听懂多种语言:无论用英语、西班牙语,还是奇洛埃当地方言指挥它,它都能听懂。我教给它四个任何家养动物都能学会的本领,其他的本事都是它自己学会的。它能赶羊和赶醉鬼,带它去打猎的时候它能有收获,如果发生火灾或是洪涝灾害,它能示警,还能闻出毒品——大麻除外。如果乌米尔德·卡莱下令让它表演攻击时,它能假装扑上去,可在平时,它是非常温顺的。它从没找到过尸体,因为就像卡莱说过的那样,很不幸,这里没有尸体,不过它找到了奥雷里奥·尼昂古佩尔在山中迷路的四岁孙子。我曾经的继母苏珊肯定愿意以重金来换取一条利文斯顿这样的狗。

我已经接连两次缺席茅棚里的女巫聚会了,第一次是因为丹尼尔在这里,第二次是在这个月,布兰卡和我没能去格兰德岛,因为当时看起来要下暴风雨,没法出海航行。我很遗憾没能去,因为那次我们要为我们当中一个成员刚出生的孩子祈福,我打算去亲亲他,我喜欢还不会说话的孩子。每个月在大地母亲肚子里跟那些年轻、美丽、身心健康的女人们聚会已经成为我生活中不可或缺的一部分。在她们中间,我不是美国佬,我是玛娅,是女巫中的一员,我属于这片土地。每次去卡斯特罗市,我们都会在堂里奥内尔·施内克家睡一两晚,如果丹尼尔·古德里奇没有出现在我的占星图里,我可能就爱上堂里奥内尔·施内克了。他跟神话中的米亚罗沃一样让人无法抗拒,他体态臃肿,满面红光,一脸大胡子,爱好女色。"你看你运气多好,共党分子,这个可爱的小美国佬竟落到你家里!"每次看到马努艾尔·阿里亚斯他都这么嚷嚷。

由于缺乏证据,对阿苏塞纳·克拉雷斯一案的调查无果而终,没有任何证据能够证明流产是人为造成的,这就是用鳄梨树叶和琉璃苣叶子熬出来的药茶的好处。我们再没见过这个姑娘,她去克永港跟她姐姐,也就是小胡安的亲生母亲一起生活去了,我从没见过她的那个姐姐。在这件事发生之后,卡尔卡莫和卡莱两位警察开始自行调查死去孩子的父亲究竟是谁,得出了众所周知的结论:阿苏塞纳跟她其他几个姐妹一样,被亲生父亲奸污了。这里的人都说,这是"私事",大家都觉得无权插手别人的家事,家丑不可外扬。

警察想让克拉雷斯一家报案,这样他们就能合法介入此事,可这家人没同意。布兰卡·施内克也没能说服阿苏塞纳和爱杜维赫斯。到处都是关于他们一家的流言蜚语和对他们的控诉,全村人都在发表自己的观点,这桩丑闻在连篇的空话之中被冲淡了;最后,公道以出人意料的方式得以伸张,卡梅洛·克拉雷斯仅剩的一只脚上生了坏疽。这个男人趁爱杜维赫斯去卡斯特罗市填表准备第二次截肢手术时,给自己注射了一整盒胰岛素。她回来的时候,他已经失去意识,她抱住他,几分钟后,他便去世了。没人提起这是一起自杀事件,就连警察也缄口不言;大家都默契地当他是自然死亡,这样他就能以基督徒的方式被安葬,避免给这个不幸的家庭带来更大的羞辱。

没等神父赶来,卡梅洛·克拉雷斯就被下葬了。乡村教堂的总管主持了一个小仪式,赞扬了死者造船的手艺——这是他能编出来的有关死者的唯一优点,愿仁慈的神灵宽恕死者的灵魂。仅有为数不多的几个邻居出于对这个家庭的怜悯来参加葬礼，我和马努艾尔就是其中两人。布兰卡因为阿苏塞纳的事大动肝火，没有出席，不过她还是在卡斯特罗市买了一个放在墓前的塑料花圈。卡梅洛的儿女都没来，只有小胡安在场，他穿着第一次领圣餐时穿的服装，衣服已经有些小了。爱杜维赫斯牵着他的手，她从头到脚都身着丧服。

我们刚刚在卡瓜斯岛庆祝了耶稣圣像节。有成千上万的朝圣者赶来，其中不乏阿根廷人和巴西人。大部分人都站在能容纳二百甚至三百人的大驳船上，船上拥挤不堪。也有人乘坐手工打造的小船。船只摇摇晃晃地行驶在湍急的海水中，天上乌云密布，可没人感到不安，因为大家都相信耶稣圣像会保佑朝圣者。这一点并不确切，因为曾经发生过翻船和基督徒被淹死的事例。在奇洛埃，溺亡的人很多，因为没人会游泳，只有海军士兵一定要学。

神圣的耶稣圣像其实是一个用铁丝搭成的架子，头和手是木头雕成，头上戴了一顶假发，眼睛是玻璃珠，表情痛苦，脸上满是泪水和鲜血。圣器看管人的职责之一就是在游行之前用指甲油翻新圣像上的血迹。圣像头戴荆棘冠冕，穿着紫红色长袍，背负一个沉重的十字架。马努艾尔曾经就耶稣圣像写过文章，这圣像已经有三百多年的历史，是奇洛埃人忠诚信仰的标志。对他来说，这个节日不是什么新鲜事，不过他还是陪我一起去了卡瓜斯岛。对于在伯克利长大的我来说，这场景真是太有异教徒色彩了。

卡瓜斯岛面积为十平方公里，有五百居民，但在每年一月和八月宗教游行的时候，来这里的教徒数以千计；在船上航行和为期四天的仪式过程中，海军和警察一起出面维持秩序，因为信徒们会成群结队地过来还愿。圣像可不原谅许愿成功却不还愿的人。弥撒里的募捐篮装满了钱和珠宝，朝圣者们倾囊相助，甚至有人连手机都捐了出来。整个过程中，我都有些担惊受怕，我先是坐在卡维亚号上，跟大家一起逆风在波涛中摇晃了几个小时，这期间莱昂神父在船尾唱着赞歌。上岛之后，我见识到狂热的信徒。最后离开岛的时候，因为船只不够多，朝圣者们争先恐后地抢着要上我们的船。卡维亚号一共载了十一个人，大家紧靠着站在船上，有几个人喝醉了，还有五个母亲抱着沉睡的孩子。

我是抱着怀疑主义的态度去卡瓜斯岛的，目的只是为了见识见识这个节日，并且履行我向丹尼尔许下的承诺，用镜头把它记录下来，但我得承认，狂热的宗教氛围感染了我，最后我也跪在耶稣圣像前，为妮妮祖母发给我的两个好消息而感谢上帝。在被害妄想症的作用下，她写给我的消息都非常隐晦，不过因为她的邮件很长，而且常写，我能猜到她的意思。第一个消息是，在打了三年官司后，她终于赶走了住在里面的印度商人，收回了那套温暖了我童年时光的色彩鲜艳的大宅子。印度租客一直不付租金，而伯克利的法律保护租客，给了他可乘之机。祖母决定把房子打扫干净，对明显的破损进行修补，然后把房间租给大学生，这样她能拿到租金，也能住在房子里。我真想回去看看那一间间美妙的房间！第二个消息则更为重要，是关于弗莱迪的。奥琳比雅·佩蒂福特同另外一个跟她一样威严的女士来到伯克利，她们把弗莱迪带了过来，让迈克·欧克利照顾他。

在卡瓜斯岛，由于没有足够的住处，我跟马努艾尔只能露营，睡在一个帐篷里。真该为这些信徒的入侵做好准备，这一传统已经延续了一个多世纪。白天的时候，气候潮湿寒冷，晚上就更糟糕，雨水打在帐篷上，从帐篷底渗进来，我们穿着衣服，戴着帽子，穿厚袜子，戴上手套，可还是在睡袋里直发抖。我像一个书包一样紧贴在马努艾尔的背后，我们俩谁也没提二月份做出的我不能爬到他床上的那份约定。我们沉沉睡去,直到外面响起了朝圣者的喧哗声。

我们不饿,因为有无数个摆放着食物的摊位,有馅饼、香肠、海鲜、烤土豆、烤全羊,此外还有智利甜品和装在汽水瓶里的葡萄酒,之所以将酒装在汽水瓶里,是因为教士们不赞同在宗教节日中饮酒。被摆成一排的移动厕所并不够用,过了几个小时就变得极为恶心。男人和孩子偷偷在树后方便,不过对于女人来说问题就更加复杂了。

第二天,马努艾尔就不得不用了一次移动厕所,而且不知怎么回事,门被卡住了,打不开。在那时,我正在逛教堂旁一些摊位上的手工艺品和小玩意,直到听到一阵喧闹声,才知道出了问题。我好奇地走了过去,完全没想到出了什么事。我看到一群人使劲在推那个塑料小房子,简直就有把那房子推倒的危险,与此同时,里面的马努艾尔像疯子一样大喊大叫,拼命拍墙。很多人都在笑,可只有我知道,马努艾尔就像一个被活埋的人一样绝望。情况越来越混乱,后来一个"恰斯基亚师傅"把人群赶走,镇静自若地开始用一把小折刀撬锁。五分钟后,门开了,马努艾尔冲了出来,他满脸通红,瘫倒在地,不停地干呕。这会儿没人笑他了。

这时莱昂神父走了过来,我们两人一起把马努艾尔扶起,挽着他的胳膊,帮他跟跟跄跄地朝帐篷方向走去。这场骚乱引来了两个警察,他们过来问他是不是生病了,不过他们肯定怀疑他是喝多了,因为已经有不少人喝得脚步虚浮。我不知道马努艾尔想到了什么,他就好像看到了魔鬼似的,满脸惊恐地把我们推开,跟跄了一下,跪倒在地,然后吐出了些绿色的泡泡。警察试图介入,但莱昂神父拦住了他们,德高望重的他向警察解释说,马努艾尔只是消化不良,我们能够照顾好这位病人。

我们一起把马努艾尔带到帐篷里,用湿毛巾帮他擦拭干净,让他休息。他像是被狠狠殴打过似的蜷缩着身子,睡了三个小时。莱昂神父离开去履行他的职责了，不过在走前，他提醒我："让他一个人待着，小美国佬，不要问他任何问题。"可我不想让他一个人待着，我留在帐篷里，看着沉睡的他。

在教堂门前的空地上摆放着很多桌子，做弥撒时，教士们就在那里发放圣餐。接着游行开始了，信徒们抬着耶稣圣像，高声颂唱，还有几十个穿着悔罪服的人在地上的泥土里跪行，或是用融化的蜡烛烫自己的手，他们用这种方式来祈求上帝宽恕自己的罪行。

我没能履行跟丹尼尔的承诺，用镜头记录这场仪式，因为在前往卡瓜斯岛的动荡旅途中，我的相机掉进了海里；还有一位女士的小狗掉进了海里，跟她相比，我的损失已经算微乎其微了。小狗被打捞上来的时候，已经冻得奄奄一息，不过还有呼吸，正如马努艾尔所言，又是一个奇迹。"不要用你无神论者的那一套来讽刺我们，马努艾尔，要知道我们可是冒着翻船的风险。"莱昂神父答道。

卡瓜斯岛朝圣之行结束一周后，我和莉莉安娜·特雷维诺一起去看望莱昂神父。这是一次奇怪的旅途，为了不让马努艾尔和布兰卡知道，我们几乎是秘密出行。要跟他们解释起来很麻烦，因为我没有权利去调查他的过去，更别提背着他偷偷调查了。共同生活使得我们之间的感情越发深厚，也正是这份感情促使我行动。自从丹尼尔离开，冬天降临，我们经常两个人一起待在那个没有门的房子里，在那样狭小的空间，根本无法保守秘密。我跟马努艾尔的关系更加密切；他终于愿意信任我，允许我查看他的稿件、笔记、录音文件和电脑。工作更是赋予我翻他抽屉的机会。我问他为什么没有家人或是朋友的照片，他的回答是，他走过的地方太多，在很多个地方从头开始过，在路上，他抛下了很多物质和情感上的负担。他还说，他根本不需要照片就能记住对他而言重要的那些人。在他的文档里，我没找到任何有关他过去的东西。我知道他在政变时期曾经坐过一年多的牢,被流放到奇洛埃,在1976年离开智利;我知道他结过几次婚,也离过婚,他写过书,可关于他的幽闭恐惧症和噩梦,我一无所知。如果不弄明白,我就不能帮他,也永远都没法真正地认识他。

我跟莉莉安娜·特雷维诺相处得很好。她跟我祖母有一样的性格:精力充沛,理想主义者,毫不妥协,热情洋溢,不过没那么颐指气使。她想了个办法,让她的男友霍尔何·佩德拉萨,也就是国家医疗队的那位医生,邀请我们乘坐快艇悄悄去找莱昂神父。医生刚满四十岁,看起来比实际年龄要年轻很多,他在这个岛上已经工作十年了。他跟妻子已经分居,正在办理漫长的离婚手续,他有两个孩子,一个是唐氏儿。他打算一恢复自由身就跟莉莉安娜结婚,可她觉得没必要;她说她的父母没结婚,也一起生活了二十九年,养育了三个孩子。

旅途非常漫长,因为快艇中途要停靠很多地方。我们到莱昂神父的住处时,已经是下午四点了。佩德拉萨让我们下船,然后继续巡岛,他答应我们一个半小时后来接我们回去。我之前见过的色彩斑斓的大公鸡和肥羊依然在老地方,守护着神父的瓦顶小屋。我觉得在冬日的光线下,这房子似乎有些不一样了;就连陵园里的塑料花朵似乎都褪去了颜色。神父正等着我们,他用茶、甜点、刚出炉的面包、奶酪和火腿来招待我们,这些东西是他的女邻居准备的,她负责照顾他,把他当孩子一样管。"请穿好您的小斗篷,记得吃阿司匹林小药片,神父,不然我可照顾不了生病的小老头。"她用智利话里的指小词命令他,神父不满地嘟囔。等到她走了,神父请求我们把甜点吃完,要不然就得他吃。在他这个年纪,胃已经消化不了这些了。

我们得要在天黑之前离开,由于时间不多,我们开门见山。

"你想知道的话,干吗不直接去问马努艾尔呢,小美国佬?"神父喝着茶向我建议道。

"我问过他,神父,但他总是避而不谈。"

"那就得尊重他的沉默,姑娘。"

"对不起,神父,可我不是因为好奇才来打扰您的。马努艾尔的灵魂生病了,我想要帮他。"

"灵魂生病……你在这方面还知道些什么,小美国佬?"他露出狡黠的微笑,问道。

"多着呢,我来奇洛埃的时候,灵魂就生着病,马努艾尔收留了我,帮我康复。我得要报答他才对,您说呢?"

神父跟我们聊起了军事政变,以及接下来的残酷镇压。他还说起他在牧师会社①的工作,不过那份工作为期不长,因为他也被捕了。

"我比其他人要幸运,小美国佬,因为我被捕不到两天,红衣主教就亲自出面把我救了出去,不过我还是被流放了。"

"其他被捕的人都被怎样了?"

"看情况。你可能会落到国家情报局或是国家情报中心②的特工手里,要么就是被警察,或是军队里一个安全部门控制。马努艾尔先被带到了国家体育场,后来被转运到格里马尔迪庄园③。"

"为什么马努艾尔拒绝谈论这些?"

"他有可能忘记了,小美国佬。有时大脑为了不让人发疯或是抑郁,会将曾经遭受过严重创伤的这部分记忆封锁。我给你讲一个

---

① 牧师会社,智利天主教会机构,成立目的在于在皮诺切特独裁统治期间,为被压迫者提供援助。
② 这两个机构都是皮诺切特独裁统治期间的秘密警察机构,负责对持不同政见者的逮捕和镇压。
③ 格里马尔迪庄园,位于智利圣地亚哥,是当时国家情报局最重要的秘密拘留和酷刑中心。

我以前在牧师会社见过的例子。在1974年,我采访了一个刚刚从集中营被释放出来的男人,他的身体和精神遭受了严重损伤。我依照常规,把当时的对话录了下来。我们帮他离开智利,接下来很长一段时间我都没见过他。十五年后,我去布鲁塞尔,我知道他也在那里,所以找了他。我当时正在为耶稣会的杂志《讯息》写一份稿子,想采访他。他不记得我了,不过他愿意接受我的采访。第二次的录音跟第一次截然不同。"

"在哪方面?"我问。

"他记得曾经被捕,不过也就仅此而已。他把地点和细节全忘了。"

"我猜你让他听了第一次的录音。"

"不,这样做就太残酷了。在第一次录音里,他讲述了他受到的折磨和性侵。他把那些都忘记了,才能继续好好活下去。或许马努艾尔也是一样。"

"如果是这样的话,马努艾尔刻意遗忘的东西依然出现在他的噩梦中。"莉莉安娜·特雷维诺说道。她一直在专注地倾听我们的对话。

"我必须知道当时发生了什么,神父,求您帮帮我吧。"我恳求说。

"你得要去圣地亚哥,小美国佬,去那些被人遗忘的角落里寻找。我能帮你跟一些人取得联系,他们能帮得上你……"

"我一定跟他们联系。非常感谢。"

"需要的时候就给我打电话,姑娘。现在我有自己的手机了,不过别发电子邮件,我还没学会电脑里的那些神秘玩意儿。在通讯方面我已经远远落后于时代了。"

"您直接跟天上进行通讯联系,神父,您压根就不需要电脑。"莉

281

莉安娜·特雷维诺说。

"在天堂都已经用上脸书了,姑娘!"

自从丹尼尔离开后,我就越来越不耐烦。已经过去了漫长的三个多月,我忧心忡忡。我的祖父母从来没在不知是否能够再见的情况下分离过;我担心我跟丹尼尔就此分隔两地。我开始遗忘他身上的味道,他双手碰触我的感觉,他的声音,他压在我身上的重量,自然而然,我心中的疑虑滚滚而来:他爱不爱我,他是否想回来,我们的邂逅是否只是一个信奉逍遥学派的背包客的一时兴起。我的疑虑不断。他给我写邮件,这一点能够安慰我,每当我把马努艾尔纠缠得快要失去理智的时候,他都以此为理由说服我,可丹尼尔给我的邮件不多,而且都只有只言片语;不是所有人都像我一样善于以书面形式沟通,而且让我烦恼的是,他从不提来智利的事,这是个糟糕的信号。

我非常需要一个知心人,一个密友,一个同龄人来宣泄情绪。我情场失意的抱怨让布兰卡感到百无聊赖,我也不敢太去烦马努艾尔,因为他头疼发作得越来越频繁和厉害,他经常忽然昏倒,止痛药、湿毛巾或是顺势疗法都没法减轻他的症状。他曾经试图不理会疼痛,不过在布兰卡和我的强烈反对下,他还是给他的神经科医生打了电话。过不了多久,他就要去圣地亚哥检查他脑子里那个该死的泡泡。他不知道我要陪他去,这多亏了慷慨的米亚罗沃,他给我提供了旅途费用和一点零花钱。在圣地亚哥的那几天能让我将马努艾尔的过去拼凑完整。我得在书上和网上进一步查找资料。资料触手可及,很容易找到,可这就像是剥洋葱,撕下一层层透明的薄皮,可总到不了核心。大量的文件都揭发了当时的刑讯折磨以及谋杀,我对此进行了调查,不过要理解马努艾尔的话,我还需要去事情发生地。希望莱昂神父给我的那些联系方式能用得上。

跟马努艾尔和其他人聊这件事很难;智利人非常谨慎,他们害怕冒犯别人,不直接发表自己的观点,他们的语言就像是委婉词在起舞,小心翼翼的习惯根深蒂固,真实的情绪都藏在表象之下,没人愿意表露;就好像大家都感到羞愧,有人是因为自己曾经备受折磨,有人则因曾从中受益;有人是因为远走他乡,有人则因为固守故乡;有些人因为饱受丧亲之痛,还有些人因为曾经选择视而不见。为什么妮妮祖母从没跟我提到这些事呢?她说着西班牙语,将我抚养长大,不过我都是用英文来回答她。她带我去参加伯克利的智利人聚会,那儿有很多拉美人聚在一起听音乐,看话剧或是电影,她还让我死记硬背巴勃罗·聂鲁达的诗。因为她,我在踏上智利这片土地之前就已经认识了这个国家;她告诉我智利有高耸的雪山,有沉睡的火山,不过它们有时会突然苏醒,造成地动山摇。太平洋的漫长海滩边波涛起伏,泡沫绵密,北部的沙漠像月球一样干燥,可一旦花开,就像莫奈的画一样美,还有寒冷的森林,清澈的湖泊,水产品丰富的河流和蓝色的冰川。一讲起智利,我祖母的声音听起来就像是坠入了爱河,可她从来不提及那里的人和历史,仿佛那是一片无人居住的处女地,是地球的一声叹息赋予了它生命,让它诞生于昨天,就那么一动不动地停滞在时间和空间中。当她跟其他智利人在一起时,她的语速变得很快,音调也发生了变化,我听不懂他们的对话。移民不会停止对遥远故土的关注,可妮妮祖母从不想来智利。她有一个哥哥在德国,他们很少联系。她的父母已经去世,在她身上也不存在什么家族的传统。她经常对我说:"那里已经没有我的亲人,我干吗要去?"以后我要当面问问她,她跟她的第一任丈夫发生了什么,为什么去了加拿大。

春 天

九月、十月、十一月和一个戏剧性的十二月

岛上的氛围非常欢快,因为孩子们的父母赶来庆祝国庆节和春天的到来;一开始我还觉得冬天的雨富有诗意,可后来简直让人无法忍受。我即将在二十五日迎来我的生日——我是天秤座的,我就要满二十岁了,我的青少年时期终于行将结束。我的老天,真是松了口气!通常在周末,会有一些年轻人过来看望家人,可九月份来的人特别多,快艇上都挤得满满的。他们给孩子带来了礼物,其中的大多数人都有好几个月没见过自己的孩子了。他们还带来了钱,准备交给老人,或是用来买衣服和家用品,已经翻新被冬天的坏气候损坏的屋顶。露西亚·克拉雷斯就是这些探亲者中的一员,她是小胡安的母亲,是一个可爱的好姑娘,作为一个十一岁孩子的母亲,她实在是太年轻了。她告诉我们,阿苏塞纳已经找到了工作,在克永港的一家旅馆做清扫工,她不想继续读书,也不打算回到小岛,因为她不想面对人们的恶意揣测。布兰卡告诉我:"在强奸案中,人们经常把责任推到受害者身上。"我在死人酒馆里听到的闲话也证实了这一点。

小胡安举止腼腆,而且在母亲面前表现得非常谨慎小心,他只在照片上见过她,因为当他只有两三个月大的时候,母亲就抛下了爱杜维赫斯怀里的他。在卡梅洛·克拉雷斯去世之前,她从没回来过,不过她经常给他打电话,并负担他的生活费用。这个孩子跟我多次提

起过他的母亲,他的语气里有自豪,因为她给他寄来很好的礼物;也有愤怒,因为她让他跟外祖母一起生活。他红着脸,看着地面跟我介绍他母亲:"这是露西亚,我外祖母的女儿。"我随即告诉他,当我还是个婴儿的时候,我妈妈就离开了我,我也是由祖父母抚养成人,不过我很幸运,我的童年非常幸福,我非常珍惜。他用一双深色的大眼睛凝视着我,这时我突然记起几个月前,卡梅洛·克拉雷斯还能行动时,小胡安腿上因为皮带抽打而留下的伤口。我紧紧抱住他,我很难过没能保护好他,他的伤口会伴随他一辈子。

九月是智利的好时节。从北到南,国旗四处飘扬,就连最偏僻的地方都搭起了棚屋,这种棚屋是由四根木头桩子和蓝桉树枝搭成的屋顶构成,人们在棚屋里喝酒,伴随着美国歌曲或是奎卡舞的音乐跳舞。奎卡舞是智利本国的一种舞蹈,模仿公鸡向母鸡求爱的动作。在我们岛上也盖起了棚屋,还有论个卖的馅饼,数之不尽的葡萄酒、啤酒和奇恰酒;男人们最后都四仰八叉地躺倒在地,打起呼噜。傍晚时分,警察和女人们一起把他们抬上水果店的小货车,然后送到各自家中。在9月18日和19日,除非是动了刀子,否则没有人会因为喝醉酒而被捕。

在尼昂古佩尔的电视上,我看到圣地亚哥的阅兵仪式,总统米歇尔·巴切莱特在民众的欢呼声中检阅军队,大家都把她当成母亲一般尊重;之前的总统都没有受到这样的爱戴。四年前,在大选之前,没有人相信她会赢得大选,因为大家都认为智利人不会将选票投给一个女人,更别提她还是社会党人士、单身母亲以及不可知论者。可她最终获胜,而且马努艾尔说,她还赢得了穆斯林和基督徒的尊敬,不过我从没在奇洛埃见过一个穆斯林。

最近天气暖了起来,天很蓝,冬日的严寒在爱国热情面前退缩了。伴随着春天的到来,一些海豹出现在山洞的附近,相信它们很快就会回到之前的地盘定居，这样我就能跟品克雅继续做朋友了，当然前提是如果它还记得我的话。我每天都走在通往山洞的那条山路上，因为我经常在那里遇到我的波波祖父。能证明他存在的最好证据就是法克会变得紧张，有时还会夹着尾巴跑开。他只是一团模糊的影子，我能闻到他常抽的英国烟草的味道，或是感觉到他的拥抱。这时我会闭上眼睛，全神贯注地感受他温暖且安全的宽阔胸膛，他的大肚子，他强壮的胳膊。有一次我问他，在去年我最需要他的时候他在哪，我马上就明白了他的答案，因为在心底，我早就明白了这一点：他一直跟我同在。当我的生命被酒精和毒品所支配的时候，没人能够触及我，因为我就像躲在贝壳里的牡蛎，可在我最绝望的时候，祖父就会将我抱在怀里。他一直守护着我，当见到我在那个公共厕所里，因为吸食了掺了假的海洛因奄奄一息的时候，他拯救了我。如今我的脑子里不再有其他的声音，我能一直清楚感觉到他在我身边。如果让我在酒精造成的短暂快感和跟祖父一起在山边散步的永恒记忆之间挑选，毫无疑问，我会选择后者。波波祖父终于找到了他的那颗星星。在全球星空图上看不到这个遥远的、青翠的、四季常青的小岛，这就是他遗失的那颗行星；他不该在天上寻找它，而应该朝南方望去。

人们都脱掉了马甲，出门晒起太阳来，而我还戴着我的绿色羊毛帽，因为在校园足球赛中，我们输了。我可怜的卡勒乌切队的队员们垂头丧气，承担起我剃发的一切责任。比赛是在卡斯特罗市举行的，我们岛上将近一半的人都来给卡勒乌切队加油，就连露辛达夫人都来了，我们把她固定在一张椅子上，用披巾把她包裹得严严实实的，然后把她送上马努艾尔的快艇，带了过来。堂里奥内尔·施内克激动得脸红脖子粗，拼命叫喊着支持我们队。我们差点就赢了，哪怕是平局都够了,可命运作祟,在距离比赛结束只剩三十秒的时候,我们被进了一球。佩德罗·佩兰楚伽用头拦住了一球,我们的支持者发出震耳欲聋的欢呼声,对方的支持者们则吹笛以示不满,但那一球来得太重,他有些头昏,在他恢复之前,一个该死的家伙跑了过来,用脚尖轻轻一带,就把球射进了球门。所有人都惊呆得停滞了一秒,然后才爆发出一阵喧闹声,啤酒罐和汽水瓶被扔得漫天飞舞。我和堂里奥内尔都气得差点心脏病发作。

就在那个下午,我来到他家去履行诺言。对女人一向都很殷勤的米亚罗沃说:"你可别想,小美国佬!那个赌约是开玩笑的。"可我在尼昂古佩尔的酒馆里学到了一件事,那就是赌约都是神圣的。我来到一家店主一人打理的小理发店,理发店门口挂着三色柱,里面有一个老旧威严的大扶手椅,我有些不想坐上去,因为丹尼尔·古德里奇肯定不会喜欢我的新发型,可我还是坐了下来。理发师非常专业,他把我头发剃得干干净净,还用布把我的头皮擦得亮亮的。我的耳朵看起来巨大无比,就像伊特鲁里亚①式花瓶的两个提手,我的头皮上还有很多彩色瘢痕,看起来就像一幅非洲地图,理发师说这是劣质染发剂造成的。他推荐我用柠檬水和氯水按摩。戴帽子是很有必要的,因为那些瘢痕看起来像是会传染的一样。

堂里奥内尔非常内疚,他不知道该怎么讨好我才是,可他不需要我的原谅,赌局就是赌局。他让布兰卡给我买几顶漂亮的大檐帽,说现在的我看起来就像一个在化疗的女同性恋,可这顶奇洛埃的帽子更符合我的个性。在这个国度,头发就是女性特征和美的象征,年轻姑娘都留着长发,并且精心护理自己的头发。当秃头、宛若外星人一般的我出现在茅棚里,来到那群秀发丰盈闪耀的美丽女人们面前时,

---

① 伊特鲁里亚,公元前十二至前一世纪在意大利发展的文明。

就别提她们面带怜悯,发出了多大惊呼声了。

马努艾尔把几件衣服和他的手稿放进包里,他准备跟他的编辑就书的内容进行讨论,然后他把我叫到客厅,打算在出发去圣地亚哥之前把家里的事情交代给我。我背着书包,手里拿着机票走了出来,我宣布,我会陪他一起出发,这是堂里奥内尔·施内克的慷慨馈赠。"那谁来照顾动物呢?"他有气无力地问道。我告诉他,小胡安·克拉雷斯会把法克带到他家去,他还会每天过来喂猫,事情都安排好了。我隐瞒了一件事,米亚罗沃给了我一封信,让我转交给神经科医生,那位医生跟施内克一家有亲戚关系,因为他的妻子是布兰卡的一个表姐。这个国家的亲属关系就像我波波祖父的星空图一样错综复杂。马努艾尔想不出什么来驳斥我,最后只得带着我一块上路。我们去蒙特港①坐飞机前往圣地亚哥。我坐汽车来奇洛埃时,这段路程花费了十二个小时,可坐飞机只要一个小时的时间。

"你怎么了,马努艾尔?"当我们即将在圣地亚哥降落的时候,我问他。

"没什么。"

"怎么会没什么。从我们离开家开始,这一路上你没跟我说过一句话。你不舒服吗?"

"不是。"

"那你就是生气了。"

"你没征求我的同意,就跟我一起过来,这个决定太莽撞了。"

"你想,如果我问你的话,你肯定会说不行。请求你的原谅比请求你同意要好。原谅我,好吗?"

---

① 蒙特港,智利南部海港城市,是智利重要的商业中心。

他闭上嘴,没过多久,他的情绪便好了起来。我们去一家市中心的小宾馆,各要了一个房间,虽说他知道我一个人入睡有多难,可他还是不想跟我一起睡。接着他请我吃比萨,还带我去电影院看《阿凡达》,岛上没有放映这部电影,我一直很想看。当然,马努艾尔更想看的是一部让人抑郁的有关世界末日的电影,末日后的世界被尘土覆盖,插满了食人族的旗帜。不过我们采用扔硬币的方式来解决分歧,扔出来是背面,就像以往一样,赢的人总是我。这一招永远都不会失手:背面我赢,正面你输。我们吃爆米花、比萨和冰激凌,对我来说简直就是一场盛宴,我已经吃了好几个月的新鲜健康食品,很是想念这些高胆固醇的东西。

阿尔图罗·布加医生早上在一个医院给穷人们看病,下午则在位于富人区的德国诊所进行私人问诊。他在医院接待了马努艾尔。如果不是我背着马努艾尔,让前台将米亚罗沃那封神秘的信函转交给医生,他很有可能不会见马努艾尔。那封信给我打开了医院的大门。那家医院仿佛出自一部关于"二战"的电影,老旧、宽敞、乱糟糟的,管道暴露在外,洗手间里锈迹斑斑,地砖破破烂烂,墙面斑驳不堪,不过还算干净,而且虽说病人数量众多,医生效率还是很高的。我们在一个摆了很多排铁椅子的房间里等了近两小时,才叫到我们的号。布加医生是神经科的主任,他态度和蔼地接待了我们。他的办公室很小,桌上摆着马努艾尔的病历和 X 光片。他问我:"小姐,请问您跟病人是什么关系?"我毫不犹豫地回答:"我是他的孙女。"马努艾尔震惊地看着我。

从两年前开始,马努艾尔就排在等待手术的名单上,可他的病况并不紧急,所以谁知道再过几年才能轮到他。医生的观点是,既然你已经跟这个泡泡共同生活了七十年,那你还能再继续等个几年。手术有风险,而且考虑到动脉瘤的特征,越晚做手术越好,要是病人在动脉瘤发作之前，先死于其他问题就最好。可鉴于马努艾尔头痛和头晕的症状越来越强烈，就似乎已经不得不做手术干预了。

传统的手术方法是开颅，分离脑组织，将一个小夹子放进去，切断动脉瘤的血液供给，然后缝合伤口；手术恢复期为一年，可能会留下严重的后遗症。总而言之，听起来让人很不安。不过德国诊所能够用一种新办法来解决这个问题：在患者腿上打一个孔，将一根导管放入动脉，通过血液循环到达动脉瘤，然后将铂金丝置入动脉瘤内，铂金丝在里面会盘旋成老太太的发髻状。这个手术的风险小得多，需要在诊所观察三十六小时，恢复期为一个月。

"优雅简洁，不过费用完全不在我的承受范围之内，医生。"马努艾尔说。

"阿里亚斯先生，别担心，这不是问题。我可以免费替您做这个手术。这个手术在美国已经是常规治疗手段了，我是从那里学来的。在这里还是一种新技术，我要指导另一个医生，以便以后的团队操作。您的手术就像是一节示范课。"布加跟他解释道。

"也就是说，一个'恰斯基亚师傅'要在马努艾尔的脑子里用金属丝大动干戈了。"我惊恐万分地插嘴道。

医生笑了，朝我心照不宣地挤了挤眼，这时我记起了那封信，才明白这是米亚罗沃为了资助马努艾尔的手术而设下的一个阴谋，目前不能让马努艾尔知情，就算之后他知道了，也不能如何了。我很赞同布兰卡的观点，欠一个人情和欠两个人情没什么两样。长话短说，马努艾尔被送进德国诊所，做了必要的检查，第二天布加医生和一个所谓的实习生就对他进行手术，他们说手术非常成功，不过不能保证那个泡泡一直处于稳定状态。

我打电话将手术的事情告知布兰卡·施内克，她一获悉，便立马把学校事务委托他人，飞来圣地亚哥。白天，我去开展调查，她在诊所像一个母亲一样照顾马努艾尔。晚上,她去一个姐姐家睡觉,我在德国诊所睡沙发,那沙发比奇洛埃家里的床要舒服多了。咖啡厅的食物也是五星级的。这么多个月以来,我第一次关上门冲了个澡,不过现在我已经知道,我永远都没法说服马努艾尔在他的家里装上门。

圣地亚哥有六百万居民,这个城市目前还在以疯狂修建高楼大厦的方式往天上扩张。多座顶着皑皑白雪的高山环绕在其周围。圣地亚哥干净,繁荣,节奏很快,有很多维护得不错的公园。交通状况不佳,看起来和气的智利人把一腔怒火都撒在了方向盘上。在车辆间簇拥着卖水果、电视天线、薄荷糖和各种杂物的小贩,每个信号灯附近都有乞讨的杂耍艺人冒着生命危险翻腾跳跃。虽说有时候污染严重得看不清天的颜色,我们遇上的天气还算不错。

手术一周后,我们跟马努艾尔回到奇洛埃,动物都在等着我们。可怜的法克变得瘦骨嶙峋,兴奋得直跳。小胡安沮丧地告诉我们,我们不在的那几天它拒绝进食。马努艾尔在布加医生宣布他康复之前就离开了,因为他不愿意一整个月都住在布兰卡姐姐家里,他说我们在那里妨碍了别人。布兰卡让我不要在她姐姐一家人面前讨论我们所发现的马努艾尔的过去,因为他们一家是极右派人士,听到那些会不高兴。他们非常热情地招待我们,家里的所有人,乃至十几岁的孩子,都愿意帮助马努艾尔,陪他去医院检查,并且照顾他。

我跟布兰卡住在一个房间,我观察到富人们在自己装着栅栏的大宅子里是怎样生活的,他们有用人、园丁、游泳池、纯种狗和三辆汽车。有人将早饭送到床前,有人给我们在浴缸里撒上芬芳的浴盐,甚至就连我的牛仔裤都有人帮我熨烫妥帖。我从未见识过这样的生活,我非常喜欢;我会很快适应有钱的生活。当我跟马努艾尔聊起这方面时,他讥讽道:"他们还不算真的有钱,玛娅,他们没有私人飞机。"我的回答是："你这是穷人的思维方式,左派人士都这样。"我想到了我的妮妮祖母和迈克·欧克利,他们都以当穷人为志向。我跟他们不一样,对我来说,平等和社会主义都挺普通的。

圣地亚哥的污染、交通还有人与人之间的交往方式让我觉得难以忍受。在奇洛埃,如果一个人在街上不跟别人打招呼,大家就知道他是从外头来的。可在圣地亚哥,如果在街上跟人打招呼,别人会觉得你很可疑。在德国诊所的电梯里,我就像一个傻子一样招呼大家,可其他人都盯着墙,不搭理我。我不喜欢圣地亚哥,我期待回到我们的小岛,那里的生活就像一条波澜不惊的河流般平静流逝,有清新的空气、能让你清醒思考的安静氛围和充足的时间。

马努艾尔还在缓慢恢复。他还头疼,且没力气。布加医生的命令是不可违抗的,他每天必须要吃半打药丸,卧床休息到十二月,然后再回圣地亚哥进行检查。他以后再也不能做任何体力活,而且得根据自己的信仰来决定相信命运或是上帝,因为铂金丝也不见得一定可靠。我在想,去找一个马奇来看看也没什么损失,以防万一……

我和布兰卡决定等待适当的时机跟马努艾尔谈谈我们必须要面对的话题,不过不能给他压力。目前我们尽可能地照顾好他。他习惯了布兰卡和我这个住在他家的美国佬的专横独断,因此我们最近的温柔体贴让他惊恐不安,他认为他的病情可能比布加医生所说的要严重得多,我们可能对他隐瞒了真相。他嘟囔着："与其被你们当成一个残疾人来对待,我宁愿你们别理我。"

用一张地图以及一份莱昂神父提供给我的地点以及人物清单,我可以打探出从军事政变到逃亡海外期间,马努艾尔经历了些什么。在1973年,他三十七岁,是社会科学系最年轻的教师之一,他结了婚,据我推断,夫妻感情不佳。他并不像米亚罗沃认为的那样是个共产主义者,他也没参加其他任何政党,不过他对萨尔瓦多·阿连德的政府持好感,并经常参加当时的集会,有时是支持政府,有时则是反对。在1973年9月11日发生军事政变时,国家分裂为两个对立的派系,没有人能够保持中立。军事政变两天后实施宵禁,一开始持续了四十八小时,马努艾尔回到学校去工作。他看到大学已经被士兵控制,士兵们手拿枪支呈作战状态,身着迷彩服。为了不被认出,他们还把脸涂得黑黢黢的。墙上有弹痕,楼梯上是血迹,有人通知他,楼里的学生和老师都被逮捕了。

在一向以其民主机制而自豪的智利,这样的暴力是难以想象的,所以马努艾尔没有考虑到事情的严重性,还去最近的警察局询问他同事的情况。他没能离开警局。他被蒙住眼睛,带到了国家体育场,那儿已经变成了拘留中心。在那两天时间里被逮捕的几千人都被关押在内,饱受虐待,饥肠辘辘,他们睡在水泥地面上,从早到晚都坐在看台上,沉默地期盼着自己不要成为被带至医疗室进行拷问的不幸者中的一员。白天能听到哀号声,晚上则传来处决的枪声。被逮捕的人与外界失去联系,虽说家人可能会给他们送来食物和衣物,希望警卫将这些东西送至他们的手中,可他们没法跟家人联系。马努艾尔的妻子是革命左翼运动①的成员,这是受军队迫害最严重的组织,所以她立刻逃往阿根廷,随即又前往欧洲;直到三年后马努艾尔跟她都逃亡到澳大利亚,夫妻俩才再度见面。

在看台上活动着一个戴着风帽遮住脸的男子,他身负罪责,情绪不安,两个士兵在旁边监督他。他要指认出所谓的社会党人和共产主义者,被指出的人马上就被带到大楼里,被严刑拷打或是当场处决。不知道是这个倒霉蛋认错了,还是他太害怕,他把马努艾尔给指

---

① 革命左翼运动,前身为游击队,成立于1965年,为智利的一个左翼集团。

了出来。

  我一天一天一步一步地重新踏上他的苦难之路,在这一过程中,我感受到独裁统治给智利以及马努艾尔的灵魂中留下的不可磨灭的伤痕。如今,我知道这个国家的表面之下隐藏着什么。三十五年前,马坡乔河①里经常漂浮着被审讯致死的人们的尸体,我坐在这条河对面的公园里,看了一份调查当年暴行的报告,里面详细讲述了当时人们所受的摧残和折磨。莱昂神父的一个教士朋友允许我去查阅牧师会社的文献资料,牧师会社是天主教会的一个组织,负责帮助遭受迫害的受害者并且记录失踪者的数目,这个组织就在教堂里挑战独裁统治。我看到了好几百个人的照片,几乎都是年轻人,且都在被捕后消失得无影无踪。我还看到很多个女人的报案记录,她们至今仍在寻找自己的孩子、丈夫,甚至是孙子孙女。

  在1974年的夏天和秋天,马努艾尔被关押在国家体育场和其他拘留中心,他被拷问多次,没人知道具体次数是多少。拷问出来的内容毫无意义,它们遗失在血迹斑斑的档案里,只有老鼠才感兴趣。他就跟其他囚犯一样,不知道刽子手们到底想听到什么,最后他明白说什么都无所谓,因为就连拷问者自己都不明白想要找到什么信息。那不是拷问,而是为了建立一个独裁镇压体制,并且将民众中的反抗苗头一网打尽的惩罚手段而已。逮捕的借口是私藏阿连德政府时期发放给民众的枪支武器。可几个月之后依然什么都没找到,没人相信这个想象出来的军火库真正存在。恐惧让人畏首畏尾,举足不前,也是将冰冷的军事化秩序强加于民的最有效方式。那是彻底改变这个国家的一个长期计划。

---

  ① 马坡乔河,位于圣地亚哥。

在1974年的冬天,马努艾尔被关押在圣地亚哥郊外的一个庄园里。庄园原本属于格里马尔迪家族,这个家族是意大利人的后代,颇有权势,由于家中的一个女孩被捕,格里马尔迪一家把该庄园让给军政府,换取女孩的自由。接手了这套房产的是臭名昭著的国家情报局,他们的徽章就是一个铁拳。国家情报局一手策划了国内外许多惨案,例如在布宜诺斯艾利斯谋杀了已经被解职的军事总司令,并在距离白宫仅几百米处的华盛顿市中心谋杀了一个前部长。格里马尔迪庄园成了一个让人谈之色变的拷问中心,里面曾经关押了四千五百多人,其中很多人都没能活着离开。

在圣地亚哥的最后一周,我参观了必须要去的格里马尔迪庄园,如今那儿已经是一个安静的花园,葬身于此的受害者们的记忆依然残存。我不敢一个人去。我的祖母认为人们的生活会给环境留下烙印,没有朋友的陪伴,我没有勇气一个人面对永远烙印在那里的残忍和痛苦。我请求布兰卡·施内克陪我去,因为除了莉莉安娜和莱昂神父之外,只有她知道我在查什么。布兰卡试图说服我:"干吗要去调查那么久之前的事情呢?"可她预感到在那里能找到马努艾尔·阿里亚斯一生的谜底,她对马努艾尔的爱战胜了她抗拒去了解的意志。她说:"好吧,小美国佬,趁我反悔之前,我们赶紧去。"

格里马尔迪庄园如今改名为和平公园,面积为一亩左右,许多苍翠的树木沉睡其中。独裁政府为了隐瞒其犯下的不可饶恕的罪行,已经拆除了将马努艾尔被关押在此期间的那些楼房。可拖拉机拉不走执着的鬼魂,也没法平息如今依然飘浮在空中的痛苦呻吟。我们行走在图片、纪念碑、画有死难者和失踪者面孔的巨大画布间。一个导游用简单的示意图给我们解释当时囚徒所受到的待遇,都是最常见的折磨手段:绑着胳膊将人吊起来,将脑袋浸泡到水桶里,睡通电的铁床,让狗奸污妇女,用扫把棍凌辱男人。在一面石墙上刻有二百六十六个名字，我在其中找到了费利佩·维达尔的名字，于是拼图的最后几片也终于归集到位。在格里马尔迪庄园里，大学教师马努艾尔·阿里亚斯跟记者费利佩·维达尔相识，他们一起受尽折磨，只有一个人活着离开。

我和布兰卡决定要跟马努艾尔谈谈他的过去，我们很遗憾得不到丹尼尔的帮助，因为如果有一个专业人士在场，哪怕是一个像丹尼尔一样的新手，这场谈话都会显得名正言顺得多。布兰卡坚持认为要像对待马努艾尔的动脉瘤一样小心谨慎地对待他的过去，因为那些过往都储藏在记忆的一个泡泡里，一旦这个泡泡突然破裂，他可能会崩溃。这天，马努艾尔去卡斯特罗市找书去了，我们知道他要到天黑才回来，所以趁他不在，我们着手准备晚餐。

我开始做面包，每当我紧张的时候都这样。大力揉面，揉成各种形状，等着生面团在白布下面膨胀起来，烤成金黄色，然后再把热烘烘的面包端给朋友品尝，这个需要耐心的神圣仪式能让我平静。布兰卡则负责烹饪弗朗西斯发明的芥末肥猪肉配鸡肉，马努艾尔最爱吃这道菜。她还带来了糖浆煮板栗作为甜点。屋里很温馨，刚烤好的面包和瓦锅里炖着的菜散发出香味。这是个寒冷、平静的下午，天泛着灰色，没有风。过几天月亮就要圆了，女巫们又要在茅棚里聚会了。

自从动脉瘤手术后，马努艾尔和布兰卡之间的关系就发生了些变化，如果我的祖母在，她肯定会说，他们的灵光闪闪发亮，是刚刚坠入情网时的那种闪耀光芒。还有其他一些更明显的征兆，如心照不宣的眼神，时不时的互相碰触，猜测对方的想法和意愿等。我为他们高兴，这几个月来我一直在促成此事，可同时我也为自己的前途担忧。如果他们真的沉醉在这段迟来了若干年的爱情中，那我要怎么办呢?这个家里可住不下三个人,布兰卡的房子也不够我们住。好吧,希望那时我跟丹尼尔·古德里奇之间的关系已经明朗。

马努艾尔拿着一袋子书回来了,袋子里有他之前问书商朋友订购的书,也有我祖母寄到卡斯特罗市邮局的英语小说。

"我们要庆祝谁的生日吗?"他嗅了嗅屋里的香味,问道。

"我们在庆祝友谊。自从小美国佬来了之后,这个家真是大变样了!"布兰卡说。

"你意思是这个房子更乱了吧?"

"马努艾尔,我想说的是屋里的花、美食和陪伴。你可要知道感恩。等她走后,你会很想她的。"

"难道她想走了?"

"不,马努艾尔。我想跟丹尼尔结婚,然后带着我们的四个孩子来跟你一道生活。"我开玩笑说。

"希望你的爱人能赞同这个计划。"他以同样的态度答道。

"为什么不呢?这是个完美的计划。"

"他们在这个石头岛上会无聊死的,玛娅。来这里生活的外地人都已经对世界不抱幻想。没人在经历真正的生活之前就来这儿。"

"我是躲到这儿来的,可你看我在这遇到了什么,遇到了你们和丹尼尔、安全感、美妙的大自然和三百个我爱的奇洛埃人。就连我波波祖父都喜欢这儿,我看到他在山上散步。"

"你喝酒了!"马努艾尔警觉地叫道。

"我一滴都没喝,马努艾尔。我就知道你不会相信我,所以我才一直都没告诉你。"

这是一个完美的夜晚,面包和鸡肉,云间的月亮,我们之间经得起考验的友情,穿插着奇闻逸事和小玩笑的谈话,这一切都有利于敞开心扉,吐露心声。他俩告诉我是怎么认识对方的,还有一开始对彼此的印象如何。马努艾尔告诉我,布兰卡年轻的时候非常美丽——她现在依然如此;那时的她就是一个闪耀着金光的瓦尔基里①,长腿,秀发,皓齿,只有被娇宠养大的姑娘身上才会散发着那样的安全感和快乐。"她那样得天独厚,我原本该讨厌她,可她太可爱了,让人没办法不喜欢她。当时的我根本没条件谈恋爱,更别提跟她这样一个高不可攀的姑娘。"对于布兰卡来说,马努艾尔是被禁止的危险事物的化身,散发着独特魅力,他们两人的世界截然不同,他来自另一个社会环境。他代表着政治上的敌人,尽管他是家里的客人,她当时是准备接受他的。我则跟他们说起我在伯克利的家,还有我为什么像斯堪的纳维亚人,以及跟我母亲那唯一一次会面。我还说起我在拉斯维加斯认识的一些人,比如一个体重一百八十公斤的胖女人,她的声音娇柔,以为人提供电话性爱服务为生。还有布兰登·黎曼的一对变性人朋友,他们结婚并且正式举办了一场婚礼,新娘穿着男装,新郎则身着白色纱裙。我们悠闲自得地吃完晚餐,然后跟平常一样,坐下来看着窗外的夜色,他们手上端着葡萄酒,我则拿着一杯茶。布兰卡贴着马努艾尔坐在沙发上,我拿了个靠垫,跟法克一起坐在地板上,自从我们抛下它去圣地亚哥后,它就患上了分离焦虑症。它总盯着我,不离我左右,这一点颇为烦人。

"我感觉今天这次聚会是个陷阱。"马努艾尔嘟囔道,"我感觉不对劲好几天了,你们开门见山说清楚吧。"

"你破坏了我们的计划,马努艾尔,我们本来打算更加委婉地谈到这个话题的。"布兰卡说。

"你们想干什么?"

---

① 瓦尔基里,又称女武神,北欧神话里沃丁神手下的女神。

"没什么,就是随便聊聊。"

"聊什么?"

这时我才告诉他,这几个月以来,我都在私底下调查他在军事政变后的经历,因为我觉得有些事情在他脑海里已经化脓溃烂,正在伤害他。我请他原谅我插手他的私事,可我是因为太爱他才这么干的。看到他每天夜里饱受噩梦的折磨,我很难过。我对他说,他肩膀上的那块大石头过于沉重,几乎要把他压垮,他活得了无生趣,就好像在数着日子等死似的。他把自己封闭得太厉害,甚至无法感觉到喜悦和爱。我还说,我和布兰卡能帮他一起承担这块大石头的分量。马努艾尔没有打断我的话,他闭着眼睛,脸色苍白,就像累坏了的狗一样喘着气,布兰卡握着他的手。"马努艾尔,你想知道小美国佬发现了什么吗?"布兰卡轻声问道,他没出声,只是点了点头。

我向他坦白,当他在术后恢复时,我在圣地亚哥查阅了牧师会社的档案,还跟莱昂神父帮我联系上的几个人进行了交流,其中有两名律师、一个教士,还有雷霆报告①的作者之一。雷霆报告揭发了独裁统治期间三千五百多起侵犯人权的案件。妮妮祖母的前夫费利佩·维达尔,还有马努艾尔·阿里亚斯就是其中两例。

"报告里应该没有我。"马努艾尔用嘶哑的声音答道。

"是莱昂神父把你的事告诉他们的。你把被囚禁的十四个月里发生的细节都告诉了莱昂神父,马努艾尔。那时你刚离开三杨集中营②,被流放到奇洛埃这儿,跟莱昂神父住在一起。"

---

① 雷霆报告,皮诺切特倒台后,民主政府成立了由军政府统治时期的支持者和反对者共同组成的"真相与和解委员会",调查在军政府统治时期被谋杀的受害者和失踪者,从而写出了该报告。

② 三杨集中营,位于圣地亚哥市,是智利军政府统治时期关押犯人的大型集中营之一。

"我不记得了。"

"神父还记得,可他不能告诉我,因为他认为这是告解,是秘密。他只给我指出了一条路。而费利佩·维达尔的事情则是我妮妮祖母在逃离智利之前告诉他们的。"

我还告诉他我在圣地亚哥的那关键一周里的发现,以及跟布兰卡的格里马尔迪庄园之行。他听到这个地名并没有什么特殊反应,他只模糊地记得曾经在那里待过,但他把那个地方跟其他拘留中心给弄混了。在那以后的三十多年里,他抹去了那段时光的记忆,那些经历对他来说就像是书上看来的,而不是亲身领会到的,可他身上仍残留着烫伤的疤痕,而且胳膊也因为曾经错位而无法举高。

"我不想知道那些细节。"他说。

布兰卡跟他解释,说那些细节至今还完好无损地保存在他身体里的某处,需要很大的勇气才能进入那个地方,可他不是一个人,我们会陪着他的。他已经不再是刽子手们手下的一个无能为力的囚徒了,可如果不能直面过去所受的折磨,他永远都无法真正获得自由。

"最糟糕的就是在格里马尔迪庄园的那段时光,马努艾尔。在参观完之后,导游带我们去看模仿当年建成的牢房。有些牢房只有一米宽两米长,被捕的人只能站着挤在一起,一天又一天,一周又一周,只有在被拉去用刑或是上厕所的时候才能离开。"

"是的,没错……当时我和费利佩·维达尔还有其他人就被关在一间这样的牢房里。他们不给我们水喝……那里不通风,我们浸泡在汗、血和排泄物里。"马努艾尔弯下身,把头埋在膝盖中,喃喃说道,"还有单人牢房,那就是坟墓、狗窝……电击、焦渴……放我出去!"

我和布兰卡把他抱在怀里,亲吻他,扶着他,跟他一起流泪。我们见过这样的牢房。我苦苦哀求导游让我进去,他允许了。我只能跪着进去,在牢房里面,我只能蹲着,蜷缩成一团,根本没法改变姿势,动弹不得,门一关上,我就被困在一片漆黑之中。我只坚持了几秒,然后就开始喊叫,人们拉着我的胳膊,把我拽了出来。导游说:"被拘捕的人像被活埋一样困在这里好几周,甚至好几个月。很少有人能活着离开这里,就算没死,也有不少人发疯。"

"马努艾尔,我们现在知道,当你做梦的时候,梦到自己在哪儿了。"布兰卡说。

马努艾尔最后离开了这个坟墓,又有其他人被关了进去,刽子手们折腾累了,把他送到其他拘捕中心。在被流放到奇洛埃并服刑期满后,他前往澳大利亚,他的妻子就在那里。两年间,她没有他的任何消息,以为他死了,已经开始了新生活,身心饱受创伤的马努艾尔在她的生活中已经没有立足之地。没过多久,他们便离了婚,大多数流亡海外的夫妇都是如此。不过马努艾尔比其他流亡者们要幸运些,因为澳大利亚是个热情好客的国度,他在那里找了一份跟他专业相关的工作,写了两本书,他用酒精和一段段露水情缘来自我麻痹,可这些只能让他越发孤独。他在悉尼认识了一个西班牙舞蹈演员,她变成了他的第二任妻子,可这段婚姻只持续了一年不到。他没法再信任别人或是认真投入一段感情,曾经遭受的暴力折磨让他痛苦不堪,惊恐不安,他被牢牢地困在了格里马尔迪庄园的牢房里,仿佛一直都被赤身裸体地绑在电床上,看着狱卒电击他来取乐。

一天,在悉尼,马努艾尔驾车撞到了一根钢筋混凝土柱子上,警察赶来时发现他是醉驾,可哪怕喝得酩酊大醉也不会犯这样的错误。他在医院度过了十三天的危重期,接下来又在医院度过了无法动弹的一个月。医生推断他是自杀未遂,为他联系了一家专门帮助曾被折磨虐待者的国际机构。一个在相关方面经验丰富的精神病专家去医院看了他。他没能平息马努艾尔过去的创伤,不过他帮助马努艾尔控制情绪和关于以前被折磨时期的回忆,克服恐慌。马努艾尔认为自己已经好了,他没有重视晚上的噩梦、对电梯以及密闭空间的恐慌,他继续服用抗抑郁药,并习惯了孤独。

在马努艾尔说话期间,停电了,岛上在这个点上总停电,我们三人没有一个站起来点蜡烛,我们在黑暗中紧紧地靠在一起。

"原谅我,马努艾尔。"很久没说话的布兰卡低声说道。

"原谅你?我要感谢你才是。"他说。

"原谅我的缺乏理解和盲目糊涂。马努艾尔,没有人能够原谅那些罪犯。可或许你能够原谅我和我的家人。我们因为疏忽大意而犯了错。我们不想成为同谋,所以忽略了明显的事实。我自己就更糟糕,这些年来我去过很多地方,我了解外国媒体对皮诺切特政府的报道,可我觉得那都是谎言,是宣传。"

马努艾尔抱住了她。我摸索着站起来,往火炉里添了点柴火,然后去找蜡烛,再去拿一瓶葡萄酒和茶过来。屋里变冷了。我往腿上盖了张毯子,在马努艾尔的另一侧坐下,蜷缩在破破烂烂的沙发上。

"玛娅,看来你祖母把我们的事情都告诉你了。"马努艾尔说。

"她说你们以前是朋友,仅此而已。她从不谈那段时间的事情,也几乎没怎么提起过费利佩·维达尔。"

"那你是怎么知道我是你的祖父的?"

"波波祖父才是我的祖父。"我坐开了一些,反驳道。

他的话太过惊人,漫长的一分钟过去,我才明白他话里的意思。那几个字猛地冲进了我迟钝的大脑和乱糟糟的心里,可我没法捕捉到它们的意思。

"我不明白……"我低声说。

"你爸爸安德烈斯是我的儿子。"马努艾尔说。

"这不可能。如果这是真的,我妮妮祖母不可能四十多年都瞒着的。"

"我还以为你知道了,玛娅。你不是跟布加医生说你是我的孙女吗?"

"那是为了让他放我进诊所!"

在1964年,妮妮祖母是秘书,马努艾尔·阿里亚斯是系里一个老师的助手;她二十二岁,刚刚跟费利佩·维达尔结婚,他二十七岁,刚获得去纽约大学攻读社会学博士学位的奖学金。他们十几岁的时候就相爱,有好些年没见,在系里重逢后,一种焕然一新且极为迫切的激情席卷而来,那感觉跟少年时纯洁的情谊截然不同。可当他去纽约时,他们心碎地了断了这段激情,他们分了手。与此同时,费利佩·维达尔身在古巴,他在新闻界的声望日益显著,他从没想到他的妻子背叛了他,更没怀疑过1965年出生的儿子不是自己的。直到他们二人被关进同一间牢房,他才认识马努艾尔,可马努艾尔一直都在远处默默关注着他作为记者所取得的种种成就。马努艾尔和妮狄娅之间的爱情曾多次中断,可每次重逢,他们之间又重燃爱火,直到1970年,马努艾尔结婚,他们才彻底结束。就在同一年,萨尔瓦多·阿连德赢得总统大选,这件事酝酿了一场三年后即将以军事政变的形式爆发的政治灾祸。

"我爸爸知道吗?"我问马努艾尔。

"我认为他不知道。妮狄娅为我们之间的事情感到愧疚,她打算不惜一切代价来瞒住这件事,她想要忘记,也想让我忘记。一直到去年十二月,她来信说你的事,才重提往事。"

"现在我明白你为什么让我住在这里了,马努艾尔。"

"我是在跟妮狄娅零零散散通信期间才得知你的存在的,玛娅,我知道你是安德烈斯的女儿,是我的孙女,可我并没当一回事,我以为根本就不会认识你。"

几分钟前屋里反省沉思和亲密无间的氛围变得紧张起来。马努艾尔是我爸爸的爸爸,我们拥有同样的血脉。没有任何戏剧性的反应,没有喜悦的拥抱,相认时的泪水,也没有激动得哽咽的倾诉;我感觉到我的心肠硬了起来,只在以前那段糟糕的过往中我才会如此,在来到奇洛埃之后我还从未有过这样的感觉。跟马努艾尔一起互相嘲讽、学习、生活的几个月时光瞬间模糊了,他猛地变成了一个让我反感、跟我祖母私通的陌生人。

"我的天,马努艾尔,你之前为什么没跟我说过?这简直比电视剧的情节还夸张。"布兰卡叹了口气。

她的话打破了魔咒,阴冷的氛围消失了。我们带着腼腆的微笑,在黄色的烛光里打量着彼此,我们笑了起来,一开始还有些勉强,随即变得释然,这件事很荒唐,也无关紧要,因为如果不是要捐献器官或是继承财产的话,我的亲生祖父是谁又有什么关系呢,只有感情最要紧,幸运的是,我们的感情很好。

"波波祖父才是我的祖父。"我重申道。

"没人怀疑这一点,玛娅。"他答道。

妮妮祖母通过迈克·欧克利写信给马努艾尔,告诉我弗莱迪昏倒在拉斯维加斯的一条街上,被人发现。一辆救护车把他送往医院,他之前住过那家医院,也正是在那家医院,奥琳比雅·佩蒂福特认出了他。"耶稣的寡妇"们认为这一巧合是祷告的作用。弗莱迪在重症监护区躺了好些天,靠一根插在一台声响颇大的机器上的管子呼吸,在此期间,他双肺感染,差点就送了性命,医生们将病情控制住,然后摘除了他之前就被打坏的那侧肾脏,并处理了他不良生活造成的多重疾病。最后,他被送到奥琳比雅所在的那层楼的一个床位上。

她祈求耶稣拯救这个孩子,并想办法不让儿童保护协会或是司法部门将他带走。

在弗莱迪被允许出院时,奥琳比雅·佩蒂福特谎称他们之间有亲属关系,获得了司法部门的允许来照顾他,否则弗莱迪就会被关进青少年看守所或是监狱。似乎阿莱纳警官在这件事上帮了忙,他得知一个类似弗莱迪的孩子被送进了医院,抽空去看望他。结果威严的奥琳比雅拦住了他,她下定决心不让他进去看弗莱迪,因为弗莱迪还在生死间徘徊。

奥琳比雅担心阿莱纳想要逮捕弗莱迪,可他说只是想要打听一个名叫劳拉·巴伦的朋友的消息。他说他打算帮助弗莱迪,考虑到两人目标一致,奥琳比雅邀请他到咖啡馆喝了杯果汁,并且聊了聊天。她向他解释说,去年年底,弗莱迪把一个叫劳拉·巴伦的女孩带到她家,那个女孩有毒瘾,而且生着病。接着弗莱迪就走了。直到他被摘除了一个肾脏,被送出手术室,来到她所在楼层的一个床位上,她才再度见到他。至于劳拉·巴伦,她只能说,她照顾了她几天,她刚恢复一点,就有几个亲戚过来找她,并把她带走了,很可能是像她所建议的那样,他们把她送去了戒毒中心。她不知道他们去了哪里,那个女孩当时为了联系上祖母,给了她一个号码,可她也已经不记得了。她用不容置疑的语调告诉他,不要来打扰弗莱迪,因为他根本就没有那个劳拉·巴伦的任何消息。

弗莱迪出院时瘦得像个稻草人,奥琳比雅·佩蒂福特把他带回家,让那群可怕的"寡妇"们照顾他。那时他已经两个月没吸过毒,虚弱无力,只能看看电视。"寡妇"们做的油炸食品让他逐渐恢复了体力,当奥琳比雅估计他可能会逃跑,重新回归到毒瘾地狱时,她想到了那个坐在轮椅上的男人,她把他的名片夹在《圣经》里。她给他打了个电话。她从银行取出积蓄,买好票,然后跟另一个女人一起把弗莱迪带到加州来。妮妮祖母说,她们穿着礼拜服来到了"白雪公主"的工作室,在未成年监狱附近的一间不通风的小房子里,"白雪公主"在等着她们。妮妮祖母的消息让我充满了希望,如果在这个世界上还有人能帮到弗莱迪的话,那一定就是迈克·欧克利了。

丹尼尔·古德里奇和他父亲去旧金山参加一场荣格研究者的学术会议,会议研究的主要内容是卡尔·荣格①的《红书》,这本书在瑞士的一个保险箱中被保存了几十年,不为世人染目,非常神秘,最近才刚刚出版。罗伯特·古德里奇爵士花大价钱买了一份跟原本一模一样的摹本,以后会被丹尼尔继承。趁周日无事,丹尼尔去伯克利拜访我的家人,还带上了他在奇洛埃时拍的照片。

祖母依照智利传统,坚持让他在我们家过夜,她把丹尼尔安排在我的房间里,这个房间已经不是我童年时期那刺眼的芒果色,天花板上那条长了翅膀的龙和墙壁上营养不良的儿童照片也已经被取走。穿着奇装异服的祖母和伯克利的房子让丹尼尔目瞪口呆,因为这房子比我跟他描述的更特立独行,五彩缤纷。观星塔楼被之前的租户用来存放货物,不过迈克让他那些改过自新的犯人把污迹都刮干净,并把以前的望远镜给放了上去。妮妮祖母说波波祖父之前总在房子里晃荡,而且老绊到印度人留下的箱子和包裹,这么做能让他平静下来。我没告诉她波波祖父在奇洛埃,因为他有可能同时行走在很多个地方。

丹尼尔跟我祖母去了图书馆,见识了电报大街上的老嬉皮士们和最好的素食餐厅,祖母还带他参加智利人聚会,当然,也领他去认

---

① 卡尔·荣格(1875—1961),瑞士心理学家,创立了荣格人格分析心理学理论。

识了迈克·欧克利。"那个爱尔兰人爱上了你祖母,我相信她也并非无动于衷。"丹尼尔在信中写道,可我很难以想象祖母会把"白雪公主"当一回事。他跟我波波祖父相比,就是一个可怜虫。不过欧克利也并非一无是处,毕竟任何人跟我波波祖父比,都是可怜虫。

弗莱迪住在迈克的公寓里,他在这几个月里应该变了很多,因为丹尼尔笔下的他跟救了我两次性命的那个男孩一点都不像。弗莱迪正在迈克的帮助下戒毒,他神志清醒,看起来身体不错,不过情绪低迷。他没有朋友,不出门,不想学习和工作。欧克利认为他需要时间,我们要相信他能够好起来,因为他还年轻,而且他有颗善良的心,这两个因素会帮上忙的。在看到奇洛埃的照片和得知我的消息后,弗莱迪表现得无动于衷。如果不是他手上缺了两根手指,我真怀疑丹尼尔认错人了。

我爸爸在周日从某个阿拉伯酋长国赶回家中,他同丹尼尔一起吃午餐。我想象着他们三个人坐在家中老旧的厨房中,使用着质地稀疏的陈旧白餐巾和绿色的陶艺水壶,喝的是我爸爸最爱的苏维翁白葡萄酒①,吃的是妮妮祖母准备的鱼汤,据她说,这道菜是意大利海鲜汤和法国浓味鱼肉汤的智利版。由于我爸爸在看到我照片的时候哭了,丹尼尔得出了一个错误的结论:我爸爸敏感爱哭,他还认为我跟家人长得一点都不像。他真该去见见玛尔塔·奥拓,我的拉普兰公主。他被热情款待了一天,并带着伯克利是一个第三世界国度这么一个观点离开。他跟妮妮祖母相处得不错,可事实上他们唯一的共同点就是我,还有他们都爱吃薄荷冰激凌。在衡量过风险后,他们约定通过电话来传递消息,这是最安全的方式,只要不提我的姓名就行。

---

① 苏维翁白葡萄酒,又译长相思白葡萄酒。

"我让丹尼尔来奇洛埃过圣诞节。"我向马努艾尔宣布。

"来玩,来定居,还是来找你?"他问。

"我不知道,马努艾尔。"

"你希望是哪个?"

"来定居!"我毫不犹豫的回答让他吃了一惊。

自从我们确定了亲属关系,马努艾尔经常眼中带泪地看着我。周五他还从卡斯特罗市给我带了巧克力回来。我对他说:"你不是我男朋友,马努艾尔,而且你也别想取代我的波波祖父。"他的回答是:"我才没这么想呢,傻美国佬。"我们的关系还跟以前一样,毫无温言软语,只有冷嘲热讽,可他像是变了个人,布兰卡也察觉到了,我希望他不要对我们太温柔,最后变成个糊涂老头。他们之间的关系也发生了改变。每周有好几个晚上,马努艾尔都在布兰卡家过夜,抛下我一个人跟三只蝙蝠、两只怪猫和一条瘸腿狗一起。我们后来又聊过他的过去,如今这已经不是什么禁忌话题,不过我还是不敢主动提起这个话题。我希望他先开口,最近他经常提起往事。一旦潘多拉的魔盒被开启,他就需要宣泄。

我已经准确地了解到费利佩·维达尔当年的经历,这多亏了马努艾尔的好记性和妮妮祖母在牧师会社的详细诉说,牧师会社甚至保存了两封费利佩·维达尔在被捕前写给她的信。为了让妮妮祖母给我一个解释,我违反了保密规则,写了封信给丹尼尔,让他转交给祖母。祖母也同样的方式回信,就这样,我了解到整件事情的前因后果。

在军事政变后最初的混乱期,费利佩和妮狄娅·维达尔以为低调行事就能继续维持他们的正常生活。在萨尔瓦多·阿连德政府的三年统治期间,费利佩·维达尔曾经主持过一个电视上的政治节目,这个理由足以让军政府认为他是可疑人士了。可他并没有被逮捕。妮狄娅认为民主制度很快就能得到恢复，可他则担心独裁统治将会长期持续，因为他在新闻界报道过多次战争、革命和军事政变，他知道暴力一旦产生，就无法抑制。在军事政变之前，他就已经闻到了战争爆发的火药味，曾在一场新闻会后私下提醒总统。阿连德问他："维达尔同志，你获得了什么我不知道的信息吗？还是说这只是你的预感？"他直截了当地回答："我了解这个国家的情况，我认为军人马上就要叛变了。"阿连德语气庄重得仿佛在向后代承诺："智利拥有漫长的民主传统，这里没有人通过武力掌权。我知道眼下的危机很严重，同志，不过我相信陆军总司令和我们士兵的名誉，我知道他们会完成他们的使命。"他所指的对象是最近得到任命的奥古斯托·皮诺切特，他出身于省里①的一个军人家庭，他的前任——皮冉兹将军由于政治方面的压力而被解职，他向阿连德大力推荐皮诺切特。维达尔把这番对话原原本本地记录在他的报纸专栏里。九天后，也就是九月十一日的那个周二，他在广播中听到了总统跟人民告别的临终宣言，还有炸弹落在总统府拉莫内达宫里的轰鸣声。那时他就做好了最坏的准备。他不相信智利军人会文明行事，不使用暴力，因为他研究过历史，历史上有太多的反面事例。他预料到一场恐怖的镇压即将来临。

军事委员会宣布进入战争状态并且立即下达一系列命令，其中就包括对媒体的审查。没有任何消息，只有谣言，官方也不打算澄清，因为他们希望利用谣言的传播来弄得人心惶惶。大家都在谈论集中营和刑讯中心，据说有成千上万的人被捕、流亡或是送了性命，坦克夷平了工人活动区，拒绝服从命令的士兵被击毙，还有一些囚犯

---

① 智利被划分为十三个大区，下设五十一个省。

被开膛破肚,从直升机上被抛进海里,为了让他们沉下去,军方还在他们身上绑了一截截铁轨。费利佩·维达尔用笔记录下那些拿着枪支的士兵、坦克、呼啸而去的军事卡车、嗡嗡作响的直升机,还有被拳打脚踢逼着前行的人们。妮狄娅把墙上抗议歌手的海报揭下来,连同所有的书,包括毫无任何不妥之处的小说一起,都扔进了垃圾桶,因为她不知道怎样才能不引人注意地把它们烧掉。这种预防措施毫无作用,因为有数以百计的文章、纪录片和录音能牵连到她丈夫的新闻工作。

妮狄娅想出了一个办法,让费利佩躲起来,这样他们就能安心过日子。她建议他去南方,因为她的姨妈伊格纳西娅夫人就在那里。伊格纳西娅夫人年逾八旬,是个颇为特殊的老人,她五十年来一直都在家中接待垂死之人。她的家中还有三个跟她一般年迈的老用人,她们帮她一起完成这项高贵的事业,帮助家人不愿照顾或是不能照顾的绝症病人死去。没人去拜访这个阴森的住处,只有一个护士和一名副主祭每周过来两趟,他们来送药并发放圣餐,因为大家都知道这里有痛苦的亡灵。费利佩·维达尔压根不信这些,可在给妻子的信中,他承认那里的家具自己会动,晚上不知怎的,总有关门声和敲打屋顶的声音,吵得他无法入眠。餐厅经常被用作祭坛,屋里还有一个装满了假牙、眼镜和一瓶瓶药物的柜子,那些东西都是客人们离开人世时留下的。伊格纳西娅夫人热情地接待了费利佩·维达尔。她不记得他是谁,还以为是上帝派来的另一个病人;因此他健康的外貌让她颇为惊异。

屋子源自殖民地时期,历史悠久,由砖瓦砌成,四四方方的,房屋中间有个庭院。房间都朝着走廊,走廊上耷拉着一簇簇无精打采、满是尘土的天竺葵,还有几只母鸡在低头啄食。屋梁和房屋柱子都有些弯曲,墙上有裂缝,窗户上的遮光板因为长期的使用和地震,已经关不上；天花板上有好些破洞，所以漏水；痛苦的亡灵还经常碰倒装饰房间的圣人雕像。这里是等待死亡最好的地方，就像陵墓一样冰冷、潮湿、阴暗，不过在费利佩·维达尔看来，非常奢华。他住的房间跟他在圣地亚哥的公寓一样大，里面放了一整套沉甸甸的家具，窗户上钉着铁条，天花板很高，所以那些描绘《圣经》里一些场景的画只能斜着挂，才能从下方看到。那里的饭菜很棒，因为姨妈爱好美食，对垂死的客人们也毫不吝啬，客人们则安静地坐在床上，他们呼吸困难，吃得很少。

在那个位于省里的庇护所，费利佩试图找人去打听清楚他的处境。电视台被控制，报社被封，就连那栋楼都被烧毁，他没了工作。他的脸和文字都被打上了左派的标记，他根本就别想在这行再找到工作，不过他还有积蓄，够他生活几个月。最紧要的问题就是调查清楚他是否被列入黑名单，如果是的话，就要马上逃离这个国家。他用暗语给人捎了些口信，也悄悄地打了几个电话，可他的朋友和熟人都拒绝回答，或是找借口不理会他。

三个月后，他每天都要喝上半瓶皮斯科酒，而且变得意志消沉，以自己为耻，因为当其他人在秘密反抗军事独裁统治时，他却在享受着一个疯疯癫癫、时不时就要来用体温表给他测量体温的老太太给他提供的丰盛大餐。他无聊得要命。他拒绝看电视，因为他不想听到各种告示和军队进行曲，他也不看书，因为屋里的书都是十九世纪的。他唯一的社会活动就是傍晚的念珠祈祷，伊格纳西娅夫人和用人们要为临终的人祈祷，他也必须参加，这是姨妈让他住在这儿的唯一条件。在这期间，他给妻子写了很多信来讲述他生活的细节，我在牧师会社看到的两封就是写于当时。他慢慢开始出门活动，起初只走到门口，接着到街角的面包房和报亭，随即去广场和电影院。他发现夏天到了，人们若无其事地准备度假，仿佛巡逻队那些戴着头盔、

311

背着自动步枪的士兵只是街景的一部分。圣诞节过去了，1974年年初他仍然跟妻儿分离，到了二月，他已经偷偷躲藏了五个月，也没发现有警察在找他，于是他估计是时候回到圣地亚哥，将支离破碎的生活和家庭重新拼凑完整了。

费利佩·维达尔向伊格纳西娅夫人和两个用人辞行，她们非常高兴，因为他是半个世纪以来唯一一个不但没死，而且还长胖了九公斤的病人，她们往他的行李里塞满了奶酪和糕点。他戴上了隐形眼镜，剪短头发和胡子，跟以前判若两人。他回到圣地亚哥，鉴于还不是找工作的时候，他决定写回忆录来打发时光。一个月后，他的妻子下班，去学校接安德烈斯，再去买了些食品做晚饭。回到公寓时，她看到门被撬开了，猫的头被打烂，躺在门口。

妮狄娅·维达尔跟其他成百上千焦虑不安的人一起，在警局、监狱、拘留中心、医院和停尸房门口排队，打听丈夫的消息。她的丈夫不在黑名单上，任何地方都没有他的记录，他从未被逮捕。不要找他了，夫人，他肯定是跟情人私奔到门多萨去了。要不是收到了消息，妮狄娅还要继续若干年的寻找。

当时的格里马尔迪庄园刚刚被国家情报局当作基地，马努艾尔·阿里亚斯就被关在里面，他跟其他囚犯挤在一起，站在牢房里。费利佩·维达尔就是囚徒中的一员，由于他的电视节目，所有人都认识他。当然，维达尔不知道他的狱友马努艾尔·阿里亚斯就是他儿子安德烈斯的亲生父亲。两天后，费利佩·维达尔被拉去拷打，他再也没有回来。

囚犯们经常以敲击或抓挠牢房木墙的方式来沟通，就这样，马努艾尔得知维达尔在被电击的过程中心脏骤停。他的遗体跟其他人的一样，被扔进了海里。他认为无论如何都要跟妮狄娅取得联系。他至少要阻止这个曾经深爱的女人把一辈子都花在寻找丈夫上,而且他要通知她,趁她还没被变成失踪者的一员,赶紧逃跑。

向外传递信息是不可能的,可巧的是,在那几天里,红十字会要来进行第一次探视,因为当时全世界都得知了这里在侵犯人权的消息。必须要把被捕者藏起来,把血迹清理干净,把刑讯设备都拆除。他们尽可能将马努艾尔和其他跟他一样伤势相对轻微的囚犯治愈,给他们洗澡,让他们换上干净衣服,并警告他们,若是稍有疏忽,他们的家人将承担严重后果。他们被带到探视者面前。马努艾尔利用寥寥几秒钟的时间,跟红十字会的成员耳语两句,让他们将消息带给妮狄娅·维达尔。

妮狄娅收到了消息,她知道是谁传来的消息,毫不怀疑其真实性。她跟一个在牧师会社工作的比利时教士取得联系,他设法将她和孩子带进洪都拉斯使馆,他们在那里度过了两个月的时间,等待着通行证下来,离开这个国家。外交公寓里住了五十多个男人、女人和孩子,每个角落都塞满了人,他们睡在地板上,三个厕所里永远都有人,大使试图将人分散到其他国家去,因为他的国家已经没法接待更多的难民了。这个任务似乎没完没了,因为总有被迫害者从街上翻墙过来,落到他的院子里。他想方设法让加拿大接收了二十个人,妮狄娅和安德烈斯·维达尔就是其中两人。他租来一辆巴士,挂上外交牌照和两面洪都拉斯国旗,带上陆军武官,亲自开车将二十个人带到了机场,随后送至机舱门口。

妮狄娅打算让她儿子在加拿大过上没有恐惧、仇恨和憎怨的生活。她告诉孩子,父亲由于心脏病发去世,但她略过了那些可怕的细节,因为孩子还小,没法接受。好些年过去了,她一直没找到机会或是一个好理由来跟他解释他父亲究竟是如何死去的,可现在,我把那段过去重新挖掘了出来,妮妮祖母必须要跟爸爸说清楚了。她还得告诉他，他一直放在床头柜里的那张照片上的男人，费利佩·维达尔，并不是他的亲生父亲。

死人酒馆收到了一个寄给我们的包裹，无须打开，我们就已经知道寄件人是谁，因为包裹是从西雅图发过来的。里面有一封我期待已久的信，信很长，蕴含很多信息，可是用词更热情些，就能打消我对丹尼尔的一些疑虑。随信一起寄来的还有他在伯克利拍的照片：我妮妮祖母看起来比去年好多了，她把白头发染了，挽着我的爸爸；我爸爸穿着飞行员制服，还是一如既往的帅气；迈克·欧克利扶着他的轮椅站着，他的躯干和胳膊很强壮，双腿由于瘫痪而萎缩；秋日明亮的阳光下，我们家的魔法大宅子掩映在松树林荫下；一艘艘白色帆船点缀着旧金山湾。弗莱迪只出现在一张即时照片上，那照片好像是趁他不注意时拍的，他似乎在故意躲避镜头。那个眼里含着渴望，瘦骨嶙峋，神情忧郁的男孩就跟布兰登·黎曼那栋楼里的僵尸们一模一样。我可怜的弗莱迪，就算他戒毒成功，也要花上好些年来控制毒瘾，在此期间要遭不少罪。

包裹里还有一本关于黑社会的书，我会看的，还有一本杂志上刊登的长篇报道，内容是关于一个四十四岁的美国人，亚当·特雷沃，全世界头号美元假币制造者，他于八月在迈阿密机场被捕，当时他正企图使用假证件从巴西前往美国。他在2008年年中跟妻儿一起躲过了美国联邦调查局和国际刑警组织的搜查，逃离美国。他目前被关押在联邦监狱里，考虑到有终身监禁的可能，他决定跟警方合作来减少刑期。文章称，特雷沃透露的消息将有利于打击一个国际网络，该网络影响到近至华尔街远至北京的金融市场。

特雷沃在佐治亚州开始了他的假钞生意，后来他来到得克萨斯，就在美墨的脆弱边界附近。他将假钞印刷机安装在一家倒闭多年的鞋厂地下室里，工厂位于一个白天热闹、晚上死寂的工业区，因此他搬运材料也不会引起注意。正如阿莱纳警官在拉斯维加斯跟我所说，他的假币几乎能够乱真，因为他用了跟真币一样的纸张，只是没有上浆，他还发明了一套非常高明的技巧，能在假钞里埋上金属安全线；就连最专业的收银员也没法判断真假。而且他生产了一部分五十元的假币，由于面值不高，这些钱很少被严格检查。杂志跟阿莱纳说了一样的内容：这些假币经常被运出美国，由犯罪团伙将真钞与其混合，然后再投入市场。

亚当·特雷沃还承认自己错将五十万美元交给了他在拉斯维加斯的弟弟保管；后者已被谋杀，死前没告诉他把钱藏在哪里。如果他弟弟，一个化名为布兰登·黎曼的小毒贩，没有用那笔钱的话，警方就什么都没法发现。在内华达赌场里漫无边际的现金海洋里，可能过好些年都没法发现假钞，可布兰登·黎曼还用那些假钞来贿赂警察，正是顺着这一线索，美国联邦调查局破解了这一谜案。

拉斯维加斯警察局勉强将警察受贿案给遮掩下来，可媒体还是发现了一些消息。为了平息民愤，警局做了个小清理，将一些受贿的警察革职。记者最后一段文字让我非常害怕：

> 五十万假币并不重要。最关键的是尽快找到亚当·特雷沃交给他弟弟保管的假币印刷制版，不要让印刷版落入恐怖分子团体或是一些企图让市场充斥假币、从而破坏美国经济的国家手中，如朝鲜和伊朗。

我祖母和"白雪公主"坚信如今世上已经不存在隐私，对任何一个人都能知根知底，没人能隐瞒什么，因为只要使用信用卡，去看牙医，乘坐火车或是打电话，都会留下不可磨灭的线索。不过，每年都有几十万儿童和成人因为各种理由失踪：绑架、自杀、谋杀、精神疾病、意外事故；一些人为了逃离家庭暴力或是逃避法律的制裁，加入了秘密组织，或是更名改姓；还有性奴倒卖的受害者和被当奴隶剥削的，那就更不用提了。马努艾尔说，虽然全世界都废除了奴隶制，目前依然存在两千七百万奴隶。

去年，我就是失踪人口中的一员，虽说我根本就没有躲起来，妮妮祖母也无法找到我。她和迈克认为美国政府以反恐为借口，监视着所有人的一举一动，但我不认为政府有精力监视数以亿计的电子信息和通话记录，空气中充斥着几百种语言的文字，要整理并破解这巴别塔里的各种讯息是不可能的。一月份，我和妮妮祖母在旧金山分别的时候，她说："他们办得到，玛娅，他们拥有高科技，还有几百万毫无意义的官员，这些官员唯一的任务就是监视我们。如果清白无辜的人都要小心谨慎的话，你就更要注意，你要听我的。"她的朋友诺曼，也就是在伯克利帮她破解我的邮箱和手机的那个可恨的天才，算是一个清白无辜的人，他在网上发布了一些关于本·拉登的笑话，一周前，两个美国联邦调查局的警察来到他家，对他进行拷问。奥巴马没有拆除他前任安装的那套国家监控设备，所以我祖母坚持认为采取任何预防措施都不足为过，马努艾尔·阿里亚斯也表示赞同。

马努艾尔和妮妮祖母用一个暗号来表示我：他正在写的书就是我。比如说，为了告诉我祖母我在奇洛埃适应得如何，马努艾尔会说书的进展比预期要好，没有遇到任何大问题，奇洛埃人少言寡语，不过都很配合。妮妮祖母更为随性发挥，只要不用她自己的电脑就行。通过这种方式，我得知爸爸和苏珊办完了离婚手续，爸爸还是飞中东，苏珊从伊拉克回来了，她被派到白宫安全部门。祖母跟她还保持着联系，虽说最初由于祖母总是插手苏珊的隐私，她们之间有些冲突，可如今她们已经成了朋友。等情况恢复正常，我也要给苏珊写信。她以前对我很好,我不想失去她。

妮妮祖母依然在图书馆工作,同时也在从事善终服务,陪伴垂死者,她还在一边帮助欧克利。罪犯俱乐部上了美国报纸,因为两名俱乐部成员找出了俄克拉荷马州一起连环杀人案的凶手。他们是通过逻辑推理实现了这一目标,而拥有现代调查手段的警方都没能做到。俱乐部出名了,要求加入俱乐部的申请滚滚而来。妮妮祖母想要向新会员每月收取会费,可欧克利说这就违背了初衷。

"亚当·特雷沃的那几块印刷版就像一个核弹,有可能造成世界经济体系的动荡。"我跟马努艾尔说。

"它们已经沉入旧金山湾底了。"

"我可不敢确定,就算是这样,美国联邦调查局也不知道。马努艾尔,我们要怎么办?之前他们找我是为了那一堆假钞,现在为了那几块印刷版,他们更要这么干了。他们会花大力气来找我的。"

2009年12月27日星期五。糟糕的第三天。从周三开始,我就没去上过班,没出过门,没换下过睡衣,胃口全无,马努艾尔和布兰卡总跟我吵,没人安慰我,我的情绪跌宕起伏,就像坐过山车。在该死的周三,就在拿起电话之前的一瞬间,我还情绪高涨,觉得阳光灿烂,幸福美满,在下一秒,我的心情就像一只心脏被射穿的小鸟,跌至谷底。这三天我都精神恍惚,哭诉着我的爱情、错误和痛苦,到了今天,我终于说了声:"够了!"我冲了很久的澡,把储水池里的水都给用光了,我用肥皂洗去痛苦,然后我坐在阳光明媚的晒台上,就着马努艾尔准备的西红柿酱,吞下几片切片面包。在为爱痴狂了几天后,食物让我恢复了理智。这会儿我能稍微客观地看待自己的情况,不过我知道面包的镇定效果只是暂时的。我很遗憾我的爱情就这样夭折,我流了很多眼泪,而且还会继续流泪,因为我知道,如果我像波波祖父去世那次一样强作勇敢,会发生什么后果。而且没人在意我的哭声。丹尼尔听不到,这个世界依然无动于衷地继续旋转。

丹尼尔·古德里奇告诉我他"珍惜我们之间的友谊,希望继续保持联系",还说我是一个很特别的姑娘等诸如此类的话;简而言之,他不爱我了。我建议他来奇洛埃过圣诞节,他没有回应,他也从没计划过跟我重逢。我们五月的邂逅非常浪漫,他会永远记得,等等等等,但他的生活在西雅图。在 juanitocorrales@gmail.com 邮箱收到这封邮件时,我还以为这是由于我们相距太远而产生的误会,我给他打了电话,这是我打的第一个电话,让祖母的那套安全措施见鬼去吧。我们进行了一番简短、让人痛心的对话,我苦苦哀求,他连连退缩,每每回想起对话的内容,我都面红耳赤,羞愧难当。

"我又丑又傻还酗酒。丹尼尔当然不想跟我在一起。"我抽噎着说。

"很好,玛娅,好好自我反省一下。"拿着咖啡和切片面包坐在我身旁的马努艾尔答道。

"这就是我的生活?在拉斯维加斯堕入黑暗,勉强活着,在奇洛埃偶然获救,全身心爱上丹尼尔,然后马上失去他。死去,复活,坠入爱河,再度死去。我真是太倒霉了,马努艾尔。"

"玛娅,别太夸张了,这可不是演歌剧。你犯了一个错误,可责任不在你身上,那个年轻人对你的感情应该更谨慎些。什么精神病医生!他就是个蠢蛋。"

"没错,一个性感的蠢蛋。"

我们都笑了,可马上我又哭了起来。他递给我一张纸巾,让我擤鼻子,然后他拥抱了我。

"我很后悔弄坏了你的电脑,马努艾尔。"我把脸埋在他的马甲里说道。

"我的书都安然无恙,我没什么损失,玛娅。"

"我向你保证,我会给你再买一台电脑的。"

"你打算拿什么买?"

"我去找米亚罗沃借点钱。"

"这可不行!"他警告我。

"那我就得去把露辛达夫人的大麻给卖了,她家院子里还有好些。"

我要更换的不仅有被打坏的电脑,当时在暴怒之中的我就像个两岁的黄毛丫头一样大喊大叫,把书柜、船钟、地图、餐盘、水杯和一切够得着的东西都摔了个干净,我从没这样歇斯底里过。猫都从窗子跳了出去,惊恐万分的法克躲在桌子下面。马努艾尔在晚上九点回来,他发现家里仿佛台风过境般满目疮痍,我醉死在地板上。这是最糟糕的事,也是让我最感羞愧的。

马努艾尔给布兰卡打了电话,虽说她的岁数已经不适合跑步了,她还是从家里一路跑来,他俩用暗褐色的咖啡给我醒酒,帮我洗漱,让我睡下,然后打扫残局。我喝了一整瓶葡萄酒,还有在柜子里找到的剩下的伏特加和黄金酒。我醉得不省人事。我不假思索就开始喝酒。我曾经夸耀自己已经克服了问题,并且号称自制力强,并不酗酒,可以不接受心理诊疗和嗜酒者互戒协会的帮助,可那个来自西雅图的背包客一拒绝我,我马上就借酒浇愁。我承认失恋的打击很大,可这不能说明一切。迈克·欧克利说得有道理:瘾头总在窥伺,等待时机。

"我真是太愚蠢了,马努艾尔!"

"跟愚蠢无关,玛娅,这叫作爱上爱情。"

"什么?"

"你其实并不了解丹尼尔。你只是爱上了他给你带来的那份愉快心情。"

"这份愉快心情正是我唯一需要的,马努艾尔,没有丹尼尔我活不下去。"

"离了他你当然可以继续活下去。这个年轻人是一把钥匙,打开了你的心。渴望爱的瘾头不像霹雳丸或是伏特加,它不会毁了你的健康和性命,可你要学会分辨你爱的到底是这个对象,比如丹尼尔,还是敞开心扉的兴奋感。"

"你再说一遍,你现在就像俄勒冈的心理诊疗师一样玄乎。"

"你知道我这半辈子都把自己封闭得严严实实的,玛娅。最近我才开始敞开心扉,可我无法选择情绪。打开的心可以感觉到爱,同样也会感到恐惧。我想告诉你,投入爱情会给你造成痛苦。"

"马努艾尔,我要死了。我受不了。这是我经历过的最糟糕的事情!"

"不,小美国佬,这只是暂时的痛苦,跟你去年经历过的悲剧比起来,这只是九牛一毛而已。这个背包客帮了你一个忙,他给你机会,让你更好地认识自己。"

"我根本不知道自己是谁,马努艾尔。"

"你会慢慢发现的。"

"你知道马努艾尔·阿里亚斯是谁吗?"

"还不知道,可我已经动身开始行动了。你走在我前面,剩下的时间比我多得多,玛娅。"

马努艾尔和布兰卡以堪称典范的慷慨之心忍受了我这次感情危机,他们现在管我叫荒唐的美国佬;他们容忍我的哭号、指责、自怨自艾的呻吟,不过他们在我说脏话、骂人和试图继续破坏他人财产,也就是马努艾尔的财产时果断阻止了我。我们吵过两次,我们三人都需要发泄发泄。不可能总像菩萨一样。他们很斯文,没有提我喝醉的事,也没说我造成的损失价值几何,他们知道为了获得他们的原谅,我愿意补偿一切损失。当我冷静下来,看到地上的电脑时,有那么一瞬间,我真想跳到海里去。我要怎么面对马努艾尔?这个刚刚相认的祖父得有多爱我,才没把我赶到街上去!这是我人生中最后一次歇斯底里的发泄,我二十岁了,这么做已经不好玩了。不论如何,我都要再弄一台电脑来。

马努艾尔让我敞开心扉的建议依然在我脑里回响,因为我波波祖父或是丹尼尔·古德里奇本有可能也给我同样的建议。哎,写到这个名字我就想哭!我要痛苦死了,我从没这么难受过……不对,波波祖父去世的时候,我比现在更痛苦一千倍。正如妮妮祖母哼唱给我听的墨西哥民歌里唱的一样,丹尼尔不是唯一让我心碎的人。我八岁那年,祖父母带我去丹麦,不让我再有自己是孤儿的幻想。他们的计划是让我跟妈妈住上两个礼拜,互相了解,他们去地中海旅游后再来接我回加州。那是我第一次跟玛尔塔·奥拓有直接接触,为了给她留下好印象,他们往我的行李箱里塞满了新衣服和颇费心思的礼物,如我的几颗乳牙和一缕头发。爸爸一开始反对我们去丹麦,但在祖父母和我的压力下被迫让步。他提醒我们,妈妈不会喜欢这些礼物,因为丹麦人不收集身体部位。

虽说我有好些妈妈的照片,我总把她想象成蒙特雷水族馆里的水獭,因为她姓奥拓①。有几次过圣诞节时,她给我寄来过几张照片,照片里的她身材苗条,气质高雅,有一头白金色的头发,所以当我们在欧登塞她家看到她微微发福,穿着运动裤,有一头没染好的酒红色头发时,非常吃惊。她已经结婚了,且有两个孩子。

---

① 奥拓即 Otter,英语意为水獭。

波波祖父在哥本哈根的车站买了本导游手册，书上说欧登塞位于丹麦中部的菲英岛上，是个可爱的城市，也是著名作家汉斯·克里斯蒂安·安徒生的故乡。这位作家的作品在我的书柜中占据了一个非常显眼的位置，就在《天文学入门》的旁边，因为它们都是 A 字母开头的。我祖父母还为此吵过一架，因为波波祖父坚持按照字母顺序来排列书本，而在伯克利图书馆上班的妮妮祖母则认为应该按照题材对书进行分类。我不知道菲英岛是不是像导游手册所说的那样美丽，因为我们根本没去参观这个岛。玛尔塔·奥拓住的地方房子都差不多，每一户门前都有一片草坪，她家的不同之处就在于还有一个坐在岩石上的美人鱼石膏像，就跟我那个水晶玻璃球里的一样。她打开门，表情惊讶，好像已经不记得妮妮祖母在几个月前就提前写信给她通知我们的来访，而且在离开加州之前又写了封信，前一天还在哥本哈根给她打过电话似的。她很客气地跟我们握手，邀请我们进屋，给我们介绍她的孩子——四岁的汉斯和两岁的威尔海姆，他们皮肤白得简直能在黑暗中发光。

屋里干净，毫无个人特色，压抑。这风格跟哥本哈根宾馆的房间一样，我们在宾馆甚至都没洗澡，因为厕所里到处都是平整的白色大理石，找不到水龙头。宾馆的饭菜跟装修一样朴素，妮妮祖母觉得被骗了，她要求降价。她在前台理论说："你们收了那么多钱，结果房间里连椅子都没有！"前台只有一个不锈钢柜台，唯一的点缀就是一个细玻璃瓶，上面放着一朵洋蓟花。玛尔塔·奥拓家里挂着玛格丽特女王①一幅画作的仿品，这也是她家的唯一装饰。那幅画很棒，如果玛格丽特不是女王，她会是一个优秀的艺术家。

我们坐在一张不太舒服的灰色塑料沙发上，波波祖父脚边放着

---

① 玛格丽特女王（1940— ），丹麦女王，热爱绘画。

我那看起来极为庞大的行李箱,妮妮祖母抓着我的一只胳膊不让我逃走。为了认识我的母亲,我缠了祖父母好几年,可一想到要跟这个陌生的女人和我那两个宛如患了白化病的兔子一般的弟弟待在一起两个礼拜,我就怕得想要逃跑。趁玛尔塔·奥拓去厨房泡咖啡的时候,我低声对波波祖父说,如果他把我扔在这个家里,我就自杀。他把这番话传给祖母,在三十秒不到的时间里,他俩就达成共识,这趟旅途是一个错误;还不如让他们的孙女一直都生活在拉普兰公主的童话里。

玛尔塔·奥拓端着咖啡回来了,咖啡杯极小,没有把手。在大家轮流取糖和奶油的时候,紧张的氛围稍微有所缓和。我那两个雪白的弟弟坐在没有声音的电视机前看一个有关动物的节目,他们很有教养,大人们则开始谈论我,仿佛把我当成了个死人。祖母从包里拿出一个家庭照片册,给我母亲一张一张地讲解里面的照片:刚出生两周的玛娅赤身裸体地蜷缩在保罗·迪特森二世的一只大手中;三岁的玛娅穿着夏威夷服装,拿着尤克里里;七岁的玛娅在踢足球。在此期间,我专心致志地盯着自己新球鞋上的鞋带。玛尔塔·奥拓说我跟汉斯和威尔海姆长得很像,可事实上我们之间唯一的相似之处就是我们都有两只脚。我相信我的外貌让我母亲偷偷舒了口气,因为从我身上看不出父亲的拉美基因,一眼看去,我就像是斯堪的纳维亚地区的人。

漫长得像四十个小时的四十分钟过去,我祖父借用电话叫来了辆出租车,很快,我们起身告别,谁也没提那个被塞得满满当当、简直跟大象一样沉重的行李箱。玛尔塔·奥拓在门口轻轻吻了下我的额头,她说会跟我们再联系,过个一两年,她打算去加州,因为汉斯和威尔海姆想要去迪士尼乐园。我告诉她:"那是在佛罗里达。"妮妮祖母掐了我一下,让我住嘴。

在出租车上，妮妮祖母发表了她草率的观点，她说我没在母亲身边长大，这不仅不算什么不幸，简直就是走运，因为伯克利的魔法宅子有五颜六色的墙壁和观星塔楼，我在里面自由自在地被大家宠着长大，而不是在一个丹麦屋子里的极简抽象主义的环境中成长。我把那个小美人鱼的玻璃球从包里拿了出来，下车时，我把它留在了出租车座椅上。

在去看过玛尔塔·奥拓后的几个月里，我都有些郁郁不乐。那个圣诞节，迈克·欧克利为了安慰我，给我带来了一个装在篮子里的礼物，篮子上盖着一块有格子图案的布。一掀开布，我就看到了一条白色小狗，只有柚子大小，它正安静地睡在另一块布上。迈克·欧克利说："它名叫黛西，不过你可以给它改名字。"我疯狂地喜欢上了黛西，每天放学，我都跑回来，就为了跟它多待上一分钟。它是我的知己，我的密友，我的玩具，我们同睡一张床，在同一个碗里吃饭。它才两公斤不到，我总把它抱在怀里。这只小狗能让我平静下来，让我感到幸福，我将玛尔塔·奥拓抛诸脑后。一年后，黛西发情了，本能战胜了它的羞涩，让它逃出家门。它并没走远，因为它在一个街角被一辆车撞倒，当场死亡。

妮妮祖母不敢告诉我这个消息，就通知了波波祖父。他放下学校里的工作，来学校接我。我被带出教室，看到他在等我，他还没开口，我就知道发生了什么。黛西！我仿佛看到它在跑，看到那辆车，看到它僵硬的躯体。波波祖父用强壮的胳膊把我抱在他的怀里，跟我一起流泪。

我们把黛西装在篮子里，埋葬在花园下。妮妮祖母想要再买一条跟黛西尽可能相似的狗来，可波波祖父说那也没法取代黛西，因为它已经死了。我伤心地哽咽着："我受不了，波波祖父，我那么爱它！"知识渊博的祖父答道："感情在你的心里，玛娅，不在黛西身上。

你能把这份感情投到其他动物身上,如果还不够,就分给我一点。"直到现在,这节有关痛苦和爱的课依然在指导着我,我确实爱丹尼尔胜过爱自己,可这份感情比不上我对黛西和波波祖父的爱。

又是坏消息,简直糟糕透顶,真是雪上加霜,当坏消息纷至沓来的时候这里的人就这么说。先是丹尼尔的事,接着又是这事。我一直害怕的事情发生了,美国联邦调查局找到了我的线索,阿莱纳警官去了伯克利。马努艾尔安慰我说,这并不意味着他会找来奇洛埃,可我很怕,因为他从去年十一月份以来都在找我,现在既然找到了我的家人,他没理由会放弃。

阿莱纳出现在祖父母的家门口。他穿着便衣,不过还是出示了证章。当时妮妮祖母正在厨房,爸爸以为他跟迈克·欧克利的那些犯人有关系,就让他进了屋。阿莱纳说他正在调查假币案,需要找别名劳拉·巴伦的玛娅·维达尔问几个问题,爸爸吓了一跳;阿莱纳又说案子基本上已经结案,但我有危险,他有义务要保护我。要是我之前告诉他们阿莱纳是个好警察,一直对我不错,爸爸和祖母肯定会受到更大的惊吓。

祖母问他是怎么查出我的真实身份的,阿莱纳坦诚相告。妮妮祖母在信中告诉马努艾尔,他以自己的灵敏嗅觉为傲。阿莱纳是从警察局电脑里最基本的信息开始的,他查找了2008年全国失踪的女孩名单。他认为没有必要调查前几年的,因为他刚认识我的时候就发现我在那条街上住的时间不长;离开家的青少年很快就会看起来孤苦无依。名单上有几十个女孩,不过他把注意力集中在十五到二十五岁之间,内华达和旁边几个州。大部分都附有照片,不过照片可能有些久远。他在面部特征方面很敏感,很快将名单缩减至四人,其中一个女孩引起了他的关注,因为发布失踪通知的时间跟他认识布兰登·黎曼所谓的侄女的日子对得上，都是在2008年6月。在研究了照片和手头上的信息后，他得出结论，那个玛娅·维达尔就是他在找的人。就这样，他掌握了我的真名、我的背景，以及俄勒冈学校的地址和我在加州的住址。

原来爸爸并不像我想的那样，对我的失踪无动于衷，他在各大警局和医院广泛发布过我的信息。阿莱纳给学校打了个电话，向安吉要来了他需要的信息，找到我爸爸的旧房子，那里的新住户把我祖父母五彩房子的地址给了他。"幸运的是，负责这起案子的人是我，而不是其他警官，因为我相信劳拉，或者说是玛娅，是一个好姑娘，我希望帮助她，不要让事态复杂化。我希望证实她在这起案件中牵涉不深。"阿莱纳警官用这番话结束了他的解释。

见阿莱纳警官态度友好，妮妮祖母便邀请他坐上饭桌，我爸爸则开了一瓶最好的葡萄酒。警察说在一个十一月有雾的下午，喝上这么一碗汤真是太好不过了，这是不是夫人您家乡的一道特色菜？他注意到了祖母的口音。爸爸告诉他，这是智利炖鸡汤，他们喝的葡萄酒也是智利的，他母亲和他都在那个国家出生。警察问他们是否经常去智利，爸爸解释说他们已经有三十多年没回去过了。妮妮祖母一字不漏地仔细倾听着阿莱纳的话，她在桌子下踢了她儿子一脚，怪他太多嘴。阿莱纳对他们家庭情况了解得越少越好。她察觉到他在撒谎，警觉了起来。假钞和印刷版都没找到，案子怎么可能了结了？她也看过那篇关于亚当·特雷沃的报道，并针对全球假钞生意进行了好几个月的研究，她自认为是专家，知道印刷版的商业价值和战略性价值。

妮妮祖母表示愿意跟司法机构合作，她告诉了阿莱纳一些他自己也能够查到的信息。她说她的孙女在去年六月从俄勒冈的学校逃了出来，他们一直都在找她，可只是徒劳无功，后来他们接到一个拉斯维加斯教堂打来的电话,玛娅的父亲当时正在飞行,所以她去接孙女回家。她发现孙女的情况很糟糕,她几乎没法认出孙女来,看到以前美丽、像运动员一样健壮、聪明伶俐的孙女变成一个瘾君子真是一件很痛苦的事。说到这里,祖母难过得说不下去了。爸爸补充说道,他们把玛娅送到了旧金山的一家戒毒所,可就在戒毒疗程即将结束的前几天,她又逃了,他们不知道她逃到哪去了。玛娅已经满二十岁了,如果她执意要毁了自己,他们也阻止不了。

我不知道阿莱纳警官信了几分。他说:"我需要尽快找到玛娅,这很重要。有犯罪分子打算抓住她。"他还顺便提醒祖母和父亲,窝藏罪犯和同谋是联邦罪。警官喝完了剩下的葡萄酒,称赞蛋奶冻美味,感谢他们提供了丰盛的晚餐,在走之前,他把名片留给了他们,让他们万一收到玛娅·维达尔的消息或是想起某个对调查有帮助的细节就联系他。在门口,泪流满面的祖母抓着他的衣领恳求他:"请你找到他,警官,求你了。"警察一走,她擦干了做戏的眼泪,穿上大衣,拉着我父亲的手,开着她的破车把爸爸带到了迈克·欧克利的办公室。

自从来到加州,弗莱迪就仿佛丧失了意志,沉默不语,可当他听说阿莱纳来伯克利打探消息时,他打破了沉默。他没说过只言片语来透露他从去年十一月把我留在奥琳比雅·佩蒂福特家到七个月后做肾脏手术期间的生活如何。可想到阿莱纳可能逮捕他,他害怕了,终于开口坦白。他说,帮了我逃走后,他不能再回布兰登·黎曼的那栋楼了,不然乔伊·马丁和奇诺会把他剁成肉酱。可绝望的情绪就像一条纽带,将他牢牢地跟那栋楼联系在一起,因为在其他任何地方他都找不到那么多的毒品,可靠近它又太危险。是他在布兰登·黎曼死后马上把我带出健身房,逃离了那两个凶手,他没法说服乔伊·

马丁和奇诺相信他没帮我逃跑。

离开奥琳比雅家后，弗莱迪乘汽车来到国境边界处，他在那里有个朋友，他勉强在那里生活了一段时间，后来他不得不回来。在拉斯维加斯他熟悉环境，闭着眼睛都能走，他知道哪里能够找到毒品。为了不被乔伊·马丁和奇诺发现，他小心翼翼地避开以前的活动范围。他贩毒，偷窃，睡在野外，病得越来越厉害，后来进了医院，又遇上了奥琳比雅·佩蒂福特。

就在弗莱迪还流落在街头的那段时间，有人在沙漠一辆被烧焦的车里发现了乔伊·马丁和奇诺的尸体。弗莱迪庆幸自己终于逃脱了这两个杀手的阴影，可他没能高兴太久，因为在吸毒者和罪犯的圈子里，有传言称他们俩的死看起来像是警察实施的报复。报纸上已经开始报道警察局的腐败案，布兰登·黎曼这两个合伙人的死应该与之有关。在一个充斥着各种恶习和黑社会的城市，行贿受贿是很正常的，可这次竟牵涉到了假钞，而且美国联邦调查局都插手了。那些腐败的警察会使出一切手段来控制丑闻的蔓延，而沙漠的尸体则是对那些打算以此事来做文章的人的一个警告。犯罪者知道弗莱迪曾经跟布兰登·黎曼一起生活，他们不会允许一个吸毒的黄毛小子毁了他们，可实际上弗莱迪压根不知道他们是谁，因为他从来没亲眼见过他们。弗莱迪说，布兰登·黎曼曾经让一个警察杀死乔伊·马丁和奇诺，这一点和去比蒂镇那次布兰登跟我所说的吻合，可他错就错在用假币去行贿，以为这些钱不会被查出来。结果很糟糕，假钱被发现了，作为报复，警察向乔伊·马丁和奇诺泄露了他的计划，于是他们俩一起谋杀了布兰登·黎曼。弗莱迪听到有人在电话里指挥那两个凶手杀死布兰登，后来他推断出对方应该是一个警察。在目睹了凶案后，他跑到健身房去通知我。

几个月后，乔伊·马丁和奇诺在街头绑架我，把我带到公寓，想逼我说出剩下的钱在哪里，弗莱迪再次帮助了我。他找到床垫上被绑住手脚、堵住嘴巴的我并不是出于巧合，而是他听到乔伊·马丁先是用手机打电话，后来又跟奇诺说找到了劳拉·巴伦。他躲在三楼，看到他们把我拖进来，然后离开。他不知道该怎么办，犹豫了一个多小时才决定走进公寓，看看他们把我怎样了。得要知道在电话里下达命令让他们杀死布兰登·黎曼的和告诉他们我的位置的是不是同一个人，如果是的话，这个人是不是那个腐败的警察，当然，也有可能是不同的人。

迈克·欧克利和祖母没法光靠推理、没有证据就去指控阿莱纳警官，不过他们也没打消对他的怀疑，弗莱迪也怀疑他，所以他才怕得发抖。杀死了乔伊·马丁和奇诺的那个人或是那伙人一旦抓到他，也会对他下手。妮妮祖母认为，如果阿莱纳就是那个坏家伙的话，在拉斯维加斯的时候就已经对弗莱迪下手了，可在迈克看来，在医院杀死一个病人，或是在身经百战的"耶稣的寡妇"们眼皮子下杀死她们的保护对象，这可没那么容易。

布兰卡陪马努艾尔去圣地亚哥找布加医生做检查。小胡安·克拉雷斯来家里陪我，我们打算一口气读完《哈利·波特》的第四本。我跟丹尼尔分手，或者更确切地说，丹尼尔跟我分手已经有一个礼拜了，可我还是总掉眼泪，恍恍惚惚，感觉像是被毒打了一顿似的，不过我已经重新开始工作了。再上几周课，暑假就要到了，现在可不能泄气。

12月9日，我跟小胡安一起去露辛达夫人家买羊毛，我打算使出我可怕的手艺，给马努艾尔织一条围巾，这是我能做的为数不多的事情之一。露辛达夫人家的天平太旧了，已经看不清上面的数字，所以我带上了家里的天平去称毛线，这是家里幸免于难的物件之一。

为了让她高兴高兴，我还带上了一个梨子蛋糕，蛋糕被压得扁了些，不过她肯定还是会喜欢的。在1960年的地震中，她家大门被卡住打不开了，从那时开始，她就使用后门，进门后得要从院子里经过。院子里种了大麻，放着灶台和给羊毛染色用的大桶，四周乱糟糟地围着一群鸡，此外还有一些关在笼子里的兔子和两头山羊，这两头羊以前产奶，露辛达夫人拿来做奶酪，现在它们老了，过着无拘无束的老年生活。法克跟在我们身后，它一边用一侧的腿小跑着，一边抬着头在空气里嗅着，在我们进去之前它就已经知道发生了什么，并猛地叫了起来。很快，旁边的狗也跟着它叫起来，声音传播开来，没过多久，狗吠声传遍了整个岛。

屋里，露辛达夫人坐在她的稻草椅子里，旁边的炉火已经熄灭，她穿着弥撒服，一只手拿着念珠，稀疏的白发绾成一个髻，她的身体已经冷却。她预感到这是她在这个世界上的最后一天，所以把自己收拾齐整，不想在死后给别人添麻烦。我在她旁边的地上坐下，小胡安去通知邻居，狗叫引起了他们的注意，他们已经在赶来的路上。

周五，整个小岛上的人为露辛达夫人守灵，没人去干活，周六，我们都去参加葬礼。这位百岁老人的去世让大家一片茫然，因为所有人都觉得她是不会死的。守灵地点在她家，女邻居们拿来了椅子，人群慢慢涌来，院子和街上都站满了人。露辛达夫人被安置在一口普通的棺材里，棺材就摆在她平日里用餐和称羊毛的桌子上，周围摆满了花，有玫瑰、绣球花、康乃馨、百合。花都插在罐子或是塑料瓶里。岁数使得她的身形佝偻了很多，她的身体仅仅占据了棺材的一半，她头底下用的是婴儿枕。桌子上摆放着两个黄铜蜡烛盘，里面点着蜡烛，此外还有她结婚时的画像。画像被重新上了颜色，画中的她穿着婚纱，挽着一个穿着老式军装的士兵的胳膊，那是她九十四年前第一次结婚时的丈夫，后来她又结了五次婚。

岛上的教堂总管引导女人去念玫瑰经,唱赞美歌,歌声有些跑调。男人们则吃着洋葱炖猪肉,喝着啤酒来排解忧伤。第二天,神父来到岛上,他外号"三潮",因为他的布道时间总是很长,随着一次涨潮开始,到了第三次涨潮时间才结束。他在教堂里做弥撒,教堂里人山人海,放满了各种野花,蜡烛的烟雾缭绕,我似乎看到了天使都在咳嗽的幻觉。

棺材停放在一个金属架上,就在祭坛对面。上面盖着一块印有白色十字架的黑布,两个烛台摆置在布上,棺材下放了一个洗手盆,他们跟我解释说:"这是用来应付尸体炸开的情况。"我不知道是什么意思,但听起来很可怕。人群祈祷,在两个吉他的伴奏下唱起奇洛埃的华尔兹舞曲,然后是"三潮"发言,他足足说了六十五分钟。他先是夸赞露辛达夫人,接着就扯到了政治、三文鱼养殖业和足球等话题上,信徒们连连打盹。这个教士来奇洛埃已经有五十年了,依然带着外国口音。在领圣餐的时候,很多人低头垂泪,悲伤的情绪蔓延开来,最后就连吉他手也哭了起来。

弥撒结束后,丧钟敲响,八个男人抬起没什么分量的棺材,迈着庄严的脚步走出教堂,全村人都拿着教堂的花跟在后面。在墓地里,教士再次赐福于露辛达夫人。正当人们要把棺材入土时,造船的木匠和他的儿子赶了过来,他们带来了一个木头做的小房子,并将它放在坟前,小房子是匆忙做成的,不过很精致。鉴于露辛达夫人的家人都已经去世,是我和小胡安发现了她的遗体,所以人们排着队过来,伸出因为劳动而粗糙的手跟我们握手,向我们表示哀悼,然后成群结队地去死人酒馆里喝上一杯。

海上的雾气被吹了过来,我最后一个离开墓地。我想到了在我痛苦的这几天,马努艾尔和布兰卡对我来说有多重要,想到被大家敬爱的露辛达夫人——与之对比,卡梅洛·克拉雷斯的丧事就要冷清

331

多了,可我想得最多的还是波波祖父。妮妮祖母想把他的骨灰撒到山上,尽可能离天空近些,可四年过去了,他的骨灰依然在斗柜上的陶罐里等待着。我沿着去品克雅洞穴的那条山路往上走,希望在空气中感觉到波波祖父的存在,求他允许我把他的骨灰带到这个岛上,埋在墓地里,让他凝视着大海,我会做一个微缩版的观星台放在他的坟前。可波波祖父并不会在我呼唤他的时候出现,他只在他愿意的时候现身,这次在山顶上,我没能等到他。同丹尼尔恋情的终结让我非常敏感,我因一种不好的预感而感到害怕。

潮水还在上涨,雾气越来越浓,不过在山上还能看得到洞穴的入口;不远处,有着沉重身躯的海豹们正在岩石上打盹。悬崖只有六米来高,非常陡峭,我跟小胡安下去过两次。得要身手敏捷,运气很好才行,不然很容易一时脚滑,摔断脖子,所以游客是禁止下去的。

我得根据别人告诉我的内容和我的记忆来试图总结一下这几天发生的事情,我的脑子因为撞击还有些晕乎。这场事故在有些方面说不通,不过这里没人打算深究。

当时,我正在山上久久地凝视下方的风景,雾气突然转浓;银镜般的海面和海豹都消失在灰色的浓雾后。十二月里,有时阳光明媚,有时天气阴冷,空气中飘浮着雾气或是下着绵绵细雨,过不了多久可能就会变成暴雨。那天的天气属于后者。当时是周二,天亮时阳光很好,到了上午,天慢慢阴了下来。一层薄雾飘浮在墓地里,给那里平添一份忧伤的氛围,非常符合我们送走露辛达夫人这位全村所有人的高祖母的心情。一小时后,从山顶上看起来,全世界都被盖在一条棉花毯下,这就像在隐喻我的心情。刚失去丹尼尔的时候,愤怒,羞愧,希望破灭的沮丧和号啕大哭折磨着我,这些情绪已经转变成一种说不清道不明的、不稳定的悲伤,就像雾气一样。这种情绪叫幽怨,马努艾尔·阿里亚斯说这是人类历史上最平常的一种痛苦,可真是太折磨人了。雾气让人心惊,谁知道两米开外的距离有什么危险在等着你,迈克·欧克利喜欢的有关于伦敦罪案的小说里就经常有这样的场景,杀人凶手在泰晤士河里飘起的雾气的保护下犯案。

湿气透过我的背心,我觉得冷,还有些害怕,因为周围空无一人。我感到有人在旁边,可那不是波波祖父,而是某种有威胁性的东西,例如某种大型动物,我以为这又是幻想在折腾我,便没多理会。可这时法克低吠起来。它在我的脚边,非常警觉的样子,背上的毛都竖了起来,尾巴直竖,露出尖利的牙齿。我听到轻微的脚步声。

"谁在那里?"我叫道。

我又听到两声脚步声,这时我看到一个被浓雾模糊了的人影。

"管好你的狗,玛娅,是我……"

是阿莱纳警官。雾气很重,他打扮得也很奇怪,他好像扮成了美国游客的样子,穿着一条苏格兰格子裤,戴着一顶棒球帽,胸前还挂了一个照相机,即便这样,我还是立马认出他来。我感到全身无力,可头脑极为冷静:四处逃亡,躲躲藏藏,不确定的一年结束了。

"下午好,警官,我在等着你呢。"

"你在等我?"他一边说一边朝我走过来。

他心知肚明,我也不想跟他解释我从妮妮祖母的消息中得出的结论;这段时间以来,我似乎每天都能看到他迈着无情的步伐在一步步接近我,我一直在估算着他再过多久就会找到我,并且焦虑不安地等待着这一天的到来。去伯克利看我家人那次,他发现我们来自智利,接着他肯定确认了我是哪一天离开旧金山戒毒所的。通过他的人际关系,很容易就能发现我换了护照并查到那几天飞往智利的那两条航线的乘客名单。

"这个国家很长,警官。你是怎么找来这里的?"

"凭经验。你看起来气色很好。上次在拉斯维加斯见面时你还是个叫劳拉·巴伦的乞丐。"

他的语调亲切随和,好像这是一次寻常的相遇似的。他简洁明了地告诉我,在跟妮妮祖母和我爸爸吃过饭后,他就在街上等着,正如他预料到的一样,五分钟后,他就看到他们出了门。他轻而易举地进了屋,大致进行了一番搜查,找到一个信封,里面装着丹尼尔·古德里奇带给他们的照片,于是他确认了自己的猜想:他们把我藏在某个地方。其中一张照片引起了他的注意。

"一群牛拉着一座房子的照片。"我打断他的话。

"正是。你就在牛群的前方。我在谷歌上查到房顶上的旗帜是哪个国家的国旗,然后输入'智利的牛拉房子',便跳出了奇洛埃这个地方。在油管网上有相关的三个视频和很多张照片。有了电脑,调查变得多么简单。我跟录制那些视频的人取得了联系,找到了西雅图一个名叫弗朗西斯·古德里奇的女孩。我给她发了个消息,说我要去奇洛埃旅游,希望她能给我提供一些信息,我们聊了一会儿,她告诉我去那儿的人并不是她,而是她的哥哥丹尼尔,她给了我她哥哥的邮箱和电话。丹尼尔没有回复我的消息,不过我找到了他的个人主页,上面有这座岛的名字,他在五月底的时候在这里停留过一周多的时间。"

"警官,我也看过那个页面,上面没有任何跟我相关的信息。"

"没有,可在你伯克利家中的一张照片里,他跟你在一起。"

我之前还抱有天真的幻想,认为阿莱纳没有国际刑警组织或是智利警察的逮捕令就不能碰我,他所描述的这番长途跋涉把我带回了现实。他这么不辞劳苦地过来找我,肯定有权力逮捕我。他知道多少?

我本能地后退,可他轻轻地拉住了我的一只胳膊,把他向我家人说的那番话又重复了一遍,他说他只是想要帮助我,我要相信他。他说假钞印刷点已被捣毁,亚当·特雷沃也已锒铛入狱,并将假钞流通的相关信息都透露给警察,所以只要找到钱和印刷版,他的任务就完成了。出于职业自豪感,他自行来到奇洛埃,因为他打算自己把这个案子给结了。美国联邦调查局还不知道我的存在,不过他提醒我,跟亚当·特雷沃有关系的黑社会组织和美国政府都会来找我。

"你要明白,如果我能够找到你,犯罪分子也一样能办到。"他说。

"没人会把我跟这件事联系在一起。"我反驳道,可我的声音透露出我有多害怕。

"当然有人会的。要不然为什么你在拉斯维加斯会被乔伊·马丁和奇诺那对猩猩绑架?对了,我很想知道你是怎么从他们手底下逃脱的,而且不止一次,是两次。"

"他们不怎么聪明,警官。"

我在罪犯俱乐部的屋檐下长大,有一个有妄想症的祖母,还有那么一个爱尔兰人总把他的侦探小说借给我看,并教我夏洛克·福尔摩斯的推理手法,这些东西在我身上还是起到了些潜移默化的作用。阿莱纳警官怎么会知道自从布兰登·黎曼死后,乔伊·马丁和奇诺就一直在找我?而且还知道在他撞见我偷电子游戏机的当天,他们就把我给绑架了?唯一的解释就是,第一次是他命令他们杀死黎曼和我,因为他发现收受的贿赂是假币,第二次也是他打电话给他们,告诉他们我在哪里,还有怎么让我说出关于剩下的钱的消息。阿莱纳警官在拉斯维加斯带我去一家墨西哥小餐馆并给了我十美元的那次,他没穿警服,后来去我家也没有,眼下在这座山上,他穿的依然是常服。原因并不是像他所说的那样,正在以私人身份跟美国联邦调查局合作,其实他已经因为贪污腐败,被警察局给撤职了。他是收受贿赂的警察之一,跟布兰登·黎曼有过交易;他远道而来,并不是出于什么责任感,更不是为了帮我,他的目的只是为了找到剩余的假币。我猜阿莱纳看到我的脸色不对,察觉到自己说的太多了,我还没来得及朝山下跑去,他已经做出了反应。他用坚硬得像铁一般的两只手抓住了我。

"你不会觉得我打算空手而归吧?"他用威胁的语气说道,"不管你情不情愿,你都要把我在找的东西交给我,我可不愿意伤到你。我们可以达成协议。"

"什么协议?"我胆战心惊地问道。

"你的生命和你的自由。我会把案子给结了,你的名字不会出现在调查报告中,没人会来找你。而且,我把百分之二十的钱都给你。看到了吧,我可是很慷慨的。"

"布兰登·黎曼把两袋子钱存在比蒂镇的一个寄存处,警官。我害怕被指控为他的同谋,所以把钱取了出来,在莫哈韦沙漠给烧了。我向您发誓,这是真的!"

"你觉得我是个白痴吗?那可是钱!还有印刷版呢!"

"我扔到旧金山湾里了。"

"我不信!该死的婊子!我要杀了你!"他推搡着我,冲我吼道。

"那该死的钱和该死的印刷版都不在我这儿!"

法克再度低吠起来,可阿莱纳猛地一脚把它踢飞了出去。他有一身肌肉,习过武,而且经常应对暴力局面,可我也不是个软弱怯懦的人,我在绝望中开始跟他对抗。我知道他无论如何都不会饶过我的性命。我在童年时期踢过球,有一双结实有力的腿。我朝他的下体踢了一脚,他及时躲了过去,我只踢到他的腿。如果我穿的不是凉鞋,大概能踢断他的骨头,可这一脚把我自己的脚趾骨头给踢断了,疼痛就像一道白光,涌上我的大脑。阿莱纳趁机一拳打在我的胃部,打得我呼吸困难,然后他朝我扑了过来,后来的事情我就不记得了,或许他打中了我的脸,把我给打晕了过去,因为现在我的鼻梁骨断了,而且还得把掉了的几颗牙给补回来。

我看到了波波祖父模糊的面孔,他身后是一片白色半透明的背景,一层层纱在空中飘浮,那是新娘的婚纱,彗星的尾巴。我快乐地想着,我大概是死了,我飘离了自己的身体,跟祖父一起飘了起来。小胡安·克拉雷斯和佩德罗·佩兰楚伽说那里根本就没有头戴大檐帽的穿黑衣服的男人,还说当他们试图把我扶起来的时候,我醒了一会儿,但很快,我又昏了过去。

在卡斯特罗市的医院里,我从麻醉中苏醒过来,马努艾尔在我一侧,布兰卡在另一侧,劳棱西奥·卡尔卡莫在床脚边。他亲切地问我:"等您好些了,请您回答几个问题,您觉得可以吗?"我的伤似乎很重,两天后才能回答他的问题。

根据警察的调查,他们得出的结论是,一个不说西班牙语的游客在露辛达夫人的葬礼结束后来到岛上,他去了死人酒馆,那里人很多,他把我的一张照片给他在酒馆门口遇到的第一个人,也就是小胡安·克拉雷斯看。小胡安让他沿着通往山洞的那条狭窄的小路往上走,那个男人就沿着那个方向走去了。小胡安·克拉雷斯去找他的朋友佩德罗·佩兰楚伽,出于好奇,他们决定跟踪那个男子。在山顶上,他们听到法克在叫,于是他们赶往我和那个外国男子所在的地点,及时目睹了我们遭遇的事故,不过由于距离较远,雾气较重,他们不能确认是否看清楚了。这也就解释了为什么在一些细节上他们的说法相互矛盾。他们看到的是,我和那个陌生人站在悬崖边上,弯着腰看山洞,他被绊倒了,我想要扶住他,我们失去了平衡,一起消失了。浓重的雾气使得他们没法从上面看到我们掉到了哪里,而且我们没有回应他们的叫喊,于是这两个孩子抓着崖壁上的突出物和植物根茎,爬了下去。他们之前也这么干过,崖壁比较干爽,这也让他们的攀爬变得容易一些,要是周围潮湿,就很容易打滑。因为害怕海豹,他们小心翼翼地靠近,不过他们发现大部分海豹都跳到了水里,就连平时总在一块礁石上监视着配偶的那只公海豹也不例外。

小胡安解释说,他发现我摔在山洞入口和海水之间一小片沙滩上,那个男人则落在石头上,他半个身子都在水里。佩德罗则说他没看到那个男人,他说,他看到我满身是血的样子就吓坏了,头脑一片空白。他试图把我扶起来,但小胡安记起莉莉安娜·特雷维诺的急救课,他认为最好别挪动我,他让佩德罗去找人帮忙,他则留在我身边,他很担心潮水会涨上来。他没想到去帮助那个男子,他认为他已经死了,因为从那样的高度掉落在石头上,没人能存活下来。

佩德罗像只猴子一样爬上悬崖,朝警察所跑去,但里面没人,于是他又赶到死人酒馆通报情况。几分钟后,救援工作便组织有序,多个男人赶往山边,有人找到了警察,警察开吉普车赶来,负责救援。有人喝多了,想用绳子把我拉上来,可我流了很多血,因此他们没采纳这个计划。在等救生艇赶来的时候,有人把衬衫脱了,把我摔破的头包扎了起来,还有几个人临时做了个小担架。但与此同时,由于需要绕过半个岛,救生艇迟迟不到。两个小时后,当把我送走的兴奋劲过去后,大家才想起来去找另一个受害者,不过那时天色已经暗了,他们等到第二天才行动。

警方通报跟他们调查得出的结果有所不同,言简意赅,略去了诸多内容。

签字人士官劳棱西奥·卡尔卡莫·西蒙内斯和乌米尔德·卡莱·兰基莱奥证实昨日,2009年12月9日周四,对来自加州的美国公民玛娅·维达尔进行了救援,该女士暂住我村,她从本岛东北部的品克雅悬崖上坠落。签字人申请海军直升机前来救援，将该女士送至卡斯特罗市医院，目前状态平稳。事故发现人为十一岁的未成年人小胡安·克拉雷斯和十四岁的未成年人佩德罗·佩兰楚伽，两人皆为岛上居民，当时正在悬崖上。经过问讯，两名证人表示还看到了另一名受害人坠落，受害人为男性，非本岛人士。在品克雅洞穴边的礁石上找到了一台损坏的相机。品牌为佳能。签字人推断该受害者为游客。格兰德岛的警方还在对其身份进行调查。克拉雷斯和佩兰楚伽认为两名受害者是从悬崖上滑落，不过鉴于雾天能见度差，他们无法肯定。玛娅·维达尔女士跌至沙滩，男性游客跌至礁石上，当场死亡。涨潮后，尸体被冲走，未被寻得。

签字人再次申请在品克雅悬崖边安装安全护栏，否则以其危险的环境，还会有更多的男女游客丧命于此，严重损害本岛的名声。

报告中就那个外来游客拿着一张照片找我的事只字未提。也没说明我们这个小岛除了古兰多海鲜之外并无其他特色，游客都是在生态旅行社的组织下成群结队过来的，从来没有一个游客自行前来。不过没人对警察出具的通报提出质疑，或许大家都不希望给小岛引来麻烦。有些人说尸体已经被三文鱼给吃了，或许过两天他的骨头就会被海水冲到海滩边。还有人坚信他是被卡勒乌切号幽灵船给带走了，如果是这样，就连他的棒球帽也没法找着。

警察向两个孩子问讯的时候，因为担心孩子受到惊吓，所以莉莉安娜·特雷维诺和奥雷里奥·尼昂古佩尔也在场，此外，还有十二个岛上的居民在院子里等待着结果，为首的就是爱杜维赫斯·克拉雷斯，自从阿苏塞纳流产后，她就一直陷在情感深渊之中，如今她终于走了出来，脱下孝服，坚强起来。孩子们把之前的话又重复了一遍。

劳棱西奥·卡尔卡莫来医院问我们是怎么掉下去的,不过他忽略了照片这个可能会让事故复杂得多的细节。他在事故发生两天之后才来,那时马努艾尔·阿里亚斯已经告诉我唯一的答复应该是:由于我的头部受到撞击,我不记得了。可事实上没有必要撒谎,警察甚至都没有问我是否认识那个游客,他只对地面和滑倒的细节感兴趣,因为他这五年来一直都在申请安装安全护栏。"我已经向上级汇报过那个悬崖的危险性了,可事情就是这样,女士,得要一个无辜的外地人送命,才能引起他们的重视。"

马努艾尔说,为了让我和孩子们不受到怀疑,全村人都会负责弄乱线索,掩盖这场事故。直截了当的事实于任何人都无益,而谨慎的沉默反而能有所裨益,大家都选择了后者,这并不是他们第一次做出这样的选择。

单独跟马努艾尔·阿里亚斯在一起时,我把事实真相告诉了他,就连跟阿莱纳的搏斗也没漏过,我告诉他我觉得当时离悬崖边很远,完全不记得怎么会滚下去。我在脑中回想了成百上千次,也没明白到底发生了什么。在把我打晕后,阿莱纳可能觉得既然我没有印刷版,就要把我除去,因为我知道得太多了。他决定把我扔下悬崖,可我并不轻,在使劲时他失去了平衡,又或者是法克从背后袭击他,他跟我一起滚了下去。他踢法克的那脚可能让它昏迷了几分钟,可我们都知道它很快就醒了,因为它的叫声把孩子们引了过来。如果阿莱纳的尸体还在,或许还能提供一些线索,又或者孩子们愿意配合,就能找到这些疑团的答案,可他们似乎打定了主意,闭口不提。还有一件我不明白的事,我们俩都在同一个地方,大海怎么光把他给冲走了,可能是因为我不了解奇洛埃汹涌海浪的力量吧。

"马努艾尔,你不觉得孩子们跟这件事有关系吗?"

"怎么有关？"

"他们可能故意把阿莱纳的尸体拖到海里，让海水冲走。"

"他们干吗要那么做？"

"或许他们当时看到他想要杀我，就把他推下悬崖。"

"打消这个念头吧，玛娅，就算是开玩笑，也别再这么说。你可能会毁了小胡安和佩德罗的人生。"他提醒我，"你希望这样吗？"

"当然不想，马努艾尔，可我想知道真相。"

"真相就是你的波波祖父保佑你免遭阿莱纳的毒手，没让你落到石头上。这就是唯一的解释，你别再问了。"

海洋管理局和海军联合搜查了好几天的尸体。他们开来了直升机和舰艇，在海里撒网，还有两个潜水员潜至海底，可依然没找到受害者，反而捞上来一辆1930年的摩托车，上面沾满了软体动物，就像一个超现实主义的雕塑，这辆摩托车倒是有可能成为我们小岛博物馆里最有价值的展品。

乌米尔德·卡莱跟利文斯顿跑遍了小岛的所有海滩，也没找到那个不幸的游客。游客名为唐纳德·理查德，他就是用这个名字在安库德岛的蓝色帆船酒店登记了两晚，第一个晚上他在酒店里度过，然后就消失了。酒店管理者看过当地报纸上对事故的报道，见他迟迟未返，猜测可能就是同一个人，便通知了警方。在他的行李中找出了衣物、一个佳能牌的相机镜头还有唐纳德·理查德的护照，护照颁发于2009年，颁发地点为亚利桑那州的凤凰城，看起来很新，护照中只有一次出境记录，他来智利的时间为12月8日，也就是事故发生的前一天。他在入境单上填写的出国目的为旅游。这个理查德来到圣地亚哥，同一天乘坐飞机来到蒙特港，在安库德岛的酒店里睡了一夜，打算第二天上午就离开；这条线路简直无法理解，因为没有人从加州来到奇洛埃，就为了待上三十八个小时。

这本护照更加印证了我的观点,拉斯维加斯的警局正在调查阿莱纳,所以他没法用真名离开美国。对他来说,弄一本假护照非常容易。美国大使馆也没派人来查看。他们接受了警方通报的说法。如果他们要去寻找并通知受害者家属的话,肯定是无功而返,因为在美国的三亿人口中,大概会有成千上万个理查德。我跟阿莱纳之间完全看不出有什么联系。

我在医院住到了周日,13号周一的时候,我被接到了堂里奥内尔·施内克家,在那里,他们像迎接战斗英雄一般迎接我。我满身瘀伤,头皮上有二十三个小伤口,由于脑部受到撞击,我只能仰面躺在没有光线的房间里。为了缝合我头部的伤口,在手术室里,我半边脑袋上的头发又被剃了,看来光头是我的宿命。九月份剃光头之后,我头上长出了三厘米的头发,我终于知道我本来的发色如何,是跟我祖母那辆现代车一样的黄色。我的脸还肿得厉害,不过米亚罗沃的牙医已经见过我了,她有德国人的姓,是施内克一家的远亲(这个国家有跟施内克一家毫无关系的人吗?)。她表示可以给我装假牙,效果会比我的真牙还要好,看在米亚罗沃的面子上,她还提出给我免费洗牙。在这次群体交换的易物活动中,我是受益者。

医生命令我静卧休息,可有很多人过来看我。茅棚里那些美丽的女巫们——她们中的一人还抱着孩子过来、施内克一家、马努艾尔和布兰卡的朋友、莉莉安娜·特雷维诺和她的恋人佩德拉萨医生,岛上很多人都来了,我的足球运动员们和卢西亚诺·莱昂神父也不例外。"我来给你涂圣油。"神父笑着说道,然后给了我一盒巧克力。他还向我解释说,这是给病人进行的涂油礼,不是非得要临终病危才能行此圣礼。总而言之,我完全没法休息。

周一,我躺在床上看总统大选的情况,米亚罗沃就坐在我的床脚,他非常激动,又有些紧张,因为他支持的候选人保守派的千万富豪塞巴斯蒂安·皮涅拉可能获胜，为了庆祝，他一个人喝完了一整瓶香槟酒。他要给我倒一杯，我告诉他我不能喝，因为我酗酒。他叫道："小美国佬，真是太不幸了！这比是素食主义者还要糟糕。"没有一个候选人拿到足够的选票，在一月份要重新投票。可米亚罗沃断言他的朋友一定会获选。他对于政治的解说让我听得有些懵：他很欣赏社会党的总统米歇尔·巴切莱特，她的政府很棒，她还是一个非常优雅的女士，可米亚罗沃讨厌中左翼政党，他们已经执政长达二十年，现在轮到右翼政党了。而且新总统是他的朋友，这一点在智利很重要，因为这里的一切都凭交情和亲属关系。大选的结果让马努艾尔很是情绪低落，原因之一是，皮涅拉是在皮诺切特独裁政权的庇护下发财的。可在布兰卡看来，他当选后，国家也不会发生太大改变。智利是拉丁美洲最繁荣稳定的国家，除非新总统脑子有毛病，否则他是不会进行改革的。而且皮涅拉绝对不笨，他是个才智超群的人。

马努艾尔给我祖母和爸爸打了电话，告诉他们我发生了事故，他隐瞒了一些有关我身体状况的可怕细节，没让他们受到太大惊吓。祖母和爸爸决定来跟我们一起过圣诞节。妮妮祖母太久没有回到故土，爸爸更是几乎不记得这里了。他们该回来看看了。随着阿莱纳的死，危机解除了，他们终于可以不用暗号和密码，直接跟马努艾尔进行交谈，我也无须再躲躲藏藏。一旦能够站起来，我就可以回家了。我自由了。

尾　声

一年前，组成我家庭的除了一个死人——我波波祖父，还有三个活人——我祖母、爸爸和迈克·欧克利。如今我拥有一个大家族，只不过大家各自离得有些远。我们刚刚在马努艾尔那个没有门、由瓜伊特卡斯岛的柏木建成的屋子里度过的圣诞节，让我明白了这一点。我在米亚罗沃家休息了一个星期，五天前回到了岛上。就在我回来的前一天，妮妮祖母和爸爸赶来，他们带来了四个行李箱，因为我让他们带来的东西包括了书、两个足球、一些教材、《哈利·波特》电影光碟、给小胡安和佩德罗的礼物以及给马努艾尔的一台电脑。以后我会尽量把钱还给他们的。他们想去住宾馆，好像这里是巴黎似的。可岛上唯一的空房间就是鱼店楼上的一间脏兮兮的小屋。因此，妮妮祖母和我睡马努艾尔的床，爸爸睡我的床，马努艾尔则去布兰卡家睡。他们说我遭遇了事故，需要休息，什么都不让我干，把我当成瓜瓜对待。瓜瓜是当地方言，指的是还包着尿布的婴儿。我的样子还是很可怕，眼睛青紫，鼻子像个茄子，头上打着巨大的膏药，脚趾骨折，身上的瘀斑开始发青，不过我的假牙已经装上了。

在飞机上，妮妮祖母把跟马努艾尔·阿里亚斯有关的身世真相告诉了父亲。他系着安全带，没有当场发作，不过我觉得他不会轻易原谅祖母这四十四年来对他的隐瞒。马努艾尔跟爸爸见面时非常文明，他们握了握手，然后笨拙又羞涩地拥抱了一下，根本就没做什么冗长的解释。他们能说什么呢？他们需要利用在一起的这几天来相互了解，如果合得来的话，再在距离允许的范围内培养友情。伯克利到奇洛埃的距离就像到月球的一样远。看到他们俩站在一起，我才发现他们长得很像，三十年后，我爸爸会变成一个像马努艾尔一样的帅气老头。

妮妮祖母跟马努艾尔这个老情人的重逢也没什么值得一提的：他们以智利人打招呼的方式在对方脸颊上留下了两个温暖的吻，仅此而已。布兰卡·施内克在旁边监视着他们，我都跟她说过了，我祖母为人粗枝大叶，肯定已经忘记了跟马努艾尔·阿里亚斯之间那段灼热的恋情。

布兰卡和马努艾尔准备圣诞晚餐——羊肉，没有三文鱼，妮妮祖母则照她俗气的品位来装饰房屋，她用上了圣诞彩灯和国庆节剩下来的小纸旗。我们很想念迈克·欧克利，自从他认识妮妮祖母以来，每年圣诞节我们都是一起过的。在餐桌上，我们迫切地想要跟大家一起分享自己经历的一切，时不时有人嚷嚷着插嘴。我们开怀大笑，心情好得甚至为丹尼尔·古德里奇举杯畅饮。妮妮祖母认为，等我头发一长出来，就应该去西雅图大学上学；那样的话没准能跟那个难以捉摸的背包客重修旧好，可马努艾尔和布兰卡吓坏了，他们认为这个主意糟糕透顶。在坠入爱河之前，我还有太多事情需要处理。"是这样没错，可我每时每刻都在思念丹尼尔。"我向他们坦白，眼泪差一点再次夺眶而出。"会过去的，玛娅，忘记你的恋人也就是一转身的工夫。"妮妮祖母说。马努艾尔被一块羊肉给呛到了，其他人拿着叉子的手都停顿了下来。

在喝咖啡的时候，我问起亚当·特雷沃的印刷版的事，那几块板子几乎让我付出了生命的代价。跟我猜想的一样，它们在我妮妮祖母的手里，她才不会把它们扔进海里呢，更别提如今世界经济危机这么严重、大家都要一穷二白了。如果我心术不正的祖母没去印假钞,或是没把印刷版卖给黑社会的话,可能在她死后会把它们跟我波波祖父的烟斗一起,作为遗产留给我。